Johanna Lindsey

Gefangener des Herzens

Johanna Lindsey

Gefangener des Herzens

Weltbild

Die amerikanische Originalausgabe erschien 2006 unter dem Titel
Captive of my Desires
bei Pocket Books, a Division of Simon & Schuster, Inc., New York.

Genehmigte Lizenzausgabe für Verlagsgruppe Weltbild GmbH,
Steinerne Furt, 86167 Augsburg

Übersetzung: Ruth Sander
Umschlaggestaltung: Studio Höpfner-Thoma, München
Umschlagmotiv: Daeni Pino / Agentur Schlück
Gesamtherstellung: Bagel Roto-Offset GmbH, Schleinitz
Printed in the EU
ISBN 978-3-8289-9013-5

2010 2009 2008 2007
Die letzte Jahreszahl gibt die aktuelle Lizenzausgabe an.

Kapitel 1

Man hatte ihr befohlen, sich zu verstecken. Das war auch Gabrielle Brooks erster Gedanke gewesen, als sie, vom Lärm angelockt, an Deck gekommen war und gesehen hatte, was die Unruhe ausgelöst hatte. Die Order stammte allerdings nicht vom Kapitän. Der war sicher, das Schiff, das sie verfolgte, abschütteln zu können. Er hatte sogar gelacht und der Piratenflagge am Hauptmast des angreifenden Schiffes, die bereits mit bloßem Auge zu erkennen war, mit der Faust gedroht. Seine Kampfbereitschaft – oder sollte sie es gar Begeisterung nennen? – hatte sie sehr erleichtert. Bis der erste Offizier sie beiseite genommen und ihr befohlen hatte, sich zu verstecken.

Anders als der Kapitän schien Avery Dobs nicht besonders erpicht auf die bevorstehende Auseinandersetzung. Mit einem Gesicht so weiß wie die Extrasegel, die von der Mannschaft eilig gesetzt worden waren, hatte er sie recht unsanft zur Treppenluke geschoben.

»Nehmen Sie eins der leeren Lebensmittelfässer im Laderaum. Es gibt jetzt reichlich davon. Wenn Sie Glück haben, öffnen die Piraten bloß ein oder zwei und kümmern sich nicht weiter darum, wenn sie feststellen, dass dort nichts mehr zu holen ist. Ihrer Bediensteten werde ich ebenfalls raten, sich zu verstecken. Nun gehen Sie schon! Und was Sie auch hören, verlassen Sie den Laderaum nicht, bis jemand, dessen Stimme Sie kennen, Sie holen kommt.«

Er hatte nicht gesagt, bis *ich* Sie holen komme. Seine Angst war ansteckend und seine Grobheit ungewohnt. Da, wo er ihren Arm gepackt hatte, würde sie wohl blaue Flecken bekommen. Was für ein Gegensatz zu der höflichen Art, mit der er sie in den vergangenen drei Wochen behandelt hatte! Fast hätte man meinen können, er mache ihr den Hof, auch wenn das unwahrscheinlich war. Schließlich war Avery Dobs bereits über dreißig und Gabrielle hatte gerade die Schule beendet. Sein rücksichtsvolles Benehmen, seine sanfte Stimme und die übergroße Aufmerksamkeit, die er ihr seit der Abfahrt aus London widmete, hatten sie allerdings den Eindruck gewinnen lassen, dass er stärker an ihr interessiert war, als es ihm zustand.

Jedenfalls hatte er sie mit seiner Angst angesteckt, daher war sie in den Bauch des Schiffes gerannt. Die Lebensmittelfässer, von denen Avery gesprochen hatte, waren leicht zu finden und mittlerweile fast alle leer, denn sie näherten sich ihrem Ziel in der Karibik. In wenigen Tagen wären sie in den Hafen von St. George auf Grenada gesegelt, dem letzten bekannten Aufenthaltsort ihres Vaters, von dem aus sie die Suche nach ihm beginnen wollte.

Obwohl sie nur schöne Erinnerungen an ihn hatte, kannte sie Nathan Brooks nicht besonders gut, doch nach dem Tod ihrer Mutter war er alles, was ihr geblieben war. Sie hatte nie daran gezweifelt, dass er sie liebte, auch wenn er nur selten längere Zeit bei ihr zu Hause gewohnt hatte. Einen Monat, vielleicht auch mehrere am Stück und in einem Jahr sogar einen ganzen Sommer – doch dann vergingen manchmal Jahre ohne einen Besuch von ihm. Nathan war Kapitän und Eigner eines Handelsschiffes und trieb einen sehr profitablen Handel mit den Westindischen Inseln. Er schickte Geld und extravagante Geschenke nach Hause, ließ sich selbst aber nur selten blicken.

Er hatte versucht, seine Familie zu sich zu holen, aber Carla, Gabrielles Mutter, wollte nichts davon hören. Ihr ganzes Leben war England ihre Heimat gewesen. Zwar hatte sie keine Familienangehörigen mehr, doch alles, was sie schätzte, und all ihre Freunde waren dort. Zudem hatte sie Nathans Beschäftigung mit dem Seehandel nie gutgeheißen. *Handel.* Das Wort hatte sie stets mit Verachtung ausgesprochen. Auch wenn sie selbst keinen Titel führte, hatte sie so viele Adelige in ihrem Stammbaum, dass sie auf alle, die sich mit *Handel* befassten, hinabschaute, selbst auf ihren eigenen Mann.

Es war ein Wunder, dass die beiden überhaupt geheiratet hatten. Wenn sie zusammen waren, vermittelten sie nämlich nicht den Eindruck, einander besonders zu mögen. Jedenfalls wollte Gabrielle ihrem Vater gegenüber niemals erwähnen, dass seine lange Abwesenheit Carla dazu verleitet hatte, eine … ach, sie konnte sich nicht einmal dazu bringen, das Wort zu denken, geschweige denn, es zu sagen. So peinlich berührt war sie von ihren eigenen Vermutungen. Doch in den vergangenen Jahren war Albert Swift ein regelmäßiger Gast in ihrem zweistöckigen Landhaus am Rande von Brighton gewesen, und wenn er in der Stadt war, hatte Carla sich stets aufgeführt wie ein Schulmädchen.

Als seine Besuche aufhörten und das Gerücht aufkam, er mache in London einer reichen Erbin den Hof, veränderte Gabrielles Mutter sich drastisch. Über Nacht wurde sie zu einer verbitterten Frau, die einem Mann nachtrauerte, der ihr gar nicht gehört hatte.

Ob er Carla Versprechungen gemacht hatte, oder ob Carla die Absicht gehabt hatte, sich von ihrem Ehemann scheiden zu lassen, wusste niemand, doch als Albert seine Aufmerksamkeit einer anderen Frau zuwandte, schien Carlas Herz gebrochen zu sein. Sie verhielt sich ganz wie eine betrogene Frau, und als sie zu Beginn des Frühjahres krank wurde und ihr Zustand sich verschlimmerte, hatte sie sich keinerlei Mühe gegeben, wieder gesund zu werden. Sie hatte die Ratschläge des Arztes ignoriert und kaum noch etwas zu sich genommen.

Den Verfall ihrer Mutter mit ansehen zu müssen, war für Gabrielle sehr bedrückend gewesen. Auch wenn sie Carlas Schmachten nach Albert und ihren Unwillen, mehr zur Rettung ihrer Ehe zu unternehmen, nicht guthieß, hatte sie ihre Mutter von Herzen lieb und tat alles Erdenkliche, um sie aufzuheitern. Sie schmückte das Zimmer ihrer Mutter mit Blumen aus der ganzen Umgebung, las ihr laut vor und bestand sogar darauf, dass die Haushälterin Margery einen guten Teil des Tages an ihrem Bett verbrachte. Margery war eine echte Plaudertasche, und normalerweise war es recht lustig, ihr zuzuhören. Sie war eine Frau in den besten Jahren mit leuchtend rotem Haar, lebhaften blauen Augen und einer Unmenge von Sommersprossen, eigensinnig, nicht auf den Mund gefallen und von Aristokraten alles andere als eingeschüchtert. Außerdem war sie sehr fürsorglich und sah Carla und Gabrielle als ihre Familie an.

Gabrielle glaubte, ihre Mühen würden belohnt und der Lebenswille ihrer Mutter kehre zurück. Ihre Mutter hatte sogar wieder angefangen zu essen und aufgehört, von Albert zu sprechen. Daher war Gabrielle zutiefst verzweifelt, als sie dann mitten in der Nacht plötzlich entschlief. Gabrielles persönlicher Meinung nach war sie »vor Gram vergangen«, denn von der Krankheit hatte Carla sich weitgehend erholt. Das wollte Gabrielle ihrem Vater allerdings nie sagen. Nach dem Tod ihrer Mutter fühlte Gabrielle sich völlig allein gelassen.

Obwohl sie viel Geld geerbt hatte, da Carla aufgrund eines Familiennachlasses recht wohlhabend gewesen war, würde Gabrielle nichts davon zu Gesicht bekommen, bis sie mit einundzwanzig volljährig wurde – was noch lange hin war. Zwar schickte ihr Vater regelmäßig Unterhalt, und es gab auch noch das Haushaltsgeld, das eine ganze Weile reichen würde, doch sie war gerade erst achtzehn geworden.

Außerdem sollte sie der Aufsicht eines Vormunds unterstellt werden. Das hatte Carlas Anwalt William Bates bei der Testamentseröffnung erwähnt. In ihrer Trauer hatte Gabrielle gar nicht richtig hingehört, doch als der Name fiel, war sie entsetzt. Der Mann war ein stadtbekannter Schürzenjäger! Den Gerüchten zufolge ließ er seinen Dienerinnen im ganzen Haus keine Ruhe und bei einem Gartenfest hatte er sogar Gabrielle einmal in den Po gekniffen, dabei war sie damals erst fünfzehn gewesen!

Einen Vormund, insbesondere einen wie ihn, lehnte Gabrielle entschieden ab. Schließlich hatte sie ja noch einen lebenden Elternteil. Sie musste ihn bloß finden, und daher machte sie sich auf, genau das zu tun. Zunächst aber musste sie noch einige Ängste überwinden, wie etwa die Angst davor, um die halbe Welt zu segeln und alles hinter sich zu lassen, was *ihr* vertraut war. Zweimal hätte sie ihren Entschluss fast umgeworfen. Doch am Ende meinte sie, keine andere Wahl zu haben. Wenigstens hatte Margery eingewilligt, sie zu begleiten.

Die Reise war sehr gut verlaufen, viel besser als sie erwartet hatte. Niemand hatte ihr Fragen gestellt. Schließlich stand sie unter dem Schutz des Kapitäns, zumindest solange sie auf dem Schiff war, und sie hatte durchblicken lassen, dass ihr Vater sie bei der Ankunft erwarten würde – eine kleine Notlüge, um möglichen Einwänden zuvorzukommen.

Doch über den Gedanken an ihren Vater und die Suche nach ihm vergaß sie ihre augenblicklichen Ängste nur kurz. Ihre Beine waren eingeschlafen, weil sie in dem Fass so wenig Bewegungsfreiheit hatte, auch wenn sie problemlos hineinpasste. Mit ihren einem Meter dreiundsechzig war sie nicht besonders groß und dazu schlank. Allerdings hatte sich ein Holzsplitter in ihren Rücken gebohrt, als sie sich in die Tonne gehockt hatte, und es war unmöglich ihn zu erreichen, selbst wenn sie Platz genug gehabt hätte.

Zudem kämpfte sie noch ein wenig mit dem Schock, dass es in dieser Zeit für ein Schiff überhaupt noch möglich war, eine Piratenflagge zu hissen. Piraten waren doch angeblich ausgestorben. Sie hatte geglaubt, sie seien im letzten Jahrhundert komplett ausgerottet worden und alle überführten Seeräuber seien am Strick geendet. Eine Seefahrt über warme karibische Gewässer galt als ebenso sicher wie ein Spaziergang auf englischen Landstraßen. Wenn sie daran gezweifelt hätte, hätte sie doch niemals eine Passage in diesen Teil der Welt gebucht. Und doch hatte sie die Piratenflagge mit eigenen Augen gesehen.

Vor lauter Angst verkrampfte sich ihr Magen, der obendrein leer war, und somit ihre missliche Lage noch verschärfte. Sie hatte das Frühstück verpasst und vorgehabt, dieses Versäumnis beim Mittagessen wieder wettzumachen, doch das Piratenschiff war vor dem Lunch aufgetaucht, und seither schienen Stunden vergangen zu sein. Es gab auch keinen Hinweis darauf, was sich an Deck gerade abspielte.

Sie nahm an, dass die Flucht vor dem Piratenschiff gelungen war, doch wenn das andere Schiff abgeschüttelt worden war, warum kam Avery dann nicht, um es ihr zu sagen? Plötzlich erschütterte eine Detonation das gesamte Schiff, eine weitere folgte, und dann noch eine, eine jede war ohrenbetäubend. Pulvergeruch drang in den Laderaum, heisere Rufe, einige gellende Schreie, und schließlich, eine ganze Weile später, gespenstische Stille.

Es war unmöglich festzustellen, wer den Kampf gewonnen hatte. Gabrielles Nerven lagen blank. Mit der Zeit wuchs ihre Angst. Bald würde sie anfangen zu schreien, da war sie sich sicher. Eigentlich wusste sie nicht einmal, wie es ihr gelungen war, diesem Drang nicht schon früher nachzugeben. Wäre Avery nicht längst aufgetaucht, wenn ihre Mannschaft gesiegt hätte? Es sei denn, er war verwundet und hatte niemandem verraten, wo sie zu finden war. Oder er war tot. Sollte sie es wagen, ihr Versteck zu verlassen, um sich Gewissheit zu verschaffen?

Und falls die Piraten gewonnen hatten? Was machten Piraten mit gekaperten Schiffen? Wurden sie versenkt? Oder behielt man sie, um sie zu verkaufen oder mit eigenen Mannschaften zu bestücken? Und was passierte mit der eigentlichen Crew und den Passagieren? Wurden sie allesamt umgebracht?

Der Schrei entschlüpfte ihr in dem Moment, in dem der Deckel von ihrem Fass gerissen wurde.

Kapitel 2

Piraten! Den unwiderlegbaren Beweis, dass Piraten keineswegs ausgestorben waren, erhielt Gabrielle, als sie an den Haaren aus ihrem Versteck gezogen, unter Lachen und Gejohle an Deck geschleift und dem hässlichsten der Piraten vor die Füße geworfen wurde – dem Kapitän.

Sie hatte einen solchen Schrecken bekommen, dass sie sich nicht vorstellen konnte, was man als Nächstes mit ihr anstellen würde. Doch sie war überzeugt, dass es etwas Grässliches sein musste. Das Einzige, was ihr einfiel, war, so schnell wie möglich über Bord zu springen.

Der Mann, der auf sie herabschaute, hatte dünnes, struppiges braunes Haar, das ihm bis auf die Schultern fiel. Auf dem Kopf saß ein alter Dreispitz mit einer rosa gefärbten Feder, die schlaff herabhing, da sie an mindestens zwei Stellen gebrochen war. Zudem trug er eine leuchtend orangefarbene Satinjacke und eine wallende Seidenkrawatte, die direkt aus einem anderen Jahrhundert zu stammen schienen. Jedenfalls waren die Kleidungsstücke in einem derart traurigen Zustand, dass sie durchaus so alt sein konnten.

Bevor Gabrielle auf die Füße kommen und über Bord springen konnte, sagte er: »Mein Name ist Kapitän Brillaird, zu Ihren Diensten, Miss.« Dann hielt er inne und lachte. »Zumindest ist das der Name, den ich diesen Monat benutze.«

Wenn er sich schon Fantasienamen gab, dachte Gabrielle, sollte er es mal mit Kapitän Leberfleck versuchen. Noch nie hatte sie derart viele Leberflecke auf einem einzigen Gesicht gesehen.

Immer noch zitternd verzichtete sie auf eine Entgegnung und ließ den Blick erneut zur Reling des Schiffes gleiten.

»Sie haben nichts zu befürchten«, sprach der Kapitän weiter. »Sie sind viel zu wertvoll, als dass ich Sie zu Schaden kommen ließe.«

»Wertvoll, inwiefern?«, gelang es Gabrielle zu fragen, während sie sich langsam aufrappelte.

»Als Geisel natürlich. Passagiere bringen viel mehr ein als Ladungen; die können verderben, ehe wir einen Markt für sie finden.«

Gabrielle begann, einen Hauch echter Erleichterung zu verspüren, gerade genug, um die Augen von der Reling abzuwenden. »Was ist mit den Männern?«

Er zuckte die Achseln. »Der Kapitän und die Offiziere eines gekaperten Schiffes bringen in der Regel auch ein ordentliches Lösegeld ein.«

Gabrielle konnte nicht beurteilen, ob der Kapitän ernsthaft versuchte, sie zu beruhigen, oder ob er nur gern redete, denn er begann nun, einen regelrechten Vortrag über das Thema Lösegeld für Gefangene zu halten.

So erfuhr Gabrielle, dass sie und Margery von ihren Familien freigekauft werden sollten. Dabei fragte der Kapitän nicht einmal, ob sie Familie hatte, er ging einfach davon aus, dass es so war. Ihr bliebe nur zu sagen, wen er für das Lösegeld ansprechen musste, und anscheinend hatte es mit dieser Information keine Eile. Zuerst hatten er und seine Kumpane sich um andere Dinge zu kümmern, wie etwa um den Rest der gefangenen Mannschaft.

Gabrielle schaute über das Deck. Falls bei dem Kampf Männer gestorben waren, hatte man jeden Hinweis beseitigt, ehe sie an Deck geschleppt worden war. Avery lag mit einer klaffenden Kopfwunde offenbar bewusstlos am Boden; gefesselt – wie die anderen Offiziere und Passagiere würde auch er in Kürze auf das Piratenschiff transportiert werden. Ihres hatte so schweren Schaden erlitten, dass bereits Wasser eindrang.

Margery war ebenfalls da, gefesselt und als Einzige zusätzlich noch geknebelt. Wahrscheinlich hatte sie den Piraten zu deutlich zu verstehen gegeben, was sie von ihrem frechen Angriff hielt. Wenn sie sich schlecht behandelt fühlte, kümmerte es sie nicht, mit wem sie sich anlegte.

Die gemeinen Matrosen wurden vor die Wahl gestellt, sich den Piraten anzuschließen und auf der Stelle einen Schwur zu leisten oder über die Planke zu gehen, was bedeutete, dass man sie ins Meer werfen würde.

Erwartungsgemäß entschieden die meisten von ihnen sich daraufhin relativ rasch für das Piratenleben. Einer allerdings, ein tapferer Amerikaner, weigerte sich lauthals.

Voller Schrecken musste Gabrielle mit ansehen, wie zwei Piraten sich ihm näherten, ihn an den Armen packten und zur Reling schleiften. Sie rechnete fest damit, dass man ihn über Bord werfen würde. Doch der Mann blieb bei seiner Meinung und verfluchte die Piraten so lange, bis sie seinen Kopf so fest gegen die Reling knallten, dass er ohnmächtig wurde. Die Seeräuber brachen in brüllendes Gelächter aus. Gabrielle fand es kein bisschen lustig, einen Mann glauben zu lassen, dass er sterben würde und ihn dann doch nicht zu töten – diese Piraten offenbar schon.

Der Amerikaner wurde auch tatsächlich noch ins Wasser geworfen, allerdings erst am nächsten Tag, als Land in Sicht kam. Es handelte sich zwar nur um eine unbewohnte Insel, doch immerhin war es fester Boden. Er würde am Ende wohl ohnehin sterben, aber er erhielt wenigstens eine Chance. Vielleicht gelang es ihm sogar, die Aufmerksamkeit eines vorbeifahrenden Schiffes zu erregen und gerettet zu werden. Das war ein besseres Schicksal, als Gabrielle es ihm bei seiner Schimpftirade gegen die Piraten vorausgesagt hätte.

Später am Tag erreichten sie eine andere Insel, die ebenfalls unbewohnt zu sein schien. Sie segelten in das kristallklare Wasser einer breiten Bucht. Fast genau in der Mitte befand sich eine weitere kleine Insel. Doch beim Näherkommen erkannte Gabrielle, dass es sich gar nicht um eine Insel handelte, sondern um ein schwimmendes Dickicht aus zumeist toten Bäumen und dicht wachsenden Pflanzen. Diese gediehen größtenteils auf Morast und anderen Überresten, die sich wiederum auf Holzbrettern – nicht auf Land – türmten. Fast wirkte das Ganze wie ein überfüllter Kai, doch es war ein undurchdringliches Gewirr, angelegt, um die auf der Rückseite ankernden Schiffe vor allem, was auf dem Ozean vorübersegelte, zu verbergen.

Die Quarantäneflagge flatterte über den zwei Wracks, die gerade dort lagen, was anzeigte, dass es an Bord eine Krankheit gegeben hatte, die auch für den verwahrlosten Eindruck verantwortlich sein mochte.

Die Piraten brauchten nicht lang, um ihr eigenes Schiff ebenso aussehen zu lassen, dann wasserten sie die kleinen Ruderboote, brachten die Gefangenen an Land – und hissten an ihrem Mast ebenfalls die Quarantäneflagge. Da begriff Gabrielle, dass alles nur eine List war, um andere Boote, die sich womöglich in die Bucht verirrten, davon abzuhalten, die verlassenen Schiffe näher zu untersuchen.

»Wo gehen wir hin?«, fragte Gabrielle den Piraten, der ihr und Margery aus dem Ruderboot half. Doch offenbar hielt er es nicht für nötig, ihr zu antworten. Er stieß sie einfach vor sich her.

Damit begann ihr Marsch inseleinwärts. Es wurde nicht gewartet, bis alle vom Schiff herunter waren, doch glücklicherweise befand auch Avery sich in der Gruppe, die bereits angelandet war. Zum ersten Mal seit ihrer Gefangennahme hatten sie Gelegenheit, miteinander zu sprechen.

»Geht es Ihnen gut?«, fragte er, während er neben ihr herging.

»Ja, alles in Ordnung«, versicherte sie ihm.

»Niemand hat sie … angefasst?«

»Ehrlich, Avery, mir fehlt nicht das Geringste.«

»Gott sei Dank. Ich habe mir solche Sorgen gemacht. Das können Sie sich nicht vorstellen.«

Gabrielle schenkte ihm ein aufmunterndes Lächeln. »Man will Lösegeld für mich haben. Kapitän Brillaird hat mir erklärt, dass ich zu wertvoll bin, deshalb wird mir nichts geschehen.« Sie deutete auf die klaffende Wunde an Averys Stirn. »Wie geht es Ihrem Kopf? Ich habe gesehen, dass Sie gestern bewusstlos waren.«

Vorsichtig betastete er seine Verletzung. »Ach, das ist bloß eine Schramme.«

Doch sein Zusammenzucken verriet Gabrielle, dass sie ihm wehtun musste. »So wie ich den Kapitän verstanden habe, will er für Sie ebenfalls Lösegeld fordern.«

»Davon weiß ich nichts«, antwortete Avery seufzend. »Meine Familie ist nicht wohlhabend.«

»Nun, dann werde ich mit meinem Vater reden, wenn er mich holt«, sagte sie. »Ich bin sicher, dass es ihm irgendwie gelingen wird, Sie ebenfalls freizubekommen.«

Dabei war sie sich nicht einmal sicher, ob Nathan überhaupt aufgespürt werden konnte. Was geschah mit ihr und Avery, falls die Piraten ihren Vater nicht fanden?

»Das ist sehr nett von Ihnen«, sagte Avery. Dann setzte er hastig hinzu: »Aber hören Sie auf mich, Gabrielle. Man mag Sie beruhigt haben, doch nach dem, was ich den Unterhaltungen der Piraten entnehmen konnte, glaube ich, dass da, wo wir hingehen, noch mehr vom gleichen Schlage sind. Um heil hier herauszukommen, wäre es für Sie am besten, nicht aufzufallen. Ich weiß, dass es für eine so wunderschöne Frau wie Sie schwer ist, aber ...«

»Bitte, Sie brauchen nicht weiterzureden«, unterbrach Gabrielle ihn errötend. »Ich weiß, dass wir erst in Sicherheit sind, wenn wir diese Halsabschneider von hinten sehen. Ich werde mich so unauffällig wie möglich benehmen.«

Als einer der Piraten Avery in den Rücken stieß, um ihm Beine zu machen, wurden sie getrennt.

Den ersten Hinweis darauf, dass die Insel bewohnt war, erhielten sie durch einen Wachtturm an ihrem Trampelpfad. Er war aus Baumstämmen gebaut und hoch genug, um in mindestens drei Richtungen uneingeschränkte Sicht auf das Meer zu bieten. Ihr Weg führte hinauf in die Hügel, die er schützte. Der Turm war zwar bemannt, doch der Wächter in seiner kleinen Hütte oben war eingeschlafen, als sie vorbeizogen. Kein besonders gewissenhafter Aufpasser, dachte Gabrielle, während einer der Piraten gegen den Turm trat, um den Mann zu wecken, und ein anderer ihn mit einem Schwall französischer Schimpfwörter bedachte.

Auch Margery hielt nicht mit ihrer Meinung hinter dem Berg, als sie an Gabrielles Seite aufrückte. »Alles nur Faulenzer und Tunichtgute, die ganze Bande. Hoffen wir, dass die Wache auch schläft, wenn Hilfe naht.«

Gabrielle hätte Margerys Optimismus gern geteilt, doch die Chance, vor Eintreffen des Lösegeldes befreit zu werden, war gering. »Wenn sie meinen Vater finden …«

»*Falls* sie ihn finden«, unterbrach Margery. »Da wir nicht einmal sicher waren, dass *wir* es schaffen würden, stehen ihre Chancen noch schlechter, oder? Wir hätten diese Reise niemals unternehmen sollen. Habe ich dir nicht gesagt, dass es gefährlich werden würde?«

»Du hättest ja zu Hause bleiben können«, warf Gabrielle ein. »Es sollte doch völlig ungefährlich sein. Hättest du etwa geglaubt, dass es heutzutage noch Piraten gibt, wenn man dich gewarnt hätte? Nein, du hättest bloß gelacht und dich darüber lustig gemacht.«

»Darum geht es nicht«, erwiderte Margery. »Aber hör mir zu, ehe wir wieder getrennt werden. Such dir eine Waffe, irgendeine, von mir aus auch eine Gabel, wenn du eine in die Finger kriegst, und trag sie immer bei dir. Falls einer dieser Lumpen dich irgendwie belästigt, rammst du sie ihm direkt in den Bauch, verstanden? Hab keine Angst.«

»Ich werd's mir merken.«

»Das solltest du auch, Mädchen. Wenn dir etwas zustößt, weiß ich nicht, was ich tue.«

Es sah aus, als würde Margery gleich anfangen zu weinen. Sie war besorgter, als sie zugeben wollte. Und ihre Trübsal steckte an. Am liebsten hätte Gabrielle sich auf der Stelle an der Schulter ihrer Freundin ausgeweint, doch es gelang ihr, sich zu beherrschen und einige aufmunternde Worte zu finden.

»Du machst dir zu viele Sorgen. Es wird schon nichts geschehen. Kapitän Brillaird hat es mir versprochen.«

Das stimmte zwar nicht ganz, doch es war das, was Margery hören wollte, und es entlockte ihr ein schwaches Lächeln.

Etwa eine Stunde später erreichten sie hoch in den Hügeln so etwas wie ein großes Dorf inmitten von Bäumen. Im Zentrum stand ein geräumiges Haus, das aus echtem Bauholz errichtet war, welches, wie Gabrielle später erfuhr, von einem Schiff stammte, das die Piraten auf See geplündert hatten. Die anderen Bauten ringsherum waren zumeist kaum mehr als palmbedeckte kleine Hütten. Durch die türlosen Eingänge konnte Gabrielle sehen, dass viele dieser Hütten voller Kisten und Kästen standen und somit wohl als Lagerräume für die unrechtmäßig erworbenen Schätze der Piraten dienten.

Avery und die anderen männlichen Gefangenen wurden zusammen in eine Hütte gesperrt; Margery brachte man zu einer anderen, doch vorher rief sie Gabrielle noch zu: »Denk dran! Direkt in den Bauch!«

»Wo bringt ihr sie hin?«, protestierte Gabrielle.

Der Pirat, der sie auf das große Haus zuschob, griente. »Für Diener gibt's kein Lösegeld, aber sie kommt mit Ihnen frei, sobald der Kapitän sein Geld hat. Sie sind wertvoll, also bleiben Sie hier, wo's leichter ist, Sie zu bewachen. Wir wollen doch nicht, dass einer von den Matrosen Sie anfasst und uns um die hübsche Summe bringt, die Sie uns garantieren.« Er zwinkerte ihr anzüglich zu und Gabrielle zuckte unwillkürlich zusammen.

Im Haus angekommen, führte der Pirat Gabrielle an einen langen Tisch in einem hallenartigen Raum, drückte sie auf einen Stuhl und ging davon. Eine Köchin stellte einen Teller Essen vor Gabrielle hin und sagte freundlich: »Hoffentlich hast du jemanden, der für dich bezahlt, Kleine. Ich hab's so lange wie möglich rausgezögert, aber dann musst' ich zugeben, dass ich keine Familie mehr habe, und deswegen bin ich noch hier.«

Die etwa vierzigjährige Frau, die sich als Dora vorstellte, setzte sich und unterhielt sich einige Minuten mit Gabrielle. Man hatte ihr erlaubt, auf der Insel zu bleiben, und ihr Lösegeld abzuarbeiten. Sie kochte für die Piraten und war ihnen offenbar auch in anderer Weise dienlich, wenn ihr der Sinn danach stand, was sie Gabrielle leichthin erzählte.

Sie war nun schon zwei Jahre da, betrachtete sich mittlerweile sogar als zugehörig und bekannte freimütig: »Sie sind nicht darauf aus, sich einen Namen zu machen, ganz anders als die Piraten, die Sie vielleicht noch aus dem letzten Jahrhundert kennen. Sie wechseln ihren Namen ebenso häufig wie ihre Schiffe oder deren Namen und benutzen Verkleidungen. Sie wollen Geld machen, nicht gehenkt werden. Heutzutage operieren sie im Geheimen und wechseln sogar alle paar Jahre die Basis.«

»Ist das hier ihr Basislager?«, fragte Gabrielle neugierig.

Dora nickte. »Wir sind hier auf einer Insel, die so abgelegen ist, dass sie nie einen Namen bekommen hat. Es ist eine hübsche Insel, zu hübsch sogar. Ein oder zwei Mal mussten schon Siedler vertrieben werden, denen sie ebenfalls gefiel.«

»Wer ist ihr Anführer?«

»Keiner. Die Kapitäne sind gleichberechtigt und bestimmen nur über ihre eigenen Mannschaften. Wenn Entscheidungen getroffen werden müssen, die alle angehen, stimmen sie ab.«

»Wie viele Kapitäne teilen sich diese Basis?«, fragte Gabrielle.

»Augenblicklich fünf. Es gab noch einen sechsten, aber der ist letztes Jahr eines natürlichen Todes gestorben, und seine Mannschaft hat sich auf die anderen verteilt.«

Gabrielle äußerte ihr Erstaunen darüber, dass so wenige Kapitäne über eine anscheinend recht große Ansiedlung bestimmten.

»Sie wollen nicht zu viele Mannschaften hier. Je mehr Menschen herkommen, desto größer ist auch die Gefahr, dass einer sich verplappert und die Lage der Basis verrät.«

Als Kapitän Brillaird das Haus betrat, zog die Frau sich schnell zurück. Seinen wahren Namen hatte er Gabrielle nicht genannt und sie sollte ihn auch nie erfahren. Er wechselte die Namen so häufig, dass seine Männer ihn schlicht »Käpt'n« nannten, daher folgte Gabrielle ihrem Beispiel, wenn es sich nicht vermeiden ließ, ihn anzusprechen. Er jedoch registrierte nur, dass sie dasaß, und ignorierte sie dann für den Rest des Tages – ebenso wie die folgenden Tage.

Fünf Tage später hatte der Kapitän sie immer noch nicht gefragt, wen er wegen des Lösegeldes kontaktieren sollte. Gabrielle machte sich derweil Gedanken darüber, wie sie ihm erklären konnte, dass ihr Vater zwar den Preis bezahlen würde, sie aber schlichtweg nicht wusste, wo er zu finden war. Sie konnte sich nicht denken, dass der Kapitän ihr glauben würde, und sie konnte sich nicht vorstellen, was dann geschehen würde. Dora erklärte ihr, dass man sie noch nicht befragt habe, weil der Kapitän die Information erst brauche, wenn er wieder bereit zum Auslaufen sei, und wann das sein würde, wusste niemand. Die Frau des Kapitäns lebte auf der Insel und er hatte sie zwei Monate nicht gesehen.

Die Piraten aßen, schliefen, tranken, spielten, zankten, scherzten und spannen Seemannsgarn. Gabrielle schlief in einer winzigen Kammer an der Rückseite des Hauptgebäudes und jeden Tag wurde ihr der Zugang zum Gemeinschaftsraum erlaubt, daher konnte sie sich über Langeweile nicht beklagen. Es war nervtötend, aber nicht langweilig. Margery durfte sie täglich einige Stunden besuchen und Gabrielle stellte erleichtert fest, dass ihre ehemalige Haushälterin die Gefangenschaft gut ertrug, obwohl sie sich unablässig über die dünne Strohmatte beschwerte, auf der sie schlafen musste, und über die schlechte Qualität der Speisen.

Am sechsten Tag ihrer Gefangenschaft trafen zwei weitere Schiffe ein; im Hauptraum wurde es mit den neuen Mannschaften etwas eng. Und auch sehr viel beunruhigender. Denn die Neuankömmlinge waren alles andere als freundlich. Einige warfen Gabrielle Blicke zu, bei denen es ihr kalt über den Rücken lief. Und einer der beiden neuen Kapitäne starrte sie so lange und so durchdringend an, dass sie an seinen bösen Absichten keine Zweifel hegte.

Er war groß und muskulös, wahrscheinlich Ende dreißig oder Anfang vierzig, obwohl das schwer zu sagen war, denn er trug einen dichten schwarzen Bart, der so verfilzt war, dass er wohl noch nie mit einem Kamm in Berührung gekommen war. Der Mann wurde Pierre Lacross genannt, doch möglicherweise war er kein echter Franzose. Viele der Piraten taten ja, als seien sie jemand anders, und nicht ein Einziger benutzte seinen wahren Namen. Doch dann fand Gabrielle heraus, dass Pierre Lacross die Ausnahme von der Regel war. Er war tatsächlich Franzose. Er konnte seinen starken Akzent nicht einfach an- und abschalten wie die anderen. Hässlich war er nicht, doch das grausame Glitzern in den blauen Augen verunstaltete sein Gesicht, das sonst durchaus attraktiv gewesen wäre.

Der Mann hatte etwas Böses an sich und Gabrielle war nicht die Einzige, die das bemerkte. Die anderen Männer gingen ihm aus dem Weg und vermieden es, seinen Blick auf sich zu ziehen. Doch immer wieder wanderten seine eisigen blauen

Augen zu Gabrielle hin, und das jagte ihr so viel Angst ein, dass sie beinahe zitterte.

Als Gabrielle England verlassen hatte, war sie in Bezug auf Männer völlig unschuldig gewesen. Ihre Mutter hatte ihr nie erklärt, was sie zu erwarten hatte, wenn sie heiratete. Vermutlich hätte sie es getan, ehe sie Gabrielle in die Londoner Gesellschaft einführte, doch dann ging Carla völlig in ihrer Romanze mit Albert auf, und am Ende, als Albert sie verlassen hatte, war sie nur noch mit ihrem Elend beschäftigt. Von den Piraten hatte Gabrielle allerdings eine Menge über Männer gelernt.

Anstatt ihre Sprache zu zügeln, wenn sie in Hörweite war, liebten sie es, mit ihren sexuellen Großtaten zu prahlen. Daher machte Gabrielle sich keine Illusionen mehr darüber, was der widerliche Kapitän Pierre Lacross von ihr wollte, als er sich am Tag nach seiner Ankunft über sie beugte und sagte: »Ich werde dich meinem Freund abkaufen. Dann kann ich mit dir tun, was ich will.«

Sie wünschte, sie hätte nicht verstanden, was er damit andeutete, doch dem war nicht so. Würde es Kapitän Brillaird gleichgültig sein, woher das Geld kam, solange er nur bezahlt wurde? Sollte sie es wagen, ihm mehr zu versprechen, als Pierre bieten konnte? Das schien ihr der einzige Weg zu sein, wie sie verhindern konnte, als »Sklavin« zu enden.

Weglaufen war unmöglich, denn selbst falls es ihr gelang, sich aus dem Haus zu stehlen, kam sie ohne die Piraten nicht von der Insel weg. Kapitän Brillaird blieb ihre einzige Rettung, gleichzeitig wusste sie, dass er ihr nicht aus lauter Herzensgüte helfen würde. Hatte er überhaupt ein Herz? Er war ein Pirat! Ihm ging es nur ums Geld.

Doch instinktiv wusste sie, dass es ihr schlimm ergehen würde, falls Pierre seinen Willen bekam, deshalb fürchtete sie sich so sehr vor ihm. Unglücklicherweise wurde sie auch noch Zeugin seiner Grausamkeit, als er einen seiner Männer züchtigte. Er schlug den Mann direkt in der großen Halle, und nicht mit irgendeiner Peitsche. Die so genannte neunschwänzige Katze zerfetzte die Haut wie ein Messer. Und der Ausdruck in Pierres Augen, als er diese Peitsche schwang, bewies zweifelsfrei, dass es ihm Spaß machte.

Pierre wartete voller Ungeduld auf das Auftauchen ihres Kapitäns, damit er das Geschäft abschließen konnte. Unterdessen setzte er sich neben sie an den Tisch und erzählte ihr höhnisch, was er mit ihr vorhatte.

»Warum siehst du mich nicht an, *chérie*? Ihr feinen Damen, ihr habt viel zu viel Stolz. Aber wenn ich mit dir fertig bin, wird davon nichts mehr übrig sein. Schau mich an!«

Gabrielle weigerte sich. Sie hatte seinen Blick vom ersten Tag an gemieden. »Gehen Sie bitte weg.«

Er lachte nur. »Ah, du bist also gut erzogen. Und höflich. Ich frage mich, wie lange das wohl halten wird, wenn ich dich zu meinem Schoßhündchen gemacht habe. Wirst du ein gehorsames Hündchen sein, *chérie*, oder werde ich dich oft bestrafen müssen?« Als er den Laut des Entsetzens hörte, den sie nicht unterdrücken konnte, fuhr er fort: »Du hast gesehen, wozu ich fähig bin, aber mach dir keine Sorgen um deine hübsche zarte Haut. Deine Schönheit würde ich nie zerstören. Es gibt andere Wege, ein Hündchen gefügig zu machen …«

Er bedrängte sie, doch er rührte sie nicht an. Darauf achtete er peinlich genau, denn es gab stets viele Zeugen im Raum. Es war allerdings offensichtlich, dass er es gern getan hätte. Dora erzählte ihr, die erzwungene Zurückhaltung frustriere ihn derart, dass er Nacht für Nacht volltrunken nach draußen wanke, irgendwo umkippe, und erst am Nachmittag wieder auftauche.

Gabrielle hatte unglaubliches Glück, dass Kapitän Brillairds Frau ihren Mann so lange beschäftigt hielt, bis der Letzte der fünf Kapitäne in den Hafen einlief und auf die Insel kam. Eines Morgens betrat er zusammen mit Kapitän Brillaird das große Haus. Obwohl die beiden Männer gerade herzlich über einen Scherz lachten, den einer von ihnen gemacht hatte, fiel Gabrielle ihm sofort auf. Er stutzte und starrte sie an, dann legte er Kapitän Brillaird den Arm um die Schulter und bot an, sie zu kaufen. Da Pierre nicht da war, konnte er auch nicht protestieren und sagen, dass er diese Idee zuerst gehabt hatte. Denn das hätte er sicher getan, und womöglich wäre es sogar zu einem Kampf gekommen. Doch Pierre Lacross schlief noch seinen Rausch aus. Und Kapitän Brillaird schien alles recht zu sein, ganz wie Gabrielle vermutet hatte. Sie sah ihn nur die Achsel zucken, daraufhin schüttelten die beiden Männer sich die Hand und der fünfte Kapitän warf Kapitän Brillaird einen Beutel Münzen zu.

Gabrielle stand unter Schock. Alles war so schnell gegangen. Später fand sie heraus, dass der neue Kapitän ein Mittelsmann war. Es war nicht das erste Mal, dass er auf der Insel Geiseln aufkaufte, um sie mit beträchtlichem Gewinn an ihre Familien weiterzureichen. Damit war allen Seiten bestens gedient, erlaubte es doch den anderen Kapitänen, sich umgehend wieder ihrer eigentlichen Arbeit zu widmen. Der neue Kapitän war gut im Rechnen – und im Verkleiden. Fast hätte sie ihn nicht erkannt …

»Was zum Teufel machst du hier, Gabby, und wo ist deine Mutter?«

Er hatte sie sofort aus dem Lager herausgeführt und zog sie auf dem gut ausgetretenen Pfad zur Bucht hinter sich her. Die meisten seiner Männer waren noch damit beschäftigt, das Schiff zu vertäuen, und die wenigen, die ihnen auf dem Pfad entgegenkamen, wurden ohne eine Erklärung zurück zum Schiff beordert. Als Gabrielle protestierte und erklärte, dass ihre Haushälterin auch noch befreit werden müsse, wurde ein Mann geschickt, um Margery zu holen.

Sie hatte tausend Fragen an ihren Vater, doch als sie an ihren Verlust erinnert wurde, vergaß sie alles andere. »Sie ist gestorben, Papa. Deswegen habe ich England verlassen. Ich wollte dich finden und bei dir wohnen«, sagte sie traurig. »Aber nicht auf dieser Insel, falls du nichts dagegen hast«, setzte sie schroff hinzu.

Kapitel 3

Gabrielles Rettung hatte ihren Vater in eine höchst peinliche Lage gebracht. All die Jahre hatten sie und ihre Mutter nicht gewusst, ja nicht einmal geahnt, dass er ein derart abenteuerliches Leben führte. Nathan Brooks war ein Pirat. Daran musste Gabrielle sich erst einmal gewöhnen.

Er sah so anders aus, dass sie ihn kaum wiedererkannt hatte. Vor seinen Besuchen in England hatte er sich stets präsentabel gemacht, indem er sich den Bart abrasieren und das Haar, das er nun schulterlang trug, kurz schneiden ließ. Anders hatte Gabrielle ihn nie zu Gesicht bekommen, und sie war stets der Meinung gewesen, sie schlüge ihm nach, zumindest was die Farbgebung anbelangte. Er hatte genauso schwarzes Haar wie sie und ihre Augen waren so hellblau wie seine. Die Körpergröße ihres Vaters hatte sie allerdings nicht geerbt, was ein Glück war, denn er war ein hochgewachsener Mann, etwas über einsachtzig, während Gabrielle genauso groß war wie ihre Mutter. Doch dieser Mann ähnelte dem Vater, den sie kannte und liebte, in keinster Weise. Genau betrachtet waren Kleidung und Aussehen bei ihm ebenso extravagant wie bei den anderen Piraten, die ihr begegnet waren. An einem Ohr trug er sogar einen kleinen goldenen Ring!

Den hatte er allerdings gleich herausgenommen. Es machte ihn offenbar sehr verlegen, dass sie sein Doppelleben aufgedeckt hatte.

Einige Stunden nachdem sie den Hafen verlassen hatten, merkte Gabrielle, dass das Schiff ihres Vaters langsamer fuhr. Sie ging an Deck, um nachzusehen, was los war. Pierre Lacross' Schiff befand sich auf gleicher Höhe mit dem ihres Vaters. Pierre war ihnen von der Piratenbasis aus gefolgt!

Sie hatte Nathan noch gar nichts von ihm erzählt. Für längere Gespräche war kaum Zeit gewesen, und außerdem versuchte sie immer noch, die schockierende Entdeckung zu verarbeiten, dass ihr eigener Vater zu dieser Piratenbruderschaft gehörte. Doch zumindest hatte sie sich, nachdem ihr Vater sie gerettet hatte, in Sicherheit gewähnt und war davon ausgegangen, Pierre nie wieder sehen zu müssen.

Doch nun stand er auf dem Deck der *Crusty Jewel*, direkt neben Nathan, und die zwei unterhielten sich wie alte Freunde. Ihr dämmerte, dass sie zumindest gute Bekannte sein mussten, da sie beide zu den fünf Kapitänen zählten, die sich die Basis teilten.

Pierres eisiger, gieriger Blick heftete sich augenblicklich auf sie, sodass sie wie angewurzelt auf den warmen Decksplanken stehen blieb. Wieder überwältigte sie die Angst. Sie musste wohl blass geworden sein, denn ihr Vater trat an ihre Seite und legte schützend den Arm um sie.

»Du bist viel zu eilig mit ihr davon gesegelt, *mon ami*«, Pierre gab sich keine Mühe, den Grund seines Kommens zu verhehlen. »Ich wollte sie auch kaufen.«

»Sie ist nicht zu verkaufen«, entgegnete Nathan.

»Natürlich ist sie das. Du hast Geld für sie gegeben und ich werde dir mehr geben. So machst du deinen Gewinn und wir sind beide zufrieden.«

»Du hast mich nicht richtig verstanden. Sie ist meine Tochter«, sagte Nathan kühl.

Pierre machte ein überraschtes Gesicht. Einen sehr gespannten, stummen Augenblick lang, in dem sein Blick zwischen Gabrielle und ihrem Vater hin- und herglitt, schien er die Lage zu überdenken. Offenbar erkannte er, dass er sie kampflos nicht bekommen würde, und entschloss sich zum Rückzug. Er lachte und nahm sein Pech so sanftmütig hin, wie es einem Mann wie ihm möglich war. Sein Tonfall überzeugte ihren Vater offenbar davon, dass Pierre eingesehen hatte, dass er sie nicht haben konnte, aber Gabrielle ließ sich nicht täuschen. Sie hatte das Gefühl, dass Pierre die Unterredung mit ihrem Vater lediglich für eine kurze Verzögerung hielt. Er segelte zwar davon, doch sie befürchtete sehr, ihn nicht zum letzten Mal gesehen zu haben.

Margery scheute sich nicht, ihr deutliches Missfallen am Gewerbe von Gabrielles Vaters kundzutun. Bei all den bösen Blicken, die sie ihm in den ersten Tagen zuwarf, sah Gabrielle sich bald gezwungen, ihn zu verteidigen. Schließlich war er ihr Vater. Dass er ein Pirat war, bedeutete nicht, dass sie aufhören konnte, ihn zu lieben.

Sie und Nathan fanden erst Zeit zum Reden, nachdem sie seinen Heimathafen auf St. Kitts erreicht hatten. Auf dieser Insel im Zentrum seiner Segelrouten besaß er ein kleines Haus am Strand. Es lag weit genug weg von der Stadt, um das Schiff auf See ankern zu lassen und im Falle eines Falles hinrudern zu können. Doch dieser Fall war nie eingetreten. St. Kitts war ein englischer Hafen und Nathan, als Engländer, hatte nie auch nur einen Schuss auf ein englisches Schiff abgegeben. Er hatte es eher auf Franzosen, Holländer und Spanier abgesehen.

Sein Haus war recht ungewöhnlich, wie ein hübsches englisches Landhaus, das dem warmen Klima angepasst worden war, mit großen luftigen Räumen und Fenstern, die sich nach allen Seiten hin öffneten, um jede Brise einzufangen, woher sie auch wehte. Glänzende Hartholzböden, Palmen in großen Töpfen und duftige Vorhänge verliehen dem Ganzen ein wenig Lokalkolorit, doch die Möbel waren elegant und vom Stil her sehr englisch. Alles wurde makellos in Ordnung gehalten von einem kleinen Stab von Bediensteten, die sich um das Haus kümmerten, wenn Nathan unterwegs war. Die geschmackvollen Bilder an den Wänden erinnerten Gabrielle so sehr an jene, die ihre Mutter gesammelt hatte, dass sie sich wie zu Hause fühlte.

Das Schlafzimmer, das sie bekommen hatte, war viel größer als ihr Zimmer in England. Der alte Schrank, der dort stand, war ein antikes Stück mit Intarsien aus Kirschholz und Elfenbein in den Türen; das Himmelbett hatte geschnitzte Pfosten, über die ein hauchdünnes Moskitonetz drapiert war. Und der Blick, den sie vom Balkon auf das Meer und den Hafen in der Ferne hatte, war großartig.

Auch vom Esszimmer aus überblickte man den Ozean. Dort wurde am ersten Abend ein schmackhaftes einheimisches Gericht aus gefüllten Krebsen mit Kochbananen und würzigen Tomaten serviert, dazu ein guter französischer Wein. Eine milde, aromatische Brise wehte durch die offenen Fenster, die auch das beruhigende Rauschen der Meereswellen einließen. Gabrielle hatte das Gefühl, dass sie das Leben auf dieser Insel lieben würde. Margery dagegen war deutlich anderer Ansicht. Während der ganzen Mahlzeit beäugte sie die Diener mit bösen Blicken und wiederholte ein ums andere Mal, dass sie das erste Schiff zurück nach Hause nehmen wolle.

Sobald Margery mit ihrer schlechten Laune ins Bett gegangen war, führte Nathan Gabrielle zu einem Spaziergang an den Strand, damit sie ihm alle Fragen stellen konnte, die ihr durch den Kopf gingen. Er entschuldigte sich nicht für die Art, wie er sein Geld verdiente, aber er erklärte ihr, wie es dazu gekommen war.

»Ich war noch ein junger Seemann auf einem Handelsschiff, als wir in einem Sturm sanken«, erzählte er ihr. »Nur wenige von uns überlebten. Wir trieben schon tagelang auf dem Meer, als die Piraten uns auflasen.«

Gabrielle glaubte zu verstehen. »Also fühltest du dich ihnen verpflichtet, weil sie dich gerettet hatten.«

»Ich würde es eigentlich nicht Rettung nennen, Gabby. Sie brauchten bloß Leute.«

»Sonst wären sie weitergesegelt, ohne überhaupt anzuhalten?«, riet sie.

»Genau. Dann bekamen wir das übliche Angebot: mitmachen oder zurück ins Wasser. Also machte ich mit.«

»Aber du hättest doch nicht bei ihnen bleiben müssen, oder? Im nächsten Hafen hättest du deiner Wege gehen können.«

»Wir liefen lange keinen Hafen an, zumindest keinen, der nicht von den Piraten kontrolliert wurde. Und als wir es schließlich taten, tja, um ehrlich zu sein, mir gefiel das Leben. Ich fand es aufregend. Eigentlich sprach kaum etwas dagegen zu bleiben, und dann arbeitete ich mich hoch, bis ich ein eigenes Schiff bekam.«

»War das bevor oder nachdem du Mama kennengelernt hast?«

»Vorher.«

»Und sie hat nie etwas geahnt?«

»Nicht das Geringste.«

»Was hast du überhaupt in England gewollt, als du ihr begegnet bist?«

»Ich war auf Schatzsuche«, grinste er. »Der Kapitän des Schiffes, das uns aufgelesen hat, hat mich damit angesteckt.«

»Du hast in England einen Schatz gesucht?«, fragte Gabrielle erstaunt.

»Nein, es war das fehlende Stück für eine meiner Karten, das mich dort hingeführt hat. Ich habe Jahre gebraucht, um herauszufinden, dass die Familie deiner Mutter im Besitz dieses letzten Teils sein sollte. Ich habe sie geheiratet, damit die Suche leichter wurde.«

»Hast du sie denn gar nicht geliebt?«

Nathan errötete leicht. »Sie hat sehr gut ausgesehen, aber trotzdem, ich liebe nur die See, Mädchen. Und Carla war einfach nur froh, einen Ehemann zu haben. Sie fing langsam an, sich zu sorgen, weil sie schon mehrere Saisons in London mitgemacht und immer noch keinen erwischt hatte. Ich war natürlich nicht standesgemäß und konnte keinen feinen Stammbaum vorweisen wie sie, aber ich habe damals ziemlich flott ausgesehen, wenn ich das so sagen darf. Allerdings waren wir, glaube ich, beide überrascht, als sie meinen Antrag annahm.

Der Rausch war auch ziemlich schnell vorbei. Sie war froh, als ich wieder fortsegelte.«

Das erklärte natürlich eine Menge. Gabrielle hatte sich stets gefragt, was ihre Eltern aneinander gefunden hatten, denn immer, wenn ihr Vater zu Besuch gewesen war, hatten sie sich beinahe wie Fremde benommen. Das war der Wahrheit recht nahe gekommen. Sie hatte das Gefühl, dass nicht nur Nathan die Heirat für eigene Zwecke genutzt hatte, sondern auch Carla. Sie hatte ein Kind gewollt und dafür einen Ehemann gebraucht. Doch daran, dass ihre Mutter sie liebte, hatte Gabrielle über all die Jahre nicht ein einziges Mal gezweifelt. Selbst gegen Ende, als Carla wegen ihres verlorenen Liebhabers so verbitterte, hatte sie ihre Verzweiflung nicht an ihrer Tochter ausgelassen.

»Hast du das fehlende Stück für deine Karte schließlich gefunden?«, fragte Gabrielle neugierig.

»Nein«, murmelte ihr Vater. »Aber ich habe mir mit der Suche zu lange Zeit gelassen. Du warst schon unterwegs, als ich fortging, und du warst der einzige Grund, warum ich im Laufe der Jahre immer wieder gekommen bin. Aber ich habe es nie bereut. Du bist ein Fixstern in meinem Leben, Gabby, das Einzige, worauf ich wirklich stolz bin. Es tut mir sehr leid, dass deine Mutter gestorben ist und du alles allein durchstehen musstest. Und dann hast du es sogar noch gewagt, hierher zu kommen und mich zu suchen – das war sehr mutig von dir.«

»Ich dachte, ich hätte keine andere Wahl.«

Sie waren stehen geblieben, um über das mondbeschienene Meer zu schauen, zu ihren Füßen schwappten die Wellen ans Ufer. Eine warme Brise krauste den Saum ihres Rocks. Nathan legte Gabrielle den Arm um die Schultern und zog sie an sich.

»Es tut mir auch leid, dass du gefangen genommen wurdest, aber es tut mir nicht leid, dass du jetzt bei mir bist, Tochter. Hier habe ich dich immer haben wollen.«

Tränen traten ihr in die Augen, als sie den Arm um ihn legte, um ihn ebenfalls an sich zu drücken. Sie war zu Hause, endlich richtig zu Hause.

Gabrielle fand das Leben auf St. Kitts großartig. Jeden Morgen, wenn sie aufwachte, lag ein Tag voller Sonne und Abenteuer vor ihr. Nachdem sie auf Drängen ihres Vaters schwimmen gelernt hatte, badete sie fast täglich im warmen, blauen Meer. Und mit dem Pferd, das er ihr gekauft hatte, ritt sie am Strand entlang, manchmal kehrte sie erst in der Abenddämmerung nach Hause zurück, weil sie sich von den überwältigenden Sonnenuntergängen nicht losreißen konnte.

Sie liebte dieses Leben, auch wenn die Hitze gelegentlich drückend werden konnte. Doch alles war neu für sie und, jung wie sie war, fand sie es samt und sonders faszinierend. Das Essen war anders, das Klima gar nicht zu vergleichen, die Einheimischen waren bunt gekleidet und freundlich und die Vergnügungen, selbst das Tanzen auf den Straßen, wären daheim in England unvorstellbar gewesen.

Sie entdeckte sogar, dass ihr das Segeln auf dem Schiff Spaß machte, und sammelte darin schnell Erfahrung, weil sie ihren Vater oft begleitete, wenn er den Hinweisen auf einer seiner zahlreichen Schatzkarten folgte. Mit der Zeit verstand sie, warum er das Leben gewählt hatte, das er führte. In einer einzigen Woche konnte Nathan mühelos mehr Spaß und Aufregung haben als manche Männer in ihrem ganzen Leben! Gabrielle hieß sein Piratenleben zwar immer noch nicht gut, doch sie begann, es in einem anderen Licht zu sehen, insbesondere nachdem sie erfahren hatte, dass einige der Geiseln, die Nathan ausgelöst hatte, ohne sein Eingreifen ihre Familien wohl nie wiedergesehen hätten – er spielte sozusagen den Mittelsmann. Und er kaperte auch selbst keine Schiffe mehr. Er verbrachte die meiste Zeit damit, Schätze zu suchen.

Sie war sogar einmal dabei, als er tatsächlich die auf einer seiner Karten eingezeichneten Orientierungspunkte fand und endlich das leuchtend rote Kreuz lokalisieren konnte, das anzeigte, wo der Schatz vergraben lag. Es war unglaublich aufregend, ihrem Vater und seinen Männern dabei zuzuschauen, wie sie an der bezeichneten Stelle auf der kleinen Insel gruben und nach einiger Zeit auf eine große Kiste stießen. Allerdings war Gabrielle ziemlich enttäuscht, als diese sich beim Öffnen als leer entpuppte.

Das war jedoch zu erwarten gewesen. Die Karten, die Nathan im Laufe der Jahre gesammelt hatte, waren schließlich durch viele Hände gegangen, bevor sie in seinen Besitz gelangten. Die meisten seiner Karten waren sehr schwer zu lesen, weil jeder Schatzbesitzer, der eine Karte zeichnete, möglichst wenige Orientierungspunkte eintrug. Gerade genug, um selbst den Weg zurück zu seiner Beute zu finden. Manche seiner Karten waren sogar zerrissen worden, was es nahezu unmöglich machte, sie zu enträtseln. Einzelne Teile waren auch an unterschiedlichen Orten versteckt oder an mehrere Familienmitglieder verteilt worden oder hatten über die Jahre ihre Bedeutung verloren, sodass manche Leute nicht einmal wussten, was sie da besaßen. Ihr Vater hatte zwei Karten, denen noch Teile fehlten.

Margery hatte das Schiff zurück nach England, das sie in den ersten Tagen auf St. Kitts kaum erwarten konnte, nie genommen. Obwohl ihr die Hitze auf den Inseln nicht bekam, war sie geblieben, weil sie Gabrielle unter all den »Seeräubern« nicht allein lassen wollte. Manche dieser Seeräuber lernte sie mit der Zeit jedoch recht gut kennen, zumindest die Männer aus Nathans Crew. Bei Gabrielle war es ähnlich, mittlerweile betrachtete sie einige von ihnen sogar als liebe Freunde. Erstaunlicherweise waren die meisten von Nathans Männern genau besehen recht anständig und ehrenwert, obwohl vielleicht ein wenig zu freizügig und zu abenteuerlustig, um in die normale Gesellschaft zu passen.

Nathan schaffte es, Gabrielle vor unangenehmen Zeitgenossen wie Pierre Lacross zu schützen, obwohl sie die Furcht vor diesem Mann nie verlor, nicht einmal nachdem sie erfahren hatte, dass er sich mit einer Piratin namens Red zusammengetan hatte. Und sie begegnete ihm auch noch einmal, auf hoher See, als sie und ihr Vater auf Schatzsuche waren. Damals hatte sie herausgefunden, dass Pierre seine Geiseln getötet hätte, wenn Nathan sie ihm nicht abgenommen hätte. Doch bevor Pierre davon gesegelt war, war es ihm gelungen, Gabrielle kurz nahe zu kommen und ihr außer Hörweite ihres Vaters zuzuflüstern: »Glaub' nicht, dass ich dich vergessen habe, Kätzchen. Unsere Zeit wird kommen.«

Das war wahrscheinlich der einzige dunkle Punkt in einer Reihe von wunderbaren, ungetrübten Erfahrungen, die sie machte, während sie mit ihrem Vater auf den Inseln lebte. Sie wusste, dass es nicht ewig so weitergehen konnte. Irgendwann würde sie heiraten, und sie freute sich sogar darauf. Sie sehnte sich danach, das zu bekommen, was sie als Kind vermisst hatte – eine normale, liebevolle Familie, die fest zusammenhielt. Gabrielle flirtete sogar hin und wieder mit hübschen Seemännern, die jedoch stets wieder fortsegelten, was ihr nichts weiter ausmachte, da sie in den ersten Jahren auf St. Kitts wirklich nur eines wollte: Zeit mit ihrem Vater verbringen und all die Jahre aufholen, die sie getrennt gewesen waren.

So vergingen fast drei Jahre, dann kehrte Charles Millford von seiner Schule im Ausland zurück. Der sehr attraktive Sohn einer feinen englischen Familie, die eine Zuckerplantage auf der Insel besaß, schien an Gabrielle ebenfalls recht interessiert zu sein – bis er herausfand, wer ihr Vater war, und ihr daraufhin taktloserweise auch noch erklärte, warum er die Bekanntschaft nicht fortführen könne. Dabei ging es nicht einmal darum, dass Nathan Pirat war! Das wusste ja niemand auf St. Kitts. Es war, weil die Millfords ihn für einen gemeinen Bürgerlichen hielten. Sie waren derart hochnäsig, dass Gabrielle ihnen deswegen für ihren einzigen Sohn nicht gut genug war.

Gabrielle war am Boden zerstört, als Charles ihr fortan die kalte Schulter zeigte, obwohl sie es gut verbarg. Sie hatte nicht die Absicht, ihren Vater wissen zu lassen, dass der einzige Mann, den sie ernstlich als Ehemann in Betracht gezogen hatte, sie seinetwegen nicht haben wollte.

Doch die Insel war klein. Irgendwie fand Nathan die Sache heraus. Gabrielle hätte es an der ungewohnten Nachdenklichkeit merken müssen, die er plötzlich an den Tag legte, aber da er nichts sagte, wollte sie ihn nicht bedrängen. Erst als sie einmal ihre bevorstehende Volljährigkeit erwähnte, und Ohr, einer von Nathans treuen Gefolgsleuten, daraufhin sagte, »Und da ist sie noch nicht verheiratet?«, handelte Nathan. Er wurde ganz blass und rief sie noch am gleichen Abend zu sich ins Arbeitszimmer.

Nach seiner Reaktion auf Ohrs Bemerkung vermutete sie, dass er über ihre Heiratsaussichten auf der Insel sprechen wollte. Was er jedoch wirklich beschlossen hatte, hätte sie sich nie träumen lassen.

Kaum dass sie in dem Sessel vor seinem Schreibtisch Platz genommen hatte, sagte er: »Ich schicke dich zurück nach England.«

Ihre Antwort kam wie aus der Pistole geschossen. Sie musste nicht einmal darüber nachdenken. »Nein.«

Er lächelte sie an. Es war ein trauriges Lächeln. Und er versuchte gar nicht erst zu diskutieren. Da Nathan Gabrielle gern glücklich sah, gewann sie normalerweise jeden Disput, den sie hatten.

Nathan erklärte schlicht: »Du weißt, dass deine Mutter und ich nicht gut zusammenpassten. Sie kam aus der Oberschicht, während meine Eltern auf der unteren Stufe der Gesellschaftsleiter standen. Wohlgemerkt, ich brauche mich für nichts zu schämen, nicht was meine Erziehung angeht. Ich bin in Dover aufgewachsen. Meine Eltern waren gute, hart arbeitende Leute. Doch deine Mutter hat es nie so gesehen, daher erfand sie für ihre Freunde großartige Geschichten über meine Herkunft und warum ich kaum zu Hause war.«

»Das weiß ich doch alles, Papa.«

»Ja, das ist mir klar, doch es ist so, dass aufgrund der Herkunft deiner Mutter blaues Blut in deinen Adern fließt. In diesem Teil der Welt wird dir das aber niemand glauben. Und außerdem ist mir heute aufgegangen, wie viel ich dir vorenthalten habe, indem ich dich bei mir behielt: eine Saison in London, all die großen Bälle und Festlichkeiten, die einem Mädchen aus der oberen Gesellschaftsschicht zustehen – alles, was deine Mutter für dich gewollt hat, unter anderem einen Ehemann aus den besseren Kreisen.«

Gabrielle senkte den Kopf. »Du weißt das mit Charles Millford, nicht wahr?«

»Ja«, sagte Nathan ruhig. »Ich habe sogar mit dem Gedanken gespielt, den alten Millford zu fordern.«

Ihr Kopf schoss in die Höhe. »Das ist nicht dein Ernst!«

Er grinste. »Durchaus, aber ich dachte, ich frage dich besser vorher, ob du den Burschen wirklich liebst.«

Gabrielle dachte einen Augenblick nach und gestand: »Nicht so, wie es sein sollte. Ich bin sicher, dass ich es gekonnt hätte, aber um ehrlich zu sein, glaube ich, dass ich einfach nur bereit war, mich zu verlieben, und Charles war der erste Mann hier, bei dem ich dachte, er könnte einen guten Ehemann abgeben.«

»Ob es uns passt oder nicht, Gabby, denk mal darüber nach, was du gerade gesagt hast. In der ganzen Zeit, die du schon hier bist, ist er der Einzige, den du als Ehemann überhaupt in Betracht gezogen hast. Das ist ein bedauerlicher Mangel an Auswahl, meine Liebe, wo du doch unter Dutzenden von jungen Männern wählen können solltest – und in England wirst du das haben. Nein, du gehst zurück, um dein

Erbe einzufordern und die Saison mitzumachen, so wie deine Mutter es stets für dich geplant hat, dabei wirst du schon einen geeigneten Ehemann finden.«

Gabrielle wusste, dass er recht hatte und ihr höchstwahrscheinlich keine andere Wahl blieb. Doch ein englischer Ehemann bedeutete ein Leben in England, und sie hasste den Gedanken, ihr idyllisches Inselleben aufgeben zu müssen. Andererseits, vielleicht hatte sie Glück und fand einen Ehemann, der abenteuerlustig genug war, aus Liebe zu ihr in die Karibik zu ziehen. *Das* wäre geradezu ideal und ließ sie sogar ein wenig Vorfreude auf die Reise empfinden.

»Du hast recht«, sagte sie. »Ich würde gern jemanden kennenlernen, den ich lieben und heiraten kann, aber wie soll ich das anstellen, ohne dass mich jemand in die englische Gesellschaft einführt?«

»Mach dir keine Gedanken, Liebes. Ich habe vielleicht nicht so gute Beziehungen wie deine Mutter, aber ich kenne einen Mann, der mir einen Gefallen schuldet, er kommt aus der Oberschicht und hat genau die richtigen Verbindungen. Sein Name ist Malory – James Malory.«

Kapitel 4

»Glaubst du, Drew wird etwas dagegen haben?«, fragte Georgina Malory ihren Mann, während sie sich für das Abendessen umkleideten.

»Hast du überhaupt vor, ihn zu fragen?«, antwortete James.

»Aber natürlich.«

»Mich hast du jedenfalls nicht gefragt«, beschwerte er sich.

Georgina schnaubte. »Als ob du mich allein fahren lassen würdest.«

»Selbstverständlich nicht, doch so hätte ich wenigstens die Möglichkeit gehabt, dir die Reise zu verbieten.«

Sie blinzelte überrascht. »Hättest du das wirklich getan?«

James stöhnte innerlich. Georgina hatte kürzlich eine Fehlgeburt erlitten. Sie sprachen nicht darüber, doch da es noch nicht lange her war, hätte er ihr jeden Willen getan. Auch wenn er ihre Brüder nicht leiden konnte und die Aussicht darauf, mit einem von ihnen zu segeln, ohne das Schiff selbst befehligen zu können, das Letzte war, wozu er sich unter normalen Umständen bereit erklärt hätte.

Er dachte allen Ernstes darüber nach, sich ein neues Schiff zu kaufen, um dem aus dem Wege zu gehen, allerdings war er nicht sicher, ob er das in der kurzen Zeitspanne, die Georgina ihm ließ, bewerkstelligen konnte. Andererseits, falls er sie selbst nach Amerika brachte, würde Georgina die zusätzliche Zeit mit ihrem Bruder entgehen, auf die sie sich so freute. Verdammt!

»Ich habe ja schon zugestimmt, George, es ist also abgemacht. Aber er ist dein Bruder. Was glaubst du?«

Georgina biss sich auf die Lippe, obwohl sie nicht besorgt zu sein schien. »Es passt doch geradezu perfekt, findest du nicht?«, offenbar suchte sie ein wenig Zustimmung. »Drew wollte sowieso in einigen Wochen segeln, und zwar nicht in die Karibik, sondern nach Hause, nach Bridgeport. Er wird also bei dieser Fahrt Platz für Passagiere haben und muss meinetwegen keinen Umweg machen. Ich bin sicher, dass es ihm nichts ausmacht, eine Woche früher abzulegen. Er wollte nur länger bleiben, um mich zu besuchen.«

James hob eine seiner goldenen Brauen. Das war eine Angewohnheit, die seine Frau vor der Ehe ziemlich gestört hatte, doch heute fand Georgina sie liebenswert.

»Und sonst hättest du ihn gar nicht gefragt?«, wollte James wissen.

»Nun, ich hätte sicher in jedem Fall gefragt. Es gibt einfach keine bessere Zeit für die Reise. Jetzt haben wir Spätsommer, also werden wir noch vor dem Winter zu Hause sein. Und sogar Jeremys Hochzeitstag in einigen Tagen liegt günstig. Wenn wir nach der Hochzeit zurück in London sind, haben wir noch Zeit genug zum Packen, falls wir nächste Woche segeln. Es wäre mir nur etwas unangenehm gewesen, Drew zu bitten, für mich einen Umweg über Bridgeport zu machen, doch da er sowieso hinfährt ...«

»Du vergisst, dass er Jack anbetet. Wenn nicht für dich, für sie würde er alles tun. Und die Idee, sie nach Connecticut zu bringen, wo sie aus erster Hand erfahren kann, woher der barbarische Teil ihrer Familie stammt, wird ihn ebenso begeistern wie dich. Deine Brüder reden schon seit Jahren davon, dass sie diese Reise unternehmen soll. Wenn es nach ihnen ginge, würde sie dort aufwachsen, nicht hier.«

Georgina ignorierte die Bemerkung über die »Barbaren« und widersprach etwas anderem: »Ich glaube nicht, dass sie Jack reisen lassen wollten, solange sie noch so jung ist. Sie hoffen vielmehr, dass sie einen Amerikaner heiratet, deshalb sollte sie diesen besonderen Besuch erst machen, wenn sie in dem Alter ist, in dem man sich einen Mann angelt.«

»Hüte deine Zunge, George. Sie wird einen Engländer heiraten – falls ich je einen nahe genug heranlasse, um ihre Bekanntschaft zu machen.«

Letzteres brummelte er leise vor sich hin, sodass Georgina schmunzeln musste. »Nun, sie dachten, falls Jack sich in einen Amerikaner verliebt, könntest du die Hochzeit nicht verhindern. Du würdest natürlich Einwände erheben, aber da die kleine Prinzessin eine deiner wenigen Schwächen ist, müsstest du dich am Ende geschlagen geben.«

»Danke für die Warnung.«

Als James nichts weiter sagte, fragte Georgina stirnrunzelnd: »Heißt das, du wirst sie auf keinen Fall nach Connecticut lassen, wenn sie ins heiratsfähige Alter kommt?«

»Ganz genau.«

Georginas Stirn glättete sich, sie kicherte sogar. »Dann muss ich dir leider mitteilen, dass heutzutage immer mehr Amerikaner nach England kommen. Und du kannst davon ausgehen, dass meine Brüder, wenn die Zeit reif ist, jeden annehmbaren jungen Mann hier anschleppen werden, damit er ihre geliebte Nichte kennenlernt.«

»Darauf würde ich nicht wetten, meine Liebe.«

Georgina seufzte, als sie sich ausmalte, wie unangenehm es werden würde, wenn ihr Mann und ihre Brüder ihre Waffenruhe aufkündigten. Schließlich war es nur ein widerwilliges Übereinkommen. Die Männer mochten sich nicht besonders und hatten früher sogar versucht, sich gegenseitig umzubringen. Einmal hatten ihre Brüder James heftig verprügelt, und zwar alle fünf gleichzeitig. Natürlich hätten sie es nicht geschafft, ihn totzuschlagen, doch sie waren geradezu mordlüstern gewesen, nachdem James ihnen eröffnet hatte, dass er ihre einzige Schwester kompromittiert hatte. Außerdem wären sie durchaus bereit gewesen, James wegen Piraterie hängen zu lassen, wenn er sie nicht geheiratet hätte. Kein sehr schöner Beginn für die wundervolle Ehe, die sie jetzt führten, trotzdem konnte sie eins behaupten: es war unglaublich aufregend gewesen, James Malory, einen ehemaligen Frauenhelden und Gentleman-Piraten kennenzulernen.

Schließlich sagte Georgina achselzuckend: »Ich weiß gar nicht, wie wir darauf gekommen sind, über Jacquelines Hochzeit zu sprechen, das ist doch noch Jahre hin. Wir sollten lieber über Jeremys reden, die ist schon in ein paar Tagen. Du weißt, dass er zum Abendessen kommt, ja? Und dass wir ihn aufmuntern müssen? Ich habe auch Percy und Tony mit Familie eingeladen.«

James trat hinter Georgina und legte seine Arme um sie. »Das hast du alles schon beim Frühstück erzählt. Was ich nicht wusste, war, dass du nervös bist, und versuch nicht, das zu leugnen. Sonst würdest du dich nicht ständig wiederholen. Gib's zu, George.«

»Ich bin überhaupt nicht nervös. Ich glaube, dass Drew der Gedanke, uns als Passagiere mitzunehmen, gut gefallen wird, wenn ich ihn darauf bringe, und das werde ich heute Abend tun.«

»Was beunruhigt dich dann?«

Georgina seufzte erneut. »Ich glaube, wir werden alt, James.«

»Ach, dass ich nicht lache.«

Sie drehte sich um und umschlang ihn ebenfalls, was keine leichte Aufgabe war, angesichts der Tatsache, wie breit und muskulös James Malory gebaut war. »Doch, werden wir«, beharrte sie. »Jetzt, wo Jeremy heiratet, wird er uns bestimmt bald zu Großeltern machen, und wenn das passiert, werde ich mich sicher uralt fühlen!«

James lachte schallend. »Was bist du doch für ein Dummerchen, und ich dachte, auf so etwas kommst du nur, wenn du … schwanger bist. Großer Gott, George, du bist doch nicht schon *wieder* schwanger, oder?«

Georgina war eingeschnappt. »Nicht dass ich wüsste. Nein, im Ernst, ich glaube nicht.«

»Dann hör auf, dich zu sorgen, oder muss ich dich daran erinnern, dass Jeremy nur dein Stiefsohn ist und außerdem nur wenige Jahre jünger als du. Du wirst doch nur Stiefgroßmutter. Und nenn mich bloß nicht wieder alt, oder willst du, dass ich mir diesen Schuh anziehe?«

Lachend schob sie ihn von sich weg, denn er hatte sie an die wilde Verfolgungsjagd erinnert, die sie sich auf seinem Schiff, der *Maiden Anne*, um den Tisch herum geliefert hatten, nachdem sie ihm vorgeworfen hatte, alt zu sein, und er sich »diesen Schuh nicht anziehen« wollte. Er hatte gedroht, ihr zu zeigen, wozu er fähig sei, und womöglich hätte er es sogar getan. Schließlich hatte Georgina seine Eitelkeit verletzt, noch dazu mit voller Absicht. Seitdem gehörten Witze über Schuhe zu ihrem Leben.

»Natürlich braucht der Junge Aufmunterung«, stimmte James ihr zu. »Schließlich hat ihn seine zukünftige Schwiegermutter geradezu aus dem Haus geworfen und lässt ihn die Braut vor der Hochzeit nicht mehr sehen. Ich will verflucht sein, wenn ich deiner Familie erlaubt hätte, mich von dir fernzuhalten, nachdem der Hochzeitstermin feststand.«

»Sehr witzig, James. Wir sind gar nicht dazu gekommen, einen Hochzeitstermin festzulegen, das weißt du genau. Uns hat man noch am selben Tag, an dem meine Familie deine Bekanntschaft machte, vor den Traualtar geschleift.«

»Ja, das war eine feine Sache, aber schließlich sind Barbaren auch *ganz* leicht berechenbar.«

Georgina musste lachen. »Wir sollten ihnen besser nicht verraten, dass du sie damals zu dieser Eile gedrängt hast, während sie es für ihre Idee hielten.«

»Sie würden es sowieso nicht glauben und glücklicherweise hast du im Moment nur einen Bruder hier – immer noch einen zu viel, aber das kann ich ertragen.«

»Du wirst nie zugeben, dass meine Brüder gar nicht so übel sind, wie du gedacht hast, oder? Erst kürzlich hat Drew Jeremy aus der Patsche geholfen, und zwar ohne darum gebeten worden zu sein.«

»Das habe ich registriert. Ich hasse es, das sagen zu müssen, aber dafür bin ich ihm etwas schuldig. Nur erinnere ihn nicht daran. Verdammt, ich hoffe, dass er es wieder vergisst.«

»Ach, papperlapapp. Er erwartet gar keinen Dank. So sind die Andersons nicht und das weißt du auch.«

»Da bin ich leider anderer Meinung, George. *Jeder* ist so, wenn die Not groß genug ist. Glücklicherweise hat er vier Brüder, an die er sich wenden kann, bevor er darauf käme, seinen Schwager um Hilfe zu bitten. Hört sich an, als wäre Tony gekommen«, fügte er zusammenzuckend hinzu, als sie den Lärm von unten hörten. »Du solltest unserer Tochter wirklich einmal erklären, dass Quieken eine Angewohnheit von Schweinen ist, nicht von jungen Mädchen.«

Amüsiert über seine Reaktion auf das Gekreisch, das ihre und Tonys Tochter von sich gaben, grinste Georgina ihren Mann an. »Das wird nichts helfen. Du weißt doch, dass Jack und Judy unzertrennlich sind. Wenn sie sich einige Tage nicht gesehen haben, sind sie beim nächsten Treffen immer aufgeregt.«

»Und veranstalten diesen unmenschlichen Lärm.«

»Wobei mir einfällt … Jacqueline freut sich sehr auf diese Reise, aber ich glaube, es ist ihr noch nicht aufgegangen, dass sie Judith in den Monaten, in denen wir fort sind, nicht sehen wird.«

James stöhnte innerlich, denn er wusste, in welche Richtung Georginas Gedanken gingen. »Du lässt die Zwillinge bei Regan, willst aber jetzt noch jemanden auf die Passagierliste setzen? Mein Bruder wird nie seine Zustimmung geben. Darauf kannst du dich verlassen.«

»Natürlich wird er. Schließlich ist der Besuch in Amerika eine Bildungsreise für die Mädchen. Keins von beiden ist je aus England herausgekommen.«

»Aber Tony wird seine einzige Tochter schrecklich vermissen.«

»Gib ihm zu bedenken, dass er dann eine Weile mit Roslynn allein sein kann.«

James zog Georgina erneut in seine Arme. »Und wann bekomme ich ein wenig Zeit allein mit dir?«

»Möchtest du das denn?« Georgina schnurrte geradezu, als sie ihre Arme um seinen Nacken schlang und sich an ihn schmiegte.

»Ständig.«

»Dann werde ich mir etwas ausdenken, darauf kannst *du* dich verlassen.«

Kapitel 5

»Zwei Wochen sind doch schnell vorbei, außerdem bleiben nur noch drei Tage bis zur Hochzeit. So hast du immerhin etwas Zeit, es dir noch einmal zu überlegen, oder? Wenn du mich fragst, war das eine gute Idee von ihrer Mutter. Am Ende bist du ihr vielleicht noch dankbar.«

Alle vier Männer starrten Percival Alden an, als sei er verrückt geworden. Das kam nicht gerade selten vor. Eigentlich sogar andauernd. Percy, wie seine Freunde ihn nannten, brachte es immer wieder fertig, die dämlichsten Sachen zu sagen, oder aber, schlimmer noch, den falschen Leuten etwas zu verraten, das sie nicht wissen sollten, was für gewöhnlich einen seiner Freunde in eine peinliche Lage brachte. Doch kurioserweise tat er das nie absichtlich, so war Percy eben.

Augenblicklich kassierte Percy wegen der gerade gemachten Bemerkung nur von Jeremy Malory wütende Blicke. Die anderen Männer im Raum waren höchst amüsiert, bemühten sich aber mit bewundernswerter Selbstbeherrschung, es zu verbergen. Schließlich war Jeremy sehr niedergeschlagen, weil er Danny, die Frau, die sein Herz erobert hatte, nicht sehen durfte, solange ihre Mutter die Hochzeit vorbereitete.

Der Wunsch, einige Zeit ganz allein mit ihrer Tochter zu verbringen, war der wahre Beweggrund, warum Evelyn Hillary Jeremy vor fast zwei Wochen nach Hause geschickt hatte, um dort auf den Tag seiner Hochzeit zu warten. Er solle ihr diese Zeit doch gönnen, hatte sie ihn gebeten, und Jeremy hatte nicht ernsthaft etwas dagegen einzuwenden gehabt. Schließlich waren Mutter und Tochter lange Jahre getrennt gewesen, da Danny in den Londoner Slums aufgewachsen war, ohne ihre Herkunft zu kennen oder zu wissen, dass ihre Mutter noch lebte, denn sie hielt ihre Eltern für tot. Die beiden hatten sich gerade erst wiedergefunden.

Das zu wissen, machte es Jeremy allerdings nicht leichter, die Trennung zu ertragen. Ihm war nämlich erst kürzlich aufgegangen, dass seine Gefühle für Danny echt waren, und die Malorys ließen sich nicht leicht von der Liebe in Fesseln legen. Die Familie hatte einige der berüchtigsten Frauenhelden von London hervorgebracht, Jeremy inbegriffen, doch nicht einer von ihnen hatte die Liebe auf die leichte Schulter genommen, nachdem sie ihn erwischt hatte.

Drew Anderson war der Einzige im Salon, in den die Männer sich nach dem Abendessen zurückgezogen hatten, der nicht versuchte, seine Erheiterung über Percys Bemerkungen zu verstecken. Jeremy war ihm von allen Malorys der Liebste, denn sie hatten vieles gemeinsam. Zumindest war es so gewesen, ehe Jeremy sich entschlossen hatte, sein Junggesellenleben aufzugeben. Außerdem war Jeremy sein angeheirateter Neffe, oder Stiefneffe, jedenfalls gehörte er zur Familie.

Und was Drew noch mehr amüsierte, war, dass Jeremy, der bekanntermaßen so viel Alkohol vertrug, dass er nie einen richtigen Rausch bekam, auf dem besten Weg zu sein schien, seine erstaunliche Rekordserie an diesem Abend zu beenden. Er war schon mit einer Flasche Brandy in der Hand eingetroffen, hatte sich beim Essen eine weitere einverleibt, und war gerade eifrig dabei, die Dritte zu leeren. Es war unglaublich, dass er noch nicht besinnungslos betrunken am Boden lag oder wenigstens lallte. Seine Augen hatten jedoch einen glasigen Blick, der verriet, dass er zum ersten Mal in seinem Leben »ausgetrickst« war, wie sie es gern nannten.

Seinem Vater James war das noch nicht aufgefallen. Sein Onkel Tony war zu sehr damit beschäftigt, sich das Lachen zu verkneifen, um es zu merken. Percy sah nur Dinge, die er nicht sehen sollte, würde also den Mund halten. Doch Drew, der als Anderson sozusagen im feindlichen Lager war, fiel es nicht schwer, Jeremys Elend zu erkennen – und wie er gerade versuchte, ihm zu entkommen.

Er ertränkte sein Leid in Alkohol. Es war zu lustig. Dabei hatte Drew fast Mitleid mit ihm. Seine Braut war so unglaublich schön, dass Drew selbst überlegt hatte, ob er ihr nachstellen sollte, als er noch gedacht hatte, sie sei bloß Jeremys Stubenmädchen. Doch Jeremy hatte sie damals schon als seine Eroberung betrachtet, und das auch unmissverständlich zum Ausdruck gebracht. Und nach Drews Ansicht war keine Frau einen Streit wert. Wenn er eine nicht haben konnte, nahm er eben eine andere. Er war nicht wählerisch und hatte auch nicht vor, sich von einem Gefühl einfangen zu lassen, das ihm fremd war.

In jedem Hafen, den er anlief, gab es eine Frau, die ihn mit offenen Armen empfing. Nicht, dass er sich absichtlich Mühe gegeben hätte, sich in jedem Hafen eine »Braut« anzulachen, wie seine Schwester es gern ausdrückte. Er war einfach ein Mann, der Frauen liebte, und zwar alle Frauen, und die, die ihm am besten gefielen, hofften häufig, er würde ihren Hafen zu seinem Heimathafen machen. Dabei gab er ihnen nie einen Grund zu glauben, dass er sich je niederlassen würde. Er belog sie nicht, machte keine Versprechungen und verlangte auch nicht, dass sie, wenn er auf See war, ihm treuer waren als er ihnen.

Ehe Jeremy dazu kam, seine Wut an seinem Freund auszulassen, betraten Georgina und Anthonys Frau den Salon. Diese Roslynn Malory war ebenfalls eine verflixt gut aussehende Frau, dachte Drew. Man hatte ihm erzählt, wie Anthony die Dame erobert hatte. Sie hatte einen Mann gebraucht, um sich vor einem gewissenlosen Cousin zu schützen, der vorhatte, ihr Vermögen zu stehlen. Anthony hatte sich zum Erstaunen seiner Familie freiwillig gemeldet. Er zählte auch zu den Frauenhelden, denen niemand eine Liebesheirat zugetraut hatte.

Eins musste Drew den Malory-Männern lassen: bei Frauen

bewiesen sie ausgesprochen guten Geschmack. Und James Malory hatte seiner Meinung nach den besten Fang gemacht, denn James war es gelungen, die einzige Schwester der Andersons dazu zu bringen, sich in ihn zu verlieben. Selbstverständlich verdiente er sie nicht. Darin waren sich all ihre Brüder einig. Aber es war unbestreitbar, dass er sie glücklich machte.

Drew gefiel es nicht besonders, mit seinem schrecklichen Schwager auf ein Schiff gesperrt zu werden, doch er war hocherfreut, einige Zeit mit seiner Schwester und seiner Nichte verbringen zu können, denn er kam nicht allzu oft nach London. Schade, dass man James nicht zu Hause lassen konnte. Vielleicht sollte er das vorschlagen. Er konnte durchaus allein auf James' Familie aufpassen, schließlich war es auch seine Familie. Und er war sicher, dass James bei den schlechten Erinnerungen, die er an seinen letzten Besuch in Bridgeport hatte, in Wahrheit gar nicht mitwollte.

Den Vorschlag zu machen, konnte ja nicht schaden, dachte Drew. Es würde noch eine Woche dauern, bis sie segelten, genügend Zeit für James, wenigstens darüber nachzudenken, ob er zu Hause bleiben sollte. Auch Drew würde ausreichend Zeit haben zu beobachten, wie Jeremy sich die Fesseln der Ehe anlegen ließ, und zu bedauern, dass ein weiterer eingefleischter Junggeselle von Bord ging. Eher würde er sich erschießen lassen, als jemals etwas derartig Dummes zu tun.

Kapitel 6

Drew war in Eile. Er hatte soeben erfahren, dass das Schiff seines Bruders Boyd, die *Oceanus*, im Hafen Anker geworfen hatte und aufs Andocken wartete. Es würde Tage dauern, bis es einen Liegeplatz zugewiesen bekam, denn die Reihe der einlaufenden Schiffe war lang. Aber das hieß nicht, dass Boyd nicht schon an Land gegangen sein konnte, und falls dem nicht so war, würde Drew ein Beiboot suchen, das ihn zu Boyds Schiff hinausruderte.

Er hatte nicht gewusst, dass Boyd einen Zwischenstopp in England geplant hatte, doch der Zeitpunkt hätte gar nicht günstiger gewählt sein können. Die Familie war erst gestern von Jeremys Hochzeit nach London zurückgekehrt und würde in weniger als einer Woche nach Connecticut segeln. Drew war heute zu den Docks heruntergefahren, um seinen ersten Offizier darüber zu informieren, dass sie früher als geplant in See stechen würden.

Eigentlich hatte er damit gerechnet, die *Oceanus* in Bridgeport vorzufinden, da sie üblicherweise Zucker und Tabak von den Westindischen Inseln in die nordöstlichen Staaten brachte. Er hatte sich bereits auf das Wiedersehen mit seinem jüngsten Bruder gefreut. Hauptsächlich aus diesem Grund hatte er selbst den Heimathafen ansteuern wollen.

Falls Boyd nur nach England gekommen war, um Georgina zu besuchen, hatte er womöglich Lust, mit Drew nach Hause zu segeln. Das war wirklich eine gute Idee, insbesondere da ihr Schwager James den Wink nicht verstanden hatte und immer noch fest entschlossen war, seine Frau und seine Tochter zu begleiten. Mit diesem speziellen Malory an Bord konnte er etwas Verstärkung brauchen.

Georgina und Boyd waren die einzigen Andersons, die ihre Schiffe nicht selbst befehligten. Von ihr hatte man es nie erwartet, und falls es ihr je in den Sinn gekommen wäre, hätten wahrscheinlich alle fünf Brüder großen Widerstand geleistet. Boyd dagegen hatte einfach keine Lust dazu. Er liebte es zu segeln, hatte aber schlicht nicht den Wunsch, das Kommando zu übernehmen.

Sie hatten stets gedacht, er lehnte es aus einer Unsicherheit heraus ab, bräuchte bloß Zeit, um sie zu überwinden, und am Ende würde er doch noch Kapitän seines eigenen Schiffes, der *Oceanus*. Doch Boyd hatte schließlich eingestanden, dass er keine Notwendigkeit sehe, diesen Schritt jemals zu tun und es vorziehe, die Reisen einfach zu genießen, ohne die Verantwortung für das Kommando zu tragen. Und da er seine Kapitäne aus eigener Tasche bezahlte, hatten seine Brüder keinen Grund, sich zu beschweren. Da Boyd also nicht gebraucht wurde, um die *Oceanus* übers Meer zu bringen, hatte er vielleicht Lust, mit ihm und Georgina und ihrer Familie auf der *Triton* zu fahren.

Während Drew über den überfüllten Kai zu den Büros der Skylark-Linie eilte, wo er Boyd zu finden hoffte, schenkte er dem Verkehr nicht mehr Aufmerksamkeit als nötig war, um nicht unter die Räder zu kommen. Doch es war schwer, die Frau zu übersehen, die ihm beinahe direkt vor die Füße gefallen wäre.

Unwillkürlich ergriff er ihren Arm, um den Sturz zu verhindern. Er schaute sie gar nicht richtig an, weil sein Blick auf die zwei Kerle hinter ihr gerichtet war, die genau in dem Moment herbeieilten, in dem Drew ihr wieder auf die Beine half.

»Finger weg«, fauchte sie und er gehorchte prompt.

Drew war sich nicht sicher, ob die beiden Männer tatsächlich zu der Frau gehörten, denn nun, da sie wieder fest auf den Füßen stand, zogen die Männer sich zurück und versuchten unbeteiligt zu tun. Seltsam. Drew ließ seinen Blick zurück zu der Frau wandern, um zu erfahren, warum sie seine Hilfe derart barsch quittiert hatte – und vergaß ihre Eskorte augenblicklich.

Aus einem Kranz schwarzer Wimpern funkelten ihn die blassblausten Augen, die er je gesehen hatte, wütend an. Diese Augen waren so überraschend schön, dass er einen Moment brauchte, um ihre restliche Erscheinung zu würdigen.

Drew war nicht oft derart überwältigt. Fasziniert schon. Doch buchstäblich die Sprache zu verlieren, passierte einem Mann, der den Schönsten der Schönen auf der ganzen Welt nachstellte, nicht alle Tage. Die Frau vor ihm war zwar hübsch, aber er kannte viele, die schöner waren. Eine vorwitzige Nase, schwarze, leicht gebogene Brauen, dazu volle, sinnliche Lippen, ungeschminkt und trotzdem leuchtend rot, sicher hatte sie darauf herumgekaut.

Ihr schwarzes Haar war zu einer kunstvollen Frisur aufgetürmt. Kleid und Hut hatten fast das gleiche Hellblau wie ihre Augen. Sie war wie eine Lady nach der neusten Mode gekleidet, trotzdem hatte ihre Haut eine satte, goldene Bräune, die englische Damen einfach nicht bekommen konnten. Er hätte wetten mögen, dass sie erst kürzlich in wärmeren Gefilden gewesen war.

War es das, was ihn so überrascht hatte, die stark gebräunte Haut, die einen reizvollen Kontrast bildeten zu ihren blauen Augen? Oder waren es diese sündhaft verführerischen Lippen? Oder war es vielleicht nur, weil sie ihn wütend anstarrte, obwohl er ihr geholfen hatte, als er ihren Aufschrei hörte.

»Hätte ich Sie einfach stürzen lassen sollen, Schätzchen?«, fragte er.

»Wie bitte?«

»Sie sind gestolpert«, erinnerte er sie. »Oder ist Ihnen das entfallen? Ich weiß, dass ich diese Wirkung auf Frauen habe, sobald sie mich sehen, können sie an nichts anderes mehr denken«, fügte er mit einem spitzbübischen Lächeln hinzu.

Anstatt sie, wie erwartet, mit seinem Charme von ihrem

Zorn abzulenken, holte sie bei dieser Bemerkung empört Luft und klagte: »Sie haben mir wehgetan, Sie Rüpel.«

»Tatsächlich? Lassen Sie mal sehen.«

Sofort versteckte sie ihren Arm. »Besser nicht. Falls Sie mir tatsächlich zur Hilfe kommen wollten, danke ich Ihnen. Aber seien Sie nächstes Mal nicht so brutal.«

Konsterniert entgegnete Drew: »Es wird kein nächstes Mal geben, denn sollten Sie noch einmal stolpern, werde ich es mir zweimal überlegen, ob ich Sie auffangen soll. Ich bin sogar sicher, dass ich Sie fallen lassen würde. Guten Tag, Miss.«

Im Weggehen hörte er sie vor Wut nach Luft schnappen. Es war ein befriedigendes Geräusch, doch es brachte ihn nicht wieder zum Lächeln. Undankbares Weibsbild, dachte er. Er war so verärgert, dass er nicht den Drang verspürte, sich nach ihr umzusehen, was ungewöhnlich für ihn war, wenn ihm eine wunderschöne Frau begegnete. Rücksichtslos zwängte er sich zwischen ihrer Eskorte durch, falls die zwei Männer tatsächlich ihre Begleiter waren. Schade, dass keiner von beiden daran Anstoß nahm.

Kapitel 7

Im Londoner Hafen herrschte dasselbe geschäftige Treiben wie damals vor drei Jahren, als Gabrielle – voller Zuversicht, ihren Vater finden zu können – in die Karibik aufgebrochen war. Die zahlreich einlaufenden Schiffe waren der Grund dafür, dass so spät am Tage immer noch viele Karren herumkurvten, um Fracht von den Schiffen zu den Lagerhäusern oder direkt zu den Märkten zu bringen. Die Laute und Gerüche kamen Gabrielle fast vertraut vor und lenkten sie so sehr ab, dass sie weder den Wagen sah, der sie beinahe umfuhr, noch den Mann, der sie vorm Fallen rettete. Vielleicht wäre sie, wenn sie ihn vorher wahrgenommen hätte, nicht so überrascht gewesen von der Anziehungskraft, die er gleich auf sie ausübte. Dann hätte sie sich auch nicht so dumm benommen. Großer Gott, noch nie in ihrem Leben hatte sie sich derart unmöglich aufgeführt, dabei hatte er bloß versucht, ihr zu helfen!

Ihr Schiff war früh am Morgen die Themse hinaufgesegelt, doch es hatte fast den ganzen Tag gedauert, bis die Passagiere an Land gerudert werden konnten. Gabrielle freute sich, dass es so spät geworden war. Das erlaubte ihr, sich für diese Nacht ein Zimmer zu nehmen und die Abgabe des Briefes in ihrer Tasche noch ein wenig hinauszuzögern.

Zwei Männer aus der Crew ihres Vaters folgten ihr in diskretem Abstand, Richard und Ohr, seine treuesten Gefolgsleute. Sie waren mit ihr nach England geschickt worden, um sie zu beschützen und um sicherzustellen, dass der Lord, dem sie den Brief überbringen sollte, ihrem Vater den Gefallen tat, um den er bat. Ungewöhnlichere Aufpasser hätte man sich kaum vorstellen können, doch wären die beiden nicht bei ihr gewesen, hätte Gabrielle ihren Auftrag wohl nicht ausgeführt.

Sie sollte nach altbewährter englischer Manier in großem Stil auf Männerfang gehen. Aus diesem Grund war sie mit ihren Beschützern vorausgeschickt worden, um sich schon einmal eine prächtige Garderobe schneidern zu lassen und wenigstens das Ende der Sommersaison noch mitmachen zu können. Ihr Vater war gerade dabei, zwei Geiseln auszulösen, deshalb konnte er noch nicht fort. Er hatte jedoch versprochen, in ein oder zwei Monaten zu ihnen zu stoßen. Sie hatte argumentiert, sie könne doch auf ihn warten. Er war jedoch der Meinung gewesen, die Sache dulde keinen Aufschub.

Margery war ebenfalls mitgekommen. Niemand wunderte sich, dass die mütterliche Frau sich standhaft geweigert hatte, Gabrielle ohne eine *echte* Anstandsdame, wie sie es nannte, nach England reisen zu lassen, allerdings hatte sie, anders als Gabrielle, ihr Heimatland auch schrecklich vermisst. Sie war die ganze Fahrt über aufgeregt gewesen, weil es endlich nach Hause ging. Sobald sie Land betreten hatten, war Margery davongeeilt, um eine Droschke zu mieten, was bei der Zahl der einlaufenden Schiffe an dem Tag kein leichtes Unterfangen war. Doch sie behauptete stur, sie wisse ganz genau, wie man ein Nein *nicht* akzeptiere. Sie brauchte auch nur eine Stunde, um das zu beweisen, woraufhin Richard sie während der ganzen Fahrt zum Gasthof damit aufzog.

Gabrielle versuchte, nicht darüber nachzudenken, was ihr augenblicklich so zu schaffen machte. Stattdessen dachte sie an die Zeit, die sie bei ihrem Vater in der Karibik verbracht hatte. Erst kürzlich war ihnen beiden aufgegangen, welche Nachteile es ihr bringen würde, wenn sie bei ihm in jenem Teil der Welt bliebe. Ihr würden all die Dinge entgehen, die sich einer jungen, heiratsfähigen Engländerin boten. Gabrielle konnte allerdings nicht sagen, dass sie etwas bereute. Um nichts in der Welt hätte sie diese wundervollen Jahre mit ihrem Vater missen mögen.

Die beiden Männer aßen mit ihr und Margery zu Abend

und leisteten ihnen später noch Gesellschaft. Ohr spielte Karten mit Margery, die aber vor lauter Aufregung darüber, wieder zu Hause zu sein, ganz erschöpft war und weder dem Spiel noch der Unterhaltung große Beachtung schenkte.

Ohr war am längsten in Nathans Mannschaft. Wie alle anderen führte auch er eine ganze Reihe von falschen Namen, doch Ohr war zufällig sein echter. Falls er auch einen Nachnamen hatte, hatte er sich jedenfalls nie die Mühe gemacht, ihn zu erwähnen.

Wenn er sich vorstellte, dachten die meisten Menschen, sein Name schreibe sich so wie der englische Begriff für Ruder, »oar«. Gabrielle hatte das auch geglaubt. Daher setzte er meist von sich aus hinzu, sein Name buchstabiere sich mit *h*. Dass er sehr asiatisch aussah und sein unglaublich langes schwarzes Haar sogar zu einem einzelnen Zopf geflochten trug, hielt die Leute davon ab, weiterzufragen. In Ermangelung einer besseren Erklärung nahmen sie schlichtweg an, es handele sich um einen asiatischen Namen.

Ohr war über einsachtzig groß und hatte ein Gesicht, das alterslos wirkte. Einmal hatte er ihnen erzählt, sein Vater sei ein Amerikaner gewesen, der oft nach Fernost reiste. Ohr hatte in der Absicht, seinen Vater zu suchen, auf einem amerikanischen Schiff angeheuert, das zurück auf die westliche Seite der Welt segelte. Doch er hatte nie mit seiner Suche begonnen, sondern war stattdessen Pirat geworden.

Das zweite Mitglied der Besatzung, das ihr Vater geschickt hatte, um über sie zu wachen, war unter dem Namen Jean Paul und einer Reihe anderer Namen bekannt. Als sie sich angefreundet hatten, hatte er Gabrielle unter dem Siegel der Verschwiegenheit anvertraut, dass sein wahrer Name Richard Allen laute. So viel hatte er ihr verraten, doch mehr über seine Vergangenheit und Herkunft erfuhr sie nie, und sie bedrängte ihn auch nicht. Er war kaum älter als Gabrielle und stach unter den Piraten nicht wegen seiner Größe oder seiner Schönheit hervor, sondern weil er sich selbst und seine Kleidung peinlich sauber hielt.

Er trug sein langes schwarzes Haar zu einem Zopf gebunden und sein Gesicht war bis auf einen gut gestutzten Schnurrbart stets glatt rasiert. Seine Kleidung war ebenso abenteuerlich wie die der anderen, aber fleckenlos rein, und seine hohen Stiefel glänzten immer. Allerdings trug er keinen auffälligen Schmuck, nur einen einzigen silbernen Ring mit einer Art Wappen darauf. Er hatte breite Schultern, war aber ansonsten eher schlank gebaut, und seine grünen Augen strahlten. Er schien unentwegt zu lächeln oder zu lachen und seine weißen Zähne zu zeigen. Gabrielle hielt ihn für einen sehr netten, aber auch sehr leichtherzigen jungen Mann.

Richard feilte ununterbrochen an seinem französischen Akzent, der jedoch immer noch so grauenvoll war wie bei ihrer ersten Begegnung. Wenigstens hielt er sich inzwischen zurück und fluchte nicht mehr ständig auf Englisch, wenn er sich aufregte, was seine wahre Nationalität natürlich sofort verriet.

Sie hatte ihn einmal gefragt, warum er sich so viel Mühe gebe, wie ein Franzose zu wirken, während die meisten Piraten sich mit einem falschen Namen zufriedengaben. Daraufhin hatte er nur mit der Schulter gezuckt und gesagt, er wolle nicht wie die anderen Piraten sein und sei entschlossen, nicht aufzugeben, sondern seine Tarnung zu vervollkommnen.

Richard hatte ihr einmal erzählt, dass er ihr gern den Hof gemacht hätte, aber aus Angst vor ihrem Vater dem Drang widerstanden hätte.

Gabrielle hatte nur gelacht. Er war ein charmanter junger Mann, humorvoll und mutig, doch sie hatte in ihm nie etwas anderes als einen Freund gesehen.

Aber dass sie mit einem so hübschen jungen Mann wie Richard Allen nichts weiter als eine platonische Beziehung verband, bedeutete nicht, dass sie in den Jahren in der Karibik nicht der einen oder anderen romantischen Verlockung erlegen wäre. Es war jedoch ganz gut, dass die meisten netten Männer – abgesehen von Charles – Seeleute gewesen waren, denn das Letzte, was sie sich als Bräutigam wünschte, war ein Mann, der zur See fuhr. Schließlich hatte sie aus erster Hand erfahren, wie selten ein Seemann jemals zu Hause war.

Wenn sie heiratete, sollte der Mann das Leben auch mit ihr teilen. So stellte sie sich eine Ehe vor. Wenn er monatelang fortblieb, wie es bei Seeleuten üblich war, wenn sie die meiste Zeit allein war, was machte es dann für einen Sinn zu heiraten?

Ihre Mutter war ähnlicher Meinung gewesen. Über die Jahre hatte sie Gabrielle immer wieder gewarnt, dass es sinnlos sei, einen Mann zu lieben, der die See liebe. Dieser Wettstreit sei nicht zu gewinnen.

»Warum hast du dich so über ihn geärgert, *chérie*?«, fragte Richard, während er im Zimmer auf und ab ging.

Gabrielle wusste genau, von wem er sprach – von dem attraktiven Mann, den sie im Hafen getroffen hatte –, denn sie versuchte schon die ganze Zeit, »ihn« aus ihren Gedanken zu verbannen. Doch sie wollte die Antwort lieber für sich behalten, deshalb erwiderte sie bloß: »Ich war nicht verärgert.«

»Du hättest ihm fast den Kopf abgerissen.«

»Unsinn. Ich war nur erschrocken«, entgegnete sie. »Der Wagen hätte mich umreißen können, wenn der Mann mich nicht festgehalten hätte. Aber er hat meinen Arm so gequetscht, dass ich mir wohl weniger wehgetan hätte, wenn ich tatsächlich gestürzt wäre, also hätte er sich das auch sparen können.«

Das war eine glatte Lüge. Richard hob eine Braue, um anzudeuten, dass er sie durchschaute, woraufhin Gabrielle errötete, und es mit einer anderen Begründung versuchte, die der Wahrheit näher kam.

Sie gab zu: »Seit wir die Segel gesetzt haben, bin ich ziemlich nervös.«

»Hisst die Segel!«, kreischte Miss Carla.

Alle vier Augenpaare richteten sich auf den leuchtend grünen Papagei, der in seinem kleinen hölzernen Reisekäfig hockte. Der Vogel hatte früher Nathan gehört. Wenn er auf Nathans Schulter saß, war er lieb und freundlich, doch jeden anderen betrachtete er als Feind.

Im ersten Jahr hatte der Vogel Gabrielle immer, wenn sie versucht hatte, ihn zu streicheln oder zu füttern, so in die Finger gezwickt, dass sie bluteten. Trotzdem hatte sie nicht aufgegeben, sodass der Vogel am Ende sozusagen ins feindliche Lager gewechselt war, und Nathan ihn Gabrielle in ihrem zweiten Jahr auf der Insel zum Geschenk machte.

Bis zu diesem Zeitpunkt hatte das Vokabular des Papageis nur aus nautischen Befehlen bestanden – und aus abwertenden Bemerkungen über ihre Mutter. Selbst der Name, den Nathan dem Vogel gegeben hatte, zielte auf die absichtliche Herabsetzung seiner Frau. Es hatte ihm Spaß gemacht, dem Vogel Sätze beizubringen wie »Carla ist eine dumme Gans« oder »Ich bin ein altes Suppenhuhn« und am schlimmsten von allen »'n Taler und ich lass die Hosen runter«.

Als der Papagei zum ersten Mal vor Gabrielle »Carla ist eine dumme Gans« kreischte, war es Nathan derart peinlich, dass er den Vogel auf der Stelle zum Strand hinuntertrug, um ihn im Meer zu ertränken. Gabrielle musste ihm nachlaufen, um ihn davon abzuhalten, obwohl sie wusste, dass er Miss Carla nichts angetan hätte – später konnten sie beide darüber lachen.

Ohr warf seine Serviette nach dem Vogelkäfig, was ihm drei aufgeregte Flügelschläge und ein »Böses Mädchen, böses Mädchen« einbrachte.

Richard kicherte über den Papagei, kam aber schnell wieder auf das eigentliche Thema zurück, indem er Gabrielle fragte: »Bist du nervös, weil du heiraten sollst?«

Die Frage überraschte sie. »Wegen des Heiratens? Nein, eigentlich freue ich mich darauf, all die schönen jungen Männer kennenzulernen, die sich während der Saison in London tummeln. Ich hoffe, dass ich mich in einen von ihnen verliebe«, setzte sie lächelnd hinzu.

Das stimmte, sie wusste bloß nicht, ob sie wieder in England leben wollte, wo sie doch die Inseln so sehr liebte. Und auch die Vorstellung, derart weit weg von ihrem Vater zu leben, behagte ihr gar nicht. Allerdings hoffte sie immer noch, dass sie den Mann, den sie heiraten würde, dazu überreden konnte, in die Karibik zu ziehen oder zumindest einen Teil des Jahres dort zu verbringen. »Aber dass ich von einem mir völlig unbekannten Mann, den mein Vater auch nicht besonders gut kennt, diesen Gefallen einfordern soll, also, ich hasse den Gedanken, das tun zu müssen«, fügte sie hinzu. »Vielleicht schlägt er uns ja die Tür vor der Nase zu.« Die Möglichkeit bestand immerhin.

»Wir sind dafür da, dass er das nicht tut«, warf Ohr ruhig ein.

»Siehst du!«, rief sie. »Das ist geradezu Erpressung, und so etwas tut man einfach nicht mit englischen Lords. Kennt einer von euch ihn überhaupt oder wisst ihr, wie es dazu kam, dass er meinem Vater einen Gefallen schuldet?«

»Hab' ihn nie getroffen«, erwiderte Richard.

»Ich schon, allerdings wusste ich nicht, dass er adlig ist«, sagte Ohr. »Nach meiner – wenn auch beschränkten – Erfahrung mit feinen Pinkeln sind das meist eitle Gecken, die schon bei der geringsten Androhung von Gewalt zusammenklappen.«

Gabrielle wusste nicht, ob Ohr scherzte oder nicht, doch Richard quittierte die Bemerkung mit einem bösen Blick, der sehr aufschlussreich war. Großer Gott, war ihr Freund etwa ein englischer Lord, der sich nie zu erkennen gegeben hatte? Sie musterte ihn eindringlich, doch er schaute sie nur an und hob eine Braue. Ihm war wahrscheinlich gar nicht aufgefallen, dass er mit seiner Reaktion auf Ohrs Bemerkung ihre Neugier geweckt hatte.

Gabrielle schob den Gedanken beiseite. Er war ohnehin absurd. Gemeine Engländer mochten wohl Piraten werden, englische Lords aber ganz gewiss nicht. Und auch wenn der Lord, den sie morgen aufsuchen würde, der allergrößte Stutzer sein sollte, hatte sie weiterhin Bedenken. Es war ihr einfach peinlich, einen Gefallen einzufordern, der nicht ihr persönlich getan worden war. Sie würde am Ende diejenige sein, die Dank schuldete – und diesen Gedanken hasste sie.

Gabrielle war in den vergangenen drei Jahren viel erwachsener und reifer geworden. Sie hatte herausgefunden, dass sie sich selbst zu helfen wusste und dass sie vor nichts zurückschreckte, wenn es nötig war. Sie hatte einen Wirbelsturm überlebt, während ihr Vater auf See war, und nachher hatten sie und Margery beim Wiederaufbau der Stadt tüchtig mitangefasst. Wenn ihr Vater ohne sie fortsegelte, war sie manchmal mehrere Wochen am Stück mit Margery allein geblieben, und es hatte ihr gefallen, ihre eigenen Entscheidungen zu treffen.

Die Schatzsuche mit ihrem Vater hatten ihr viel Spaß gemacht und sie würde diese Abenteuer vermissen, wenn sie verheiratet war. Doch hauptsächlich missfiel es ihr, erneut davon abhängig zu werden, dass andere ihre Angelegenheiten für sie regelten. Daher ging es ihr einfach gegen den Strich, diesen englischen Lord um Hilfe bitten zu müssen.

»Wir könnten ihn auch so lange als Geisel halten, bis er einen Mann für dich gefunden hat«, sagte Richard grinsend.

Gabrielle merkte, dass er sie damit nur auf den Arm nehmen wollte, deshalb lächelte sie zurück. Eins musste man Richard lassen: er hatte ein Talent dafür, von Dingen abzulenken, an die man nicht denken wollte. Und sie musste aufhören, über diesen großen, hübschen Kerl nachzudenken, dem sie heute Nachmittag im Hafen über den Weg gelaufen war.

Gütiger Himmel, der Mann hatte Eindruck auf sie gemacht. Sie hatte eine volle Breitseite abgekriegt, wie ihr Vater es ausgedrückt hätte, fast hätte es sie aus der Bahn geworfen.

Kein Wunder, dass sie so eine Närrin aus sich gemacht hatte. Doch es wäre ihr noch viel peinlicher gewesen, wenn der Mann bemerkt hätte, dass sie ihn mit offenem Mund angestarrt hatte. Denn dabei hatte sie sich ertappt, bevor er in ihre Richtung gesehen hatte.

Er war ein Riese von einem Kerl mit ungebärdigen goldbraunen Locken. Und sie hätte schwören können, dass seine Augen schwarz waren, so dunkel hatten sie ausgesehen. Was für eine tolle Figur der Mann hatte und hübsch war er auch noch!

Gabrielle hatte eigentlich gar nicht so frech zu ihm sein wollen, doch sie war so erschrocken gewesen, dass sie sich nicht anders zu helfen wusste. Auch war der Griff, mit dem er ihren Arm gepackt hatte, recht fest gewesen. Und sie hatte Angst gehabt, dass Ohr und Richard in ihrem beschützerischen Übereifer einen Streit vom Zaun brechen würden, weil der Mann Hand an sie gelegt hatte.

Die Angst war nicht unbegründet. Genau das hatten die beiden nämlich keine zehn Minuten vorher getan, als ein Seemann sie bloß ein wenig angerempelt hatte. Fast hätten sie den Mann deswegen vom Kai ins Wasser gestoßen. Daraufhin hatte sie die beiden aufgefordert, diskreter zu sein und sich hinter ihr zu halten, wie man es von englischen Dienern gewohnt war.

Als der große, schöne Mann dann mit diesen dunklen Augen auf sie herabgesehen hatte und sein Blick begehrlich geworden war, hatte sie keinen klaren Gedanken mehr fassen können. Und als ob das nicht schon schlimm genug gewesen wäre, hatte sie, als er ihr ein gewinnendes Lächeln schenkte, ganz tief in sich eine Regung verspürt. All das hatte sie so durcheinandergebracht, dass sie im ersten Moment überhaupt nicht begriff, was er zu ihr sagte. Daher war ihre Antwort wesentlich schärfer ausgefallen, als sie beabsichtigt hatte, woraufhin auch er grob wurde.

Gabrielle seufzte innerlich. Wahrscheinlich würde sie ihn nie wieder sehen. Sie hatte in der Karibik genügend Amerikaner getroffen, um sie am Akzent zu erkennen. Amerikaner besuchten England zwar, blieben aber nicht, und die meisten von ihnen mochten die Engländer nicht einmal. Schließlich war es noch gar nicht so lange her, dass die beiden Länder miteinander Krieg geführt hatten! Es sollte sie also wundern, wenn sie genau diesem Amerikaner noch einmal über den Weg lief. Dann würde wohl jede Einzelheit, die ihr an ihrem heutigen Benehmen so peinlich gewesen war, wieder auf sie einstürmen – und sie wahrscheinlich erneut dazu bringen, sich wie eine Närrin aufzuführen.

Kapitel 8

Als Gabrielle endlich an die Tür am Berkeley Square klopfte, waren ihre Nerven zum Zerreißen gespannt. Das Haus befand sich im nobleren Teil der Stadt. Sie hatten den halben Morgen gebraucht, um herauszufinden, wo der Lord lebte. Das war ihrem Vater natürlich nicht bekannt gewesen, denn er hatte den Mann seit über fünfzehn Jahren nicht mehr gesehen. Alles was er wusste, war, dass der Lord schon vor einigen Jahren mit seinem Sohn nach England zurückgekehrt war.

Gabrielle hatte sich alle Mühe gegeben, bei diesem Besuch möglichst gut auszusehen, und Margery hatte geholfen, indem sie die Knitterfalten aus den Kleidern bügelte. Doch Gabrielle war so nervös, dass sie meinte, den Anforderungen nicht zu genügen. Und ihr war kalt. Großer Gott. Dabei war es noch Sommer in England! Sie dagegen war mittlerweile zu sehr an das wärmere Klima der Karibik gewöhnt, was sich unglücklicherweise auch an ihrer augenblicklichen Garderobe zeigte.

Gabrielle hatte nur wenige elegante Kleider und sogar die waren aus leichten Stoffen geschneidert. Vor langer Zeit hatte sie fast die gesamte Garderobe, mit der sie aus England angereist war, weggeworfen, da sie für die Karibik viel zu warm gewesen war. Nun enthielten ihre Koffer leuchtend bunte Röcke und Blusen und nicht einen einzigen Unterrock.

Gabrielle hatte einen ganzen Beutel voller Geld dabei, um sich eine neue Garderobe schneidern zu lassen, doch das konnte ihr an diesem Tag nicht helfen, einen guten ersten Eindruck zu machen. Sie hoffte, dass niemand zu Hause war, dass der Mann sich gar nicht in England aufhielt. Wenn Richard und Ohr nicht bei ihr gewesen wären, stünde sie jetzt nicht vor dieser Tür und bisse sich auf die Lippen. Sie hätte das erste Schiff zurück nach St. Kitts genommen.

Die Tür öffnete sich und ein Diener stand vor ihnen. Doch vielleicht war es auch gar kein Bediensteter, denn dieser Mann mit seinem ungepflegten grauen Bart, den abgeschnittenen Hosen und bloßen Füßen hätte eher auf eine tropische Insel gepasst als Gabrielle und ihre Eskorte.

»Na, was wollt ihr, fasst euch kurz«, sagte er ziemlich barsch.

Ohr entgegnete ausdruckslos: »Ein Brief für deinen Herrn, persönlich. Wir werden drinnen warten.«

Er gab dem Mann keine Gelegenheit zu widersprechen, sondern nahm Gabrielles Arm und drängte ihn beiseite.

»He, Moment mal«, protestierte der Kerl. »Wo ist eure Visitenkarte, hä?«

»Der Brief ist unsere …«

»Gibt es ein Problem, Artie?«

Alle Augen wandten sich der Frau zu, die in einem der offenen Durchgänge erschienen war, die von der großen Eingangshalle wegführten, in der sie gerade standen. Sie war genauso groß wie Gabrielle, vielleicht sogar zwei oder drei Zentimeter kleiner, und hatte dunkelbraunes Haar und ebensolche Augen. Sie war ungefähr um die Dreißig, doch ihr Gesicht war sicher in jedem Alter außergewöhnlich hübsch.

Die drei Besucher waren derart überwältigt von ihrer Schönheit, dass sie nur stumm starrten, was dem Diener namens Artie die Gelegenheit gab zu sagen: »Sie sind einfach hier hereingeplatzt, George, aber ich werde sie sofort vor die Tür setzen.«

Die Frau – George – schnalzte missbilligend mit der Zunge und erwiderte: »Das wird nicht nötig sein.« Dann lächelte sie Gabrielle an und fügte freundlich hinzu: »Ich bin Georgina Malory. Kann ich Ihnen behilflich sein?«

Gabrielle war so überwältigt, dass es ihr die Sprache verschlagen hatte. Sie fühlte sich wie eine armselige Bittstellerin. Egal, was ihr Vater für Lord Malory getan hatte, der Gefallen war sicher nicht so groß gewesen, dass er von diesen Leuten erwarten konnte, sie aufzunehmen und durch die Saison zu begleiten. Vielleicht brauchte sie ja sogar zwei Anläufe, um einen Mann zu finden!

Das Einführen einer Debütantin war ein größeres Unterfangen. Dazu musste man eine Festlichkeit nach der anderen besuchen, planen, eine neue Garderobe anschaffen und passende Begleiter und Anstandsdamen finden. Gabrielle und ihre Mutter hatten oft darüber geredet – bevor Carla Albert kennen gelernt hatte. Und Carla hatte die richtigen Leute gekannt. Sie hatte sich auf die erste Saison ihrer Tochter in London gefreut. Genau wie Gabrielle damals – und sogar noch auf der Herfahrt. Aber im Moment wollte sie bloß noch zurück in die Karibik.

Richard setzte ein charmantes Lächeln auf, zog sogar seinen eleganten Hut vor der Dame und ergriff das Wort. »Wir haben einen Brief für Lord Malory, Madam. Darf ich hoffen, dass es sich dabei nicht um Ihren Gatten handelt?«

»Nein, das darfst du nicht«, sagte eine tiefe Stimme in höchst unfreundlichem Ton vom oberen Treppenabsatz. »Also hör auf, meine Frau anzustarren, oder ich reiße dich in kleine Stücke.«

Gabrielle schaute die Treppe hoch und wich unwillkürlich einen Schritt zurück zur Tür. Gütiger Himmel, noch nie hatte sie einen derart athletisch gebauten und Angst einflößenden Mann gesehen. Es lag nicht an seinem unfreundlichen Ton. Ganz und gar nicht. Auch nicht an der Ausdruckslosigkeit seines Gesichts. Der Mann hatte einfach eine Ausstrahlung, die keinen Zweifel daran ließ, dass er gefährlich war, brandgefährlich sogar ... dass sie sich besser nach dem nächsten Ausgang umsehen sollten.

Am unbewegten Gesicht des Mannes war nichts abzulesen, doch sein Ton verriet große Eifersucht. Leider hatte Richard seine Frage so formuliert, dass sie ein gewisses Interesse an der

Dame des Hauses durchblicken ließ, und noch bedauerlicher war, dass ihr Ehemann das mitbekommen hatte.

Gabrielle schüttelte den Kopf. Nein, das konnte nicht der Mann sein, den sie um diesen Gefallen bitten sollte. Ihr Vater hatte sicher irgendeinen Fehler gemacht. Natürlich! Es musste mehr als einen Lord Malory in London geben. Sie waren zum falschen Haus gegangen.

Dieser Gedanke erleichterte sie ungemein, doch gerade als sie ihn in Worte fassen wollte, sagte Ohr: »Wir sind uns schon einmal begegnet, Kapitän Hawke. Es ist so viele Jahre her, dass Sie sich vielleicht nicht erinnern …«

»Ich vergesse nie ein Gesicht.«

Erstaunt drehte Gabrielle sich zu Ohr um. Verdammt, sie waren also doch im richtigen Haus. Ohr hätte sie davor warnen sollen, mit was für einer Sorte Mann sie es zu tun bekommen würde, anstatt sie mit der Erwähnung von feinen Pinkeln in die Irre zu führen. Denn sie war überzeugt, dass Malory schon vor Jahren, als Ohr ihn kennengelernt hatte, so gewesen war. Die Gefährlichkeit war einfach ein Teil seiner Natur.

»Dieser Name wird nicht mehr benutzt«, versetzte Malory kühl. »Also streich ihn aus deinem Gedächtnis – oder ich werde es tun.«

Das war eine klare Drohung, die zweite in den letzten Minuten. Die Spannung zwischen den drei Männern war deutlich spürbar.

Dass das Treffen so ausgehen könnte, war Gabrielle, trotz all ihrer Bedenken nie in den Sinn gekommen. Allerdings hatte sie auch eine gänzlich andere Vorstellung von englischen Aristokraten gehabt. In ihrer Kindheit hatte sie viele von ihnen kennengelernt, aber nicht ein Einziger war einschüchternd gewesen. Und dieser Mann war mehr als das. Er war groß, blond und so muskulös, dass es ihm sicher ein Leichtes sein würde, jemanden in kleine Stücke zu reißen.

Malory kam langsam die Treppe herunter. Gabrielle wollte

gehen, ehe noch mehr Drohungen ausgestoßen wurden. Ohr nicht. Wortlos drückte er dem Mann den Brief in die Hand, als er in Reichweite kam.

Gabrielle stöhnte innerlich. Sie hätte den Brief selbst behalten sollen, anstatt ihn Ohr zu geben. Er war versiegelt. Keiner von ihnen hatte ihn geöffnet. Sie wusste nicht einmal, wie ihr Vater sein Ersuchen formuliert hatte – als Bitte oder als Forderung? Großer Gott, er würde es doch nicht wagen, von einem Mann wie diesem etwas zu fordern, oder?

Während Lord Malory den Brief öffnete und ihn rasch überflog, hielt sie den Atem an. »Verdammter Mist«, murmelte er, als er zu Ende gelesen hatte. Gabrielle war verlegen.

»Was ist los, James?«, fragte seine Frau mit neugierig gerunzelter Stirn.

Stumm hielt er ihr den Brief hin, damit sie sich selbst ein Bild machen konnte. Sie fluchte kein einziges Mal. Stattdessen überraschte sie Gabrielle mit einem Lächeln.

»Oh, das wird Spaß machen«, erklärte Georgina, und es sah so aus, als meine sie es ernst. Dann schaute sie ihren Mann an. »Hast du den Brief nicht ganz gelesen?«

»Doch, aber ich glaube, du hast noch nicht richtig verstanden, was das bedeutet«, erwiderte er.

»Dass wir auf viele Feste gehen müssen?«, fragte sie.

»Nein.«

»Dass es hier ein wenig voll werden wird, weil schon zwei von meinen Brüdern zu Besuch sind?«

»Nein.«

»Was hat dich dann so verärgert, abgesehen von der Bemerkung, die dich zu einer so reizenden Zurschaustellung deiner Eifersucht veranlasst hat?«

Das konnte Gabrielle sich denken. Obwohl sie noch kein Wort gesagt hatte, musste Malory annehmen, dass sie als Tochter eines Piraten für seinen Haushalt völlig unzumutbar war.

Stattdessen sagte er bloß: »Hüte deine Zunge, George. Wenn ich eins nie war oder sein werde – dann reizend.«

Die Eifersucht bestritt er jedoch nicht, woraufhin Richards Wangen sich vor Verlegenheit röteten. Auch die Frage seiner Frau beantwortete er nicht, was sie dazu brachte, weitere Vermutungen anzustellen.

»Dann bist du sicher etwas betreten, weil du so viele unnötige Drohungen ausgestoßen hast.«

Was für eine provozierende Bemerkung. Wie konnte die Frau es wagen, so mit ihm zu sprechen? Wie kam ein kleines, kesses Persönchen wie sie überhaupt darauf, einen so großen, gefährlichen Muskelprotz zu heiraten? Zugegeben, er sah sehr gut aus mit seinen durchdringenden grünen Augen und dem langen blonden Haar, das ihm bis auf die Schulter fiel. Aber er war gemeingefährlich. Daran bestand nach Gabrielles Ansicht keinerlei Zweifel.

Doch Malory schnaubte bloß und sagte: »Nein, zum Teufel.«

»Gut zu wissen«, sagte Georgina munter und erklärte den anderen Anwesenden beiläufig: »Er ist unerträglich, wenn er ein schlechtes Gewissen hat.«

»Verdammt noch mal, George, ich habe kein schlechtes Gewissen.«

Nicht nur die Wortwahl, sondern auch der Ton verriet, dass er die Wahrheit sagte, trotzdem entgegnete die Frau: »Ja, ja, und du würdest sicher gern noch hinzufügen, dass ich mich darauf verlassen kann, auch wenn wir beide wissen, dass es anders ist.«

»George.«

Was für eine Drohung in einem einzigen Wort! Doch die Frau blieb unbeeindruckt und sagte forsch zu Gabrielles Eskorte: »Sie können sich wieder abregen, Gentlemen. Mein Mann wird heute niemanden in Stücke reißen.«

»Aber du tust es vielleicht, meine Liebe, wenn dir endlich

aufgeht, dass du deine Reise absagen musst, um diesen Wunsch zu erfüllen.«

Georgina legte die Stirn in Falten. »Ach, du meine Güte, daran hatte ich gar nicht gedacht.«

»Das habe ich gemerkt«, erwiderte Malory.

»*Deswegen* bist du also so ärgerlich? Weil du glaubst, ich werde enttäuscht sein?«

Er stritt das nicht ab und seine Antwort bestätigte ihre Vermutung sogar. »Bist du's etwa nicht?«

»Überhaupt nicht. Nur Jack wird es wohl sein. Du weißt, wie ungeduldig Kinder manchmal sind. Aber wir können ebenso gut nächstes Jahr fahren.«

Gabrielle war bleich geworden, als ihr aufging, dass ihre Bitte die Pläne der Familie durcheinanderbrachte. Daher meldete sie sich endlich zu Wort.

»Bitte machen Sie sich meinetwegen keine Umstände. Mein Vater hat wohl nicht bedacht, dass Sie als Helfer gar nicht verfügbar sein könnten. Er hat den Entschluss, mich hierher zu schicken, sehr spontan gefasst. Wir können uns anders arrangieren und warten, bis er ankommt, dann denken wir uns etwas Neues aus.«

»Wann wird das denn sein?«, fragte Georgina.

Doch Ohr sagte gleichzeitig: »Nein, das können wir nicht. Er ist noch in der Karibik und wird in nächster Zeit nicht abkömmlich sein.«

»Also, dann ist es viel zu spät«, sagte Georgina recht entschieden.

Doch Malory setzte der Diskussion ein Ende, indem er erklärte: »Sie bleiben.« Damit war alles entschieden. Allerdings war er noch nicht fertig. Mit einem Blick und einem Ton, die keinen Widerspruch duldeten, sagte er zu Gabrielles Begleitern: »Ihr nicht. Ihr habt eure Schuldigkeit getan. Sie steht jetzt unter meinem Schutz. Da ist die Tür.«

Ohr und Richard hatten ohnehin nicht vorgehabt, in diesem Teil der Stadt zu bleiben. Zum Abschied umarmte Gabrielle sie kurz. Sie fühlte sich elend, weil James Malory die beiden geradezu aus dem Haus geworfen hatte, doch dass sie eher gehen mussten, als ihr lieb war, lag sicher auch daran, dass Richard Malorys Eifersucht erregt hatte.

Allein mit dem Lord und der Lady spürte sie, wie ihre Nervosität immer größer wurde. Doch Georgina lockerte die Atmosphäre etwas, indem sie fragte: »Sollen wir nicht ins Esszimmer gehen? Falls Sie noch nichts gegessen haben, das Buffet ist noch heiß. Wir haben seltsame Essgewohnheiten, deshalb wird bis spätmorgens Frühstück serviert. Lasst uns auf alle Fälle eine Tasse Tee trinken, während wir uns näher kennenlernen.«

Gabrielle folgte der Lady und unglücklicherweise folgte James Malory ihr. Solange dieser Mann im Raum war, würde sie sich nie entspannen können, da war sie sicher. Er war viel zu einschüchternd, und außerdem war es ihr immer noch peinlich, sich einfach in das Leben dieser Menschen gedrängt zu haben, sodass sie die Entschuldigung, die sie für nötig hielt, kaum herausbrachte.

»Es tut mir leid, dass meine Ankunft Ihre Pläne durchkreuzt hat.«

»Kein Wort mehr, meine Liebe«, erwiderte Malory in sehr viel freundlicherem Ton als zuvor. »Selbst auf die Gefahr hin, einen bösen Blick von George zu ernten, gebe ich gern zu, dass der Zeitpunkt Ihres Eintreffens nicht besser hätte gewählt sein können.«

»Haben Sie sich denn nicht auf die Reise gefreut?«

Als Malory nichts erwiderte, lachte Georgina und erklärte: »Wissen Sie, obwohl er alles täte, um mich glücklich zu machen, wurde die Reise, die ich unternehmen wollte, ziemlich überraschend geplant, um den Vorteil zu nutzen, dass das Schiff meines Bruders Drew gerade in London liegt. In Wahrheit aber versteht mein Mann sich mit meinen Brüdern nicht sehr gut …«

»Du brauchst gar nicht darum herumzureden, George«, unterbrach Malory sie. »Ich mag deine Brüder nicht und sie mögen mich nicht. Immerhin sind wir uns darin einig.«

Gabrielle blinzelte verstört, doch Georgina verdrehte die Augen. »Immerhin *versuchen* sie wenigstens, miteinander auszukommen.«

»Sie meint, wir haben schon vor Jahren damit aufgehört, uns gegenseitig an die Gurgel zu gehen«, fügte James hinzu.

Er hörte sich an, als meine er es ernst, doch Gabrielle konnte das einfach nicht glauben. Und bei der Vorstellung, dass er einen Scherz machte, wurde ihr etwas wohler.

»Jedenfalls«, fuhr Georgina fort, »war James nicht glücklich darüber, auf dem Schiff meines Bruders mitfahren zu müssen, daher stimmt es, er ist zweifellos hocherfreut, dass unsere Reise auf ein späteres Datum verschoben wird.«

Erstaunlicherweise war es den beiden gelungen, Gabrielle das schlechte Gewissen weitgehend zu nehmen. Nicht gänzlich natürlich, doch sie fühlte sich nun schon viel besser.

»Ich habe eine Zofe, die hier bei mir wohnen muss«, erzählte sie ihnen.

»Selbstverständlich«, sagte Georgina. »Ich hätte Ihnen selbst eine besorgt, wenn sie Ihre nicht mitgebracht hätten.«

»Danke sehr. Ich werde Ihre Gastfreundschaft nur für einige Wochen in Anspruch nehmen müssen, bis mein Vater kommt und eine andere Unterkunft für uns findet. Wir wissen es sehr zu schätzen, dass Sie bereit sind, mich für den Rest der Saison unter Ihre Fittiche zu nehmen. Da fällt mir ein, falls es Ihnen nichts ausmacht, möchte ich Ihnen eine Frage stellen: Wie haben Sie und mein Vater sich eigentlich kennengelernt?«, wandte sie sich an James.

»Hat er Ihnen das nicht erzählt?«, fragte James.

»Nein, es ging alles so schnell, er fasste den Entschluss, mich hierher zu schicken, ganz plötzlich. Und dann war ich ziemlich enttäuscht, dass er nicht mit mir fahren konnte, weil er noch einige Geschäfte zu erledigen hatte. Ich wollte auf ihn warten, doch da die Saison bereits läuft, wollte er mich so schnell wie möglich hierher verfrachten. Jedenfalls bin ich nie dazu gekommen, ihn zu fragen.«

»Ich bin selbst ziemlich neugierig«, gestand Georgina und sah ihren Mann an. »Was schuldest du ihm denn? Das stand nicht im Brief.«

»Was ist ein Leben wert? Brooks hat mich vor dem Ertrinken gerettet. Ohne dass ich ihn darum gebeten hätte.«

»Und wann war das?«, fragte Georgina.

»Lange bevor ich dich kennengelernt habe. Ich habe mich am falschen Ort zur falschen Zeit auf einen Streit eingelassen und hatte ungefähr zwanzig betrunkene Seeleute am Hals, die Hackfleisch aus mir machen wollten.«

»Nur zwanzig?« Sie schnaubte. »Und das nennst du lebensgefährlich? Für dich?«

James lachte in sich hinein. »Danke für dein Vertrauen in mich, Liebste. Aber sie hatten mich schon mit Messern bearbeitet, angeschossen und für tot erklärt.«

Sofort erschien ein beunruhigtes Stirnrunzeln auf ihrem Gesicht. »Warst du wirklich beinah tot?«

»Nein, doch einer der Seeleute hatte mir auch noch den Kopf eingeschlagen, daher war ich nicht mehr ganz bei der Sache, und sie waren zu betrunken, um zu merken, dass ich noch atmete.«

»Du warst bewusstlos?«

»In der Tat. Da sie aber glaubten, ich sei tot, waren sie entschlossen, alle Beweise zu vernichten. Sie warfen mich vom Kai in St. Kitts. Es ist ein tiefer Hafen. Und das Wasser hat mich nicht wiederbelebt. Anscheinend bin ich direkt auf den Grund gesunken.«

»Also hat Nathan Brooks dich herausgefischt?«

»Wenn man ihn erzählen hört, wäre er dabei selbst fast ertrunken«, antwortete James.

»Aber es ist ihm offensichtlich geglückt.«

»Ich hatte einfach in allem Glück, meine Liebe. Sein Schiff lag zufällig direkt an der Stelle, an der ich ins Wasser geworfen wurde. Es war spät in der Nacht. Niemand war in der Gegend und er hätte den Tumult auch nicht gehört, wenn er nicht zu seinem Schiff zurückgekommen wäre, um eine vergessene Karte zu holen. Auch hätte er sich nicht die Mühe gemacht, einen Toten aus dem Wasser zu ziehen, aber zufällig hörte er einen aus dem Haufen fragen, ob sie sicher seien, dass ich tot bin. Also sprang er ins Wasser, um es zu überprüfen. Als ich wach wurde, war ich klatschnass und lag unter dem Kai, wo er mich liegen gelassen hatte.«

»Woher weißt du dann ...«

»Lass mich zu Ende erzählen. Er hatte mich nicht weiter tragen können. Er ist zwar sehr groß, aber bewusstlos bin ich ein ziemlicher Brocken. Er war gegangen, um einen seiner Männer zur Hilfe zu holen, den Asiaten, den du heute kennengelernt hast. Dann nahm er mich mit in sein Haus, damit ich mich erholen konnte. Und das ist die ganze Geschichte.«

»Eine echte Kleinigkeit, was er da als Gegenleistung verlangt«, sagte Georgina lächelnd. »Dafür, dass er dir das Leben gerettet hat, hätte ich ihm ein Vermögen gezahlt, wenn er darum gebeten hätte.«

James warf seiner Frau einen sehr zärtlichen Blick zu, was Gabrielle angesichts seines einschüchternden Aussehens ziemlich seltsam vorkam. »Ja, weil du mich liebst, George, deshalb bin ich verdammt froh, dass es nicht das ist, was er von mir möchte.«

Kapitel 9

Nachdem sie ihren unerwarteten Gast der Haushälterin übergeben hatte, damit Gabrielle sich einrichten konnte, zog Georgina ihren Mann gleich in den Salon, um herauszufinden, was er wirklich von dieser Wende der Ereignisse hielt. Doch sie hatte vergessen, dass Boyd noch auf dem Sofa dort schlief. Auch Judith, Anthonys Tocher, hatte die Nacht bei ihnen verbracht. Sie und Jacqueline hatten sich in den Salon geschlichen und spielten nun in einer Ecke des Raumes.

Die Mädchen waren so leise gewesen, dass Boyd nicht aufgewacht war, und selbst der Lärm in der Eingangshalle hatte ihn nicht geweckt. Er war erst am Morgen ins Haus gestolpert, kurz nachdem sie und James zum Frühstück heruntergekommen waren. Nach einer kurzen Umarmung hatte er ihr einen feuchten Kuss auf die Wange gedrückt und war dann umgehend auf dem Sofa im Salon eingeschlafen. Sie hatte sich nicht die Mühe gemacht, ihn wach zu rütteln und ihm zu sagen, er solle sich ins Bett legen. Er war noch recht mitgenommen vom wüsten Treiben der langen Nacht.

Boyd war zwei Jahre älter als sie und der Jüngste ihrer fünf Brüder. Außerdem war er der Scherzbold der Familie. Im Laufe der Jahre hatte er viele gute Streiche ausgeheckt, einige waren sehr lustig gewesen, andere eher peinlich, ein paar – zumindest Georginas Meinung nach – sogar gefährlich, auch wenn ihre Brüder anderer Ansicht waren. Allerdings hatte sie sich einen winzigen Augenblick lang gefragt, ob Gabrielle Brooks wohl zu einem seiner verunglückten Streiche gehörte, der aus dem Ruder lief, weil Boyd nicht mehr wach war, um ihn rechtzeitig zu beenden. Falls er nicht schon beim Planen zu betrunken gewesen war, um Sicherungen einzubauen, damit der Spaß aufhörte, ehe er zu weit ging. Nein, sie konnte nicht glauben, dass er die junge Frau geschickt hatte. So sehr er Scherze auch liebte, er würde es nicht riskieren, sich den Zorn ihres Mannes zuzuziehen.

Trotzdem war Boyd mittlerweile der Hitzkopf der Familie. Früher hatte ihr Bruder Warren dieses Prädikat verdient – bis er Amy Malory heiratete. Heute brachte Warren kaum noch etwas aus der Ruhe, so glücklich war er in seiner Ehe.

Georgina wandte sich um, um ein anderes Zimmer zu suchen, in dem sie sich mit James unterhalten konnte, doch James rührte sich nicht vom Fleck. Er blockierte einfach ihren Weg und sagte: »Du kannst jetzt damit aufhören, George. Du hast dir nichts anmerken lassen, aber wir wissen doch beide, wie sehr du dich auf diese Reise nach Connecticut gefreut hast.«

»Ja, das habe ich, aber ein anderes Mal werde ich mich auch freuen. Wir können genauso gut nächstes Jahr fahren.«

»Dieses Jahr passte aber ganz gut, auch wenn es eine spontane Entscheidung von dir war, weil einer deiner Brüder hier ist, um dich mitzunehmen. Nächstes Jahr könnte es anders sein.«

»Das stimmt, also werde ich dafür sorgen müssen, dass nächstes Jahr mein eigenes Schiff im Hafen liegt, um uns mitzunehmen. Ich werde genügend Zeit haben, die Routen der *Amphitrite* entsprechend zu planen. Ich bin sicher, das würde dir sowieso besser gefallen, denn dann könntest du der Kapitän sein.«

»Natürlich«, stimmte er zu.

»Ich sollte Boyd aufwecken, meinst du nicht?« Doch anstatt sich um ihren Bruder zu kümmern, zog Georgina den Arm ihres Mannes um ihre Taille.

»Lass ihn lieber in Ruhe. Er hatte noch nicht lange genug geschlafen, um all das Zeug wieder loszuwerden, das er gestern Nacht in sich hineingeschüttet hat. Und abgesehen davon, dass er mir als Blitzableiter dienen könnte, gibt es nicht viel, wozu er taugen würde.«

Daran hatte sie nicht gedacht, doch Boyd und James im selben Haus zu haben, während James ernstlich verstimmt war, ähnelte einem Leben auf dem Pulverfass. Und nur James konnte das kontrollieren, denn Boyd war zu impulsiv, und ließ ohne nachzudenken die Fäuste fliegen.

Georgina sah ihren Ehemann scharf an. »Das war kein bisschen witzig. Du wirst versuchen, deine schlechte Laune im Zaum zu halten.«

Das war ein Befehl, dem James natürlich nicht gehorchen würde, doch Georgina hatte das Gefühl, dass sie ihn über ihre Wünsche nicht im Unklaren lassen sollte.

»Du machst dir zu viele Sorgen, George«, entgegnete er knapp.

»Das mag sonst vielleicht zutreffen, aber du weißt ganz genau ...«

»Sprich leiser, sonst hören die Mädchen dich noch.«

Sie konnte sich ein Schnauben verkneifen und rollte stattdessen nur mit den Augen. »Wenn die beiden miteinander tuscheln, existiert der Rest der Welt nicht mehr.«

James betrachtete die beiden Mädchen, die mit untergeschlagenen Beinen Schulter an Schulter auf der anderen Seite des Raumes saßen und die Köpfe – einer blond, der andere kupferrot mit goldenen Strähnen –zusammensteckten. Jack grinste, während sie ihrer Cousine etwas ins Ohr flüsterte. Judy nickte, dann kicherte sie leise und legte rasch die Hand auf den Mund, um das Geräusch zu unterdrücken. Dann schauten beide zu ihm herüber und erröteten leicht, als befürchteten sie, er habe etwas mitbekommen. Was unmöglich war. Niemand konnte die beiden belauschen. Sie hatten das Flüstern zu einer wahren Kunst erhoben.

»Ja, darum hätte ich mir keine Sorgen machen müssen«, gab James zu, was Georgina fast ein Lächeln entlockt hätte. Ehe er sie losließ, drückte James sie leicht an sich und sagte noch: »Und vielleicht möchtest du einen deiner Brüder dazu überreden, seinen Besuch noch ein wenig auszudehnen. Sonst werde ich es tun.«

Sie kniff die Augen zusammen. »Du? Warum? Normalerweise kannst du es nicht erwarten, dass sie wieder gehen!«

»Weil ich weiß, dass du für all diese Feste, die bald auf deinem Plan stehen werden, eine Begleitung brauchst, und die werde ich verdammt noch mal nicht abgeben.«

Georgina lachte. »Verstehe. Du schuldest den Gefallen, aber ich zahle ihn ohne deine Hilfe zurück?«

»Du wirst doch zugeben, dass dir so etwas mehr liegt als mir. Glaubst du, ich hätte das Funkeln in deinen Augen nicht bemerkt, als du gesagt hast, dass das Spaß machen wird?«

»Versuch nicht zu streiten.« Sie lächelte ihn an. »Ich gebe dir ja recht. Und da du diese Gefälligkeit, die du noch schuldest, nie erwähnt hast, nehme ich an, dass sie auf deine wilden Abenteuerjahre auf See zurückzuführen ist?«

»Ich war kein Abenteurer, George.«

»Bei der Beschäftigung, der du nachgegangen bist, warst du das ganz sicher«, widersprach sie ihm. »Womit wir an dem Punkt wären, den ich nicht verstehe. Wie zum Teufel konnte dieser Mann dich hier aufspüren, wenn er dich in der Karibik kennengelernt hat? Du hattest doch damals bestimmt nicht die Angewohnheit, dich unter deinem richtigen Namen vorzustellen, oder?«

»Natürlich nicht. Ich war damals nur unter dem Namen Hawke bekannt. Aber offensichtlich habe ich unter dem Einfluss der Medikamente, die man mir gegen die Schmerzen gegeben hat, im Schlaf geredet und dabei manchmal von meiner Familie gesprochen. So erfuhr Brooks, wer ich war, und erzählte mir im Gegenzug seine Lebensgeschichte. Danach waren wir sozusagen befreundet.«

»Also was ist das für ein Mann? Ist er Engländer? Ist das der Grund, warum seine Tochter hier in die Gesellschaft eingeführt werden soll?«

»Musst du das wirklich wissen?«

Bei dieser Frage runzelte Georgina die Stirn. »Wenn ich sie *hier* lancieren und einen Ehemann für sie finden soll, ja, dann muss ich ihren Hintergrund kennen. Du weißt doch, wie verdammt eigen ihr Aristokraten mit eurer Verwandtschaft seid«, fügte sie etwas verächtlich hinzu.

»Du kannst uns doch nicht alle in einen Topf werfen, nur weil ihr Amerikaner keine Aristokraten mögt. Schließlich hast *du* einen Aristokraten geheiratet, *ich* eine Bürgerliche. Mehr habe ich dazu nicht zu sagen.«

Georgina lachte und stieß ihn dabei leicht vor die Brust. »Beantworte mir nur meine Frage.«

»Die Antwort wird dir aber nicht gefallen. Vielleicht lässt du mich dann wieder nicht ins Schlafzimmer.«

»Ach, nun mach schon, so schlimm kann es doch gar nicht sein.«

»Da bin ich anderer Ansicht, meine Liebe. Sie ist die Tochter eines Piraten, eines Mannes, der sich nicht nur an dem Beruf versucht, so wie ich damals, sondern darin zeit seines Lebens sehr erfolgreich gewesen ist.«

»Wer ist die Tochter eines Piraten?«, fragte Drew, der gerade ins Zimmer kam.

Kapitel 10

Gleich das erste Fest? Gabrielle hatte seit ihrer Ankunft im Stadthaus der Malorys kaum Zeit gehabt, sich zu erholen. Ihre Nervosität hatte sich während des Gesprächs mit James und Georgina Malory zwar etwas gelegt, war jedoch nicht gänzlich verschwunden. Und da erwartete man von ihr, dass sie heute Abend schon ein Fest besuchte?

Nachdem man ihr ein Zimmer im ersten Stock zugewiesen hatte, war sie nur hin- und hergelaufen, bis Margery einige Stunden später eintraf. Da sie am Morgen keine Kutsche gefunden hatten, die für alle groß genug gewesen wäre, hatte die Haushälterin es vorgezogen, im Gasthaus zu warten und später mit Miss Carla und dem Gepäck nachzukommen.

Gabrielle vermisste Ohr und Richard bereits. Die beiden hatten nicht vorgehabt, mit ihr im selben Haus zu wohnen, sie sollten lediglich sicherstellen, dass sie freundlich aufgenommen wurde. Malory hatte ihnen allerdings sehr deutlich zu verstehen gegeben, dass sie alles andere als willkommen waren. Ihre Freunde würden sie jedoch nicht ganz allein lassen, sondern nur in eine andere Gegend ziehen. Dem ursprünglichen Plan nach sollten sie in England bleiben, bis Nathan eintraf. Daher sollten Ohr und Richard in der Nähe des Hafens eine Wohnung nehmen, in der sie die Ankunft der *Crusty Jewel* abwarten konnten. Sie vermutete, ihr Vater hatte ihnen schlicht befohlen, vor Ort zu bleiben, um ein Auge auf sie zu haben.

Derartige Kleinigkeiten regelte ihr Vater, ohne ihr etwas davon zu sagen, obwohl sie ihm meist auf die Schliche kam. Seine überbesorgte Art hatte sie überrascht, er war sogar so weit gegangen, sich im Laufe der Jahre regelmäßig darüber berichten zu lassen, wie sie aufwuchs und welche Fortschritte sie machte. Der Gärtner ihrer Mutter hatte in Nathans Diensten gestanden. Kein Wunder, dass der alte Mann sie stets ausführlich über ihre Pläne befragt hatte!

Als Nathan die Sache mit dem Gärtner gestanden hatte, war Gabrielle bewusst geworden, dass er auch über die Affäre ihrer Mutter informiert gewesen sein musste. Er sagte zwar nichts, und sie wollte auch nicht davon anfangen, doch sie hatte deswegen monatelang ein schlechtes Gewissen gehabt und vermutete, dass ihr Vater seinem Papagei die abfälligen Bemerkungen über Carla erst beigebracht hatte, nachdem er von der Untreue ihrer Mutter erfahren hatte.

Als Margery eintraf, begleitete Georgina Malory sie nach oben, um Gabrielle mitzuteilen, dass sie noch am selben Abend an einer Soiree teilnehmen würden, die ihre angeheiratete Nichte gab. »Ich wollte eigentlich nicht hingehen«, gestand die Lady. »Wenn sie in London ist, gibt Regina so viele Feste, dass ich es nicht für nötig halte, alle zu besuchen. Aber zufällig sind meine beiden Brüder Drew und Boyd zu Besuch in der Stadt und sie würden eine feine Eskorte abgeben. Da habe ich mir gedacht, das wäre für Sie genau die richtige Gelegenheit, bildlich gesprochen, den Zeh ins Wasser zu tauchen. Also werden wir hingehen.«

Gabrielle hätte es vorgezogen, die Füße im Trocknen zu behalten, doch sie war zu wohlerzogen, um das zu sagen. Sie hätte mehrere perfekte Ausreden gehabt, wie etwa die, noch keine passende Garderobe zu besitzen und von der Reise erschöpft zu sein, aber sie führte sie nicht an. Sie hatte dieser netten Dame mit ihrer Anwesenheit bereits genug Unannehmlichkeiten bereitet. Daher war Gabrielle fest entschlossen, keine weiteren Umstände zu machen.

»Ihre Brüder wohnen nicht in London?«, fragte sie.

»In London? Du meine Güte, nein, nicht einmal in England. Die Heimat unserer Familie liegt in Connecticut, aber eigentlich könnte man sagen, in Wahrheit leben all meine fünf

Brüder auf See. Meiner Familie gehört die Skylark-Reederei und jeder meiner Brüder befehligt ein eigenes Schiff.«

Seemänner, dachte Gabrielle leicht amüsiert. Nicht einmal in England kam sie von ihnen los. Doch wenigstens waren die zwei aus Georginas Familie nur zu Besuch. Vielleicht würden sie ihr sogar gefallen. Sie wollte zwar nie einen heiraten, doch trotzdem hatte sie viel mit ihnen gemeinsam.

»Wegen der Soiree heute Abend«, sagte Gabrielle. »Ich habe ein Kleid, das eventuell passend wäre, aber ich werde morgen zu einer Schneiderin gehen müssen. Das Geld für die Ausstattung für eine Saison habe ich dabei, daher sollte ich wohl möglichst rasch Maß nehmen lassen.«

»Ganz meine Meinung und Sie müssen auch gar nicht bis morgen warten. Ich werde noch heute nach meiner Schneiderin schicken. Sie kann in kürzester Zeit Wunder wirken.«

»Das wäre großartig«, gestand Gabrielle. »Ich muss nur wissen, wie viele Ballkleider ich bestellen sollte. Wagen Sie eine Prognose?«

»Mindestens ein halbes Dutzend.«

Gabrielle blinzelte und sagte erschrocken: »So viele, obwohl die Saison schon fast vorüber ist?«

»Oh ja«, antwortete Georgina mit rollenden Augen. »Das liegt am Wettbewerb unter den Damen, die diese Festlichkeiten normalerweise ausrichten. Wenn eine, die ihren Ball bereits gegeben hat, von einer anderen ausgestochen wird, *muss* sie einfach noch einen geben, damit man erzählt, ihrer sei der schönste Ball der Saison gewesen. Meiner Meinung nach ist das alles ziemlich dumm, aber es erklärt, warum wir gegen Ende des Sommers mit Einladungen geradezu überschüttet werden. Da fällt mir ein, weshalb sind Sie eigentlich so spät nach London gekommen? Wir haben nur noch einige Wochen für die größeren Veranstaltungen. Ihnen ist doch klar, dass viele der gefragtesten Junggesellen ihre Wahl bereits getroffen und sich erklärt haben?«

Gabrielle nickte und sagte: »Es hätte mich gewundert, wenn es anders gewesen wäre. Wir haben das nicht geplant, meinem Vater wurde bloß plötzlich bewusst, dass ich das schon längst hätte hinter mich bringen sollen, deshalb hat er mich Hals über Kopf losgeschickt.«

Georgina kicherte. »Es hinter sich bringen? Das ist eine recht eigenwillige Art, es zu betrachten.«

Gabrielle lächelte. »Nun, um ehrlich zu sein, es war nicht meine Idee, hierher zu kommen. Ich hätte mir lieber zu Hause auf den Inseln einen Mann gesucht. Aber jetzt, wo ich hier bin, finde ich alles ziemlich aufregend. Ich hoffe nur, dass ich den Mann, den ich am Ende heiraten werde, dazu überreden kann, mich wenigstens gelegentlich in die Karibik fahren zu lassen. Ich weiß, dass ich meinen Vater schrecklich vermissen werde, wenn ich ihn nur noch so selten zu Gesicht bekomme wie früher.«

»Wie früher?«

»In meiner Kindheit hat er mir oft gefehlt. Ich lebte hier bei meiner Mutter und er arbeitete auf den Westindischen Inseln. Es kam nur sehr selten zu Besuch.«

»Ah, das erklärt, warum sie so kultiviert reden. Also sind Sie in England aufgewachsen?«

»Ja, in der Nähe von Brighton. Meine Mutter hätte schon dafür gesorgt, dass ich in die Gesellschaft eingeführt werde. Sie hatte die richtigen Beziehungen. Aber sie starb, als ich siebzehn war, daher zog ich zu meinem Vater. Hat er das in dem Brief nicht erklärt?«

»Nein, über ihre Herkunft hat er gar nichts geschrieben.«

»Du meine Güte, Sie haben mich aufgenommen, ohne überhaupt zu wissen, dass meine Referenzen erstklassig sind? Sie sind zu freundlich, Lady Malory.«

Georgina lachte. »Nein, ich bin Amerikanerin. Da wo ich herkomme, geben wir nicht viel auf Titel, also bitte ersparen Sie mir den, den mein Gatte mir aufgezwungen hat. Wenn ich ihn loswerden könnte, ohne den Mann zu verlieren, würde ich es tun, das können Sie mir glauben.«

Gabrielle war nicht überrascht. Sie hatte in der Karibik genug Amerikaner kennengelernt, um zu wissen, dass sie lieber an ihren eigenen Verdiensten gemessen wurden als an denen ihrer Vorfahren. Doch in England nahmen die Menschen die Abstammung sehr viel ernster, zumindest in Adelskreisen, insbesondere wenn es um die Ehe ging.

Bevor sie Georgina jedoch ihr Verständnis ausdrücken konnte, schaute Margery von den Koffern hoch und erklärte ungefragt: »Sie hat einen Haufen Grafen im Stammbaum.«

Gabrielle errötete, es auf diese Weise ausgedrückt zu hören, hielt es jedoch für sinnvoll zu erklären: »Das ist schon einige Generationen her, daher führe ich keinen Titel. Andererseits suche ich auch nach keinem.«

»Sie würden einen Titel im Falle eines Falles aber nicht ausschlagen?«

»Nein, natürlich nicht.«

Georgina grinste. »Das habe ich nur gefragt, weil *ich* es getan hätte.«

»Das haben Sie doch gar nicht.«

»Nur, weil ich schon verheiratet war, als ich herausfand, dass James einen Titel hat.«

Gabrielle wusste nicht, ob sie Georgina bemitleiden oder beglückwünschen sollte, doch Miss Carla ersparte ihr eine Erwiderung. Als Margery ihren Käfig von dem Koffer nahm, den sie als Nächstes öffnen wollte, kreischte der Vogel: »Lass mich raus, lass mich raus!«

Georgina schnappte nach Luft und fragte: »Ist es das, was ich denke?«

Gabrielle beschloss, den Käfig zu enthüllen, damit die Dame des Hauses den Papagei mit eigenen Augen sehen konnte. Es war ohnehin besser, sie vorzuwarnen, denn der Vogel konnte recht laut werden, und Gabrielle wollte nicht, dass jemand ihre Tür aufbrach, um herauszufinden, woher der Lärm kam. Doch das Seltsamste an Papageien war, dass Frauen kaum widerstehen konnten, mit ihnen zu reden, und auch bei Georgina Malory war es nicht anders. Sie ging zum Käfig, musterte Miss Carla und sagte sofort »Hallo« zu ihr.

»Dumme Gans«, antwortete der Papagei.

Gabrielles Wangen färbten sich dunkelrot, doch Georgina lachte schallend und sagte: »Das ist erstaunlich. Kann er noch mehr?«

»Mehr als mir lieb ist«, murmelte Gabrielle. »Er gehörte meinem Vater. Er hat mir den Papagei geschenkt, nachdem ich mich mit ihm angefreundet hatte, aber da hatte er ihm bereits einige schlimme Wörter beigebracht, die allesamt zu peinlich sind, um sie aufzuzählen.«

Georgina hob eine Braue. »Zu vulgär für junge Ohren?«

»Das will ich meinen.«

Die Lady seufzte. »Wie schade. Sonst hätte ich vorgeschlagen, dass Sie den Vogel gelegentlich nach unten bringen, damit meine Familie sich mit ihm amüsieren kann. Aber meine älteste Tochter ist erst sieben und für so etwas viel zu empfänglich. Sie hört schon von den Männern in dieser Familie mehr als gut für sie ist.«

»Ich werde versuchen, den Vogel ruhig zu halten.«

Georgina kicherte. »Und ich werde versuchen, Jack vom Spionieren abzuhalten.«

»Jack?«

»Meine Tochter Jacqueline.«

»Ah, ich verstehe.«

»Nein, tun Sie nicht, allerdings versteht niemand, warum mein Mann den Frauen, die er am liebsten mag, so gern derart ungewöhnliche Spitznamen gibt.«

»Nicht ungewöhnlich, George«, sagte James vom Türrahmen her. »Einfach nur Namen, auf die niemand anders kommen würde. Nun komm und lass dem Mädchen Zeit zum Eingewöhnen. Sie wird sich ein wenig ausruhen wollen, bevor du sie heute Abend zu Regan schleppst.«

»Regan?«

»Noch einer von diesen Namen, diesmal für seine Lieblingsnichte Regina«, erklärte Georgina, dann setzte sie stirnrunzelnd hinzu: »Müssen Sie sich hinlegen?«

»Nein, mir geht's gut.«

»Schön, dann kommt die Schneiderin innerhalb der nächsten Stunde. Ich werde gleich nach ihr schicken.«

Kapitel 11

Zur verabredeten Zeit ging Gabrielle nach unten. Ihr graublaues Tüllkleid, das fast genau ihre Augenfarbe hatte, war zu dünn für einen Abend in England. Leider hatte sie nur einen einzigen Mantel dabei, ihren robusten wollenen Reisemantel, den sie aber zu einem feierlichen Anlass auf gar keinen Fall tragen konnte.

Ihre neuen Kleider würden jedoch ab morgen eintreffen und im Laufe der kommenden Woche vollständig geliefert werden. Das hatte die Schneiderin ihr versichert, und daher wollte sie sich nicht beklagen, wenn ihr an diesem einen Abend ein wenig kalt werden würde. Immerhin war ihr Haar schön frisiert. Glücklicherweise war sie recht gut darin, sich selbst kunstvolle Frisuren zu machen, denn Margery war ja keine richtige Zofe. Das war nur ihre augenblickliche Funktion.

Anscheinend war sie die Erste, die in der Eingangshalle eintraf, deshalb ging Gabrielle in den Salon, um auf die Malorys zu warten. Sie dachte, sie sei allein, bis sie die beiden kleinen Köpfe sah, die über die Sofalehne lugten; beide hatten goldenes Haar, doch in dem einen leuchteten kupferrote Strähnen. Gabrielle musste ehrlich zugeben, dass sie nie in ihrem Leben schönere Kinder gesehen hatte.

»Ich bin Jack«, sagte das Mädchen mit dem goldenen Haar. »Das ist meine Cousine Judy. Und du musst die Tochter des Piraten sein.«

Gabrielle wusste nicht, ob sie von der Offenheit des Kindes peinlich berührt oder amüsiert sein sollte. Lieber Himmel, wusste denn jeder in diesem Haushalt vom Beruf ihres Vaters?

»Ich schätze, das stimmt, ja«, antwortete sie.

»Bist du auch ein Pirat?«, fragte das andere Mädchen.

Gabrielle gelang es, sich das Lachen zu verkneifen. »Nein, aber ich bin manchmal mit auf Schatzsuche gegangen.«

»Oh, das macht sicher Spaß!«, sagten die beiden Mädchen fast gleichzeitig.

Gabrielle schmunzelte. »In der Tat.«

»Und ich bin sicher, sie wird euch alles darüber erzählen, aber nicht heute Abend«, unterbrach James Malory vom Türrahmen her. »Los, Kinder, euer Abendessen wartet.«

Die Mädchen marschierten unter verhaltenem Protest aus dem Zimmer. Vor Malorys Eintreffen war Gabrielle entspannt gewesen, doch nun verkrampfte sie sich, was sie auf die Frage brachte, ob sie sich jemals in seiner Anwesenheit wohl fühlen würde.

»George wird bald da sein«, berichtete James lässig. »Sie muss ihre Brüder nur noch dazu bringen, euch heute Abend zu begleiten.«

»Euch« anstelle von »uns« bedeutete, dass er nicht dabei sein würde. Gabrielle fühlte sich augenblicklich erleichtert. »Sie kommen also nicht mit?«

»Großer Gott, nein. Ich liebe meine Nichte und würde keines ihrer Familienessen schwänzen, aber dieses Fest ist etwas ganz anderes. Ich gestehe gern, dass ich gesellschaftliche Zusammenkünfte dieser Art nicht ausstehen kann, daher werde ich mein Möglichstes tun, all die Veranstaltungen, zu denen meine Frau Sie mitnehmen will, zu meiden.«

»Das heißt, ich werde gezwungen, als … dein …« Die tiefe, männliche Stimme stockte. Der Mann, dem es die Sprache verschlagen hatte, stand neben Malory und starrte Gabrielle ungläubig an. Sie machte bestimmt ein ähnliches Gesicht. Lieber Himmel, ausgerechnet er? Der blonde Hüne vom Kai, zu dem sie so grob gewesen war? Als Gabrielle wieder einfiel, wie sie sich am vergangenen Tag benommen hatte, wurde sie rot. Verdammt, sie hatte gewusst, dass sie sich schämen würde, falls sie ihm je wieder über den Weg lief. Und nun stand er vor ihr, in genau dem Haus, in dem sie in den nächsten Wochen wohnen würde. Gabrielle war äußerst verlegen.

»Ich nehme an, ihr zwei kennt euch schon?«, fragte James trocken, indem er von einem zum anderen schaute. »Oder darf ich davon ausgehen, dass das hier Liebe auf den ersten Blick ist?«

Drew fasste sich als Erster und schnaubte: »Liebe? Ganz bestimmt nicht. Ich habe sie bloß gestern auf dem Kai vor einem bösen Sturz bewahrt, als sie mir dummerweise fast vor die Füße gefallen wäre.«

Diese Bemerkung ließ zum Glück alle Anzeichen von Verlegenheit von Gabrielles Wangen verschwinden. Vielleicht lag es aber auch an ihrer rasch aufflackernden Empörung.

»Dummerweise?«, wehrte sie sich. »Ich konnte doch gar nichts dafür, dass der Karren mich fast umgefahren hätte. Und Sie waren bei Ihrer sogenannten Rettung reichlich brutal.«

»Brutal?«, fragte James interessiert. »Tja, das wundert mich nicht. Schließlich ist er Amerikaner.«

»Fang nicht schon wieder damit an, Malory«, erwiderte Drew beinahe knurrend. »Das ist jetzt nicht der geeignete Moment.«

»Da bin ich anderer Meinung, mein lieber Junge«, entgegnete James. »Jeder Moment eignet sich dazu, darauf hinzuweisen, wie barbarisch ihr …«

»James Malory, wage es nicht.« Seine Frau kam gerade rechtzeitig, um ihn zu unterbrechen, und die beiden Männer auseinander zu bringen, indem sie zwischen ihnen durchging. »Verflixt, kann ich euch zwei denn nicht einmal für fünf Minuten in einem Zimmer allein lassen?«

»Natürlich kannst du das, meine Liebe«, erwiderte James. »Er steht doch noch aufrecht, oder?«

Der große blonde Mann und Georgina reagierten bloß mit einem abfälligen Geräusch. Gabrielle wusste nicht, was von dem Gezänk und James Malorys versteckten Drohungen zu halten war. Die Situation schien ernst zu sein, doch keiner machte ein ernstes Gesicht.

Als Nächstes schmiegte Georgina sich an James, gab ihm einen Kuss und sagte: »Wir werden sicher erst spät zurückkommen, also warte nicht auf mich.«

»Ich warte.«

Sein Gesichtsausdruck wurde weich und er legte seinen Arm um ihre Taille, um sie enger an sich zu ziehen. Der hübsche Hüne schaute das Paar an und verdrehte die Augen. Georgina kicherte bloß und löste sich von ihrem Mann.

»Also los, Gabby«, sagte sie, indem sie sich unterhakte. »Ich kann es gar nicht erwarten, Sie Regina vorzustellen. Sie ist eine unverbesserliche Kupplerin und wird sicher im Handumdrehen einen Ehemann für Sie finden.« Doch dann sah sie sich noch einmal nach ihrem Mann um und warnte ihn: »Fast hätte ich es vergessen: Boyd hat sich geweigert, uns zu begleiten, also versuch, ihm aus dem Weg zu gehen. Angeblich hat seine Reise länger gedauert als geplant, deshalb sei er für anständige Gesellschaft erst wieder bereit, wenn er mindestens drei Nächte gefeiert habe.«

»Was für ein Blödsinn«, sagten James und der Hüne beinah gleichzeitig.

»Ja, das habe ich auch gesagt, aber er hat immer noch Kopfschmerzen von der ersten durchzechten Nacht, daher habe ich ihn nicht weiter gedrängt.«

»Nur weil du mich schon zwangsrekrutiert hattest«, beschwerte sich der Riese, wenn auch in heiterem Ton.

Gabrielle erkannte, dass es sich bei ihm um Georginas bereits erwähnten Bruder Drew handeln musste. Und wie es sich anhörte, war auch er nicht besonders glücklich darüber, heute Nacht ihre Eskorte sein zu müssen. Es war ihm nur nicht gelungen, sich eine passende Entschuldigung auszudenken, wie sein Bruder Boyd es getan hatte. Wenn sie nicht noch an seiner

Bemerkung geknabbert hätte, hätte Gabrielle deswegen sicher Gewissensbisse gehabt.

Georgina drängte zur Eile. Die Fahrt zur Park Lane dauerte nicht lang, deshalb konnte in der Kutsche keine große Unterhaltung aufkommen. Das war ein Glück. Gabrielle hatte genug damit zu tun, die Neuigkeit zu verdauen, dass der Mann vom Kai, den sie so attraktiv gefunden hatte, jetzt nicht nur direkt neben ihr saß, sondern auch noch mit ihr im selben Haus wohnte. Das bedeutete, dass sie ihn wahrscheinlich in den nächsten Wochen viel zu häufig zu sehen bekommen würde.

Sie fragte sich, ob sie ihre Meinung ändern und versuchen sollte, sich für ihre Grobheit an jenem Tag zu entschuldigen. Doch ihr untypisches Verhalten zu erklären, kam deswegen nicht infrage, weil sie dann auch zugeben musste, wie attraktiv sie den blonden Riesen fand. Vielleicht fiel ihr ja noch eine plausible Erklärung für ihr Verhalten ein.

Sie erinnerte sich an sein charmantes Lächeln und welche Wirkung es auf sie gehabt hatte. Er war erst unhöflich geworden, nachdem sie damit angefangen hatte. War das der einzige Grund, warum er immer noch so mürrisch war? Oder hatte er tatsächlich etwas dagegen, sie und seine Schwester zu begleiten?

Kaum hatten sie das große Stadthaus betreten, das Nicholas und Regina Eden gehörte, machte Georgina sich auf die Suche nach Regina und ließ Gabrielle für eine Weile allein mit dem Hünen. Er führte sie in den Salon, der recht voll war, und grüßte einen Bekannten, wich jedoch nicht von ihrer Seite.

Allerdings schien er ihr nicht die geringste Aufmerksamkeit zu schenken, daher gelang es ihr beinahe, sich zu entspannen. Dann fragte er unvermittelt: »Sind Sie wirklich hier, um sich einen Mann zu angeln, Piratenlady?«

Gabrielle schnappte nach Luft. Ihm hatte man also auch von ihrem Vater erzählt? Wollte er sie nur beleidigen, indem er sie eine Piratin nannte – oder hielt er sie tatsächlich für eine?

Natürlich war ihm als Seemann klar, dass es Piratinnen gab,

und wahrscheinlich hatte er auch von denen gehört, die es in der Blütezeit der Seeräuberei in der Karibik gegeben hatte. Pierre lebte sogar heute noch mit einer solchen Frau. Red wurde sie genannt und den Gerüchten nach kämpfte sie ebenso gut wie ein Mann, sogar noch brutaler. Das gefiel dem gemeinen Kerl sicher an ihr.

Gabrielle schauderte bei dem Gedanken an diesen speziellen Kapitän. Und solange sie in der Karibik war, hatte sie ihre Angst vor ihm auch nie verloren, nicht einmal, als sie erfuhr, dass er etwas mit Red angefangen hatte. Doch da sie nun wieder nach England zurückgekehrt war, würde sie ihn sicher nie wieder sehen. Schließlich lag zwischen England und seinen Lieblingsrevieren ein ganzer Ozean.

»Ist Ihnen kalt?«, wollte Drew wissen. »Oder wollen Sie vielleicht doch keinen Ehemann?«

Er hatte ihr Schaudern bemerkt. Wieso brachte er es mit seiner ersten Frage über ihre Suche nach einem Ehemann in Verbindung? Und warum hörte er sich ein klein wenig hoffnungsvoll an? Seine Frage war viel zu persönlich, als dass sie ihm antworten würde.

»Hören Sie, Kapitän …«

»Ich heiße Drew«, unterbrach er sie, »Drew Anderson.«

»Ja, ich weiß«, entgegnete sie. »Ich hatte heute eine lange Unterhaltung mit Ihrer Schwester.«

»So? Es überrascht mich, dass sie Ihnen helfen will. Eigentlich wundert mich schon, dass sie sich lange genug mit Piraten einlässt, um sich mit ihnen zu *unterhalten*. Andererseits, verdammt, ich muss das zurücknehmen, sie hat es ja schon einmal getan.«

Mit dieser rätselhaften Bemerkung stachelte er ihre Neugier an. Gabrielle bezweifelte jedoch, dass er ihr Näheres erklären würde, wenn sie nach Einzelheiten fragte.

Doch ihre Neugier veranlasste sie, es trotzdem zu versuchen. »Und wie kam das?«

»Es war nicht absichtlich. Sie wusste überhaupt nicht, dass sie es mit einem Piraten zu tun hatte. Fairerweise müsste ich eigentlich sogar sagen – mit einem ehemaligen Piraten.«

»Ihrem Ehemann, nehme ich an? Wie konnte sie nur so einen Rohling heiraten?«

Noch bevor Drew die Stirn auf eine Art runzelte, die andeutete, dass sie zu weit gegangen war, bereute Gabrielle ihre Frage. Es war zwar nur natürlich, dass sie etwas über die Menschen erfahren wollte, bei denen sie leben würde, doch da Drew zufällig auch zu ihnen gehörte, hätte sie ihre Neugier wohl besser im Zaum gehalten. Und sie hätte auch keine abfälligen Bemerkungen über seinen Schwager machen sollen, schließlich hatte sie sich dem Mann selbst aufgedrängt. Das war grob unhöflich gewesen.

Ehe sie sich noch entschuldigen konnte, überraschte Drew sie mit der Frage: »Halten Sie ihn wirklich für einen Rohling? Meine Brüder und ich sind zwar auch dieser Ansicht, doch ich persönlich frage mich, wie James Malory auf Frauen wirkt.«

»Er ist ein echter Rohling. Aber ich nehme an, Ihre Schwester sieht das anders.«

»Ja, sie betet ihn an«, erwiderte er. »Schwer vorstellbar, nicht wahr?«

Gabrielle bemerkte die Heiterkeit in seiner Stimme und fragte sich kurz, ob er sich über sie lustig machte oder darüber, dass sie derselben Ansicht waren. Doch sie beschloss, dieser Frage nicht weiter nachzugehen, und vermied es, ihn anzusehen. Sie fand diesen Mann so attraktiv, dass sie ihn nicht lange mustern konnte, ohne sich zu verraten.

»Also gut«, überlegte sie, »wenn man sich des Eindrucks erwehren kann, dass er jeden Augenblick über einen herfallen wird, müsste man zugeben, dass er ein attraktiver Mann ist.«

»Ich würde sagen, *das* zu behaupten, geht zu weit.«

»Was zu behaupten?«, fragte Georgina, die mit ihrer Nichte im Schlepp wieder auftauchte.

Gabrielles Wangen röteten sich. So schlecht, wie dieser Mann sich bisher ihr gegenüber verhalten hatte, zweifelte sie nicht daran, dass er alles verraten würde. Nun hatte er eine großartige Chance, sie in Verlegenheit zu bringen, und er schien auch fest dazu entschlossen. Er mochte herablassend genug gewesen sein, eine Unterhaltung mit ihr zu beginnen, doch sie hatte nicht vergessen, wie alles angefangen hatte.

Wieder überraschte er sie, indem er leicht über die Frage hinwegging und lediglich sagte: »Sie hält diesen Rohling, den du geheiratet hast, für einen attraktiven Kerl.«

»Selbstverständlich tut sie das«, entgegnete Georgina. »Bislang habe ich noch keine Frau getroffen, der es anders ging. Aber ich wünschte, du würdest das Wort ›Rohling‹ aus deinem Vokabular streichen.«

»Nicht bevor er das Wort ›Barbar‹ aus seinem verbannt«, erwiderte Drew lächelnd.

Die Frau neben Georgina kicherte. »Gut, dass Nick nicht hier ist und das hört.«

Regina Eden war eine atemberaubende Schönheit. Sie hatte schwarzes Haar und höchst ungewöhnliche kobaltblaue Augen, die gerade schräg genug geschnitten waren, um ein wenig exotisch zu wirken. Und auf ihr Kichern folgte ein Lächeln, das Gabrielle freundlich willkommen hieß.

Georgina erklärte Gabrielle: »Sie werden feststellen, dass Reggies Ehemann den meinigen nicht besonders mag. Früher haben sie ständig versucht, einander umzubringen.«

Georgina sprach in so neckischem Ton, dass Gabrielle ihre Bemerkung zunächst nicht recht ernst nahm. Doch dann setzte Regina hinzu: »Und manchmal wäre es ihnen fast geglückt, doch heute kommen sie wunderbar miteinander aus – zumindest im Vergleich zu damals.«

»Wunderbar würde ich das nicht nennen«, grinste Georgina. »Aber zugegeben, es ist wohl nur eine alte Angewohnheit. Mit Worten bekämpfen sie sich noch immer. Bei meinen Brüdern ist es genauso«, fügte sie mit einem missbilligenden Blick auf Drew hinzu.

Er schien alles andere als zerknirscht und grinste sogar spitzbübisch. »Ich weiß, wann ich auf verlorenem Posten stehe, also gehe ich wohl besser etwas Trinkbares besorgen, während ihr Damen euch näher beschnuppert.«

Damit schlenderte er davon und nur eine der Damen schaute ihm nach. Gabrielle ertappte sich selbst dabei, wie sie ihm mit den Augen folgte, und stöhnte innerlich auf. Es würde ein Problem werden, die Augen von dem Mann zu lassen, wenn er in der Nähe war. Er hatte sie so oft beleidigt, dass sie eigentlich darauf aus sein sollte, ihn um jeden Preis zu ignorieren, doch sie konnte es einfach nicht. Sie fühlte sich so stark von ihm angezogen, dass er, selbst wenn er ihren Zorn erregte, eine Wirkung auf sie hatte, die sie nicht kontrollieren konnte.

Sie musste unbedingt herausfinden, wie sie sich seiner Anziehungskraft entziehen konnte. Schließlich war der Mann nicht bloß ein Matrose, der eventuell mit einiger Mühe dazu überredet werden konnte, die Seefahrt aufzugeben. Er war Kapitän eines eigenen Schiffes und seine Familie besaß sogar eine Reederei! Einen Mann, der sich weniger für ein näheres Kennenlernen eignete, gab es kaum.

Kapitel 12

»Haben wir sie verpasst?«

»Ist sie noch nicht runtergekommen?«

Drew legte seine Gabel zur Seite und lächelte die beiden kleinen Mädchen an, die gerade in das Frühstückszimmer stürmten. Ihre Aufregung war offensichtlich. Und er brauchte gar nicht zu fragen, von wem sie sprachen, denn er hatte gerade an dieselbe Frau gedacht und sich dieselben Fragen gestellt!

Daher sagte Drew zu seiner Nichte: »Falls du die Piratin meinst, die ist wohl noch im Bett. Wir sind gestern Nacht erst spät vom Fest bei deiner Cousine Regina zurückgekommen.«

»Hat es ihr da gefallen?«, fragte Judith.

»Wahrscheinlich«, erwiderte er, und es gelang ihm, seine Stimme gleichmütig klingen zu lassen, obwohl ihn der Gedanke irritierte. »Alle anwesenden Junggesellen haben sich um sie geschart.«

»Sie hat gesagt, sie ist gar keine Piratin«, korrigierte Jacqueline ihn, während sie näher kam und ein Würstchen von seinem Teller stibitzte.

»Aber sie ist eine Schatzsucherin!«, erklärte Judith ungefragt.

»Und Papa hat gesagt, sie wird uns alles darüber erzählen«, fügte Jacqueline hinzu.

Drew schaute seine Nichte strafend an, doch sie grinste ihn bloß frech an und steckte sich die Wurst schnell in den Mund. Drew schüttelte den Kopf und lachte in sich hinein. Jacqueline war ein entzückendes kleines Biest, anmutig, kein bisschen ungelenk und viel zu hübsch für ihr Alter. Aus ihr würde einmal ein unverbesserlicher Wildfang werden, da war er sicher.

»So spät am Morgen und ihr zwei habt noch nichts gegessen?«, fragte er.

»Oh doch, aber das ist lange her«, sagte Jacqueline.

»Wir wollten nur nochmal nachsehen«, erklärte Judith. »Wir möchten die Dame nicht verpassen. Ich muss doch heute nach Hause. Und ich wäre ganz traurig, wenn ich nicht von ihr selbst hören kann, wie das mit der Schatzsuche ist.«

»Falls ich sie sehe, Mädels, werde ich sie direkt zu euch schicken.«

Die beiden nahmen ihn beim Wort und stürzten genauso ausgelassen aus dem Zimmer, wie sie hereingekommen waren. Doch als es im Raum wieder still wurde, kehrten Drews Gedanken umgehend zu den Überlegungen zurück, die er über den Gast seiner Schwester angestellt hatte.

Ihre Ankunft hatte nicht nur Georginas Pläne durcheinandergebracht, sondern auch seine. Da seine Schwester und ihre Familie ihn bei der Rückreise nach Connecticut nun doch nicht begleiten würden, konnte er auf den ursprünglichen Plan zurückgreifen, der es ihm erlaubte, noch ein oder zwei Wochen bei seiner Schwester zu verbringen. Allerdings war er nicht sicher, ob er unter diesen Umständen bleiben sollte. Er konnte Georgina auch ein anderes Mal besuchen. Es war ihm nicht wohl dabei, in ihrem Haus zu bleiben, nachdem sie einen weiteren Gast aufgenommen hatte, zu dem er sich auch noch hingezogen fühlte. Insbesondere da er diesem unerwarteten Gast seiner Schwester nicht zu nah kommen durfte.

Piraten. Ihm selbst waren nie welche begegnet, aber seinem Bruder Boyd. Piraten hatten ihm auf See die Fracht gestohlen. Dasselbe war seinem Bruder Thomas passiert, dessen Schiff bei dem Kampf so schwer beschädigt worden war, dass es einen Hafen anlaufen musste. Doch das hatte Thomas nichts ausgemacht, so wie er sich niemals aus der Ruhe bringen ließ. Er war der Geduldigste von den sechs Andersons.

Ironischerweise war es James Malory gewesen, der seine beiden Brüder auf See angegriffen und besiegt hatte. Heute lachten sie alle darüber, doch damals war es nicht lustig gewesen. Damals hatte James sich als Gentleman-Pirat bezeichnet.

Ein Jahrzehnt lang hatte er sich auf hoher See amüsiert, indem er wahllos jedes Schiff angriff, das ihm eine Herausforderung darzustellen schien, sogar englische Schiffe. Für James war es ein Spiel gewesen, an dem er sein Können maß, und wollte man Georgina glauben, war das Leben als Gentleman-Pirat die einzige Rettung für ihn gewesen. Er war so gelangweilt gewesen, als einer von Londons berüchtigtsten Lebemännern zu gelten, dass nicht einmal Duelle seine Gefühle noch in Wallung bringen konnten.

Drew wunderte sich, wie Gabrielle Brooks so schnell erraten hatte, dass James der Pirat war, mit dem Georgina früher verkehrt hatte. Erkannten Piraten einander denn sofort? Das bezweifelte er.

Als James und Georgie ihm von ihrem Hausgast erzählt hatten, hatte James erklärt, der Vater des Mädchens wisse nicht, dass er selbst auch ein Piratenleben geführt habe, er wisse bloß, dass er damals unter dem Namen Kapitän Hawke bekannt gewesen sei. Stattdessen hatte James ihm im Delirium seine wahre Identität enthüllt. Daher war eher anzunehmen, dass Gabrielles Bemerkung sarkastisch gemeint war, als sie ihre Vermutung äußerte und James einen Rohling nannte.

Freches, undankbares Weibsbild. Es kam immer mehr zusammen, was gegen sie sprach, doch das Schlimmste war, dass sie sich in London aufhielt, um einen Ehemann zu finden. Wenn das nicht gewesen wäre, hätte er sich vielleicht Mühe gegeben, mit ihr wieder ins Reine zu kommen. Doch er wollte sich gar nicht mit ihr aussöhnen. Nein, zum Teufel. Er brauchte die Abschreckung durch ihr ablehnendes Verhalten, um sich daran zu erinnern, dass er die Finger von ihr zu lassen hatte.

Nicht dass es großer Erinnerung bedurft hätte, da ihm gestern schon beim ersten Blick auf sie wieder eingefallen war, wie sehr er sich im Hafen über sie geärgert hatte. Was merkwürdig war, denn normalerweise war es nicht seine Art, sich so sehr über etwas aufzuregen, dass er es nicht mit einem Achselzucken abtun konnte. Er war einfach unbekümmert. Selbst Streitigkeiten und handgreifliche Auseinandersetzungen mit seinem Bruder Warren, der früher so verdrossen zu sein pflegte, dass er einen Heiligen in Wut versetzt hätte, machten ihm nicht das Geringste aus. Doch dieses Weib ging ihm unter die Haut.

Boyd tauchte im Türrahmen auf und versuchte sich anzulehnen, wäre dabei aber fast ins Zimmer gefallen. Drew war so in Gedanken versunken gewesen, dass er das Zuschlagen der Haustür überhört hatte. Sein Bruder kam gerade erst heim und sah aus, als hätte er die ganze Nacht nicht geschlafen.

Boyd und er hatten die gleiche Haarfarbe – hellbraun mit goldenen Strähnen –, doch sein Bruder hatte sein Haar seit seiner Ankunft nicht geschnitten, und, so struppig wie es aussah, wahrscheinlich auch nicht gekämmt. Boyds braune Augen waren nicht nur heller als seine, sondern zudem momentan reichlich blutunterlaufen. Von den fünf Brüdern hatten nur Boyd und Thomas die außergewöhnliche Größe des Vaters nicht geerbt.

»Du bist noch gar nicht im Bett gewesen?«, riet Drew.

»Doch, ich habe geschlafen, ich weiß bloß nicht, wo«, erwiderte Boyd.

»War es etwa genauso wie vorgestern? Als du mich wegen eines weichen Betts verlassen hast?«

»Sehr weich, wie ich mich schwach erinnern kann, aber ich bin sicher, du hast auch ohne mich nach Hause gefunden.«

Drew lachte in sich hinein. »Ja, und noch dazu zu einer christlichen Uhrzeit.« Doch dann schüttelte er den Kopf. »Du schlägst aber wirklich über die Stränge, wenn du einen Hafen erreichst. War deine letzte Fahrt wirklich so lang?«

»Nein, ich hatte bloß einen weiblichen Passagier, der mich

zwei verdammte Wochen lang an den Rand des Wahnsinns getrieben hat.«

Drew hob eine Braue. »Hättest du das nicht an Bord regeln können?«

»Sie war verheiratet, hatte zwei Kinder dabei und war so verdammt glücklich, unterwegs zu ihrem Mann zu sein, dass ich sie nicht wissen lassen wollte, wie es um mich stand.«

»Und, fühlst du dich jetzt besser?«

»Frag mich noch mal, wenn ich wieder nüchtern bin«, sagte Boyd, dann erkundigte er sich kichernd: »Und wie war dein Abend?«

»Warum fragst du mich das nicht noch einmal, wenn du die Piratin gesehen hast?«, antwortete Drew schlagfertig.

»Nein danke. Ich habe mir für meine Schwester schon eine lange Liste von Entschuldigungen zurechtgelegt. Sie wird mich nicht zu einem dieser Heiratsmärkte schleppen. Malory hat mir in die Feder diktiert, wie man sie am besten vermeidet. Außerdem bist du viel besser im Langweilen als ich.«

Drew lachte schallend. »Du bist mir einer, Bruderherz. Also, was möchtest du wetten, dass du deine Meinung ändern wirst – wenn du die Piratin gesehen hast?«

Boyd grinste ihn nur an. »Darauf falle ich nicht herein. Wenn sie so toll aussähe, würdest du dafür sorgen, dass ich morgen in See steche.«

»Wie du willst«, sagte Drew achselzuckend.

Boyd sah ihn mit zusammengekniffenen Augen an. »*Ist* sie hübsch?«

»Wen interessiert das schon?«, konterte Drew lässig. »Das Weib ist hier, um sich einen Mann zu angeln, kapiert? Oder willst du dich etwa häuslich niederlassen?«

Boyd dachte einen Moment darüber nach. »Anders als du habe ich nicht in jedem Hafen eine Braut, daher hätte ich nichts dagegen, eine hübsche Frau zu heiraten, die zu Hause auf mich wartet. Wie du weißt, bin ich nicht derjenige, der immer gesagt hat, er wird sich nie einfangen lassen, das warst du. Aber falls ich sesshaft werde, dann todsicher nicht mit einem Weib, dessen Vater Pirat ist.«

»Gutes Argument«, stimmte Drew zu. »Da wir ein Schifffahrtsunternehmen der ehrlichen Art führen, dürfte Clinton wohl etwas dagegen haben, wenn du versuchen würdest, einen Piraten in die Familie zu bringen. Aber das ist schließlich kein Grund, ganz auf die falsche Seite zu wechseln.«

»Ah, jetzt willst du mich also anstiften, ihr nachzustellen?«, fragte Boyd in kämpferischem Ton.

Drew verdrehte die Augen. »Los, geh ins Bett. Wenn du jetzt noch auf einen Kampf aus bist, dann warte wenigstens, bis du wieder nüchtern bist.«

»Keine gute Idee«, grummelte Boyd. »Dann spüre ich viel zu viel. Vielleicht stellt sich stattdessen Malory zur Verfügung.«

»Ach so, warum hast du nicht gleich gesagt, dass du nur noch sterben möchtest?«, versetzte Drew trocken.

Kapitel 13

Gabrielle ließ ihren Blick durch den glitzernden Ballsaal schweifen. Am ersten Tag eine Soiree, am nächsten ein großer Ball. Als Georgina ihr erzählt hatte, dass sie für den Rest der Saison wahrscheinlich keinen einzigen Abend mehr zu Hause verbringen würden, hatte sie nicht gescherzt. Gabrielle war das nur recht. Sie wünschte sich eine große Auswahl für die Heiratskandidatenliste, die sie anlegen wollte, und je mehr Festlichkeiten sie besuchten, desto mehr Junggesellen konnte sie kennenlernen.

An diesem Abend hatte sie bereits die Bekanntschaft zweier neuer Herren gemacht und drei weitere hatten sich auf ihrer Karte eingetragen. Später, beim Tanz, würde sie Gelegenheit haben, sich mit ihnen zu unterhalten. Doch augenblicklich beobachtete sie den Mann auf der anderen Seite des Ballsaals, der ihr nicht aus dem Sinn ging.

Für einen amerikanischen Schiffskapitän machte Drew Anderson in seinem schwarzen Abendanzug zweifellos eine ausgezeichnete Figur. Sie war überrascht, wie gut er sich ins Bild fügte, als gehöre er einfach dazu. Es war geradezu unmöglich, in ihm den Amerikaner zu erkennen, ehe man seinen Akzent hörte. Nicht, dass es den anwesenden Frauen etwas ausgemacht hätte. Dazu war der Mann viel zu attraktiv. Alle Frauen, ob alt, ob jung, versuchten, einen Blick von ihm zu erhaschen.

Eben sprach er mit einer hübschen Dame, mit der er gerade getanzt hatte. *Sie* hatte er nicht um einen Tanz gebeten. Eigentlich hatte er seit ihrer Ankunft auf dem Ball kaum zwei Worte mit ihr gewechselt.

Natürlich hatte sich ihre Tanzkarte gleich gefüllt, doch er

hätte sie noch vor dem Eintreffen bitten können, ihm einen Tanz zu reservieren. Schließlich waren sie mit Georgina in einer Kutsche gekommen. Er hatte also reichlich Gelegenheit gehabt. Und es wäre nur höflich gewesen, selbst wenn er in Wahrheit gar nicht mit ihr tanzen wollte. Doch alles, was er getan hatte, als sie vorhin die Treppe herunterkam, war, ihr einen bösen Blick zuzuwerfen, dabei wusste sie, dass sie in dem neuen Ballkleid, das gerade rechtzeitig für diesen Abend eingetroffen war, außergewöhnlich hübsch aussah.

Das Kleid aus eisblauem Satin mit rosafarbenen gestickten Rosen, die in einem glitzernden Band dem Lauf der Säume folgten, war mit passenden Schuhen und Schleifen für das Haar geliefert worden. Sie hatte bereits mehrere Gäste sagen hören, sie sei gewiss *die* Sensation des Abends. Doch war auch Drew Anderson dieser Ansicht? Offensichtlich nicht, dem bösen Blick nach zu urteilen, mit dem er sie gemustert hatte, und nach dem, was sie am Morgen zufällig belauscht hatte.

Gabrielle hatte mehr gehört, als gut für sie war. Dabei hätte sie von der Unterhaltung zwischen den beiden Brüdern gar nichts mitbekommen, wenn sie nur ein wenig länger geschlafen hätte, wie Margery es ihr geraten hatte. Stattdessen war sie vor Hunger wach geworden, weil sie in dem Essen, das Drew ihr am Abend zuvor bei Reginas Soiree gebracht hatte, nur herumgestochert hatte. Nicht, dass sie da nicht auch hungrig gewesen wäre, doch irgendwie hatte er es geschafft, genau die Speisen auf den Teller zu häufen, die sie nicht mochte.

So war sie am Morgen gerade noch rechtzeitig gekommen, um Boyd zu seinem Bruder sagen zu hören: »Du bist viel besser im Langweilen als ich.« Dabei sah Drew im Augenblick gar nicht gelangweilt aus; er wirkte sogar recht interessiert an der Dame, mit der er sich immer noch unterhielt, doch die Bemerkung hatte sich ja auch auf sie selbst bezogen – und auf die Tatsache, dass er sie begleiten musste. »Da wir ein Schifffahrtsunternehmen der ehrlichen Art führen, dürfte Clinton wohl etwas dagegen haben, wenn du versuchen würdest, einen Piraten in die Familie zu bringen.«

Die beiden blickten also offensichtlich auf sie herab. Sie fühlte sich nicht gekränkt – jedenfalls nicht allzu sehr –, sondern eher wütend. Sie kannten weder sie noch ihren Vater. Wie konnten sie es wagen, einfach über sie beide zu urteilen!

»Eine Braut in jedem Hafen.« »Sich nie einfangen lassen.« Sie wusste jetzt, woran sie war. Drew Anderson war ein Schuft. Und er fand *sie* verachtenswert?

»Sie schlagen ja alle annehmbaren Herren in die Flucht, wenn Sie so ein böses Gesicht machen«, hörte sie Drew sagen. »Einen Penny für Ihre Gedanken.«

Gabrielle schaute auf und sah ihn neben sich stehen. Sie hatte ihn doch nur einen Moment aus den Augen gelassen. Wie war es ihm gelungen, so schnell den Raum zu durchqueren? Hätte sie ihn kommen sehen, wäre sie in die andere Richtung verschwunden. Sie wollte eigentlich gar nicht mit ihm sprechen.

»Meine Gedanken könnten Sie teurer kommen«, sagte sie in abweisendem Ton und schaute an ihm vorbei.

»Wie viel teurer?«, wollte er wissen.

»Teurer als Sie es sich je werden leisten können.«

»Was für ein Jammer. Ich hatte auf einen lustigen Spruch gehofft, um der Langeweile zu entgehen.«

Gabrielle zog scharf den Atem ein und schaute ihm wieder ins Gesicht. »Sie glauben also, dass Sie meine Gedanken lustig finden würden? Sie denken, ich bin voller dummer ...«

»Das habe ich nicht gesagt«, unterbrach er sie.

»Das brauchten Sie auch gar nicht. Es ist bereits an Ihrem Ton zu hören«, erwiderte sie, dann fügte sie leise hinzu: »Aber das war von einem Rohling wie Ihnen ja zu erwarten.«

Offensichtlich hatte er sie verstanden, denn er seufzte hörbar. »Ist denn jeder Mann ein Rohling für Sie?«

»Nein, aber Sie sind der, der mich so hart angefasst hat, dass mir der Arm wehtut.«

Bei dieser Anschuldigung kniff er die Augen zusammen und forderte: »Zeigen Sie mir Ihre blauen Flecken.«

Gabrielle hatte sich nicht die Mühe gemacht nachzuschauen, ob sie welche hatte, und wollte das gerade zugeben, da fasste Drew einfach nach ihrem Arm und drehte ihn um. Schlagartig veränderte sich sein Gesichtsausdruck. Als sie auf ihren Unterarm blickte, sah sie den Bluterguss ebenfalls. Er war allerdings recht klein. Lieber Himmel, noch nie in ihrem Leben hatte sie sich über einen blöden blauen Fleck gefreut, aber heute war es so.

»Ich habe es Ihnen ja gesagt«, konstatierte sie hochbefriedigt.

»Ja, das haben Sie«, entgegnete er ruhig und sah dabei ehrlich zerknirscht aus, nein, er war *wahrhaftig* geknickt. »Entschuldigen Sie, Gabby. Es war wirklich nicht meine Absicht, Ihnen wehzutun, ich wollte Ihnen neulich nur helfen. Es tut mir leid, dass Sie so schnell blaue Flecken bekommen.«

Die letzte Bemerkung brachte Gabrielle zum Nachdenken. Sie bekam gar nicht schnell blaue Flecken und sein Griff war in der Tat nicht *übermäßig* fest gewesen, also hatte er auch keine Abdrücke hinterlassen können …

Sie hielt den Atem an, als ihr einfiel, dass sie auf dem Weg zum Stadthaus der Malorys, während die Kutsche über ein ziemlich großes Schlagloch gerumpelt war, so heftig herumgestoßen worden war, dass sie aufgeschrien und Ohr eine Bemerkung darüber gemacht hatte. Insgeheim gelangte sie daher zu dem Schluss, dass sie sich den blauen Fleck auf diese Weise zugezogen hatte.

Das wollte sie Drew aber lieber nicht verraten. Sein reuiger Gesichtsausdruck gefiel ihr recht gut … *Ach, verflixt!*

»Ich habe mich geirrt«, entgegnete sie knapp. »Also können Sie sich Ihre Entschuldigung sparen.«

»Wie bitte?«

Gabrielle errötete trotz ihrer Wut auf sich selbst. »Mir ist eben wieder eingefallen, dass ich mir diesen Bluterguss in einer Kutsche zugezogen habe, einen Tag nachdem wir uns auf dem Kai begegnet sind. Aber das heißt nicht, dass Sie kein Rohling sind«, ergänzte sie trotzig.

Drew lachte so laut, dass er viel zu viele Blicke auf sie lenkte. Da er einen breiten Brustkorb hatte, klang sein Lachen dunkel und kräftig – und sie wollte verdammt sein, wenn es nicht auch ausgesprochen erregend wirkte. Sie konnte den Schauer, der ihr über den Rücken lief, jedenfalls nicht ignorieren.

»Offensichtlich ist es mir doch noch gelungen, Ihnen Ihre Langeweile zu vertreiben«, grollte sie.

»Ja, aber eigentlich hatte ich nur auf eine witzige Bemerkung gehofft, damit können Sie doch sicher dienen, und nicht auf so einen blühenden … Unsinn.«

Sein einnehmendes Lächeln zeigte deutlich, dass er sich augenblicklich nur einen Scherz erlaubte. Das brachte Gabrielle ein wenig durcheinander, doch was sie noch mehr verwirrte, war, dass sie sein Lächeln am liebsten erwidert hätte.

Die Stimmungen dieses Mannes änderten sich offenbar rasch und Gabrielle fand sein freundliches Verhalten wesentlich beunruhigender als seine frühere Feindseligkeit. Es erinnerte sie an sein ganz spontanes Lächeln auf dem Kai, das in ihrem Bauch ein so seltsames Flattern ausgelöst hatte.

Sie musste von ihm fort. Schon wieder spürte sie diese Schmetterlinge im Bauch. Sie hielt nach ihrem augenblicklichen Tanzpartner Ausschau, der unterwegs war, um eine Erfrischung für sie zu besorgen. Peter Wills … Willis, oder so ähnlich. Doch er war nirgendwo zu sehen. Das überraschte sie nicht. Sie hatte sich eine Pause vom Tanzen gewünscht, bevor ihre Füße in den neuen Schuhen wund wurden. Auch hatte sie bemerkt, wie lang die Reihe derer war, die sich noch Champagner nachschenken lassen wollten, als sie ihn um ein Glas geschickt hatte.

»Warum stehen Sie allein hier herum?«, fragte Drew. »Mit dem bösen Gesicht habe ich doch nur Spaß gemacht. Mich hätte es nicht davon abgehalten, Sie anzusprechen – falls ich Interesse daran hätte, Ihre Bekanntschaft zu machen. Also, warum tanzen Sie nicht?«

»Ich hatte großen Durst. Ich schickte …«

»Ausgezeichnet«, unterbrach er sie und zog sie auf die Tanzfläche, ehe sie Einwände erheben konnte. »Ich hatte mich schon gefragt, wie ich es anstellen könnte, mit Ihnen zu tanzen. Die Musik wird zu Ende sein, bevor Ihr Partner zurück ist. Es wäre eine Schande, die Zeit zu vergeuden.«

Er berührte sie. Ihre Hand ruhte warm umschlossen in seiner, während seine andere Hand fest auf ihrer Taille lag. Sie spürte seine Berührung so deutlich, dass sie für einen Augenblick an nichts anderes denken konnte und kaum hörte, was er sagte.

Seine dunklen Augen – sie waren unergründlich. Sehr beunruhigend, diese Augen. Sie weckten die Schmetterlinge in ihrem Bauch – nein, wahrscheinlich lag es einfach an diesem Mann. Die Kraft, mit der er sie anzog, war stärker als alles, was sie bisher erlebt hatte.

Seine Schultern – lieber Himmel, was für ein breites Kreuz. Er war ein so großer, starker Mann, und viel zu schön anzusehen. Das Flattern in ihrem Bauch wollte gar nicht mehr aufhören. Sie sollte wirklich zusehen, dass sie von ihm fortkam, doch es wäre zu unhöflich gewesen, ihn einfach auf der Tanzfläche stehen zu lassen, und, großer Gott, in Wahrheit wollte sie gar nicht weg.

Er roch so gut, nach exotischen Gewürzen. Sie tanzten zu eng. Und doch fehlte ihr der Wille, mehr Abstand von ihm zu nehmen oder zu erwähnen, dass sie sich höchst ungebührlich benahmen. Schließlich waren ihre Oberkörper so nah beieinander, dass sie sich fast berührten; tatsächlich streiften ihre Brüste ihn einmal und reagierten augenblicklich mit einem Kribbeln.

»Sie haben meine Frage nicht beantwortet«, sagte er leise an ihrem Ohr. »Sind Sie wirklich nach England zurückgekommen, um einen Ehemann zu finden?«

Ihre Rettung! Das perfekte Thema, um sie davon abzulenken, welche Gefühle er in ihr weckte. »Ja, aber machen Sie sich keine Sorgen, Sie kommen für mich nicht in Betracht. Ich weiß, dass Sie bloß ein Frauenheld sind.«

»Bin ich das? Und wer hat das gesagt?«

Sie wollte nicht zugeben, dass sie ihn und seinen Bruder am Morgen belauscht hatte und weggelaufen war, ehe die beiden sie bemerken konnten. »Ihre Schwester muss es erwähnt haben.«

»Nein, das kann nicht sein. Selbst wenn sie wütend auf mich wäre, würde sie nie ein solches Wort benutzen, um mich zu beschreiben.«

»Eine Braut in jedem Hafen?«

Er lachte in sich hinein. »Zugegeben, das ist tatsächlich etwas, was Georgie gesagt haben könnte.« Doch dann musterte er sie wissend und riet: »Ah, ich verstehe. *Sie* haben daraus einen Frauenhelden gemacht.«

Gabrielle zuckte die Achseln und schaffte es, lässig zu klingen. »Wenn es nur das Wort ist, das Ihnen nicht gefällt, können wir genauso gut ›Schürzenjäger‹ nehmen, meinen Sie nicht?«

Drew zuckte zusammen. Gabrielle war auf der Stelle zerknirscht. Musste sie sich wirklich diese wenigen Minuten mit ihm verderben? Der Tanz war fast zu Ende. Sie würde sich wieder von der langen Reihe von Tanzpartnern auf ihrer Karte auf die Füße treten lassen. Er würde sich für später am Abend mit einer anderen Frau verabreden. Zweifellos hatte er genau das mit jener Dame getan, die sie vorhin im Gespräch mit ihm gesehen hatte.

Gabrielle überlegte kurz, ob sie ihm die Wahrheit sagen sollte, dass es nicht ihre Idee gewesen war, nach England zurückzukehren, und noch weniger, seine Familie um Hilfe zu bitten. Aber das brauchte er nun wirklich nicht zu wissen, und es würde auch keinen Unterschied machen für den Umgang, den sie miteinander pflegen durften – nämlich gar keinen. Sie wollte schließlich heiraten, vorzugsweise einen Mann, den sie dazu überreden konnte, einen Teil des Jahres auf St. Kitts zu verbringen. Drew dagegen wollte unverheiratet bleiben.

»Wie ich sehe, ist ein weiterer Malory aufgetaucht«, bemerkte Drew, gerade als der Tanz endete.

»Wie viele gibt es denn davon?«

»Zu viele«, erwiderte er lachend. »Doch dieser ist wie James, er mag es nicht, zu solchen Veranstaltungen geschleppt zu werden, daher frage ich mich, was er hier macht, es sei denn ... Haben Sie sie heute kennengelernt, als sie Judith abgeholt haben?«

»Ihre Eltern? Nein, da wurde gerade letzte Hand an diese Robe gelegt.«

»Dann sind sie vielleicht nur hier, um Sie zu treffen. Übrigens ist das ein sehr hübsches Kleid.« Seine dunklen Augen musterten sie von oben bis unten und verweilten auf ihrem Busen.

Sie wünschte, er hätte das nicht gesagt. Sie wünschte, er hätte sie nicht so angesehen. Dann hätte sie nicht so hochrote Wangen gehabt, als er sie zu den eben erwähnten Malorys führte. Georgina hatte ihre angeheirateten Verwandten bereits entdeckt und übernahm die Vorstellung.

Anthony Malory war unglaublich attraktiv, sah allerdings kurioserweise ganz anders aus als sein Bruder James. Er war größer und viel dunkler und ähnelte mit seinem schwarzen Haar und den blauen Augen eher seiner Nichte Regina. Seine Frau Roslynn war einfach atemberaubend, sie hatte rotgoldenes Haar, wunderschöne braungrüne Augen und eine schlanke, aber üppige Figur. Nun wusste sie, woher Judith ihre Haarfarbe hatte.

»Sie müssen die Piratin sein«, sagte Anthony ihr auf den Kopf zu.

Seine Frau schnappte nach Luft. »Anthony!«

Und Georgina schimpfte. »Nicht so laut, Tony. Benutz dieses Wort im Zusammenhang mit Gabby nicht in der Öffentlichkeit. Wir wollen ihr doch nicht die Aussicht auf eine gute Partie verderben.«

Doch Gabrielle sah, dass außer den Malorys niemand in der Nähe war, der sie hätte hören können, und der arme Mann machte bereits ein betretenes Gesicht, obwohl er es bestimmt nur scherzhaft gemeint hatte. Daher lächelte sie und erwiderte: »Ja, ich bin blutrünstig und gemeingefährlich. Schade, dass wir hier keine Holzknüppel haben, dann könnte ich es Ihnen beweisen.«

Anthony lachte in sich hinein. »Gut pariert, meine Liebe.«

Doch Drew flüsterte hinter ihr: »Er denkt, du nimmst ihn auf den Arm, aber ich wünschte ehrlich, du wärst so. Piratinnen sind nicht prüde und scheren sich nicht um Konventionen. Du könntest beweisen, dass du tatsächlich eine bist, indem du die Nacht mit mir verbringst.«

Gabrielle lief auf der Stelle rot an. Doch als sie sich umdrehte, um Drew zurechtzuweisen, und seinen Gesichtsausdruck sah, stockte ihr fast der Atem. In seinen Augen brannte ein derart heftiges Verlangen, als sähe er sie schon in seinem Bett liegen. Und, gütiger Himmel, sie fing an, sich dasselbe auszumalen. Das brachte nicht nur die Schmetterlinge in ihrem Bauch zum Flattern. Ihr ganzer Körper wurde heiß und fing an zu beben! Sie legte die Hand auf die Brust, um ihr klopfendes Herz zu beruhigen.

Hinter ihr erzählte Georgina Roslynn und Anthony von einigen Veranstaltungen, zu denen sie Gabrielle in den kommenden Wochen mitnehmen wollte. Anthony schien jedoch den Wortwechsel zwischen Gabrielle und Drew bemerkt zu haben, denn er erklärte: »Es dürfte nicht lange dauern, einen

Ehemann für sie zu finden. Offenbar findet sie die Männer in London durchaus anziehend, sogar die amerikanischen.«

Daraufhin musterte Georgina ihren Bruder eindringlich, dann blitzten ihre Augen kurz auf und sie fragte ihn: »Du hast dich doch benommen, oder?«

Er schenkte ihr ein spitzbübisches Grinsen. »Tu ich das nicht immer?«

Georgina schnaubte. »Nein, tust du nicht. Aber achte von jetzt an darauf.«

Drew schaute seine Schwester an und verdrehte die Augen, als übertreibe sie maßlos, doch Gabrielle nahm sehr deutlich wahr, wie er seine Hand auf ihre Taille legte, um sie seinen Verwandten zuzuschieben. Für einen zufälligen Beobachter mochte es wie eine eher oberflächliche Berührung aussehen, doch für Gabrielle war es anders. Sie spürte, dass er sie kurz zwickte, ehe er sie losließ.

Wilbur Carlisle musste sie zweimal ansprechen, um sie auf sich aufmerksam zu machen. Sie war so sehr damit beschäftigt zu überlegen, warum Drew sie soeben in einer deutlich besitzergreifenden Art berührt hatte, dass sie ihren nächsten Tanzpartner, der sie auffordern kam, gar nicht bemerkte. Hatte Drew gesehen, dass der junge Mann sich näherte, und sie nur auf diese Weise berührt, um ihm eine unterschwellige Botschaft zu vermitteln? Wilbur sah Drew nämlich ein wenig erstaunt nach. Ach Unsinn, sie war bloß dumm und machte aus einer Mücke einen Elefanten.

Gabrielle schenkte Wilbur ein strahlendes Lächeln und ihre ganze Aufmerksamkeit. Er war wirklich ein netter Kerl. Wenn sie sich auf der Stelle entscheiden müsste, würde sie sich Wilbur als Ehemann aussuchen. Er war gut aussehend, liebenswert und geistreich. Sie konnte keinen Fehler an ihm finden, abgesehen davon, dass er bei ihr keine Schmetterlinge zum Flattern brachte. Sie hatte ihn letzte Nacht bei Regina kennengelernt und die kurze Unterhaltung mit ihm durchaus genossen. Er hatte sie sogar mehrmals zum Lachen gebracht, was noch keinem der Männer, die sie bisher getroffen hatte, geglückt war. Sie freute sich, dass er an diesem Abend auch anwesend war, damit sie ihn ein wenig besser kennenlernen konnte. Zweifellos war er der Attraktivste unter den Herren, die sie nach ihrem Eintreffen umschwärmt hatten, um sich in ihre Tanzkarte einzutragen. Nicht so attraktiv wie Drew natürlich, aber ... Grundgütiger Himmel, sie musste aufhören, an unverbesserliche Schürzenjäger wie Drew Anderson zu denken und ihre Aufmerksamkeit auf die Männer konzentrieren, die an einer Ehe ebenso interessiert waren wie sie.

Kapitel 14

In jener Nacht bekam Gabrielle nur sehr wenig Schlaf. Immer wieder ging ihr Drews Bemerkung durch den Sinn und hielt sie wach. Sie sollte beweisen, dass sie eine echte Piratin war, indem sie die Nacht mit ihm verbrachte. Sie hätte empört sein sollen. Aber sie war es nicht. Seit sie nach Hause gekommen war und in Ruhe darüber nachgedacht hatte, freute sie sich über das, was sie zwischen den Zeilen herausgehört hatte – er begehrte sie. Und dieses Wissen hatte eine erstaunliche Wirkung auf sie. In einem Moment war sie so aufgeregt, dass ihr fast schwindlig wurde, und im nächsten zu Tode betrübt. Denn Drews Begehren änderte nichts für sie. Und für ihn auch nicht.

Am nächsten Morgen weckte Margery sie früher, als ihr lieb war. Fast hätte Gabrielle ihre Freundin aus dem Zimmer gescheucht, damit sie noch einige Stunden weiterschlafen konnte, doch dann fiel ihr ein, dass Margery in den letzten Tagen nicht oft zu Hause gewesen war. Sie hatte in London viele alte Freunde, die sie nach und nach besuchen wollte. Falls Margery heute wieder ausgehen wollte, war der Morgen die beste Zeit, um mit ihr zu reden und ihre Meinung über die voraussichtlichen Bewerber einzuholen.

»Hilf mir herauszufinden, auf welche Eigenschaften ich bei einem Ehemann Wert legen sollte«, sagte Gabrielle, während Margery ihre Garderobe nach einem passenden Kleid für den Tag durchsuchte.

»Benutz einfach deinen gesunden Menschenverstand, Mädchen«, erwiderte Margery und hielt zwei Kleider hoch. »Das rosafarbene oder das blaue?«

»Das rosafarbene«, beschloss Gabrielle, ohne die Kleider eines Blickes zu würdigen. »Aber mein gesunder Menschenverstand sagt mir nicht genau, wonach ich suchen soll, er hilft mir erst nach dem Kennenlernen, dann merke ich, was ich an einem Mann gut finde.«

Margery schnalzte ungeduldig mit der Zunge. »Freundlichkeit, Toleranz, Geduld, Ehrenhaftigkeit, Mitgefühl ...«

»Moment!« Gabrielle hob eine Hand. »Einige dieser Eigenschaften zeigen sich nicht auf den ersten Blick. Ich könnte einen Mann jahrelang kennen und doch nicht wissen, ob er ehrenwert ist oder nicht. Oder gibt es einen Weg, das herauszufinden, von dem ich nichts weiß?«

Margery warf das rosafarbene Kleid aufs Bett und ging zur Kommode, um die Unterwäsche zu holen. »Du fragst mich, ob es einen Weg gibt herauszufinden, ob ein Mann Ehre hat? Gott schütze dich, Mädel, wenn ich das wüsste, würde ich es in Flaschen füllen und verkaufen.«

Gabrielle seufzte. »Worauf sollte ich noch achten?«

»Natürlich auf das, was dir persönlich am besten gefällt.«

»Wie etwa Sinn für Humor, meinst du? Das würde mir an einem Mann schon gefallen.«

»Und weiter?«

»Gutes Aussehen. Das ist mir relativ wichtig.«

Margery verdrehte die Augen. »Nein, ist es nicht. Dieser Millford-Erbe hatte außer seinem hübschen Gesicht auch ein kugelrundes Bäuchlein.«

»Aber nur ein ganz kleines und von diesem Snob brauchen wir gar nicht mehr zu reden«, sagte Gabrielle verächtlich, dann keuchte sie: »Na klar, Snobismus! Das könnte ich nicht aushalten!«

»Was noch?«

»Eine fahle Gesichtsfarbe kann ich nicht leiden. Ich schwöre, die Hälfte der Männer, die mir hier begegnet sind, sehen wie Gespenster aus, so bleich sind sie.«

Margery kicherte. »Und woher willst du wissen, wie ein Gespenst aussieht, hm?«

»Du weißt schon, was ich meine.«

»Na ja, aber auf die Gesichtsfarbe würde ich es nicht ankommen lassen, Mädchen. Man braucht den Mann doch nur ein paar Tage in die Sonne zu setzen, dann ist das Problem gelöst, oder nicht?«

»Das stimmt.«

»Hast du schon mit der Liste angefangen, die du anlegen wolltest?«

»Die mache ich gerade.«

»Dann mach diese Männerjagd nicht noch schwieriger, indem du eine Unmenge von Namen auflistest. Du willst doch nur eine kleine Auswahl, nicht so viele, dass dir das Aussortieren Kopfzerbrechen bereitet. Wie viele stehen schon drauf?«

»Nur einige wenige«, entgegnete Gabrielle, dann legte sie die Stirn in Falten. »Ich glaube aber, dass du recht hast. An den beiden anderen Männern, die ich auf die Liste setzen wollte, bin ich gar nicht ernstlich interessiert. Damit bleibt im Moment nur Wilbur Carlisle.«

»Magst du ihn?«

»Er ist schon fast zu perfekt«, erwiderte Gabrielle stirnrunzelnd. »An ihm ist absolut nichts auszusetzen.«

Margery kicherte. »Kreide ihm das bloß nicht als Fehler an, Gabby, also hör auf, die Stirn zu krausen und bedenke, dass du bislang erst zwei Gesellschaften besucht hast.«

Gabrielle grinste. »Ich weiß. Georgina hat mir versichert, dass es noch viel mehr Männer zu treffen gibt. Aber ich hoffe, Wilbur kommt einmal vorbei, damit du ihn dir ansehen kannst. Ich würde gern deine Meinung hören ...«

»In Ordnung, aber ich habe nichts dazu zu sagen und ich sollte mich auch nicht einmischen«, erwiderte Margery. »Denn du hast deine Frage bereits selbst beantwortet, nicht wahr? Du weißt ganz genau, was du von einem Mann erwartest. Also mach ruhig deine Liste, aber folge am Ende deinem Herzen.«

Mehr sagte Margery nicht zu dem Thema. Sie half Gabrielle wie jeden Morgen beim Ankleiden und ging dann eine Tasse Tee trinken, während Gabrielle sich an den Frisiertisch setzte, um sich die einfache Frisur zu machen, die sie tagsüber bevorzugte. Doch Margerys letzte Bemerkung ging ihr nicht aus dem Sinn, insbesondere, dass sie bereits wisse, was sie von einem Mann erwarte. Es kam ihr seltsam vor, dass Margery *Mann* anstatt Ehemann gesagt hatte. Was sie allerdings überhaupt nicht wunderte, war, dass ihr bei dem Begriff *Mann* nur der Name Drew einfiel. Und schon überkam sie erneut der Schwindel – und die Verzweiflung, die sie in der vergangenen Nacht so lang wach gehalten hatte.

Doch beim Gedanken daran, wie gut es sich angefühlt hatte, als er sie beim Tanzen im Arm gehalten hatte, fing Gabrielle bald an, über Wege nachzusinnen, wie sie ihre eigenen Einwände gegen ihn überwinden konnte – und seine Einwände gegen sie. Ihr Hauptargument gegen Drew – nein, eigentlich sogar das Einzige, was gegen eine Beziehung mit ihm sprach – war die Tatsache, dass er ein Seemann war. Das lehnte sie ab, weil sie nicht Monat für Monat traurig zu Hause sitzen und auf die Rückkehr ihres Mannes warten wollte, so wie ihre Mutter es getan hatte. *Es ist sinnlos, einen Mann zu lieben, der die See liebt.* Das war ihr seit ihrer Kindheit eingebläut worden und sie hatte sich den Rat zu Herzen genommen. Doch dann war sie selbst zur See gefahren und hatte entdeckt, dass sie das Segeln liebte. Also, wo stand geschrieben, dass sie zu Hause bleiben und ihren Mann allein an Bord gehen lassen musste? Warum konnte sie nicht mit ihrem Mann auf See leben?

Sobald ihr dieser Gedanke kam, war die Verzweiflung wie weggeblasen und nur der Schwindel blieb. Drews Einwände gegen eine Beziehung mit ihr waren weniger gewichtig. Er wollte nur nicht heiraten. Aber vielleicht *glaubte* er das bloß. Und das wiederum mochte daran liegen, dass er nie einen Grund gehabt hatte, eine Ehe ernsthaft in Betracht zu ziehen.

Diesen Grund konnte sie ihm liefern, wenn sie damit aufhörte, ihn mit jedem weiteren Wort, das aus ihrem Mund kam, von sich wegzustoßen. Zunächst jedoch musste sie seinen Lebenswandel ändern. *Eine Braut in jedem Hafen.* Diese Redewendung war sehr – ärgerlich. Wenn sie nicht gerade auf der Suche nach einem Ehemann wäre, hätte er sicher versucht, sie zur Braut in seinem englischen Hafen zu machen. Das hatte sein empörendes Angebot, die Nacht mit ihm zu verbringen, durchblicken lassen.

Diese Gedanken verfolgten sie den Rest des Morgens bis in den Nachmittag hinein. Heute Abend wollten sie ins Theater gehen, doch das lenkte sie auch nicht ab. Das Stück war neu, deshalb würde sogar James mitkommen. Das bedeutete, Drew musste sie und Georgina nicht begleiten. Gabrielle war nicht sicher, ob sie ihn an dem Tag überhaupt zu Gesicht bekommen würde, dabei hätte sie gern herausgefunden, ob es irgendwie möglich war, die Missverständnisse auszuräumen, die sich zwischen ihnen aufgetürmt hatten.

Sie war richtig erleichtert, als am Nachmittag Richard auftauchte, um nach ihr zu schauen, nicht nur weil sie sich freute, ihn zu sehen, sondern auch weil sie sicher war, dass er sie von Drew ablenken würde. Und das gelang ihm schon allein durch seinen Aufzug. Gabrielle erkannte ihn kaum wieder!

»Sieh mal einer an!«, rief sie, als sie die Treppe zur Eingangshalle herunterkam und ihn fest in den Arm nahm.

Richard war so schick angezogen, dass er mit jedem jungen Lord hätte mithalten können. Selbst sein schwarzes Haar hatte er geschnitten, oder zumindest sah es so aus, bis er den Hut abnahm und sein Zopf ihm auf den Rücken fiel.

»Du warst einkaufen«, fuhr sie fort.

»Einer von uns musste es ja tun, wenn wir weiterhin in diesen Teil der Stadt kommen wollen, um nach dir zu sehen, und Ohr hat sich geweigert, auch nur in die Nähe eines Anzugs zu gehen. Also, hast du schon einen Ehemann für uns gefunden?«

Gabrielle lachte. »Für uns?«

»Nun, wir haben ein berechtigtes Interesse daran, oder etwa nicht? Falls du deinen Ehemann schon gefunden hast, wenn Nathan eintrifft, können wir direkt nach der Hochzeit wieder nach Hause fahren, und eins sag ich dir – je weniger Zeit ich hier verbringe desto besser.«

Gabrielle hob fragend eine Braue, doch Richard befasste sich gleich mit dem nächsten Thema, so als hätte er nicht gerade zugegeben, dass es ihn nervös machte, wieder in England zu sein. Sie fragte sich, ob sie je herausfinden würde, wovor er weglief.

»Bist du schon bei deinem Anwalt gewesen?«, wollte er wissen.

»Nein, aber ich habe einen Termin für morgen.«

Ein Diener kam in die Halle herunter. Gabrielle nahm Richard am Arm und führte ihn durch die Hintertür in den großen Garten an der Rückseite des Hauses. Sie glaubte, dort würden sie ungestört sein, doch sie sah gleich, dass ihnen bereits jemand zuvorgekommen war.

»Wunderbar«, sagte Richard, »ich hatte gehofft, sie hier zu treffen.«

»Wen?«

»Lady Malory«, antwortete er.

Gabrielle folgte seinem Blick zu einem Brunnen, auf dessen Rand Georgina saß, während sie versuchte, ein Buch zu lesen und gleichzeitig ein Auge auf Gilbert und Adam zu haben, die zwei kleineren Kinder, die bei ihr waren. Die quirligen Kerlchen ließen ihr nicht viel Zeit zum Lesen.

Gabrielle war den Zwillingen und ihrer Gouvernante erst gestern vorgestellt worden. Sie wusste nicht, warum das Kindermädchen heute nicht da war; vielleicht hatte die Herrin des Hauses nur etwas Zeit allein mit ihren Kindern verbringen wollen.

Doch schon einen Augenblick später fiel ihr die Eifersucht

wieder ein, die Richard bei ihrer Ankunft in James Malory geweckt hatte. Sie schaute Richard an und fragte sich, ob sie ihn auslachen oder ausschimpfen sollte.

Schließlich sagte sie: »Richard, sie ist eine verheiratete Frau.«

»Ja, aber schau dir mal an, mit wem sie verheiratet ist«, entgegnete er. »Sie kann doch mit so einem Rohling nicht wirklich glücklich sein. Meinst du nicht auch?«

Gewiss, war Gabrielles erster Gedanke, sie hatte jedoch auch gesehen, wie das Paar miteinander umging. Und während Richard, der das ebenfalls erlebt hatte, wohl nicht zwischen den Zeilen gelesen hatte, war ihr einiges klar geworden. Abgesehen davon, dass zwischen den beiden eine große körperliche Anziehungskraft bestand, hatte Gabrielle auch die gefühlsmäßige Nähe zwischen ihnen gespürt und Georginas völlige Angstfreiheit. Jede Frau, die mit ihrem Ehemann so reden konnte, wie Georgina Malory es mit James tat, wusste, dass sie geliebt wurde und erwiderte dieses Gefühl.

Doch Gabrielle merkte, dass ihr Freund es ernst zu meinen schien, daher erwiderte sie vorsichtig: »Man sollte meinen, dass sie von einem Mann, der anderen so leicht Furcht einflößt, eingeschüchtert wäre, nicht wahr? Aber diesen Eindruck habe ich bei ihr nie gehabt, eigentlich sogar eher das Gegenteil. Und ich habe mich des Öfteren privat mit ihr unterhalten. Vielleicht ist sie unzufrieden mit der augenblicklichen Situation, die ich ihr aufgezwungen habe. Schließlich hatte sie ganz andere Pläne. Aber sie hat es sich nie anmerken lassen, dass ich ihr Umstände bereitet habe, und ansonsten scheint sie recht glücklich zu sein. Du jedoch gründest deine Meinung *ausschließlich* darauf, wen sie geheiratet hat, richtig?«

Statt zu antworten sagte Richard: »Ich sollte mit ihr reden.«

Gabrielle wurde plötzlich bewusst, dass er Georgina, seit sie in den Garten gekommen waren, nicht aus den Augen gelassen hatte. Daher versuchte sie, die Frau so zu sehen, wie ein Mann es tun würde. Georgina Malory war in der Tat wunderschön. Die Schwangerschaften hatten ihrer Figur nichts anhaben können, sie war immer noch schlank und an den richtigen Stellen wohlgerundet.

Gabrielle wurde etwas unruhig. »Sei vernünftig, Richard. Du hast es doch selbst gesagt. Schau, mit wem sie verheiratet ist. Willst du wirklich diesen Mann auf den Fersen haben?«

»Er braucht doch nichts davon zu erfahren.«

»Richard!«

»Und ich will sie ihm auch gar nicht wegnehmen. Mit einem Techtelmechtel wäre ich schon zufrieden.«

Diese Bemerkung machte sie wütend. Typisch Mann, nur ans eigene Vergnügen zu denken und an die Frau keinen weiteren Gedanken zu verschwenden. Richard war entschlossen, sein Glück zu versuchen.

Gabrielle beobachtete, wie er schnell durch den Garten ging, um sich Malorys Frau zu nähern. Sie hätte ihn aufhalten sollen, doch sie war überzeugt, dass er einen Korb bekommen würde. Daher war es sicher besser für ihn, ihn sich selbst abzuholen und sich die Dame aus dem Kopf zu schlagen. Schließlich hatte er keine Zeit, lange um den heißen Brei zu reden, da Gabrielle nur noch wenige Wochen im Haus sein würde und er nicht jeden Tag vorbeikommen konnte, ohne James' Aufmerksamkeit zu erregen. Daher musste er alle Feinheiten beiseite lassen und direkt auf den Punkt kommen.

Richard setzte sich neben Georgina. Die beiden unterhielten sich eine ganze Weile. Gabrielle bemerkte sogar, dass Georgina lachte. Na ja, Richard war recht attraktiv und konnte sehr unterhaltsam sein. Doch sie hatte recht gehabt. Nach einem kurzen Vorgeplänkel war ihr Freund offenbar gleich zur Sache gekommen.

Selbst wenn sie es nicht gesehen hätte, die Ohrfeige, die Georgina Richard verpasste, war so kräftig, dass es durch den ganzen Garten schallte. Gabrielle zuckte stellvertretend für ihren Freund zusammen. Aber überrascht war sie nicht. Sie hoffte nur, dass er nicht zu enttäuscht sein würde. So wie sie ihn kannte, würde er es vielleicht sogar noch einmal versuchen. Sie war jedoch sicher, dass er sich wieder einen Korb einhandeln würde. Georgina Malory war nicht einfach nur verheiratet, sie war zufällig auch glücklich verheiratet und liebte ihren Mann.

»Ich nehme an, ich sollte mich bei Ihnen entschuldigen.«

Gabrielle zuckte erschocken zusammen. Sie stöhnte innerlich auf, ehe sie sich zu James Malory umdrehte, der leise neben sie getreten war. »Entschuldigen, wofür?«

»Dafür, dass ich Ihrem Freund wehtun muss«, erklärte James.

Sie hatte befürchtet, dass er so etwas sagen würde. Allerdings klang er gar nicht ernstlich aufgebracht und sah auch nicht so aus. Sie kannte ihn nur noch nicht gut genug, um zu wissen, dass man seine wahren Gefühle nie an seinem Gesichtsausdruck ablesen konnte.

»Müssen Sie das?«, fragte sie. »In Wahrheit ist er harmlos. Und Georgina hat ihm seine Hoffnungen bereits genommen.«

»Er hat sich zu viel erlaubt. Das kann ich leider nicht dulden.«

Richard kam gerade mit enttäuschtem Gesicht zu Gabrielle zurückgeschlendert. Als er jedoch James neben ihr stehen sah, nahm er in entgegengesetzter Richtung Reißaus. Es war fast lustig mitanzusehen, wie hastig er über die hohe Mauer kletterte, die den Garten vom Besitz des Nachbarn trennte.

»Sehr schlau von ihm«, kommentierte James. »Ich klettere nicht über Mauern.«

Gabrielle hätte erleichtert sein können, doch sie hatte nicht das Gefühl, dass Malory die Sache auf sich beruhen lassen würde. »Könnte es helfen, wenn ich Ihnen mein Wort gäbe, dass er Ihre Gattin nie wieder belästigen wird?«

James lüpfte eine Braue. »Obwohl ich Ihr Wort nicht anzweifle, meine Liebe, muss ich Sie darauf hinweisen, dass ein Mensch das Handeln eines anderen niemals vollständig kontrollieren kann.«

»Zugegeben, doch ich habe vor, mir *sein* Wort geben zu lassen. Wenn er etwas versprochen hat, kann man sich auf ihn verlassen.«

»Sehr schön. Das wird ausreichen, mich davon abzuhalten, ihn aufzuspüren. Doch Sie sollten Ihren Freund warnen, es wird nicht ausreichen, falls er mir je wieder unter die Augen kommt.«

Gabrielle nickte dankbar für die Klarstellung. Und falls Richard ihre Warnung nicht beherzigte, wenn sie ihn am Nachmittag besuchte und ihm den Ernst der Lage erklärte, hatte er sich die Folgen selbst zuzuschreiben.

Kapitel 15

Später am Nachmittag begegnete Gabrielle dem anderen Anderson-Bruder, der bei den Malorys zu Besuch war. Genau genommen prallte sie mit ihm zusammen, als er aus seinem Zimmer stürzte, während sie gerade den oberen Flur entlangging. Nachdem er sich entschuldigt hatte, trat eine äußerst aufschlussreiche Stille ein, in der er sie eingehend musterte.

Boyd Anderson war eine Überraschung für Gabrielle, denn er sah seinem Bruder Drew kein bisschen ähnlich. Er war kleiner und etwas stämmiger und sogar seine Gesichtszüge waren anders als Drews. Eigentlich teilten die Brüder nur die Haarfarbe – goldbraun.

»Teufel noch mal«, sagte er und stützte sich mit einer Hand an der Wand ab, was sie mehr oder weniger am Weitergehen hinderte. »Ich sehe schon, ich hatte einen sehr guten Grund, Ihnen aus dem Weg zu gehen.«

Gabrielle verkrampfte sich sofort. Würde er sich genauso kränkend benehmen wie sein Bruder?

»So?«

»Ja«, sagte er. »Sie sind viel zu hübsch. Hätte ich das nicht herausgefunden, hätte ich einfach so weitermachen können wie bisher.«

Gabrielle entspannte sich und lachte sogar in sich hinein. »Und jetzt?«

»Jetzt muss ich mich wohl hinten anstellen.« Er grinste. »Wie lang ist denn die Schlange?«

»Nur ganz kurz.«

Zunächst schaute er sie ungläubig an, doch dann schlug er sich vor die Stirn. »Stimmt ja, Sie sind erst ein paar Tage da.«

»Das ist nicht der Grund«, gestand sie. »Verehrer gibt es

reichlich, aber bisher haben erst wenige Männer mein Interesse geweckt.«

»Ein Glück für mich. Was steht heute Abend auf Ihrem Programm?«

»Ein Theaterstück.«

»Tatsächlich? Zufällig liebe ich das Theater.«

Die Malorys jedenfalls waren Theaterliebhaber, sie hatten sogar eine eigene Loge im oberen Rang mit einem wunderbaren Blick auf die Bühne. Gabrielle sollte erfahren, dass Drew ebenfalls das Theater liebte, zumindest schützte er das als Grund vor, um zu erklären, warum er an jenem Abend mitkam, obwohl es nicht nötig war. Zweifellos war das bloß eine Ausrede. Offensichtlich hatte er herausgefunden, dass sein Bruder mit von der Partie sein würde. Nicht ganz so offensichtlich war, warum das für Drew etwas änderte, doch Gabrielle war überzeugt, dass es so war. Der Wettstreit zwischen den Brüdern verlief zwar unterschwellig, war jedoch nicht zu übersehen. Und im Laufe des Abends gewann man den Eindruck, dass Drew alles daran setzte, Boyd keinen einzigen Augenblick mit ihr allein zu lassen – und Boyd andersherum das Gleiche vorhatte.

Als James und Georgina in der Pause die Loge verließen, um einige Freunde zu treffen, und Gabrielle mit einem Anderson-Bruder an jeder Seite allein ließen, bat Gabrielle um eine Erfrischung. In den ersten Akten der Komödie, die das Theater an jenem Abend präsentierte, hatte sie so viel gelacht, dass ihre Kehle ganz ausgedörrt war.

»Eine wunderbare Idee«, meinte Drew und sah Boyd auffordernd an, offenbar wollte er, dass sein Bruder die Getränke holen ging.

Doch Boyd erwiderte den Blick nur und wiederholte seinerseits die stumme Aufforderung, indem er mehrere Male deutlich mit dem Kopf zur Tür wies.

Gabrielle sah, was die beiden machten, und seufzte. »Geben Sie sich keine Mühe«, sagte sie knapp und stand auf. »Ich werde mir selbst etwas holen.«

Drew sprang sofort auf die Füße. »Noch besser. Ich werde Sie begleiten.«

»Ich auch.« Boyd erhob sich ebenfalls.

Gabrielle lächelte insgeheim und kümmerte sich nicht weiter darum, ob die beiden ihr folgten. Unten entdeckte sie zu ihrer Freude den ehrenwerten Wilbur Carlisle, der ihr zuwinkte, und drängte sich durchs Foyer, um ihn zu begrüßen.

»Wie schön, Sie wiederzusehen, Wilbur.«

»Die Freude ist ganz auf meiner Seite, Miss Gabby. Ich versuche schon länger, Ihre Aufmerksamkeit zu erregen, aber Sie waren ganz hingerissen von dem Stück – und den Herren in Ihrer Begleitung.«

Lag Neugier in seinem Ton oder war es Missbilligung? Doch dann fiel ihr ein, dass er ja nicht wusste, wer Drew und Boyd waren. Als sie sich nach ihnen umschaute, bemerkte sie, dass die beiden sie im überfüllten Foyer vorübergehend aus den Augen verloren hatten, und sie suchten. Ihr würde nicht viel Zeit allein mit Wilbur bleiben.

»Ich bin in Begleitung der Malorys, Wilbur. Die beiden Herren sind Brüder von Lady Malory.«

»Ah ja, ich glaube, ich habe schon von ihnen gehört. Sie sind Reeder, nicht wahr?«

»Ja, die ganze Familie. Aber sagen Sie mal«, fuhr Gabrielle fort, während sie kokett zu ihm aufschaute, »warum sind Sie nicht einmal vorbeigekommen, um mich zu besuchen?«

Wilbur wirkte plötzlich sehr unangenehm berührt. »Das wäre ich ja gern, aber, ach verflixt, ich schätze, ich muss gestehen, dass James Malory der Grund ist, warum ich fortgeblieben bin.«

»Kennen Sie ihn?«

»Nein, überhaupt nicht«, entgegnete Wilbur. »Aber ich habe so viel von ihm gehört, nun, was ich sagen will, ist, dass ich verzweifelt versuche, den Mut aufzubringen, mich in seine Domäne zu wagen, und ich werde kommen. Ich verspreche es Ihnen. Ich brauche bloß noch ein paar Tage, um mir einzureden, dass Gerüchte meist nicht stimmen und dass er wahrscheinlich ganz harmlos ...«

»Ich bin alles andere als harmlos«, sagte James hinter ihnen.

Fast hätte Gabrielle laut aufgelacht, so ein betrübtes Gesicht zog James, weil er zwei Menschen dabei ertappt hatte, wie sie über ihn sprachen, noch dazu nicht sehr wohlmeinend. Sie wusste einfach nicht, dass er Wilbur unter anderen Umständen wahrscheinlich beim Kragen gepackt und aus dem nächsten Fenster geworfen hätte. Doch ihretwegen und weil Wilbur offensichtlich zu ihren Verehrern zählte, war James Malory entschlossen, sich von seiner besten Seite zu zeigen. Daher würde er seine spitze Zunge an diesem Abend im Zaum halten.

Gabrielle bemerkte, dass Wilbur tief errötete. James fiel das ebenfalls auf, deshalb sagte er: »Ich habe doch nur Spaß gemacht, Carlisle. Bitte lassen Sie sich nicht daran hindern, Gabby diese Woche zu besuchen. Solange sie nur Gutes von Ihnen zu berichten hat, sind Sie in meinem Haus willkommen.«

Eine Warnung und eine Einladung im selben Atemzug. Erstaunlich, wie Malory das machte. Doch Gabrielle war sicher, dass er die Einladung nur ihretwegen ausgesprochen hatte. Und die Warnung schien Wilbur gar nicht zu verstehen. Da Wilburs Ängste nun einigermaßen beschwichtigt waren, dankte er James und erklärte, er nehme die Einladung gern an, dann eilte er davon.

»Nicht besonders mutig, oder?«, konstatierte James, sobald Wilbur verschwunden war.

»Gibt es überhaupt einen Mann, der das in Ihrer Gegenwart ist?«, sagte Gabrielle zu Wilburs Verteidigung.

James brach in schallendes Gelächter aus. »Touché, meine Liebe.« Sein Lachen hatte allerdings Drew und Boyd aufmerksam gemacht, und während die beiden nun auf sie zusteuerten, ergänzte James: »Die zwei sind die Einzigen, obwohl ich mir wünschen sollte, dass es anders wäre.«

»Du hast sie gefunden«, sagte Boyd, der als Erster zu ihnen stieß.

»Hattest du sie etwa verloren?«, fragte James.

»Nicht so endgültig wie du Georgie damals in der Karibik«, erwiderte Drew, während er an Gabrielles anderer Seite Position bezog.

»Ich habe deine Schwester nicht verloren, du Esel, du bist mit ihr fortgesegelt.«

»Noch dazu direkt vor deiner Nase«, grinste Drew.

»Vorsicht, Yankee. Die Rechnung ist noch offen.«

Gabrielle spürte, wie ihre Muskeln sich anspannten. Sie war sicher, dass jeder andere Mann beim Anblick von James' Gesichtsausdruck das Weite gesucht hätte. Doch die beiden Amerikaner lachten bloß über die alte Geschichte. Sie hatten tatsächlich keine Angst vor James Malory. Weil er ihr Schwager war? Während sie ihn weiter hänselten, wurde ihr jedoch klar, was der Grund war: Sie hatten es schon einmal mit ihm aufgenommen und es überlebt.

»Malory, du mit deinen tödlichen Fäusten bist zweifellos der Größte«, sagte Boyd und es klang ehrlich bewundernd.

»Sag das bloß nie vor meinem Bruder Tony«, bat James. »Er glaubt, er sei im Ring genauso gut wie ich.«

»Na, den Kampf würde ich gerne sehen«, meinte Boyd. »Hat Warren nicht sogar eine Zeit lang bei ihm Boxen gelernt?«

James nickte. »Euer Bruder Warren war entschlossen, gegen mich anzutreten.«

»Ist es je so weit gekommen, bevor er gestehen musste, in deine Nichte verliebt zu sein?«, fragte Drew neugierig.

»Allerdings. Dieser Kampf zählt sogar zu meinen Lieblingserinnerungen.«

»Warren war immer ziemlich gut mit den Fäusten. Wir konnten ihn kaum schlagen, Drew und ich. Und du hast ihn überrumpelt, damals, als du es zu Hause in Bridgeport mit uns allen aufgenommen hast.«

»Was soll eigentlich das ganze Gerede?«, fragte James gleichmütig.

Boyd kicherte. »Ich wollte nur wissen, wie schlimm es ihm in diesem letzten Kampf ergangen ist.«

»Du solltest nicht so schlecht von deinem Bruder denken. Er hat sich recht gut gehalten.«

»Aber er hat verloren?«

»Natürlich.«

»Über wen zieht ihr gerade her?«, fragte Georgina, die zu ihnen trat.

James verweigerte die Antwort und schaute mit hochgezogener Braue ihre Brüder an. Boyd setzte sie ins Bild und sie begann – wie James zweifellos geahnt hatte –, ihren Brüdern Vorhaltungen zu machen, dass sie vor Gabrielle so brutale Geschichten erzählten.

Ob er es ernst meinte, wusste Gabrielle nicht, jedenfalls entgegnete Drew: »Die Tochter eines Piraten ist doch sicher an Schlimmeres gewöhnt. Ist es nicht so, Schätzchen?«, fragte er Gabrielle.

Irgendwie schaffte sie es, ein Lächeln aufzusetzen. »Aber sicher. Schließlich schlagen wir unsere Opfer nicht mit Fäusten, sondern traktieren sie mit Messern und Dolchen.«

Dann ging sie eilig davon, damit er nicht merkte, dass er sie gekränkt hatte. Mit Vergnügen hörte sie, dass Georgina anfing, ihm zu predigen, weil er schon wieder dieses Wort benutzt hatte. Dabei hatte er es an diesem Abend, ohne dass Georgina es hörte, schon schrecklich oft benutzt. Um sie zu reizen? Oder um Boyd an ihre Herkunft zu erinnern? Das war schwer zu sagen. Doch sie würde die Unterhaltung nicht vergessen, die sie am Tag zuvor zufällig belauscht hatte, und auch nicht, dass Boyd gesagt hatte: »Falls ich sesshaft werde, dann todsicher nicht mit einem Weib, dessen Vater Pirat ist.«

Während Boyd Drews Abneigung gegen die Ehe nicht zu teilen schien, hegte er offenbar größere Vorurteile gegen Piraten. Was aber keine Rolle spielte. Sie fand ihn zwar recht attraktiv und er schien trotz seiner Voreingenommenheit gegen Piraten von ihr angetan, doch bei ihm spürte sie keine Schmetterlinge im Bauch wie bei seinem aufreizenden Bruder.

Sie amüsierte sich jedoch trotz der kleinen Ärgernisse. Und es war ihr gleichgültig, warum Drew mitgekommen war, sie war einfach froh, dass er da war. Eigentlich war sie auch froh, dass Boyd da war. Durch ihr Gekabbel und den Versuch, sich gegenseitig vor ihr auszustechen, verrieten die Brüder ihr unabsichtlich Dinge über die Andersons und die Malorys, von denen sie sonst nie gehört hätte.

So erfuhr sie, dass eine Ahnin der Malorys eine echte Zigeunerin gewesen war. Ein Gerücht, das offenbar schon seit vielen Jahren umging und von den beiden Brüdern bestätigt wurde. Sie nannten James einen ehemaligen Piraten, aber im Scherz, deshalb glaubte sie ihnen nicht. Auch deuteten sie an, das Oberhaupt des Malory-Clans, Jason Malory, der dritte Marquis von Haverston, habe seine Haushälterin geheiratet! Das glaubte sie genauso wenig. Drew und Boyd sprachen noch über ihre drei anderen Brüder und darüber, dass sie puritanische Neuengländer seien, wogegen Drew, scherzte Boyd, alles andere als prüde sei. Das zu glauben, fiel ihr überhaupt nicht schwer.

Es gelang ihr auch, sich nicht von Drew provozieren zu lassen. Kein einziger böser Blick entschlüpfte ihr und sie schaffte es, auf Drews Sticheleien nicht gereizt zu reagieren. Selbst als er seinem Bruder in ihrer Hörweite gesagt hatte: »Hör auf damit, dich für jedes ›verflixt und zugenäht‹ zu entschuldigen. Piraten benutzen noch ganz andere Wörter«, gelang es Gabrielle, ihm nicht mit gleicher Münze heimzuzahlen.

Der Rest des Stücks war ebenso amüsant wie die ersten beiden Akte. Es handelte von einer englischen Familie, die einen Ehemann für die Tochter suchte. Sie hatte es nicht auf ihre Situation bezogen und wäre auch nie darauf gekommen, wenn Drew sich nicht während des letzten Aktes zu ihr herübergebeugt und geflüstert hätte: »Was glauben Sie, wen wird die Heldin wählen? Den zuverlässigen, anständigen jungen Lord, obwohl er ja verdammt umständlich ist, nicht wahr? Oder den Lumpen, der ihr dauernd die Sinne raubt?«

Gabrielle hätte ihm nicht antworten sollen. Die Frage war auch gar nicht wirklich ernst gemeint gewesen. Er wollte ihr nur unter die Nase reiben, dass *er* zwischen der Situation, in der sie sich befand, und der Komödie, der sie gerade zuschauten, offenbar Ähnlichkeiten sah.

Ohne richtig nachzudenken, sagte sie: »Den charmanten Lumpen natürlich.«

Sie hörte, wie er leise die Luft einzog, ehe er fragte: »Warum?«

»Na, das ist doch offensichtlich. Sie liebt ihn.« Und dann lachte Gabrielle. »Wollen wir wetten?«

Seine Antwort darauf klang gereizt. »Nein, wahrscheinlich haben Sie recht. Schließlich ist es eine Komödie. Das dumme Ding wird ja so dargestellt, als habe es überhaupt keinen Verstand oder jedenfalls nicht genug, um zu merken, dass sie mit einem Schurken niemals glücklich werden würde.«

»Unsinn«, widersprach Gabrielle. »Vielleicht erfährt sie ja nie, was für ein Schuft er ist, oder sie findet es heraus und es ist ihr egal. Schließlich geht es doch nur darum, glücklich zu werden.«

»Tatsächlich? Denken Sie, Sie werden glücklich sein, wenn Sie sich verlieben?«

Nun konnten sie nicht länger so tun, als sprächen sie nicht von Gabrielle. Während sie miteinander geflüstert hatten und sich näher kamen, hatte sie ihn kein einziges Mal angesehen, sondern den Blick auf die Bühne gerichtet gehalten. Doch nun wandte sie sich ihm zu und hielt erschrocken die Luft an, als sie merkte, dass er ihr näher war, als sie gedacht hatte. Fast hätten ihre Lippen sich berührt, und sein Blick war so intensiv, dass Gabrielle beinah hypnotisiert war.

Trotzdem antwortete sie ihm, ziemlich atemlos jetzt und sehr leise. »Ich weiß, dass es so sein wird.«

»Woher willst du das wissen, Gabby?«

»Wenn der Mann, den ich liebe, mich auch liebt, steht unserem Glück nichts im Wege. Es ist unvermeidlich. Und außerdem kann ich ihn immer noch von meinem Vater ins Meer werfen lassen, falls er mich nicht glücklich macht.«

Drew lachte laut auf. Zufällig machte das Publikum in dem Moment das Gleiche, daher bemerkte niemand, dass seine Erheiterung nichts mit dem Schauspiel zu tun hatte.

Später in der Nacht, als Margery ihr beim Zubettgehen half, beurteilte Gabrielle ihren eigenen Auftritt an jenem Abend. Denn nichts anderes war es gewesen. Sie hatte zahllose Male dem Drang widerstanden, Drew für seine losen Bemerkungen heftig zu tadeln, ob er sie nun scherzhaft gemeint hatte oder nicht. Doch sie hatte sich zusammengerissen und ihn bloß angelächelt. Sie würde schon dafür sorgen, dass er eine andere Meinung von ihr bekam – falls sie ihn nicht vorher erschlug.

Kapitel 16

In dieser Nacht ging Gabrielle, anders als in der vorangegangenen, mit einem Lächeln auf den Lippen zu Bett. Ihrem Gefühl nach war der Abend im Theater alles in allem wunderbar verlaufen. Es hatte zwar einige schwierige Momente gegeben, in denen ihr der Geduldsfaden zu reißen drohte, doch am Ende hatte sie erreicht, was sie sich vorgenommen hatte: Drew wissen zu lassen, dass ihr kleiner Krieg von ihrer Seite aus beendet war. Wenn er jetzt ebenfalls seine Stacheln einzog …

Am nächsten Morgen gingen Gabrielle und Margery nach dem Frühstück nach unten, um sich mit Georgina zu treffen, die sie zur Anwaltskanzlei begleiten sollte. Dem Treffen mit William Bates sah Gabrielle nicht gerade freudig entgegen, schließlich musste sie diesem unangenehmen Zeitgenossen erklären, warum sie vor drei Jahren, als er ihr den verkommenen Vormund aufzwingen wollte, einfach verschwunden war. Für den Fall, dass der Anwalt frech wurde oder versuchte, ihr das Erbe zu verweigern, weil sie damals gewissermaßen dem Käfig entflohen war, wollte sie gern Georgina an ihrer Seite haben.

Stattdessen erwartete Drew sie in der Eingangshalle, und als Gabrielle fragend eine Braue hob, erklärte er: »Einer der Zwillinge ist krank. Anscheinend eine böse Erkältung, und Sie wissen ja, wie Mütter sind. Georgie weicht ihm nicht von der Seite, deshalb hat sie mich gebeten, sie heute als Begleitung zu vertreten. Sie meint, es würde Ihnen nichts ausmachen. Außerdem murmelte sie so etwas wie, ich sei im Einschüchtern viel besser als sie, falls der Anwalt Ihnen irgendwelche Probleme bereiten sollte.«

»Hat sie Ihnen auch gesagt, worin das Problem bestehen könnte?«

»Darin, dass Sie seinem Rat nicht gefolgt sind?«

»Das war kein Ratschlag. Er wollte mich tatsächlich einem stadtbekannten Lustmolch übergeben, der angeblich als mein Vormund fungieren sollte, obwohl ich ihm *gesagt* habe, dass mein Vater noch lebt und ich keinen Vormund brauche. Aber dem Mann war mit Vernunft ja nicht beizukommen.«

»Also haben Sie England einfach verlassen?«

»Na, was hätten Sie denn unter den Umständen getan?«, konterte Gabrielle.

Das brachte Drew zum Schmunzeln. »Wahrscheinlich dasselbe. Sollen wir gehen?«

Die Fahrt zu William Bates' Büro hätte nicht lang gedauert, wenn Margery auf der Straße nicht eine ihrer alten Freundinnen entdeckt und darum gebeten hätte, kurz aus der Kutsche aussteigen zu dürfen. Gabrielle und Drew warteten auf sie, doch es sah nicht danach aus, als würde Margery dieses Wiedersehen schnell beenden.

»Sind Sie immer so unruhig, wenn Sie zum Anwalt gehen?«, fragte Drew. Er hatte bemerkt, dass Gabrielle mit dem Fuß wippte.

»Ich bin nur einmal beim Anwalt gewesen, und zwar bei genau diesem, und ...« Gabrielle brach ab und seufzte. »Bates war der Anwalt meiner Mutter. Als ich noch klein war, und sie mich zu den Besuchen bei ihm mitnahm, ist er, soweit ich mich erinnern kann, immer ziemlich rüde gewesen. Er war so herablassend, er hat sie fast wie ein Kind behandelt.«

»Mein ältester Bruder Clinton, der sich hauptsächlich mit der geschäftlichen Seite unserer Reederei befasst, hat mir einiges über arrogante, unangenehme Anwälte erzählt, aber auch, dass nicht alle so sind. Warum hat sie sich nicht einen anderen Anwalt genommen?«

Gabrielle lächelte. »Das ist eine gute Frage. Wahrscheinlich ist ihr das nie in den Sinn gekommen. Bates hat schon für ihren Vater gearbeitet. Ich nehme an, sie hat ihn aus Loyalität ertragen, und weil sie ihn nur selten zurate ziehen musste. Aber das ist bloß eine Vermutung. Sie schien nie etwas an ihm auszusetzen zu haben oder überhaupt zu bemerken, wie unverschämt er war. Mir ging es da ganz anders, ich habe ihn nie ausstehen können, deswegen bin ich sicher auch so nervös.«

»Dann wollen wir es hinter uns bringen. Dafür brauchen Sie ihre Dienerin doch gar nicht. Als Bruder ihrer Gastgeberin bin ich, wie Sie wissen, ein durchaus akzeptabler Anstandswauwau. Lassen Sie ihr doch ein wenig Zeit mir ihrer Freundin.«

Darüber musste Gabrielle nicht zweimal nachdenken. Drew für sich allein zu haben, selbst wenn sie sich zunächst um etwas Geschäftliches kümmern musste, war ein unerwartetes Geschenk. Eine günstige Gelegenheit, ihn etwas besser kennenzulernen. Zudem war er ausnahmsweise recht liebenswürdig. Keine einzige Kränkung und kein fragwürdiger Scherz – bislang. Hatte die vergangene Nacht auch bei ihm eine Veränderung bewirkt? War er endlich bereit, einen Waffenstillstand auszurufen?

Gabrielle rief Margery zu, dass sie sich Zeit lassen und sich mit ihrer Freundin einen schönen Vormittag machen solle, später würde man sich zu Hause wieder treffen. Dann befahl sie dem Kutscher weiterzufahren.

Als sie um eine Ecke bogen, schien die Morgensonne in die Kutsche und ließ Drews Haarspitzen aufleuchten. Er hatte so hübsches Haar und im Moment sah es sogar aus, als sei es mit goldenen Tautropfen gesprenkelt … Gott, er war wunderschön, plötzlich verspürte Gabrielle den überwältigenden Drang, ihn zu berühren. Dabei schaute Drew sie nicht einmal an, er blickte aus dem Fenster. Ob er es merken würde, wenn sie sich vorbeugte, um ihn anzufassen? Selbstverständlich. Und wie wollte sie es ihm dann erklären? Es gab keine Erklärung. Sie wäre auf frischer Tat ertappt in einer höchst peinlichen Lage. Oder er würde sie in die Arme nehmen und küssen …

»Wir sind da«, sagte er.

»Wo?«, fragte Gabrielle.

Drew musterte sie mit einem verständnisvollen Blick und seinem verführerischen Lächeln. Ach, du lieber Himmel, er konnte doch nicht *wissen*, dass sie mit dem Gedanken gespielt hatte, ihn zu berühren, oder?

Drew half ihr aus der Kutsche, indem er ihr eine Hand reichte und mit der anderen ihre Taille stützte. Es war ein ganz gewöhnlicher Vorgang und doch gingen Gabrielle seine Berührungen durch und durch. Sie wollte sich nicht von ihm lösen, wollte den Kontakt mit ihm nicht verlieren. Sie standen ganz nah beieinander. Gabrielle fragte sich, ob Drew merkte, dass sie wünschte, er würde sie küssen. Sie sehnte sich so sehr danach, dass es in ihrem Gesicht zu lesen sein musste. Doch da sie nun am Ziel ihrer Fahrt angelangt waren, war Drew ganz der Geschäftsmann und führte sie ohne Umstände direkt in das Gebäude hinein und hinauf zu Bates' Kanzlei.

Gabrielle war enttäuscht, insbesondere nachdem Drew ihr diesen verständnisvollen Blick und dieses Lächeln geschenkt hatte. Wie konnte sie ihm danach so gleichgültig sein, dass er sie nicht einmal anschaute? Aus diesem Grunde war sie ein wenig ungehalten, als sie Bates' Büroleiter ihren Namen nannte. Und sie wäre wahrscheinlich auch mit Bates ziemlich schroff umgegangen, wenn sie direkt zu ihm vorgelassen worden wäre. Doch man bat sie zu warten und Platz zu nehmen, Bates sei gleich für sie da.

Gabrielle setzte sich nicht. Sie ging auf und ab. Nachdem Drew sie einige Zeit beobachtet hatte, schloss er sich ihr an. Als ihr aufging, was er da tat, hielt sie inne und kicherte. Die Spannung fiel von ihr ab. Sie setzte sich sogar auf einen der Stühle, die sich an der Wand reihten.

Man ließ sie nicht lange warten, doch als der Büroleiter sie aufrief, bemerkte er: »Wenn Ihr Begleiter kein Verwandter ist, wird er hier draußen bleiben müssen.«

Drew ignorierte den Kerl einfach und führte Gabrielle ins

Büro des Anwalts. William Bates saß hinter seinem Schreibtisch und stand zur Begrüßung seiner Mandantin nicht einmal auf. Er war ein dicker, nahezu kahler Mann mit roten Wangen, und er hatte sich seit ihrem letzten Zusammentreffen kein bisschen geändert – sogar der finstere Gesichtsausdruck war noch derselbe.

»Ist Ihnen bewusst, dass Sie Glück haben, dass ich Sie nicht für tot erklären ließ, Miss Brooks?«

Gabrielle musterte ihn überrascht, nicht weil er schon wieder versuchte, sie einzuschüchtern, sondern weil er ihr gar keine Angst mehr machte. Gütiger Himmel, sie konnte nicht glauben, wie übermächtig er ihr erschienen war, als sie noch ein Kind gewesen war. Es war ein Wunder, dass sie den Mut aufgebracht hatte, seinen Rat in den Wind zu schlagen und das Land zu verlassen. Aber er war bloß ein dicker Mann, der gern wichtiger tat als er war.

»Unsinn«, entgegnete Gabrielle. »Ich habe Ihnen einen Brief geschickt, in dem ich Sie davon in Kenntnis setzte, dass ich England verlasse, um bei meinem Vater zu leben.«

»Und wenn diese Nachricht mich nicht erreicht hätte?«

»Ob Sie den Brief bekommen haben oder nicht, spielt keine Rolle. Ich bin gegangen, weil Sie versucht haben, mich in die Hände eines Mannes zu geben, der als Vormund völlig untauglich war.«

»Sie waren minderjährig!«

»Aber ich hatte einen lebenden Verwandten!«

»Einen Verwandten, der nicht in England wohnte!«

Gabrielle beugte sich vor, legte die Hände auf den Schreibtisch und lächelte knapp. »Wir haben keinen Grund, uns zu streiten, Mr. Bates. Ich bin nach England zurückgekehrt, das ist alles, was zählt. Und ich bin alt genug, mein Erbe einzufordern, wenn Sie also Dokumente haben, die ich unterschreiben muss, legen Sie sie mir jetzt vor. Ansonsten überschreiben Sie bitte umgehend den Besitz meiner Mutter auf mich.« Gabrielle zog eine Visitenkarte aus ihrem Retikül und legte sie auf den Schreibtisch des Anwalts. »Das ist der Name der Bank, zu der Sie mein Geld überweisen können.«

»Also hören Sie …«

»Tun Sie einfach nur, was die Dame Ihnen gesagt hat, und überweisen Sie ihr Geld«, ging Drew dazwischen.

»Und wer sind Sie, Sir?«, wollte Bates wissen.

»Drew Anderson, ein Verwandter der Malorys«, erwiderte Drew. »Muss ich irgendwelche Titel erwähnen?«

William räusperte sich. »Nein. Nein, das wird nicht nötig sein. Die Familie ist in der Stadt hinreichend bekannt. Wir werden diese Angelegenheit schnellstmöglich erledigen. Guten Tag, Miss Brooks.« Er nickte und erhob sich schließlich respektvoll, als Gabrielle aufstand und mit Drew im Schlepp das Büro verließ.

Während Drew ihr draußen wieder in die Kutsche half, dankte sie ihm für seine Hilfe. Er lachte sie an.

»Sie machen wohl Witze?«, sagte er. »So wie Georgie sich anhörte, habe ich gedacht, ich würde heute ein paar Köpfe einschlagen müssen. Aber Sie hätten da drinnen überhaupt keine Hilfe gebraucht. Sie haben die Angelegenheit geregelt, als hätten Sie jeden Tag mit Anwälten zu tun.«

Das Kompliment ließ Gabrielle erröten. »Er war nur nicht mehr so furchterregend, wie ich ihn in Erinnerung hatte.«

»Unsinn. Er hat trotzdem versucht, Sie ins Bockshorn zu jagen, aber Sie haben es nicht zugelassen. Ich hätte mich ja gar nicht eingemischt, wenn ich es nicht regelrecht lieben würde, mit dem Wort ›Titel‹ um mich zu werfen. Zu Hause erreicht man damit nichts, aber hier führt es manchmal zu ausgesprochen lustigen Reaktionen. Und da wir hier so schnell fertiggeworden sind, was halten Sie davon, wenn wir die Promenade im Hyde Park entlangfahren, bevor wir nach Hause zurückkehren? Oder wie wär's, wenn wir ein Boot mieten? Wie heißt noch dieser See, den einer eurer Könige im Park angelegt hat?«

»Den Serpentine-See hat Königin Caroline, die Frau von George II., im letzten Jahrhundert ausheben lassen. Und eigentlich ist es eine recht gute Idee, obwohl es so aussieht, als würde es bald regnen. Was meinen Sie?«

»Wir sind doch nicht aus Zucker, solange es keinen Platzregen gibt, werden wir es überstehen.«

Der Schwindel kehrte zurück. Was für eine unerwartet schöne Wendung. Als sie am Morgen die Treppe hinuntergegangen war, hatte sie die Konfrontation mit William Bates gefürchtet, und nun war der Besuch nicht nur erstaunlich gut verlaufen, sondern sie bekam auch noch die Gelegenheit, den Tag mit Drew zu verbringen.

Sie ließen sich zum See im Hyde Park kutschieren. Dort angekommen, gab es keine Boote mehr zu mieten, daher spazierten sie einfach am Ufer entlang.

»Dann sind Sie also jetzt reich?«, fragte Drew, als sie stehen blieben, um einige Enten zu füttern.

»Nein, das nicht«, erwiderte Gabrielle, während sie fasziniert zusah, wie sein Jackett sich über seinen Muskeln spannte, wenn er sich zu den Enten beugte. »Aber das Erbe meiner Mutter erlaubt mir ein recht angenehmes Leben, und dann habe ich ja auch noch das Landhaus.«

»Landhaus?« Er sah sich, offenbar überrascht, zu ihr um. »Warum habe ich mir bloß vorgestellt, Sie wären in einer Villa großgeworden?«

Gabrielle lachte. »Vielleicht weil es so war. Ein Landhaus kann hier alles sein. Das Haus meiner Mutter ist recht groß und steht auf einem weitläufigen Grundstück.«

»Haben Sie gern dort gelebt?«, fragte Drew. »Oder hat es Ihnen in der Karibik besser gefallen?«

»Das warme Klima auf den Inseln gefällt mir viel besser.«

Drew zog ihren Arm durch seinen, um den Spaziergang fortzusetzen, was sehr höflich war, allerdings zur Folge hatte, dass Gabrielle jetzt nur noch an die Hitze dachte, die er ausstrahlte. Es fiel ihr sehr schwer, sich auf die Unterhaltung mit ihm zu konzentrieren, während ihre Schultern sich berührten und sie die Wärme seines Körpers so nah an ihrem spüren konnte.

»Warum suchen Sie dann hier nach einem Ehemann?«

»Mein Vater wollte, dass ich in die englische Gesellschaft eingeführt werde, weil es das ist, wofür meine Mutter gesorgt hätte, wenn sie noch lebte. Aber warum finden Sie das ungewöhnlich? Immerhin bin ich Engländerin.«

»Was für eine Art Mann suchen Sie denn? Geben Sie mir ein paar Hinweise, dann kann ich nach geeigneten Kandidaten Ausschau halten.«

Er wollte ihr helfen, einen Ehemann zu finden? Fast hätte Gabrielle losgeprustet. Vielleicht machte er nur Witze, daher entgegnete sie leichthin: »Ich will wohl das, was sich die meisten Mädchen wünschen. Mein Ehemann sollte groß und hübsch und geistreich sein. Oh, und es wäre schön, wenn er gern reist.«

Sie hatte soeben ihn beschrieben und fragte sich, ob Drew es bemerkte. Doch so wie er in sich hineinlachte, klang es nicht danach.

»Ich glaube, das ist das erste Mal, dass mir das als Auswahlkriterium für einen Ehemann genannt wurde«, meinte er. »Wie kommen Sie denn auf das Reisen?«

»Weil ich so gern auf See bin.«

Er lüpfte eine Braue. »Ehrlich?«

»Wieso überrascht Sie das?«

»Weil die meisten Frauen, die ich kenne, Schiffe lieber gar nicht erst betreten. Entweder sie haben Angst davor oder sie verzichten einfach ungern auf die Annehmlichkeiten ihres Heims.«

»Dann haben sie noch nie am Steuerrad gestanden!«

Drews Blick zeigte deutlich, dass er glaubte, nun mache sie einen Scherz. »Na, dann müssen Sie den guten Wilbur aber als

Bewerber um Ihre Hand streichen. Er scheint mir ein Mann zu sein, der seinen Fuß niemals auf ein Schiff setzen wird.«

»Unsinn. Wie kommen Sie denn darauf?«

»Ich habe Sie mit ihm tanzen sehen«, erwiderte Drew. »Er hat zwei linke Füße. Und mit zwei linken Füßen kann man an Bord schlecht das Gleichgewicht halten, nicht wahr?«

Diesmal lachte Gabrielle über seinen Scherz. Er schmunzelte bloß und warf einen Kiesel ins Wasser. Der Hyde Park stand immer noch in voller Blütenpracht und der See war zu dieser Jahreszeit wunderschön, doch das fiel Gabrielle nur am Rande auf, da sie die Augen kaum von Drew abwenden konnte. Immer wenn er sich von ihr entfernte, erschauerte sie unter der kühlen Brise, die vom Wasser her wehte, doch sie hatte nicht vor, ihm zu verraten, dass sie fror, denn damit hätte sie riskiert, dass ihr Ausflug ein Ende nahm, doch eigentlich … Nein, sie würde ihn nicht darum bitten, sie zu wärmen. So verwegen konnte sie nicht sein; nun ja, sie konnte schon, aber sie befanden sich an einem öffentlichen Ort.

»Was ist mit Ihnen?«, fragte Gabrielle. »Kommen Sie oft nach England?«

»Seit meine Schwester hier wohnt, versuchen meine Brüder und ich, wenigstens einmal im Jahr zu Besuch zu kommen. Nach Georgies Heirat haben wir in London eine Skylark-Niederlassung eröffnet, damit ist England wieder Teil unserer regulären Handelsrouten.«

»Wohin segeln Sie normalerweise?«

»In die Karibik. Wenn ich England verlasse, werde ich wieder dorthin zurückkehren. Eigentlich wollte ich heim nach Bridgeport, aber nur weil ich Boyd dort treffen wollte. Da er stattdessen hier aufgetaucht ist, werde ich wieder meinen üblichen Geschäfte nachgehen.«

Gabrielle schmunzelte. »Sie sind also auch am liebsten in der Karibik?«

Drew schmunzelte ebenfalls und gestand: »Ja, aber es ist

auch nicht so weit weg von unserer Basis in Bridgeport, Connecticut.«

»Soviel ich weiß, liegt Ihr Schiff in London?« Als Drew nickte, fragte Gabrielle: »Wie heißt es denn?«

»Es heißt *Triton* und ist eine Schönheit, schnittig und schnell für seine Größe«, sagte er mit großem Stolz.

»Wie lang sind Sie auf ihm schon Kapitän?«

»Ich war zwanzig, als ich zum ersten Mal das Kommando übernahm«, erwiderte er.

»Stammt der Name nicht aus der griechischen Mythologie?«

»Richtig. Fast all unsere Schiffe tragen solche Namen. Unser Vater hat die Schiffe benannt, die meine Brüder und ich befehligen, Sie können also unschwer erraten, dass er die griechische Mythologie liebte.«

»Jedenfalls sind es sehr vornehme Namen«, sagte Gabrielle, dann kicherte sie. »Ich traue mich kaum zu sagen, wie das Schiff meines Vaters heißt. Das kann man einfach nicht vergleichen.«

»Ach, kommen Sie schon. Jetzt haben Sie meine Neugier geweckt, also müssen Sie es mir verraten.«

»Es heißt *Crusty Jewel*, der ›Verkrustete Juwel‹.«

»Na, das ist sicher nicht symbolisch gemeint.«

»Ganz im Gegenteil. Die Schatzsuche ist seine Leidenschaft, und falls, nein, *wenn* er den Goldschatz endlich findet, erwartet er gewissermaßen eine ganze Truhe voller alter Münzen und Juwelen, die völlig verkrustet sind, weil sie seit Jahrhunderten vergraben liegen.«

Erfreut stellte Gabrielle fest, dass Drew ein verständnisvolles Lächeln aufgesetzt hatte. Er hätte jetzt böse Bemerkungen über ihren Vater machen können, doch erstaunlicherweise hatte er sich den ganzen Tag über von seiner allerbesten Seite gezeigt. Er war amüsant, charmant und hatte noch kein einziges Mal über Piraten gesprochen.

Drew bemerkte, dass eins der Ruderboote zu der Anlegestelle zurückkehrte. Er schlug erneut vor, Boot zu fahren, und sie kehrten um. Doch kaum waren sie ein paar Schritte gegangen, spürten sie die ersten Regentropfen.

»So viel dazu«, murmelte er. »Schnell, in einer Minute wird es gießen.«

Es dauerte nicht einmal eine Minute. Der Himmel öffnete seine Schleusen in dem Moment, in dem Drew den Satz beendet hatte. Alle Parkbesucher rannten umher, um Schutz vor dem Regen zu finden. Doch behindert durch ihr Kleid und ihre neuen Unterröcke konnte Gabrielle einfach nicht schnell laufen, jedenfalls nicht ohne ihren Rock hochzuheben. Sie versuchte zwar, mit Drew Schritt zu halten, da er im Umdrehen nach ihrer Hand gegriffen hatte, doch bald erkannte er ihr Problem. Anstatt einfach aufzugeben und sich damit abzufinden, dass sie durchnässt sein würden, ehe sie ihre Kutsche erreichten, überrumpelte er sie, indem er sie auf den Arm nahm. So kamen sie viel schneller voran, obwohl er sie trug.

Dennoch wurden sie nass bis auf die Haut. Sobald sie in der Kutsche waren, mussten sie beide über ihr trauriges Aussehen lachen.

»Das war sehr ritterlich von Ihnen, aber wird sind trotzdem tropfnass!«, sagte Gabrielle.

Drew war gerade dabei, sein Jackett auszuziehen, hielt jedoch inne, um eine nasse Haarlocke von ihrer Wange zu streichen. Gabrielle bemerkte, dass ihre Frisur vollkommen aufgelöst war und ihr Haar in nassen Locken über Brust und Rücken fiel. Sie fühlte mit einer Hand auf dem Kopf nach und rief: »Oh nein, anscheinend habe ich auch noch meinen Hut verloren! Was für ein Pech, das war mein Lieblingsstück.«

»Moment«, sagte Drew und lief wieder nach draußen.

Gabrielle versuchte, ihn aufzuhalten, doch er schien sie nicht zu hören. Er blieb allerdings nicht lange fort und rief dem Kutscher noch »Zurück zum Berkeley Square!« zu, bevor er wieder einstieg und den ziemlich ramponierten Hut auf den Sitz neben Gabrielle warf. »Was ich nicht alles für Sie tue!«

Das überraschte Gabrielle einigermaßen. »Danke schön«, sagte sie, während sie dem ruinierten Hut einen hilflosen Blick zuwarf. »Vielleicht kann ich ja die Federn noch gebrauchen, wenn sie wieder getrocknet sind.«

»Ich würde einen neuen kaufen, aber das ist bloß meine Meinung.«

Gabrielle lachte in sich hinein und schaute zu ihm auf, dann stockte ihr der Atem. Er hatte sein Jackett jetzt ausgezogen. Das weiße Batisthemd klebte an seiner Haut und ließ jeden starken Muskel auf seiner breiten Brust und an den kräftigen Armen deutlich hervortreten. Ihre Augen trafen sich und ihr Lachen verstummte jäh. Sie hatte kaum Zeit, die Glut in seinem Blick zu bemerken, ehe er sie in den Arm nahm und sie küsste.

Großer Gott, sie hatte instinktiv gewusst, dass ein Kuss von ihm unvorstellbar aufregend sein würde. Wieder und wieder strichen seine Lippen zärtlich über ihren Mund und lockten sie langsam in ein verführerisches Netz von Gefühlen. Sie konnte keinen klaren Gedanken fassen, und wollte es auch gar nicht mehr. Dann brachte seine Zunge sie sanft dazu, ihren Mund zu öffnen, und plötzlich wurde der Kuss wesentlich intensiver, unendlich aufreizend. Es lag jetzt so viel Leidenschaft darin, dass Gabrielle einen Moment Angst bekam …

»Drew, ich denke nicht …«

»Hör auf zu denken«, unterbrach er sie. »Lass mich dich wärmen. Du frierst.«

Fror sie? Das hatte sie gar nicht bemerkt! Sobald seine Lippen sich wieder auf ihre legten, kehrte die Leidenschaft zurück. Sie schlang die Arme um seinen Hals. Er hielt mit einer Hand ihren Kopf, während er ihr mit der anderen über den Rücken strich, doch gleichzeitig zog er sie so fest an sich, dass ihr Busen gegen seine Brust drückte. Wenn sie ihm irgendwie hätte näher kommen können, hätte sie es getan.

Als sie sich schließlich trennten, schien die Luft in der Kutsche zu dampfen. Möglich wäre es gewesen, bei der Hitze, die sie bei diesem Kuss entwickelt hatten. Dass sie das Stadthaus der Malorys erreicht hatten, merkte Gabrielle erst, als Drew ihre Hand nahm, ihr aus der Kutsche half und sie an die Tür führte. Er hätte in dieser Kutsche mit ihr machen können, was er wollte, so heftig war sie entflammt, doch er hatte sie bloß geküsst – und sie auf aufregend wunderbare Weise gewärmt. Später würde sie froh darüber sein, dass er nicht weitergegangen war. Doch im Moment war sie lediglich enttäuscht, dass die Fahrt ein Ende hatte.

»Sehen Sie, ich habe Sie wohlbehalten wieder nach Hause gebracht«, sagte er mit einem zärtlichen Lächeln.

Gabrielle bekam keine Gelegenheit, darauf zu antworten. Plötzlich rief jemand nach ihr, und als sie sich umdrehte, sah sie den ehrenwerten Wilbur Carlisle aus seiner Kutsche steigen.

Einen unpassenderen Moment, seinen Mut zusammenzunehmen, um sich endlich doch in die Höhle des Löwen zu wagen, hätte Wilbur nicht wählen können. »Ach, du meine Güte«, sagte Gabrielle, während sie an sich hinunter auf ihr durchnässtes Kleid schaute. »Ich muss mich erst umziehen. Ich möchte nicht, dass er mich in diesem Zustand sieht. Können Sie ihm erklären, was geschehen ist, Drew?«

»Ich soll mich mit einem Ihrer Verehrer abgeben?«, fragte er. »Auf keinen Fall, Schätzchen – es sei denn, Sie sagen mir, dass Sie nicht mehr auf dem Heiratsmarkt sind.«

»Das werde ich nicht – es sei denn, Sie bitten mich, Sie zu heiraten.«

Da lachte er bloß und hielt ihr die Tür auf. »Gehen Sie sich abtrocknen. Ich werde Artie anweisen, Ihrem jungen Freier zu sagen, dass Sie ihn eine Weile warten lassen werden.«

Kapitel 17

Wilbur hatte es überhaupt nichts ausgemacht, auf sie zu warten, zumindest behauptete er das, als Gabrielle ihn später begrüßte. Immer noch verärgert, dass Drew über ihren Heiratsvorschlag gelacht hatte, war sie derzeit nicht bereit, Namen von ihrer Liste zu streichen. Daher freute sie sich über Wilburs Besuch. Als er ihr in der vergangenen Nacht gestanden hatte, warum er nicht früher gekommen war, hatte er ein wenig feige geklungen, was sie irritiert hatte. Doch dass er trotz seiner Ängste gekommen war, zeigte, dass er eine gehörige Portion Mut besaß.

Am Abend nahm Georgina Gabrielle zu einem ziemlich großen Essen mit. Dort machte sie die Bekanntschaft eines jungen Grafen, den sie liebend gern auf ihre Liste gesetzt hätte, doch mehrere Damen wiesen sie darauf hin, dass er zwar ein guter Fang sei, sich aber schon früh in der Saison entschieden habe. Schade, am Ende der Saison anzukommen, hatte echte Nachteile.

Doch es gab eine ganze Reihe von Junggesellen, die noch zu haben waren und die – wie gewöhnlich – Gabrielle umschwärmten und um ihre Aufmerksamkeit buhlten. Einmal ertappte sie Drew dabei, wie er sie finster ansah. Eifersüchtig? Das hätte sie gern geglaubt, doch es ging ihr nicht aus dem Sinn, wie er beim Thema Heirat gelacht hatte. Sie würde ihn nicht aufgeben. Nach ihrer leidenschaftlichen Begegnung in der Kutsche war sie mehr denn je entschlossen, ihn an die Spitze ihrer Liste zu setzen. Sie hatte bloß den Eindruck, dass weit mehr als ein kurzer Flirt nötig war, damit er eine Ehe ernstlich in Betracht zog. Doch bestimmt hatte sie heute einen guten Anfang gemacht.

»Was ist eigentlich aus Ihrem Vater geworden? Ich hörte, er sei auf See geblieben?«

Lady Dunstan, eine der Säulen der englischen Gesellschaft, mit der Gabrielle Anfang der Woche bekannt gemacht worden war, hatte sie ihren vielen Bewunderern entführt und sie zu einem kleinen Spaziergang mit auf die Terrasse genommen. Dabei hatte sie Gabrielle von dem Ball erzählt, den sie bald geben würde. Lady Dunstan wollte sich persönlich vergewissern, dass Gabrielle kommen würde, da sie in der bereits fortgeschrittenen Saison so unerwartet Furore gemacht hatte.

Diese Frage, die mit dem Gespräch über den Ball überhaupt nichts zu tun hatte, brachte Gabrielle jedoch aus dem Konzept. »Nein, das stimmt nicht«, antwortete sie. »Seit dem Tod meiner Mutter habe ich bei ihm in der Karibik gelebt. Da sie von uns gegangen ist, hat er keinen Grund mehr, nach England zu kommen.«

»Natürlich. Das hatte ich nicht bedacht. Es freut mich zu hören, dass er noch lebt. Dabei habe ich ihn nie getroffen! Obwohl ich immer nach ihm gefragt habe, denn ich kannte Ihre Mutter. Aber er schien ständig auf allen Weltmeeren unterwegs zu sein. Wie kam es, dass ...«

»Ah, hier sind Sie!«, unterbrach Georgina und hakte sich bei Gabrielle ein. »Kommen Sie doch wieder herein, meine Liebe. Da ist ein Neuankömmling, den Sie unbedingt kennenlernen müssen. Wenn Sie uns entschuldigen wollen, Lady Dunstan? Ich freue mich so auf Ihren Ball!«

Schnell zog Georgina Gabrielle fort und flüsterte ihr dabei zu: »Nach dem, was ich gerade mitbekommen habe, konnte ich Sie gerade noch rechtzeitig entführen. Diese Lady ist eine berüchtigte Klatschbase. Ich hätte Sie früher warnen sollen. Sie haben ihr doch nichts über Ihren Vater erzählt, was wir lieber für uns behalten würden, oder?«

»Nein.«

»Gut. Versuchen Sie, ihr möglichst aus dem Weg zu gehen,

und wenn es nicht möglich ist, machen Sie Ausflüchte! Reden Sie wirres Zeug, wenn es sein muss, aber füttern Sie sie bloß nicht mit Informationen.«

Gabrielle verstand und mied die Lady für den Rest des Abends. Später in der Nacht, als Margery ihr aus dem Abendkleid half, überlegte sie, ob sie das Vorkommnis mit Margery diskutieren und versuchen sollte, sich eine passende Beschäftigung für ihren Vater auszudenken. Als Carla ihn heiratete, hatte sie geglaubt, er sei im Seehandel tätig, doch der größte Teil der Londoner Gesellschaft würde über diese Lüge genauso die Stirn runzeln wie über die Wahrheit, nämlich dass er Pirat war. Offensichtlich hatte ihre Mutter das Thema bei ihren Freunden gemieden. Am besten sie tat einfach das Gleiche.

Gabrielle glaubte, das leise Klopfen an der Tür kündige Georgina an. In den letzten beiden Nächten hatte sie nach der Heimkehr noch einmal hereingeschaut, um zu fragen, ob Gabrielle der Abend gefallen habe und ob einer der jungen Männer, die ihr vorgestellt worden waren, Eindruck auf sie gemacht habe. Heute hatte Gabrielle außer dem jungen Grafen, der bereits vergeben war, keine neuen Bekanntschaften gemacht. Gestern Nacht jedoch hatte sie mit Georgina noch über Wilbur gesprochen. Ihre Gastgeberin hatte natürlich erfahren, dass er tagsüber seine Aufwartung gemacht hatte und wollte wissen, ob Gabrielles Interesse infolge des Besuches gestiegen war.

Daher war es eine schöne Überraschung, auf der anderen Seite der Tür statt Georgina Drew vorzufinden. Auch wenn sie ganz und gar nicht darauf vorbereitet war, ihn zu sehen, denn sie hielt ihr Kleid buchstäblich nur noch mit einer Hand über der Brust zusammen. Margery schlug ihm auch auf der Stelle die Tür vor der Nase zu, damit Gabrielle sich schnell wieder ankleiden und anständig herrichten konnte.

Gabrielle rief ihm durch die geschlossene Tür zu, er solle

warten. Drew übte sich in Geduld. Als sie die Tür wieder öffnete, fragte er: »Lust auf einen Schlummertrunk?«

Gabrielle hob eine Braue. Nachdem er sie den ganzen Abend finster angestarrt und bei der Heimfahrt kein einziges Wort mit ihr gesprochen hatte, war das ein sehr ungewöhnlicher Vorschlag. Doch es war auch eine weitere günstige Gelegenheit, die sie sich einfach nicht entgehen lassen konnte. Sie wollte immer noch herausfinden, ob die Möglichkeit bestand, »freundlicher« mit Drew zu verkehren, wollte erforschen, ob das nach seiner heutigen Reaktion auf ihren Heiratsvorschlag überhaupt noch möglich war.

»Ja, danke«, erwiderte sie, dann fügte sie lächelnd hinzu: »Ich habe meine tägliche Portion Rum schon vermisst.«

Drew schmunzelte und ließ ihr mit ausgestrecktem Arm den Vortritt auf dem Weg nach unten. Mit der täglichen Portion Rum hatte Gabrielle bloß einen Scherz gemacht, doch sie hatte den Eindruck, Drew nahm sie ernst. In Anbetracht dessen, was er anscheinend von ihr dachte, glaubte er wahrscheinlich sogar, dass sie es gewohnt war, starken Alkohol zu trinken. Ach ja, er musste noch viel über sie lernen und sie hoffte, es würden sich ihnen noch viele Gelegenheiten bieten. Immerhin war Drew Anderson ganz zweifellos vom Ende der Liste ihrer Auserwählten an die Spitze gerutscht.

Gabrielle war so konzentriert auf den Mann, der hinter ihr ging, dass sie erst bemerkte, dass Margery ihnen nach unten gefolgt war, als sie den Salon erreichten und sie die Dienerin laut gähnen hörte. So spät in der Nacht war es vollkommen still im Haus. Die meisten Bediensteten waren bereits zu Bett gegangen. Gabrielle wusste, dass sie eine Abfuhr bekommen würde, falls sie Margery vorschlug, das Gleiche zu tun, denn Margery nahm ihre Aufgabe als Anstandsdame überaus ernst.

Im Salon glomm ein kleines Feuer, das nicht gelöscht worden war, damit der Raum nicht vollständig auskühlte. Nur eine der Lampen brannte noch, doch auch sie spendete kein helles Licht mehr. Gabrielle war es nicht warm genug, deshalb stellte sie sich direkt vor den Kamin und dachte sogar darüber nach, das Feuer ein wenig zu schüren. Doch Drew, der nachschaute, was die Bar in der Zimmerecke zu bieten hatte, lenkte sie ab.

»Wie ich mir schon dachte, Rum ist nicht im Haus. Sie können wählen zwischen Cognac, Brandy oder Port.«

»Port hört sich gut an«, erwiderte Gabrielle. »Ich glaube, das habe ich noch nie probiert.«

»Weil es eher etwas für Männer ist«, ließ Margery sich vernehmen, während sie es sich in einem der Lesesessel am Fenster bequem machte. »Und da Sie mich von meinem Bett fernhalten, nehme ich auch einen.«

Drew schaute zu Margery hinüber. So wie seine dunklen Augen im Lampenlicht glitzerten, sah es aus, als müsse er sich das Lachen verkneifen, als er Margery zuerst ihr Getränk brachte. Er schaute Gabrielle nicht einmal an und doch wurde ihr schon wieder flau im Magen!

Drew kehrte zur Bar zurück und schenkte in aller Ruhe zwei weitere Gläser voll. Dabei sah er immer wieder zu Margery hinüber. Gabrielle hatte das Gefühl, er hoffte, Margery würde einschlafen, was angesichts der vorgerückten Stunde durchaus möglich war.

Endlich kam Drew zu ihr ans Feuer, reichte ihr den Port und stieß mit ihr an. »Einen Trinkspruch, Schätzchen«, sagte er mit leiser, aufreizender Stimme und einem Lächeln, das ein wenig ins Verruchte ging. »Darauf, dass wir uns wie Piraten benehmen.«

Das Kosewort ging ihr direkt zu Herzen und ließ das Blut wärmer durch ihre Adern rinnen – doch vielleicht lag es auch nur an ihrem ersten Schluck Alkohol. Jedenfalls hielt die Wärme nicht an, denn nur allzu rasch erinnerte sie sich, dass Drew diese Bezeichnung schon öfters verwendet hatte, auch wenn er sarkastisch war. Also bedeutete es für ihn offensichtlich nichts

Besonderes – es war bloß die Art, wie er alle Frauen ansprach. Er hätte sie ebenso gut »Miss« nennen können oder gar bei ihrem Vornamen, so unromantisch war dieses Wort für ihn.

Und dann begriff Gabrielle. Hatte Drew nicht darauf getrunken, dass sie sich wie Piraten benahmen? Hatte er das wirklich gesagt? Die Bemerkung, die er neulich auf dem Ball gemacht hatte, fiel ihr wieder ein. Er hatte ihr vorgeschlagen zu beweisen, dass sie eine Piratin sei, indem sie die Nacht mit ihm verbrachte. War das der Grund, warum er mit dieser Einladung an ihre Tür geklopft hatte? Wollte er ihr weitere Avancen machen? Sie vielleicht sogar wieder küssen?

Ihr Herz fing aufgeregt an zu klopfen. Sie merkte kaum, wie Drew sie zum Sofa führte, sie Platz nehmen ließ und ihr Glas auf den Couchtisch stellte. Sie erschauerte. Das entging ihm nicht.

»Kalt?«

Gabrielle war so durcheinander, dass sie über die Frage nachdenken musste. Sie hatten sich vom Feuer entfernt, also ja, ihr war kalt, aber dann auch wieder nicht. Seinetwegen. Er saß so nah bei ihr, dass ihre Beine sich beinah berührten und sie die Hitze seines Körpers spüren konnte. Gabrielle lächelte. Das war mehr als ausreichend, um sie zu wärmen.

»Nein, mir ist überhaupt nicht kalt«, erwiderte sie.

»Wirklich?«

Die Antwort schien ihn ernstlich zu wundern, was Gabrielle erkennen ließ, dass er nunmehr das Erschauern, das er bemerkt hatte, mit sich selbst in Verbindung brachte. Und da es zu spät war, ihre Worte zurückzunehmen, wurde sie rot.

Auf der Suche nach Hilfe oder zumindest nach Ablenkung schaute sie zu Margery hinüber, doch die späte Stunde oder der Alkohol waren zu viel für sie gewesen. Sie war fest eingeschlafen. Also versuchte Gabrielle, ihre Unsicherheit mit einem Schluck Port hinunterzuspülen und leerte dabei unabsichtlich das ganze Glas. Nun, das half tatsächlich. Sie fühlte sich nicht länger so, als würde sie jeden Moment erröten, und eigentlich erschien es ihr sogar dumm, dass sie sich überhaupt geschämt hatte.

Ihr Kichern verriet Drew das Gleiche ... Ach, du lieber Himmel, sie hatte gerade gekichert. Sie kicherte sonst *nie*. Das fand sie so lustig, dass sie gleich noch einmal kicherte.

»Nicht an Port gewöhnt?«, riet er laut.

»Nein, ich halt es eher mit Rum.«

»Sie meinen wohl, Sie halten sich eher am Rum fest«, neckte er sie mit einem freundlichen Lächeln.

»Ja. Das heißt nein.« Gabrielle seufzte kopfschüttelnd. »Versuchen Sie nicht, mich durcheinanderzubringen. Ich bin an starken Alkohol gewöhnt. Allerdings nur in Maßen.«

Drew strich ihr mit einem Finger sanft über die Wange. »Sie sind weicher geworden, Gabby. Das habe ich gestern Nacht sofort bemerkt. Und heute, mein Gott, das war schön, nicht wahr? Darf ich hoffen, dass Sie meinen Vorschlag überdacht haben?«

»Welchen Vorschlag meinen Sie?«

Drew rückte näher und seine Stimme war immer noch leise – fast wie ein Flüstern. »Muss ich ihn wirklich wiederholen?«

Als ob sie die Bemerkung vergessen könnte, die, seit er sie gemacht hatte, durch ihre Gedanken geisterte. Doch dieser Versuchung musste sie widerstehen. Gleich würde ihr auch einfallen, *warum* sie widerstehen musste. Der Port benebelte sie ... Ach ja, sie wollte, dass er über eine Heirat nachdachte, nicht nur darüber, wie er sie ins Bett bekam.

»Sie wissen doch, dass ich keine *echte* Pir...«

Als sie zu dieser Erklärung ansetzte, wandte Gabrielle Drew ihr Gesicht zu, doch es war kein guter Zeitpunkt, das zu tun. Er war noch viel zu nah bei ihr. Und am Ende sah es so aus, als habe sie absichtlich mit ihren Lippen über seinen Mund gestrichen, obwohl das gar nicht der Fall war. Drew machte sich diesen Zufall jedenfalls sofort zunutze, um seinen Mund fest auf ihren zu pressen. Und sie gab auf der Stelle jeden Widerstand auf.

Hatte sie wirklich geglaubt, die Leidenschaft, die heute zwischen ihnen aufgeflammt war, sei auf die Umstände zurückzuführen, aus denen sich diese Situation ergeben hatte? Das war vollkommen falsch. Denn das gleiche leidenschaftliche Begehren überwältigte sie erneut und unmittelbar! Es lag an ihnen selbst. Es passierte in dem Augenblick, in dem ihre Lippen sich berührten.

Drews Arm schlang sich um ihren Hals, sodass ihr Kopf an seiner Schulter ruhte, während seine Lippen von ihrem Mund Besitz ergriffen. Sie legte ihre Hand an seine Wange. Und als seine Zunge in ihren Mund glitt, strich sie ihm mit den Fingern durchs Haar und grub sie in seine weichen Locken, als fürchte sie, er würde aufhören.

Und das tat er auch, doch nur, um eine andere Richtung einzuschlagen und mit den Lippen über ihre Wangen und ihren Hals zu streichen. Gabrielle seufzte leise. Schauer rannen über ihre Haut, als er diese empfindlichen Stellen berührte. Gleichzeitig fühlte sie einen Druck auf ihrer Brust und nahm wahr, dass er sie dort anfasste …

Das durfte er nicht. Sie musste es ihm sagen. Sie setzte auch dazu an, doch kaum hatte sie den Mund geöffnet, entfuhr ihr ein weiterer Seufzer, weil ihre Brustwarzen sich unter seiner Berührung aufrichteten. Sie spürte so viel Hitze, in ihm und in sich selbst. Und dieses Kribbeln in ihren Brüsten schien weiter nach unten zu wandern, direkt zwischen ihre Beine.

»Ich wusste, dass du eine Piratin bist«, murmelte er, ehe er ihr die Zunge ins Ohr steckte und sie die Arme um ihn schlang, um ihn festzuhalten und anzufeuern. »Großer Gott, Gabby! Warum hast du versucht, deine Wildheit hinter dieser damenhaften Fassade zu verstecken? Ich liebe das! Du willst mich ebenso sehr wie ich dich, nicht wahr?«

Sie war kurz davor zu keuchen. Sie konnte nicht mehr denken. Die Gefühle, die sie durchströmten, überwältigten jeden ihrer Sinne. Sie sah, wie seine Augen vor Verlangen glühten, sie hörte die kehligen, befriedigten Geräusche, die er machte, sie berauschte sich an seinem herben maskulinen Duft. Sie schmeckte ihn mit jedem Kuss und die Art, wie er sie anfasste und streichelte, fühlte sich so gut an, dass sie wünschte, er würde nie wieder aufhören. Als sie nicht mehr anders konnte, als vor Lust laut aufzustöhnen, suchte sein Mund rasch wieder den ihren und gab ihr den tiefsten Kuss ihres Lebens. Oh Gott. Wie konnte sie nur so viele verschiedene Empfindungen gleichzeitig haben?

All ihre guten Vorsätze, all ihre Hoffnungen hatte sie in den Wind geschlagen, derart fasziniert war sie von Drews gekonnter Verführung. Ihr fehlte der Wille, ihn aufzuhalten, ja selbst der Wunsch, sie mochte nicht einmal zum Schein protestieren.

Daher war es eine Art Segen, Boyd plötzlich vorwurfsvoll sagen zu hören: »Was geht denn hier vor, das darf aber nicht sein. Oder hast du ehrbare Absichten, Bruder?«

Drew richtete sich leicht auf, genug um sich von Gabrielle zu lösen, dann aber, als könne er nicht widerstehen, gab er ihr noch einen letzten Kuss, wobei seine Lippen köstlich lange auf ihren verweilten; erst danach sagte er wütend zu seinem Bruder: »Verdammt, solltest du dich nicht um deine eigenen Angelegenheiten kümmern?«

»Und solltest du nicht deine Finger von ihr lassen?«, fragte Boyd ebenso zornig zurück. »Das geht mich schließlich auch etwas an. Das Mädchen ist hier, um einen Ehemann zu suchen. Stehst du dafür neuerdings zur Verfügung?«

Gabrielle war höchst peinlich berührt, in einer derart leidenschaftlichen Umarmung erwischt worden zu sein. Und ernüchtert. Sie hätte die Antwort auf Boyds Frage gern selbst gehört, bei näherem Nachdenken kam sie jedoch zu dem

Schluss, dass es vielleicht besser war, sie nicht zu kennen. Falls Drew jetzt nein sagte, fühlte sie sich womöglich gezwungen, seinen Namen von ihrer Liste zu streichen. Wogegen sie, wenn sie im Ungewissen blieb, zumindest mit dem Vorhaben, ihn besser kennenzulernen, weitermachen konnte.

Also stand sie abrupt auf, ehe Drew etwas erwidern konnte. Margery tat, von Boyds lauter Stimme geweckt, etwas verstört bereits dasselbe.

»Geht ihr jungen Hüpfer eigentlich nie ins Bett?«, fragte Gabrielles alte Freundin recht unliebenswürdig und gähnte breit, während sie sich ihre Schutzbefohlene schnappte.

»Stimmt, Margery und ich sollten längst im Bett sein«, meinte Gabrielle. »Nach diesem schönen Glas Port dürfte ich mit dem Einschlafen keine Probleme mehr haben. Gute Nacht, meine Herren.«

Gabrielle war ein wenig hinter Margery zurückgeblieben und hatte die Treppe noch nicht ganz erreicht, als sie Boyd anklagend sagen hörte: »Du hast sie betrunken gemacht, um sie zu verführen? Das finde ich verdammt niederträchtig.«

»Du machst wohl Witze. Das ist das übliche Vorgehen, auch bei dir, also tu jetzt bloß nicht so.«

»Üblich bei Frauen, die schon ein paar Mal um den Block gezogen sind, aber doch nicht für Jungfrauen auf der Suche nach einem Ehemann.«

»Lässt ihr hübsches Gesicht dich etwa vergessen, wer sie ist? Die Tochter eines Piraten ist genauso wenig unberührt wie du und ich.«

Kapitel 18

»Darf ich offen sein, Miss Brooks?«

Gabrielle hatte Wilbur Carlisle, der sie in Lady Dunstans großem Ballsaal über die Tanzfläche wirbelte, gar nicht richtig zugehört. Es war der dritte Ball seit ihrer Ankunft in London und diesmal wäre das Abendkleid beinahe nicht rechtzeitig geliefert worden.

Es war helllila. Margery hatte sogar noch eine alte Halskette von Gabrielle gefunden, die ihre Mutter ihr vor Jahren einmal zum Trost geschenkt hatte. Der Anhänger bestand aus einer Miniaturzeichnung von einem kleinen Fischerort, der dem Dorf, in dessen Nähe Gabrielle aufgewachsen war, sehr ähnlich sah. Deshalb hatte sie die Miniatur stets für ein Abbild dieser Ortschaft gehalten. Das kleine ovale Bild hing an einer Perlenkette und wurde von einem Rahmen aus winzigen Rosen eingefasst, die nahezu perfekt zur fliederfarbenen Seide ihres Kleides passten. Wenn Gabrielle besserer Laune gewesen wäre, hätte sie sich darüber gefreut, wie gut die Kette ihre Garderobe vervollständigte.

Fast hätte sie es ganz abgelehnt, an diesem Abend auszugehen, wie sie es bereits an den letzten beiden Abenden getan hatte. Sie hatte vorgeschützt, sich nicht gut genug zu fühlen, um ihr Zimmer verlassen zu können. Das war zwar eine Lüge, doch Georgina hatte nicht allzu viele Fragen gestellt, nachdem Gabrielle angedeutet hatte, dass es etwas mit ihrer Periode zu tun habe. Und außerdem, auch wenn sie nicht ernstlich krank sein mochte, fühlte sie sich doch schwer gekränkt.

Gabrielle war in ihrem Zimmer geblieben, um Drew aus dem Weg zu gehen. Letzte Woche, als sie erfahren hatte, was er wirklich über sie dachte, war sie schrecklich verletzt gewesen. Sie konnte zwar versuchen, seine Meinung zu ändern, doch sie hatte den Eindruck, er würde ihr einfach nicht glauben. Die Abneigung, die seine Familie gegen Piraten hegte, saß zu tief. Und daran konnte sie nichts ändern. Sie waren Seeleute, die ehrlichen Handel trieben. Und natürlich hassten sie die Männer, die versuchten, ihnen ihr Geschäft zu verderben.

Aber musste er alle über einen Kamm scheren und glauben, sie sei aufgrund ihrer Herkunft ohnehin eine Frau mit lockerer Moral? Andererseits, was hatte sie getan, um ihm das Gegenteil zu beweisen? Mit ihm getrunken? Sich von ihm küssen und streicheln lassen? Die Erinnerung an ihr liederliches Benehmen ließ sie schaudern. Bei dem Versuch, Drew näher kennenzulernen, hatte sie seine schlechte Meinung von ihr sogar noch bekräftigt, also war sie selbst schuld.

Großer Gott, sie wünschte, sie wäre in jener Nacht nicht so gedankenlos gewesen, das ganze Glas Port in einem Zug zu leeren. Es war ihr direkt zu Kopf gestiegen. Nie hätte sie Drew solche Freiheiten erlauben sollen; wäre sie nüchtern gewesen, wäre es auch nicht so weit gekommen, nun, zumindest würde sie das gern glauben. Aber lieber Himmel, was er getan hatte – seine Berührungen, seine Küsse –, alles war so schön gewesen, sie hatte gar nicht gewollt, dass es aufhörte. Ihm dagegen hatte es nichts bedeutet. Falls sie aus dieser Nacht irgendetwas gelernt hatte, dann, dass es dumm gewesen war, einen Schuft wie Drew als Ehemann überhaupt in Erwägung zu ziehen.

Im Laufe der Woche war es mit ihrer Stimmung immer weiter bergab gegangen, bis es so schlimm wurde, dass es ihr schwer fiel, ihre Traurigkeit zu verbergen. Daher hatte sie sich lieber in ihrem Zimmer versteckt. Drew hatte ihr keine weiteren Avancen gemacht, nicht einmal im Scherz. Eigentlich sah es sogar danach aus, als würde er, nachdem er sich in jener Nacht *selbst* an ihren Hintergrund erinnert hatte, ernstlich bereuen, überhaupt welche gemacht zu haben. Er hatte sie und seine Schwester weiterhin zu jeder Veranstaltung begleitet, die auf ihrem Plan stand, sie jedoch stets allein gelassen, sobald sie den Ort der Feierlichkeit erreicht hatten.

Und Gabrielle konnte ihn sogar bei zwei Festen, die sie besucht hatten, mehr als nur einmal dabei beobachten, wie er verschiedenen anderen jungen Damen nachstellte. Er gab sich nicht einmal Mühe, es zu verbergen. Es war, als wolle er sogar, dass Gabrielle es merkte!

Seine Schwester wurde ebenfalls aufmerksam. Unglücklicherweise bemerkte Georgina auch die Wirkung, die Drews Benehmen auf Gabrielle hatte, und nahm sie zur Seite, um mit ihr zu reden. »Es ist etwas gedankenlos gewesen, Sie nicht früher vor Drew zu warnen. Manchmal vergesse ich, wie attraktiv er ist und wie leicht er Herzen bricht, ohne es zu wollen.«

»Das ist schon in Ordnung. Meins ist nicht gebrochen«, erwiderte Gabrielle mit einem gezwungenen Lächeln.

»Gut, dann habe ich es Ihnen noch früh genug verraten. Ich bin sicher, dass er Sie mag, ich möchte nur nicht, dass Sie einen falschen Eindruck bekommen und glauben, daraus könnte etwas werden. Auch wenn unsere Familie es gern sähe, er hat uns klargemacht, dass er nicht die Absicht hat, sich jemals einfangen zu lassen.«

Georgina hatte die besten Absichten, erzählte Gabrielle aber nichts, was sie nicht bereits wusste. Drew in seinem eingefleischten Junggesellentum zu erschüttern, war ihr Plan gewesen, doch damit sah es nicht mehr sehr vielversprechend aus. Irgendwie hatte er einige falsche Eindrücke von ihr bekommen und bei der Hin- und Rückfahrt in der Kutsche war sie nie mit ihm allein, sodass sie nicht über diese Missverständnisse reden konnten.

Gabrielle war es jedenfalls leid, sich zu verstecken und die Tatsache zu betrauern, dass der einzige Mann, zu dem sie sich ernstlich hingezogen fühlte, für sie unerreichbar war. Dann sollte es eben so sein. Sie war nach London gekommen, um einen Ehemann zu finden, und genau das würde sie tun. Drew Anderson konnte ihretwegen zum Teufel gehen!

Heute hatte Drew sie und Georgina nicht zum Ball begleitet. Boyd war ihre Eskorte, er schien jedoch jedes Interesse an ihr verloren zu haben. Weil er gesehen hatte, wie sie seinen Bruder geküsst hatte? Ach, egal. Er hatte ohnehin nicht auf ihrer Liste gestanden.

Nun war sie froh, dass sie sich in letzter Minute doch noch entschieden hatte, auszugehen. Da sie Drew nicht mehr auf ihrer Liste hatte, bot der Ball eine gute Gelegenheit, den ehrenwerten Wilbur Carlisle näher kennenzulernen. Also sollte sie ihm wohl besser richtig zuhören.

Wilbur hatte gar nicht abgewartet, ob Gabrielle seine Offenheit erlaubte, er redete bereits weiter: »Ich wollte Sie über meine Absichten nicht im Unklaren lassen. Ich möchte nicht, dass Sie glauben, ich sei wie all die anderen Kerle, die nur in London sind, um die Saison zu genießen. Im Gegenteil, aber das bleibt, wie ich hoffe, unter uns, ich werde nun schon seit drei Jahren zur Brautschau hergeschickt.«

»Dann darf ich wohl annehmen, dass Sie bislang kein Glück hatten?«, fragte Gabrielle höflich.

»In der Tat, kein bisschen. Nicht, dass ich mir keine Mühe gegeben hätte. Aber aus dem ein oder anderen Grund, nun ja, entweder bin ich immer zu spät oder nicht interessiert genug, um überzeugend zu wirken.«

Drei Jahre?, dachte Gabrielle. Wie deprimierend. Oder wollte er womöglich gar nicht heiraten.

Sie beschloss, ebenso offen zu sein wie Wilbur. »Suchen Sie ernsthaft eine Braut, Wilbur?«

Er seufzte. »Ja, wirklich. Aber der Druck ist enorm und es wird immer schlimmer. Mein Vater hat mir sogar gesagt, falls ich *dieses* Jahr wieder keine Braut nach Hause bringe, brauche ich gar nicht mehr heimzukommen.«

»Du lieber Himmel, warum das denn?«

»Seine Gesundheit ist nicht die allerbeste«, erklärte Wilbur. »Er möchte, dass ich in guten Händen bin, bevor … na ja, ich verstehe seine Lage sogar. Schließlich bin ich sein einziger Sohn.«

Allmählich wurde es Gabrielle unangenehm, in welche Richtung das offene Gespräch mit Wilbur ging. *Sie* war noch nicht bereit, eine Entscheidung zu treffen, selbst wenn die Saison fast vorüber war. Falls er ihr einen Antrag machte, ehe sie so weit war, wusste sie nicht, wie ihre Antwort ausfallen würde.

»Wilbur, warum erzählen Sie mir das alles?«

»Ich möchte nur, dass Sie an mich denken, meine Liebe, und wissen, dass ich höchst ehrbare Absichten habe. Ich gebe zu, dass ich vor Ihrer Ankunft regelrecht verzweifelt war. Die Saison war fast vorüber und meine einzigen Aussichten, nun ja, gefielen mir nicht. Dann tauchten Sie auf – wie eine frische Brise. Darf ich sagen, dass ich ganz hingerissen war?«

Es wurde aber auch Zeit, dass er zum romantischen Teil kam. Nein, halt, warum war sie so kleinlich? Er war ein sehr annehmbarer Junggeselle und der Einzige, den sie nicht direkt aussortiert hatte. Die anderen, die sie getroffen hatte, waren entweder zu langweilig oder zu snobistisch oder zu stutzerhaft für ihren Geschmack. Und zudem schien Wilbur ein netter Kerl zu sein.

Auch war er recht geistreich, wenn er sich nicht gerade damit aufhielt, Geständnisse wie dieses zu machen oder sich über ihren Gastgeber zu sorgen. Bei ihrer ersten Begegnung war er entspannt und sehr charmant *und* richtig romantisch gewesen – bis Malorys Name gefallen war. Sie sollte froh sein, dass er noch zu haben war, aus welchen Gründen auch immer, und sich einfach glücklich schätzen. Schließlich war er ein guter Fang und sehr attraktiv, wenn auch ziemlich bleich. Nun, eigentlich war seine Haut sogar so weiß, dass es ihr geradezu gespenstisch schien.

Gabrielle seufzte innerlich. Das dachte sie nicht zum ersten Mal, seit sie in London angekommen war. Abgesehen von allem anderen, was ihr an den ihr vorgestellten Männern nicht gefiel, wirkten viel zu viele auch noch blass – und das am Ende des Sommers! Allerdings konnten sie nichts dafür, dass sie Gabrielle so seltsam vorkamen, und wie Margery bereits angemerkt hatte, war dem mit ein wenig Sonne ja auch leicht abzuhelfen. Sie war einfach zu sehr an Männer gewöhnt, die braun gebrannt waren, weil sie die meiste Zeit im Freien verbrachten. Doch nicht alle Menschen hielten sich so gern im Freien auf wie sie. Und nicht jeder konnte so schön gebräunt sein wie ein Schiffskapitän …

In dem Moment, in dem Drew den Raum betrat, wurden ihre Augen von ihm angezogen. *Großer Gott*, selbst nachdem sie ihn von ihrer Liste gestrichen hatte, auf die sie ihn gar nicht erst hätte setzen sollen, war sie allein von seinem Anblick wie gebannt. Und die Schmetterlinge im Bauch regten schon wieder die Flügel! Was zum Teufel hatte er bloß an sich? Wollte sie ihn wirklich aufgeben – nur wegen seiner falschen Annahmen? Wo doch ein kurzes Gespräch zwischen ihnen die Luft reinigen und ihm beweisen konnte, dass er im Unrecht war?

Wie konnte sie ihm überhaupt vorwerfen, dass er die falschen Schlüsse gezogen hatte? Ihr Vater war tatsächlich Pirat. Und im Umgang mit Piraten hatte sie Dinge erfahren, die einer jungen Dame aus gutem Hause erst nach der Hochzeit aufgingen. Daher täuschte Drew sich einzig und allein bezüglich ihrer Jungfräulichkeit. Ein logischer Fehler.

Ach, du *meine* Güte, sie überredete sich tatsächlich selbst dazu, ihn wieder auf ihre Liste zu setzen. Durfte sie es wagen? Sie wollte lieber nicht noch einmal von ihm enttäuscht werden. Es hatte zu wehgetan. Doch was war, wenn er ihre Gefühle nicht mehr verletzte? Was, wenn er sich entschuldigte und zugab, dass es dumm gewesen war, das Schlimmste von ihr anzunehmen?

Der Tanz war zu Ende und Wilbur führte sie zu Georgina zurück. »Irgendwie gönnt man mir nie genügend Zeit mit Ihnen«, sagte er mit einem charmanten Augenzwinkern. »Ich hoffe, Sie spazieren später ein wenig mit mir durch den Garten, damit wir unsere Unterhaltung fortsetzen können?«

Abgelenkt, weil sie nur noch Augen für Drew hatte, nickte Gabrielle bloß. Nachdem er seine Schwester in der Menge entdeckt hatte, strebte Drew ebenfalls auf Georgina zu. Gabrielle glaubte nicht, dass sie selbst ihm bereits aufgefallen war, doch dann trafen sich ihre Augen, und er stieß mit einigen Leuten zusammen, die ihm im Weg standen.

Als Gabrielle das sah, runzelte sie die Stirn. Ein Schiffskapitän, der stolperte? Manchmal waren Seeleute ein wenig unsicher auf den Beinen, wenn sie nach einer langen Fahrt zum ersten Mal wieder Land betraten, doch normalerweise hatten sie einen ausgeprägten Gleichgewichtssinn. Schließlich bewegten sie sich ständig auf schwankenden Decks.

Während sie sich Georgina näherte, bemerkte Gabrielle, dass ihre Wohltäterin sich mit Lady Dunstan, der Gastgeberin, unterhielt, die, wie Georgina ihr vor der Ankunft noch einmal eingeschärft hatte, zu den schlimmsten Klatschweibern der Gesellschaft zählte. Die Anwesenheit dieser Dame lenkte Gabrielles Gedanken von Drew ab. Sie würde jedes Wort auf die Goldwaage legen müssen, damit sie nichts Falsches sagte. Laut Georgina konnte eine Frau wie Lady Dunstan einer Debütantin sozusagen im Vorübergehen zu gesellschaftlichem Erfolg verhelfen oder sie unmöglich machen.

»Ah, da kommt sie ja«, sagte Lady Dunstan mit einem Lächeln für Gabrielle und einem leichten Stirnrunzeln für ihre Begleitung. »Und *Sie*, lieber Junge, müssen wirklich aufhören, Miss Brooks mit Beschlag zu belegen – oder können Sie mit der Neuigkeit von einer bevorstehenden Heirat aufwarten, damit Ihr Vater endlich zufrieden ist?«

Gabrielle zuckte aus Mitleid mit Wilbur zusammen. Das,

was er ihr so ehrlich gestanden hatte, war also kein großes Geheimnis. Offenbar waren alle im Bilde. Trotzdem, ihre Gastgeberin nagelte ihn einfach fest. Noch nie hatte Gabrielle derart offenkundige Neugier erlebt. Was immer Wilbur auch antwortete, die Lady würde ein saftiges Stück Klatsch serviert bekommen, mit dem sie hausieren gehen konnte.

Doch da mischte sich eine neue Stimme ein, etwas undeutlich in der Aussprache, aber deutlich abfällig im Ton. »Damit würde ich nicht rechnen, Mylady, es sei denn, sein Vater hat nichts gegen Piraten in der Familie einzuwenden.«

Als Lady Dunstan das hörte, schnappte sie nach Luft. Wilbur wurde blass. Georgina war einen Moment lang sprachlos. Nachdem sie ihren Bruder mehr als einmal ermahnt hatte, dieses Wort im Zusammenhang mit Gabrielle nicht in der Öffentlichkeit zu gebrauchen, starrte sie ihn nun, da er es wieder getan hatte, ungläubig an.

Gabrielle war einfach nur wütend und der Blick, mit dem sie Drew maß, ließ keinen Zweifel daran. Er war betrunken und selbst betrunken war er noch verdammt attraktiv. Doch was Gabrielle mehr schockierte als das, was er gerade gesagt hatte, war das glühende Verlangen, das aus seinen Augen sprach, als er ihr ins Gesicht sah.

Kapitel 19

Als Gabrielle den Namen des Besuchers erfuhr, der im Salon auf sie wartete, eilte sie die Treppe hinab. Niemand anders hätte sie nach unten locken können. Nach der letzten Nacht stand sie immer noch ein wenig unter Schock. Sie konnte einfach nicht glauben, dass Drew ihr das angetan hatte, dass er tatsächlich versucht hatte, ihre Aussichten auf eine gute Partie zunichte zu machen.

Zum Glück war es ihm nicht gelungen. Er hatte sogar behauptet, er habe es nicht ernst gemeint, als Georgina, ebenso schockiert wie Gabrielle, begonnen hatte, ihm Vorwürfe zu machen. Natürlich, was hätte er in dieser Situation auch sonst sagen sollen?

Gabrielle nahm ihm sein Bedauern allerdings nicht ab. Sie war überzeugt, dass er die Bemerkung absichtlich fallen gelassen hatte, um ihr die Suche nach einem Ehemann zu erschweren. Andererseits war er tatsächlich sturzbetrunken gewesen. Dass man ihm den Rausch deutlich ansehen konnte, war wahrscheinlich der einzige Grund, warum Lady Dunstan ihm abgekauft hatte, dass er bloß einen Scherz machen wollte. Sie forderte ihn daraufhin auf zu gehen, was er dann auch umgehend tat.

Wilbur hatte sich ebenfalls davongemacht. Er hatte die Ablenkung genutzt, um sich vor Lady Dunstans neugierigen Fragen zu drücken. Oder zumindest hatte Gabrielle sich sein Verschwinden später so erklärt. Und dabei wollte sie es auch belassen.

»Nehmen Sie es sich nicht zu Herzen«, hatte Georgina gesagt und ihr die Hand getätschelt. »Mein Bruder macht oft so leichtsinnige Bemerkungen, wenn er nicht mehr Herr seiner Sinne ist. Er hat die letzten Nächte im Hafen verbracht und da ist er meistens betrunken. Aber Lady Dunstan weiß, mit wem ich verheiratet bin. Und da dem so ist, wird sie es nicht wagen, die Malorys zu verärgern, indem sie etwas weitererzählt, was sie lediglich für einen geschmacklosen Witz hält. Sie weiß sehr genau, dass man die Behauptung nicht mehr für einen Scherz halten wird, falls sie die Runde macht. Daher wird sie nichts sagen.«

Außer »die letzten Nächte im Hafen« kam nichts bei Gabrielle an. Drew würde bald in See stechen. Und sie hätte es nie erfahren, wenn seine Schwester es nicht erwähnt hätte. Er hätte es ihr sicher nicht erzählt. Warum auch? Sie bedeutete ihm nichts.

Und trotzdem war Gabrielle am Boden zerstört. Erst versuchte Drew, ihr die Zukunft zu verbauen, und dann wollte er sich aus dem Staub machen, ehe es zum Skandal kam. Sie sollte wütend auf ihn sein. Sie wünschte, sie *könnte* wütend sein. Das wäre viel besser, als sich verletzt und enttäuscht zu fühlen.

»Da sind Sie ja, meine Liebe.«

Als Gabrielle sich umdrehte, sah sie James Malory aus seinem Arbeitszimmer kommen. Seine Gegenwart machte sie längst nicht mehr so nervös wie früher. Seit der Nacht im Theater, als er sich mit Georginas Brüdern gekabbelt hatte und ihr aufgefallen war, dass sie ihn ohne schlimme Folgen provozieren konnten, hatte sie viel von ihrer Angst vor ihm verloren. Außerdem war sein Gesichtsausdruck heute ausnahmsweise einmal nicht unergründlich, sondern ehrlich besorgt.

»Wie fühlen Sie sich heute Morgen?«, fragte James, indem er ihr väterlich den Arm um die Schultern legte.

Gabrielle dachte, seine Frage beziehe sich auf die Tage, in denen sie Krankheit vorgeschützt und sich in ihrem Zimmer versteckt hatte, daher entgegnete sie: »Es geht mir wieder gut.«

»Verspüren Sie nicht den Drang, jemanden zu erschießen?«

Gabrielle schmunzelte über seine Ausdrucksweise, denn

nun verstand sie ihn. »Sie haben also gehört, was gestern Nacht vorgefallen ist?«

»In der Tat. Ich bin bei diesen Barbaren, die ich gezwungenermaßen als Verwandte bezeichnen muss, stets auf das Schlimmste gefasst, doch Georgie ist ziemlich aufgebracht. Sie erwartet doch tatsächlich von ihren Brüdern, dass sie sich wie Gentlemen benehmen. Ich sorge jedenfalls dafür, dass Drews Dummheit keine Auswirkungen haben wird, darauf können Sie sich verlassen. Ich werde gewissermaßen in den sauren Apfel beißen und Sie und Georgina für den Rest der Saison begleiten.«

Gabrielle war erstaunt und gerührt, dass er so weit gehen wollte, denn sie wusste, wie sehr er das gesellschaftliche Treiben hasste. »Das müssen Sie nicht.«

»Aber ich will. Betrachten Sie es doch einfach folgendermaßen: Wenn es Ihren Vater nicht gegeben hätte, wäre ich jetzt nicht hier, meine Kinder wären nicht hier und George wäre nicht die glücklichste Frau auf diesem Planeten.«

James sagte das mit einem so freundlichen Lächeln, dass Gabrielle nicht anders konnte, als es zu erwidern. Ihr ging auf, dass der Dank, den er ihrem Vater schuldete, ihm wichtiger war, als sie gedacht hatte.

»Nun, wenn Sie es so sehen …«

»Genau. Aber nun gehen Sie. Ich glaube, ich habe gehört, dass einer Ihrer Verehrer zu Besuch gekommen ist.«

Gabrielle hätte ihm erklärt, dass ihr Besucher nicht zu ihren Verehrern zählte, doch James hatte sich bereits zur Treppe umgewandt, und sie hatte den jungen Mann lange genug warten lassen. James hatte es geschafft, sie ein wenig aufzuheitern, und ihr Besucher würde sie die letzte Nacht sicher ganz vergessen lassen.

»Avery! Wie schön, Sie wiederzusehen!«

Mit ausgestreckter Hand ging Gabrielle auf den ehemaligen ersten Offizier zu. Doch das nahm Avery gar nicht wahr, denn er konnte den Blick gar nicht von ihrem Gesicht losreißen. »Großer Gott, ich erkenne Sie kaum wieder, Miss Brooks. Ich wusste zwar, dass aus Ihnen einmal eine Schönheit werden würde, aber Sie haben meine Erwartungen weit übertroffen.«

Das Kompliment ließ Gabrielle erröten und Averys Gesichtsausdruck machte sie noch verlegener. Avery wirkte völlig ungläubig – und entzückt.

»Sie sehen auch sehr gut aus, Avery. Aber woher wussten Sie, wo ich zu finden bin?«

Nun wurde Avery dunkelrot. »Ich bringe Ihnen leider schlechte Nachrichten.«

Gleich dachte Gabrielle an ihren Vater, doch um ihn konnte es nicht gehen. Nachdem sie die Pirateninsel verlassen hatte, hatte sie darauf bestanden zu erfahren, was mit Avery geschehen war. Ihr Vater hatte ihr versichert, dass er ausgelöst und kurze Zeit später nach England zurückgeschickt worden sei, um sich eine weniger »aufregende« Beschäftigung zu suchen. Daher konnte Avery nichts von Nathan wissen. Und er hatte ihre Frage auch noch gar nicht beantwortet. Wie hatte er sie gefunden und wie konnte er überhaupt erfahren haben, dass sie in London war, wenn er nicht in ihren Kreisen verkehrte?

Vielleicht hatte er sie zufällig irgendwo in der Stadt gesehen. Zweimal war sie im Park ausgeritten, an einem Tag hatte sie ein Konzert besucht und gelegentlich war sie sogar mit Margery auf der Bond Street einkaufen gewesen. Zudem war sie letzte Woche in den ärmeren Teil der Stadt gefahren, um Richard von Malorys mörderischen Absichten zu berichten. Also konnte Avery sie überall gesehen haben und war ihr womöglich einfach zu ihrem Aufenthaltsort gefolgt.

»Was sind das für schlechte Nachrichten?«

»Ihr Name ist heute in aller Munde. So habe ich herausgefunden, dass Sie in der Stadt sind, warum Sie hier sind, und sogar, bei wem Sie wohnen. Die halbe Stadt ist offensichtlich entsetzt, dass ein Pirat versucht, sich durch Heirat in ihre Reihen einzuschmuggeln, während die andere Hälfte der Bewohner bloß über die oberen Zehntausend lacht und das Ganze als einen hübschen Streich betrachtet. Ach, du meine Güte, haben Sie das gar nicht gewusst?«

Gabrielle war derart schockiert, dass sie offenbar leichenblass geworden war. »Lady Dunstan«, sagte sie tonlos. »Man hat mir versichert, Sie würde nichts von dem verraten, was sie gestern Abend aufgeschnappt hat, doch offensichtlich hält sie es für einen so saftigen Skandal, dass sie es sogar riskiert, James Malorys Zorn auf sich zu ziehen.«

»Davon weiß ich nichts«, sagte Avery. »Von der Dame habe ich nie gehört. Ein Wilbur Carlisle erzählt jedem, der es wissen will, dass Sie nicht die sind, für die Sie sich ausgeben.«

Fast hätte Gabrielle laut losgelacht. Wilbur? Der bescheidene, freundliche, heiratswütige Wilbur? Warum sollte er ihr das antun? Warum fragte er nicht nach Beweisen, bevor er sie einem Skandal aussetzte? Weil er sich von ihr getäuscht fühlte?

Dabei war es nicht so, dass sie ihm nicht von ihrem Vater erzählt hätte, falls ihre Beziehung ernster geworden wäre. Nun, vielleicht hätte sie nicht unbedingt verraten, dass ihr Vater als echter Pirat die Meere durchpflügte, sondern lediglich darauf hingewiesen, dass er im Seehandel tätig war. In den höheren Kreisen hätten viele ihn als Schandfleck betrachtet, dabei hatten die meisten selbst ein schwarzes Schaf in der Familie. Und der Stammbaum ihrer Mutter war tadellos.

Gabrielle war so tief in Gedanken versunken, dass sie das Klopfen an der Haustür überhört hatte, das Handgemenge, das in der Eingangshalle entstanden war, war jedoch laut genug, um ihre Aufmerksamkeit zu erregen. Sie warf Avery einen kurzen Blick zu und sagte: »Entschuldigen Sie mich einen Moment.«

»Natürlich.«

Kaum hatte sie die Halle betreten, schnappte sie ungläubig

nach Luft, denn sie musste feststellen, dass Ohr sich mit dem Butler der Malorys auf dem Boden wälzte. Das war natürlich ein ungleicher Kampf. Ohr brauchte sich kaum anzustrengen. Er war ein kräftiger Mann in den besten Jahren, Artie dagegen ein sehr zart gebauter, runzliger alter Seemann.

Beinahe hätte Gabrielle losgeprustet, doch stattdessen sagte sie vorwurfsvoll zu Ohr: »Das ist aber nicht die richtige Art, seinen Besuch anzukündigen.«

»Doch das ist richtig, wenn einem die Tür vor der Nase zugeschlagen wird«, entgegnete Ohr und schaute zu ihr hoch.

Er lag auf dem Boden und hatte den Butler, der sich mit einer Hand an Ohrs langem Zopf festhielt, im Schwitzkasten. Die Männer waren ähnlich angezogen, beide trugen abgewetzte Stiefel, abgeschnittene Hosen und weite Hemden. Gabrielle hatte sich nie daran gewöhnen können, dass die Malorys einen Butler hatten, der dem Aussehen und der Redeweise nach eher auf ein Piratenschiff gepasst hätte.

In dem Moment, in dem Gabrielle das Wort ergriff, hatten die zwei Männer aufgehört zu kämpfen. Nun sagte Artie zu Ohr: »Glaubst du, ich wüsste nich', dass der Käpt'n gesagt hat, ihr sollt draußen bleiben? Ich weiß, was ich zu tun habe, du verdammter Wicht, ich darf dich nicht reinlassen.«

Ohr machte ein abfälliges Geräusch. »Ich wäre ja gern draußen geblieben, Seemann, wenn du Gabby nur mitgeteilt hättest, dass ich sie sprechen muss, anstatt mich einfach wegzuschicken.«

»Sie war beschäftigt! Das hab ich doch gesagt!«

»Und ich habe *dir* gesagt, dass die Sache nicht warten kann.«

Gabrielle schnalzte missbilligend mit der Zunge. »Lass ihn los, Ohr. Was kann denn nicht warten?«

Ohr rappelte sich auf und entfernte sich von Artie. Mit einem Seitenblick auf Gabrielle sagte er: »Ich muss allein mit dir sprechen.« Er sah nicht nur ernst aus, er klang auch so.

Ohr ließ Gabrielle keine Zeit, ihm weitere Fragen zu stellen. Er nahm sie einfach beim Arm und zog sie zur Haustür, vor der sich flugs Artie aufbaute, um ihnen den Weg zu versperren.

»Denk nich' mal dran, Junge«, drohte der Butler. Du nimmst sie nirgendwohin mit oder ich ruf den Käpt'n, dann wünschst du dir, du wärst tot.«

Ohr schimpfte: »Jetzt habe ich aber genug von dir …«

Doch Gabrielle unterbrach ihn, indem sie ihm beruhigend die Hand auf den Arm legte, dann sagte sie zu Artie: »Es ist in Ordnung. Er ist ein sehr guter Freund von mir und ein treuer Gefolgsmann meines Vaters. Er wird mir nichts tun.«

Ohr wartete die Erlaubnis des Butlers gar nicht ab. Er führte Gabrielle durch die Haustür zu der Kutsche, mit der er gekommen war. Gabrielle hatte nicht damit gerechnet, irgendwo einsteigen zu müssen, um reden zu können, doch sie erhob keinerlei Einwände.

»Du hast also schon von dem Skandal erfahren?«, riet sie.

»Was für ein Skandal?«, fragte Ohr.

»Vergiss es, darüber können wir später reden.«

»Gut, denn wir müssen einige Entscheidungen treffen. Pierre hat deinen Vater als Geisel genommen und der Preis, den er verlangt, bist du.«

Kapitel 20

Während der Kutschfahrt war Gabrielle wie gelähmt. Dieser Schock hatte ihr nach den vergangenen Tagen gerade noch gefehlt.

Ohr führte sie in das Zimmer, das er und Richard in der Nähe des Hafens gemietet hatten. Bixley, ein Ire mit karottenroten Haaren, der Ohrs bester Freund war, wartete dort mit Richard auf sie. Gabrielle war überrascht, dabei hätte sie sich so etwas denken können. Einer musste die Neuigkeiten von ihrem Vater schließlich überbracht haben.

Bixley liebte die Schatzsuche und glaubte ernsthaft, eines Tages eine alte Schatztruhe zu finden. Und da Nathan selbst gern nach Schätzen jagte, hatte Bixley das Gefühl, auf der *Crusty Jewel* genau die richtige Heimstatt gefunden zu haben.

Richard nahm Gabrielle in den Arm. In seinem Piratenaufzug, mit dem weiten weißen Hemd, das über der Brust offen stand, wirkte er auf Gabrielle sehr viel vertrauter.

Nachdem er sie eindringlich gemustert hatte, fragte er Ohr: »Warum sieht sie aus, als sei sie schon in Trauer? Was zum Teufel hast du ihr erzählt?«

Ohr rückte noch einen Stuhl an den Tisch, an dem Bixley saß und sich einen Krug Bier schmecken ließ. »Nur welchen Preis Pierre fordert«, erwiderte er.

»Es ist nicht so schlimm, wie es sich anhört, *chérie*«, versicherte Richard. »Wir vermuten bloß, dass Pierre in Wahrheit dich will und die Karten nur als Ausrede benutzt.«

»Karten?«, fragte Gabrielle. »Wovon redest du?«

Richard warf Ohr einen finsteren Blick zu. »Du hast ihr also tatsächlich nichts gesagt? Worüber habt ihr auf der Fahrt hierher denn überhaupt gesprochen, über das gottverdammte Wetter?«

In seiner üblichen unerschütterlichen Art ignorierte Ohr Richards Gereiztheit und sagte ruhig: »Ich war der Ansicht, sie sollte alles aus erster Hand erfahren, also von Bixley. Außerdem hoffe ich, dass mein Freund sich an irgendetwas erinnert, was uns hilfreich sein könnte und das er beim ersten Erzählen vielleicht vergessen hat.«

»Ich hab nichts vergessen«, murmelte Bixley. »War 'ne lange Reise. Ich hab' verdammt genug Zeit gehabt, mir alles zu merken.«

»Dann sag mir, was passiert ist, Bixley«, forderte Gabrielle ihn auf.

»Es war Latice, der Bastard.«

Gabrielle runzelte die Stirn. »Vaters erster Offizier?«

»Aye«, erwiderte Bixley. »Hat uns direkt zu Käpt'n Pierres Festung gesegelt, während dein Papa seelenruhig in seiner Kabine schlummerte. Wir hatten nich' mal die Chance, uns zu wehren. Die meisten von uns sind in der Nacht in Ketten aufgewacht.«

»Pierre hat eine eigene Festung?«, fragte Gabrielle.

»Er arbeitet jetzt gegen uns, Gabby«, mischte Ohr sich kurz ein, um ihr die Lage zu erklären. »Er hat ein altes verlassenes Fort entdeckt und es offensichtlich über die Jahre wieder instand gesetzt. Und sobald alles fertig war, hat er sich von der Piratenbruderschaft losgesagt.«

»Und dort hält er meinen Vater gefangen?«

»Ja.«

»Weißt du, wo die Festung liegt?«

»Ich nicht«, erwiderte Ohr, »aber Bixley.«

»Sie haben dafür gesorgt, dass ich sie wiederfinden kann, weil ich dich hinbringen soll«, sagte Bixley. »Sie liegt ein oder zwei Tage östlich von St. Kitts, je nachdem aus welcher Richtung der Wind weht.«

»Hat Latice gedacht, er würde in einen sicheren Hafen segeln? Hat er nicht gewusst, dass Pierre sich losgesagt hat?«

Bixley schnaubte. »Der wusste Bescheid. Ist 'n Verräter, Mädchen. Wer hätte gedacht, dass er den Mumm hat, so 'ne Entscheidung zu treffen, hä?«

Gabrielle konnte es einfach nicht glauben. Latice war erster Offizier bei ihrem Vater gewesen. Er war sehr energisch, allerdings nur, was nautische Dinge anbelangte. Auf dem Achterdeck traf er seine Entscheidungen ohne zu zögern. Bei allem anderen brauchte er jedoch eine Ewigkeit, um sich eine Meinung zu bilden, und selbst dann konnte er mühelos wieder umgestimmt werden.

»Warum sollte er das tun?«, fragte Gabrielle. »Aus Angst?«

»Habgier.« Der irische Pirat spuckte das Wort geradezu aus. »Pierre hat ihm die *Crusty Jewel* versprochen. Aber er hat ihn verladen. Pierre hält nich', was er verspricht. Er hatte gar nich' vor, ein prima Schiff wie das von deinem Pa wegzugeben.«

»Also was genau will Pierre?«

»Er sagt, er will die Karten von deinem Pa. Nathan war stinksauer, das kannste dir ja denken. Hat ihm gesagt, wo er sich die Karten hinstecken kann, tja, wie ich schon sagte, er war stinksauer. Er hatte nich' vor, 'ne Sammlung rauszurücken, für die er sein ganzes Leben geschuftet hat. So wär'n wir aber nie rausgekommen, deshalb hab ich, nachdem sie Nathan weggebracht hatten, angeboten, Pierre die Karten zu bringen. Ich weiß, wo sie versteckt sind. Aber Pierre sagte nein, du sollst sie bringen.«

»Ich habe tatsächlich einige von seinen Karten«, sagte Gabrielle zu Bixley. Es war lange her, dass Nathan sie ihr gegeben hatte, dabei handelte es sich jedoch hauptsächlich um nutzlose Pläne, von denen er bereits wusste, dass sie zu nichts führen würden.

»Ja, aber es gibt nich' viele, die das wissen. Ich hab's ihnen bestimmt nich' gesagt und dein Pa auch nich'. Latice hätt's vielleicht getan, aber ich glaub, der hat gar keine Ahnung. Nö, es war klar, wenigstens für mich, dass Käpt'n Pierre nich' wirklich die Karten will – sondern dich.«

Als Gabrielle die Bedeutung dieser Worte aufging, erwachte sie endlich aus ihrer Starre. Ihr schauderte vor lauter Abneigung gegen Kapitän Pierre, diesen widerlichen, furchterregendem Mann, den sie eigentlich nie wieder sehen wollte. Bixley hatte sicher etwas falsch verstanden! Nathans Karten waren durchaus wertvoll. Und Pierre hatte doch bereits eine Frau – oder etwa nicht?

»Was ist mit Red? Ist sie nicht mehr bei Pierre?«, fragte sie Bixley.

»Oh doch. Sie war sogar dabei, als er uns gesagt hat, was er will. Is' ganz schön sauer geworden, die Dame. Hat sogar 'n Messer nach ihm geworfen. Und ich will verdammt sein, wenn sie's nich' zwischen ihren Brüsten versteckt hatte. 'n verflixt heißer Platz für'n Versteck ...«

Ohr hüstelte, um Bixley zum Thema zurückzubringen. Der Ire grinste bloß unverfroren.

»Ich gehe davon aus, dass sie ihn nicht getroffen hat, sonst wärst du ja nicht hier«, vermutete Gabrielle.

»Ja, sie hat vorbeigeworfen. Und Pierre, dieser verdammte Kerl, hat bloß gelacht.«

»Ich finde es trotzdem – seltsam«, sagte Gabrielle. »Immerhin waren sie ... Geschäftspartner.«

»Das würde zu weit gehen, *chérie*«, berichtigte Richard sie schnell. »Nathan und die anderen Kapitäne haben Pierre bloß geduldet. Sie waren froh, als er aus dem Verbund ausscherte. Wir haben uns alle darüber gefreut.«

»Aber er behandelt meinen Vater doch gut, oder? Sie sind schließlich alte Bekannte.«

Es wurde schnell deutlich, dass Bixley auf diese besondere Frage nicht antworten mochte. Er ließ sich einige Augenblicke Zeit, seinen Krug zu leeren, und flehte Ohr mit stummen Blicken an, das Thema zu wechseln.

»Sag's mir«, verlangte Gabrielle.

Bixley seufzte. »Dieses Fort, das er neu eingerichtet hat, hat 'n Kerker, Mädel. In dem sind all unsre Männer eingesperrt, auch dein Papa. 'n paar Tage war ich sogar selber drin.« Als Bixley sah, wie Gabrielle blass wurde, beeilte er sich zu versichern: »Es war gar nich' *so* schlimm. Hab schon viel schlechtere Schlafplätze gehabt.«

Bei der Vorstellung, dass ihr Vater nun schon seit Wochen an einem derartigen Ort gefangen gehalten wurde und dass es mindestens genauso lang dauern würde, ihn dort wieder herauszubekommen, wurde Gabrielle noch bleicher. »Wie sieht dein Plan aus?«, fragte sie Ohr.

»Wir werden dich nicht ausliefern«, versicherte er Gabrielle. »Aber wir werden wohl nicht einmal in die Nähe der Festung gelangen, wenn du nicht bei uns bist.«

»Rundherum sind hohe Mauern, die bewacht werden«, erklärte Bixley.

»Was auch getan werden muss, ich will meinen Vater da heraushaben«, erwiderte Gabrielle hitzig. »Wir reisen sofort ab.«

»Wir könnten eine Überfahrt nach St. Kitts buchen, aber damit kommen wir nicht bis zu Pierres Festung«, mischte Richard sich ein. »Sie liegt auf einer unbewohnten Insel, weitab von den vielbefahrenen Handelsrouten. Was wir brauchen, ist ein eigenes Schiff samt Mannschaft. Egal, was wir für einen Plan austüfteln, ohne ein eigenes Schiff haben wir nur sehr begrenzte Möglichkeiten.«

»Dann lasst uns ein eigenes Schiff beschaffen«, sagte Gabrielle entschlossen.

»Das werden wir«, versicherte Ohr ihr. »Ob wir es kaufen, borgen oder kapern müssen, wir werden auf St. Kitts schon eins finden.«

»Aber hat Bixley nicht gesagt, Pierres Insel liege östlich von St. Kitts?«, gab Gabrielle zu bedenken. »Könnten wir nicht ein oder zwei Tage einsparen, wenn wir direkt hinsegelten, anstatt erst daran vorbei und dann mit einem eigenen Schiff wieder zurück?«

»Da hat sie recht«, meinte Richard. »Außerdem legt ein Passagierschiff unterwegs auch in anderen Häfen an, was uns noch länger aufhalten würde.«

Ohr nickte. »Ich nehme an, die Chancen, ein eigenes Schiff für uns zu finden, würden hier im Londoner Hafen besser stehen. Der von St. Kitts ist vergleichsweise winzig. Allerdings wüsste ich nicht, dass hier ein Schiff zum Verkauf stünde, und ich bin öfter auf den Kais gewesen.«

Gabrielle zögerte einen Augenblick, dann aber breitete sich ein grimmiges Lächeln über ihr Gesicht. »Ich kenne eins. Es ist zwar nicht zu kaufen, aber es sticht morgen früh in See.«

Kapitel 21

Die Rolle einer Piratin anzunehmen, war ziemlich unfein, dachte Gabrielle, nachdem sie den Männern ihres Vaters ihren Plan auseinandergesetzt hatte. Noch vor drei Jahren wäre sie niemals auf die Idee gekommen, etwas zu stehlen, geschweige denn ein ganzes Schiff. Doch jetzt hatten die Angst um ihren Vater und die Wut auf Drew Anderson sie auf genau diesen Gedanken gebracht. Sie konnte immer noch nicht glauben, dass Drew derart leichtsinnig ihren Ruf ruiniert und ihre Aussichten auf eine gute Partie zerstört hatte! Also würde sie nicht nur sein Schiff stehlen und Piratin werden, wie er es ihr stets vorgeworfen hatte, sie würde ihn auch in ihre Gewalt bringen.

Er verdiente es nicht anders. So einfach war das. Eine andere Gelegenheit, sich an ihm zu rächen, würde sich nicht bieten – nicht, wenn er abreiste. Erst verwickelte er sie in einen Skandal und dann segelte er sorglos davon? Das würde sie nicht zulassen.

Ihr Plan war brillant. Er löste das augenblickliche Problem – wie sie die Befreiung ihres Vaters bewerkstelligen sollten – und versetzte sie gleichzeitig in die Lage, mit dem Mann, der sie ruiniert hatte, abzurechnen. Dann wurde Gabrielle jedoch bewusst, dass sie das Schiff zu viert nicht segeln konnten.

»Wir werden mehr Männer brauchen«, erklärte sie.

»Dafür sorge ich schon«, meinte Ohr.

»Wo willst du so kurzfristig Männer hernehmen, die bereit sind, ein ganzes Schiff zu kapern?«

Ohr lachte. »Diese Stadt hat Seiten, die einer wohlerzogenen jungen Dame unbekannt sein dürften. Überlass das mir, ich werde genügend Männer finden.«

Nur Richard kam auf die Idee, Gabrielle könnte bei der Sache nicht ganz wohl sein. »Bist du sicher, dass du das tun willst?«, fragte er.

»Ja«, erwiderte sie lächelnd. »Aber man entschließt sich nicht alle Tage, Piratin zu werden.«

Richard lachte. Er fand das natürlich lustig, denn er war schon lange in diesem Geschäft. Trotzdem kam er noch einmal auf die Bedenken zurück, die Gabrielle haben mochte.

»Weißt du, du musst eigentlich nicht mitkommen«, sagte er zu ihr. »Wir könnten eine Frau suchen, die dir ähnlich sieht. Solange Pierre *glaubt*, dass du es bist …«

»Nein«, unterbrach ihn Gabrielle. »Falls er mich aus irgendeinem Grund sprechen will, ehe er deinem Schiff erlaubt, näher an die Festung heranzukommen, muss ich vor Ort sein. Ich werde das Leben meines Vaters nicht aufs Spiel setzen. Wenn ich dabei bin, haben wir mehr Möglichkeiten, uns einen Plan auszudenken, wie wir meinen Vater befreien können.«

»Und wir unseren Kapitän«, sagte Richard mit ernstem Gesicht. »Du hast deine Treue zu ihm schon bewiesen, indem du uns befohlen hast, das Schiff dieses Amerikaners zu kapern.«

»Ich habe es nicht befohlen«, berichtigte Gabrielle ihn, »ich habe es bloß vorgeschlagen.«

Richard grinste, weil er nur einen Scherz gemacht hatte. »Das weiß ich doch, und es ist die perfekte Lösung. Wenn alles vorbei ist, können wir dem Mann das Schiff sogar zurückgeben. Ich möchte nämlich nicht Malory auf den Fersen haben, falls er es persönlich nimmt, dass wir seinem Schwager das Schiff geklaut haben. Bist du sicher, dass du ihn nicht lieber um Hilfe bitten willst?«

Gabrielle zögerte mit der Antwort. Beide Malorys waren sehr freundlich und großzügig zu ihr gewesen. Ihrer Meinung nach hatte James seine Schuld bei ihrem Vater vollständig abgetragen. Es war nicht sein Fehler, dass sie mit ihrer Aufgabe, einen Ehemann zu finden, gescheitert war. Das war Drew zuzuschreiben.

»Nein, James Malory hat schon genug für mich getan. Ich werde ihn nicht noch einmal um Hilfe bitten.«

»Ich meinte Anderson.«

Gabrielle schnaubte verächtlich. »Kommt nicht infrage. Er würde es ohnehin ablehnen. Er mag mich nicht und ich verabscheue ihn.«

Das sagte sie so hastig, dass Richard erstaunt eine Braue hob. »Wie kommt denn das?«

»Es liegt wohl an seiner Abneigung gegen Piraten. Jedenfalls hat er dafür gesorgt, dass alle Welt weiß, welchen Beruf Nathan hat.«

Richard sog scharf die Luft ein. Gabrielle war mehr denn je davon überzeugt, dass er Engländer war, ob er es nun zugab oder nicht, denn er schien genau zu verstehen, was das bedeutete. Ohr wollte es deutlicher erklärt haben und fragte: »Ist das der Skandal, von dem du gesprochen hast? Der Mann hat deine Aussichten auf eine gute Partie in diesem Land zunichte gemacht?«

»So ist es. Und danach wollte er fortsegeln, ohne einen weiteren Gedanken daran zu verschwenden.«

»Aber *warum*?«, rief Richard.

»Weil er Piraten hasst und weil er sich in den Kopf gesetzt hat, dass ich ebenfalls dazugehöre. Er hat sich nicht einmal die Mühe gemacht, mich zu fragen, er hat es schlicht vorausgesetzt und mich deshalb in einen Skandal verwickelt. Daher wird es mir eine Freude sein, ihn auf seinem eigenen Schiff im Kreise von Piraten zu begrüßen!«

»Es ist dir aber klar, dass das seine Meinung nur bestärken wird …«

»Genau«, unterbrach Gabrielle. »Wenn ich mit ihm fertig bin, wird er sich wünschen, er hätte sich geirrt, aber die Wahrheit, dass er tatsächlich Unrecht hatte, wird er nie erfahren.«

Gabrielle fuhr zurück zu den Malorys, verbrachte den restlichen Tag jedoch in ihrem Zimmer. Falls sie Drew zu Gesicht bekam, ehe sie sein Schiff kaperte, kratzte sie ihm sicher die Augen aus, dann würde keiner von ihnen in See stechen. Daher war es besser, sich im Zimmer versteckt zu halten.

Margery war entsetzt, als Gabrielle ihr erzählte, was geschehen war. »Mach dir keine Sorgen um deinen Papa. Die Männer, die er zu unserer Begleitung ausgewählt hat, sind gut. Sie werden ihn aus diesem Schlamassel herausholen.«

»Ja, ich weiß. Und wir haben auf der Fahrt in die Karibik reichlich Zeit, uns zu überlegen, was genau wir tun wollen.«

»Ich helfe auch mit, wenn nötig«, versicherte Margery ihr. »Es ist allerdings eine Schande, dass du dadurch den Rest der Saison verpassen wirst. Es lief gerade so gut.«

»Na ja … ich hatte gestern Nacht keine Gelegenheit, es dir zu sagen, aber Drew Anderson hat bereits dafür gesorgt, dass ich den Rest der Saison verpasse – und jede weitere Saison ebenfalls. Er ist gestern Abend ziemlich bezecht auf dem Ball erschienen und hat vor Wilbur und Lady Dunstan offenbart, dass Nathan Pirat ist.«

»Aber warum denn nur!?« stöhnte Margery.

»Ich nehme an, betrunken wie er war, hat er geglaubt, er müsse Unschuldige vor blutrünstigen Verbrechern bewahren, aber wer weiß. Jedenfalls hat Wilbur diese Neuigkeit heute Morgen überall verbreitet. Nachdem er kurz davor stand, mir einen Antrag zu machen, ist er nach Drews Enthüllung wahrscheinlich schwer enttäuscht, dass ich nicht länger seinen Anforderungen entspreche.«

»Großer Gott, sie haben dich ruiniert!«, stöhnte Margery.

»Oh ja, ich bin vollkommen ruiniert – dank Drew«, sagte Gabrielle mit rauer Stimme.

Sie fühlte, dass ihr die Tränen kamen, daher wandte sie sich ab, damit Margery nichts merkte. Lieber wollte sie wütend sein. Wut war im Moment ihre einzige Rettung. Doch Margery kannte sie nur zu gut. Sie brauchte die Tränen nicht zu sehen, um zu wissen, dass Gabrielle weinte.

Die alte Freundin legte Gabrielle einen Arm um die Taille und sagte: »Mach dir nichts draus, Mädchen. Wir finden woanders einen Mann für dich.«

Früh am Abend schlich Gabrielle mit Margery aus dem Haus. Sie hatte Georgina eine Nachricht hinterlassen, in der sie erklärte, dass ihr Vater in Schwierigkeiten stecke und sie ihm zur Hilfe kommen wolle. Vielleicht würde ihre Gastgeberin das nicht glauben, wenn sie von dem Skandal erfuhr, doch dann waren sie ohnehin schon fort. Es gab nur einen schwierigen Moment, als sie die Hintertreppe hinunterschlichen und Miss Carla aufkreischte, um sie wissen zu lassen, dass sie unter der Abdeckung über ihrem Käfig putzmunter war, doch niemand kam nachsehen.

Sie hatten nur so viel Kleidung mitgenommen, wie sie in Reisetaschen selbst tragen konnten. In ihrer Nachricht hatte Gabrielle Georgina gebeten, ihren Anwalt zu kontaktieren, damit er ihnen den Rest ihrer Habe nach St. Kitts schickte. Unten auf der Straße wartete Ohr, um sie mit einer Kutsche in den Hafen zu bringen. Zuvor hatte er unter falschem Namen zwei Kabinen für die Überfahrt gebucht, eine sollte Gabrielle sich mit Margery teilen, die andere war für die drei männlichen »Bediensteten« gedacht, die sie begleiteten. Dadurch dass ihre Freunde ebenfalls eine Kabine bezogen, mussten in der Nacht drei Männer weniger über die Reling klettern, um sich im Laderaum zu verstecken.

Der Plan, dem sie folgten, war kühn. Wenn Gabrielle nicht so wütend auf Drew gewesen wäre, hätte sie wohl ihre Meinung geändert und alle enttäuscht. Sie wünschte bloß, sie wäre nicht so beschämt über die Art ihrer Abreise. Nach allem, was die Malorys für sie getan hatten, verdienten sie ein derart schäbiges Benehmen nicht. Doch Gabrielle wusste, dass James, wäre er eingeweiht gewesen, darauf bestanden hätte, ihr zu helfen, und das konnte sie nicht zulassen. Er hatte bereits genug getan.

Als sie zum Stadthaus zurückschaute, erkannte Gabrielle, dass sie die Malorys vermissen würde. Ach Gott, sie hatte so große Hoffnungen gehabt, als sie nach London gekommen war, um den Mann ihrer Träume zu suchen. Kurioserweise hatte sie ihn sogar gefunden. Schade nur, dass es ausgerechnet ein Lump sein musste, der ihren Traum nun in einen Albtraum verwandelt hatte.

Kapitel 22

Gabrielle tigerte in einer der engen Kabinen auf Drews Schiff hin und her. Ihre Nerven spielten verrückt. Sie konnte nicht glauben, dass sie dabei war, ein Schiff zu stehlen, geschweige denn *Drew Andersons* Schiff. Sie würde es natürlich zurückgeben. Eigentlich lieh sie es sich nur aus oder zumindest versuchte sie, sich das einzureden, um die Schuldgefühle, die anfingen, sie zu quälen, ein wenig zu zerstreuen. Doch das half nicht viel.

Sie waren in der vergangenen Nacht an Bord gegangen, nachdem sie sich vergewissert hatten, dass der Kapitän nicht in der Nähe war. Gabrielle hatte nicht gewusst, dass die *Triton* so schön war. Der Dreimaster war viel größer als das zweimastige Schiff ihres Vaters. Drew und die meisten seiner Crew waren unterwegs, um die letzte Nacht im Hafen zu genießen, was es für die Männer, die Ohr angeworben hatte, leicht machte, sich an Bord zu schleichen und im Frachtraum zu verstecken.

Trotzdem hatte Gabrielle in der letzten Nacht nicht viel Schlaf bekommen, und als der Morgen dämmerte, hatte sie den Versuch einzuschlafen schließlich ganz aufgegeben. Seither war sie immer ängstlicher geworden, bis schon das kleinste Geräusch sie zusammenzucken ließ. Sie hatte jeden Fingernagel bis auf die Haut abgekaut.

Während das Schiff aus dem Hafen lief und auf den Ärmelkanal hinaussegelte, blieb es völlig ruhig an Bord, was darauf hindeutete, dass noch nichts passiert war, und das Warten war nervenaufreibend. Gabrielle war ähnlich stark angespannt wie vor drei Jahren, als ihr Schiff von Piraten verfolgt worden war und sie in ihrem Versteck auf das Kanonenfeuer gewartet hatte. An diesem Morgen würden zwar keine Kanonen donnern, doch sie erwartete Rufe, ja sogar Pistolenschüsse, wenn der Befehl über das Schiff die Hände wechselte.

Ein knappes Klopfen an der Tür ließ sie erschrocken nach Luft schnappen und provozierte ein verärgertes Kreischen von Miss Carla. Das wiederum machte Margery wach, die noch in ihrer Koje geschlafen hatte.

Richard war an der Tür. Er steckte seinen Kopf herein und meldete: »Sie gehört uns. Ihr könnt jetzt rauskommen.«

»Ich habe gar keine Schüsse gehört«, sagte Margery, dann fragte sie Gabrielle, »oder habe ich den Aufruhr verschlafen?«

Gabrielle lächelte. »Nein, es gab keine Schüsse, aber ich hatte auch welche erwartet genau wie du.« Sie lüpfte eine Brauc und sah Richard an. »Wie habt ihr es geschafft, dass die Übernahme so friedlich verlaufen ist?«

Richard trat ein und schloss schmunzelnd die Tür. »Wir sind eben gut.« Doch dann sagte er verschmitzt. »Wir hatten es vorher schon einmal geübt. Eines Nachts haben wir ein Schiff direkt im Hafen gekapert, das war allerdings nur ein Spaß unter Freunden. Wir haben es zurückgegeben. So lernten wir aber, wie einfach es sein kann, wenn man den Überraschungseffekt auf seiner Seite hat.«

»Hättest du mir das nicht gestern sagen können?«, fragte Gabrielle schnippisch.

»Das ist doch keine Garantie. Aber die Überrumpelung hat für uns den Ausschlag gegeben – Käpt'n.«

Gabrielle quittierte die Anrede mit einem abfälligen Laut. Obwohl sie übereingekommen waren, Gabrielle alle wichtigen Entscheidungen treffen zu lassen, spielte sie die Rolle des Kapitäns nur, um die Verantwortung für den Diebstahl zu übernehmen, falls sie gefangen genommen werden würden. Sie hatte keineswegs die Absicht, das Schiff zu befehligen. Obwohl sie mittlerweile eine erfahrene Seglerin war und ihren Vater oft genug am Steuer beobachtet hatte, war Ohr weit besser für diese Aufgabe geeignet.

»Ihr habt also überhaupt keine Schwierigkeiten gehabt?«

»Kaum. Na ja, es war nicht leicht, den Kapitän zu überwältigen. Du hättest uns aber auch vorwarnen können, dass es sich um den Hünen handelt, mit dem du am Tag unserer Ankunft im Hafen zusammengestoßen bist. Wir haben vier Mann gebraucht, um ihn zu bändigen. Er ist verdammt gut mit den Fäusten.«

»Ihr habt ihn doch nicht verletzt, oder?« Die Frage war ihr zu schnell herausgerutscht und verriet auch zu viel Besorgnis. Hastig machte Gabrielle das wieder gut, indem sie sagte: »Nicht, dass es mir etwas ausmachen würde, aber es sollte doch niemand verletzt werden.«

»Es geht ihm gut. Wir mussten allerdings seinen ersten Offizier niederschlagen. Er hat gesehen, wie wir einige Besatzungsmitglieder in den Laderaum verfrachteten, und wollte wissen, was vorging. Als er von allein darauf gekommen ist, hat er sich auf uns gestürzt. Verdammt, er ist fast so groß wie der Kapitän. Aber er ist ebenfalls sicher verwahrt, sitzt hinter Schloss und Riegel in seinem Quartier.«

Gabrielle nickte und lächelte in sich hinein, als sie die Kabine verließ. Sie hatte sich bereits überlegt, was sie mit Drew anstellen wollte, jetzt, da sie ihn in ihrer Gewalt hatte. Sie würde ihn denken lassen, sie sei eine echte Piratin.

Diese Idee hatte ihr von Anfang an gefallen. Drew hielt sie zwar bereits für eine Piratin, doch gesetzt den Fall, er bekäme irgendwelche Zweifel, wäre es für sie ein Leichtes, sie zu zerstreuen. Und dann würde sie dafür sorgen, dass er sie trotzdem begehrte. Das war ihrer Meinung nach die perfekte Rache. Er hasste Piraten, und zwar so sehr, dass er versucht hatte, Gabrielle gewissermaßen auf eigenem Boden zu schlagen. Dabei konnte einem verdammten Amerikaner die englische Gesellschaft doch egal sein! Sie würde ihn jedenfalls so sehr reizen, dass es ihn in den Wahnsinn trieb. Und *dann* würde sie ihm unmissverständlich klarmachen, dass er sie niemals bekommen konnte.

Gabrielle ging, um Ohr zu suchen und ihn zu fragen, wo er Drew hatte hinbringen lassen. Ohr hielt sich in der Kapitänskabine auf, in der sich auch Drew befand. Er war im hinteren Teil des Raumes an einen Stuhl gefesselt und geknebelt. Gabrielle wünschte, man hätte ihm auch ein Tuch über die Augen gebunden, dann hätte er sie nicht mit Blicken verfolgen können, in denen die pure Mordlust loderte. Das war natürlich zu erwarten gewesen und überraschte sie nicht.

Gabrielle ging zu dem Tisch, an dem Ohr stand und sich über die Karten beugte, und versuchte, diese dunklen Augen zu ignorieren, die ihr auf Schritt und Tritt folgten. »Warum habt ihr ihn nicht in den Frachtraum gesperrt?«, fragte sie leise.

Doch sie tat nur so, als wolle sie nicht, dass der Kapitän ihre Frage hörte. Auf dem Schiff war es zurzeit sehr ruhig. Er hätte taub sein müssen, um sie nicht zu verstehen.

Ohr warf Gabrielle einen Seitenblick zu und sagte verschmitzt: »Ich dachte, du möchtest dich ein wenig rächen, nachdem er so gemein zu dir war.«

Perfekt! Selbst wenn sie sich vorher mit ihm abgesprochen hätte, hätte sie sich keine bessere Antwort ausdenken können. Und ein paar Tage im Frachtraum waren Teil ihrer Rache.

Aber das war noch nicht alles. »Außerdem«, fuhr Ohr fort, »ist der Frachtraum voll mit seinen Leuten und das Letzte, was man tun sollte, ist, den Kapitän mit seiner Mannschaft zusammen einzusperren.«

»Und warum?«

»Damit würde man sie nur dazu ermuntern, sich schnell einen Fluchtplan einfallen zu lassen, den er dann in die Tat umsetzen ließe. Wenn sie getrennt sind, wird er zwar immer noch Pläne schmieden, aber allein kann er nicht viel ausrichten.«

Gabrielle nickte. Wahrscheinlich hatte Ohr recht. Und sie sollte ihm keine Fragen über Dinge stellen, die sie eigentlich wissen müsste, wenn sie wirklich Kapitän wäre. Und sie *wollte*, dass Drew dachte, sie sei der Kapitän.

Trotzdem war sie neugierig und fragte laut: »War es unbedingt notwendig, ihn zu knebeln?«

»Es schien uns eine gute Idee zu sein, weil er einfach nicht den Mund halten wollte«, erwiderte Ohr.

Gabrielle verdrehte die Augen. Sie konnte sich sehr gut vorstellen, was der blonde Riese von sich gegeben hatte. Und sie hatte bereits mehr gesagt als gut war. Das wurde ihr nun bewusst. Daher schlug sie einen knappen Befehlston an und forderte Ohr auf, mit ihr vor die Tür zu gehen, damit sie darüber reden konnten, wohin sie den Kapitän bringen sollten. Allerdings wurden zunächst ihre Reisetaschen gebracht.

Sie hatten vorab besprochen, dass Gabrielle die Kapitänskabine bewohnen sollte, da sie der größte und beste Raum war, um sich zu versammeln und die anstehenden Entscheidungen zu besprechen. Doch dieser Beschluss war gefasst worden, ehe sie sich überlegt hatten, den echten Kapitän dort zu lassen.

Es herrschte kein Mangel an Kabinen. Drew konnte auch in die gebracht werden, die Gabrielle gerade freimachte. Bei Drews Größe mochte das allerdings etwas schwierig werden. Falls er sich entschloss, seiner Wut freien Lauf zu lassen, sobald man ihn auf die Füße stellte, würde sicher jemand zu Schaden kommen – und nicht unbedingt er. Gabrielle wollte aber nicht, dass jemand verletzt würde.

Der beste Weg, weitere Handgemenge zu vermeiden, bestand darin, den Kapitän einfach in seinem Quartier festzuhalten. Gabrielle konnte ihre Taschen ohne weiteres zurück in die alte Kabine bringen lassen. Andererseits, warum sollte sie lange Wege in Kauf nehmen, um ihre Rache haben zu können? Es würde viel leichter werden, wenn sie ihn nah bei sich hatte.

Daher sagte Gabrielle zu Ohr: »Ich denke, wir sollten den Kapitän erst einmal lassen, wo er ist.«

Ohr schien nicht weiter überrascht, Gabrielle glaubte allerdings nicht, ihn jemals überrascht gesehen zu haben. »Bist du sicher?«, war alles, was er sagte.

»Ja. Ich weiß, dass du nur Spaß gemacht hast, aber es ist genau, wie du dachtest. Ich werde diesen Mann für das, was er mir angetan hat, bezahlen lassen, und dazu gehört, dass ich ihn dort gefangen halte, wo er im Moment am allerwenigsten sein möchte: in meiner Kajüte, sodass er keinen Zweifel daran haben kann, dass er mir ausgeliefert ist.«

Richard wäre neugierig auf weitere Einzelheiten gewesen, doch Ohr war anders. Er nickte nur und ging zum Steuer, während Gabrielle in die Kabine zurückkehrte.

Sie musste ihre Gesichtszüge unter Kontrolle bekommen, ehe sie sich dem blonden Riesen näherte und sich vor ihm aufbaute. Sie wollte, dass er sie begehrte. Das war ihre Rache. Doch das würde nicht klappen, wenn er bemerkte, wie sehr sie ihn jetzt verabscheute. Er musste glauben, es mache ihr nichts aus, dass er ihren Ruf ruiniert hatte. Vielleicht war an dieser Stelle ein wenig Ehrlichkeit angebracht, um ihn zu überraschen und zu verunsichern. Vielleicht sollte sie ihm sagen, dass sie mehr als einen Grund hatte, sein Schiff zu kapern. Es war wohl auch besser, ihn etwas zu beruhigen, indem sie ihm versicherte, dass die *Triton* nur geliehen war und er sie bald zurückbekommen würde – zumindest hoffte sie das. Immerhin besaß er ein dreimastiges Handelsschiff, das die Überfahrt in kürzester Zeit schaffen sollte.

Drew musste nicht sehr hoch aufschauen, um Gabrielle in die Augen zu sehen. Selbst im Sitzen war seine außergewöhnliche Größe imponierend. Und er durchbohrte sie immer noch mit Blicken, die sehr beunruhigend wirkten.

»Falls ich Ihnen das Ding aus dem Mund nehme, werden Sie dann vernünftig sein?«, fragte Gabrielle.

Drew gab keinen Laut von sich und regte sich nicht, starrte sie bloß weiterhin finster an. Gabrielle beschloss, freundlich zu bleiben und sagte: »Ein Nicken würde ausreichen.«

Er rührte sich nicht. Er war wohl immer noch zu zornig, um mitzuarbeiten. Und der Blick, mit dem er sie musterte, machte sie leider nervöser, als sie angenommen hatte, daher drehte sie ihm den Rücken zu.

Sie holte tief Luft und sagte: »Wir werden Ihr Schiff nicht behalten. Ich habe die Nachricht bekommen, dass mein Vater auf einer Insel zwei Tage östlich von St. Kitts als Geisel festgehalten wird. Dass man ihn in einen Kerker gesteckt hat, ist für mich kaum zu ertragen. Ich will ihn da heraushaben. Ich wusste, dass Ihr Schiff bereit war, die Segel zu setzen. Meiner Meinung nach eignet es sich vorzüglich, um uns so schnell wie möglich in die Karibik zurückzubringen. Wir weichen nicht einmal allzu weit von Ihrem Kurs ab, bei gutem Wind holen Sie das leicht wieder auf.« Gabrielle drehte sich erneut zu Drew um und fragte noch einmal: »Werden Sie also vernünftig sein?«

Immer noch kam kein Nicken von ihm und auch sein Gesichtsausdruck hatte sich kein bisschen geändert. Dieser verflixte Kerl mit seinem beklemmenden Blick machte ihr Angst. Du meine Güte, was sollte sie ihm noch versprechen? Doch als sie sich einen Augenblick lang in seine Lage versetzte, erkannte sie, dass sie nichts sagen konnte, was ihr Handeln in *seinen* Augen rechtfertigte. Sie hatten ihm sein Schiff und die Befehlsgewalt genommen. Dass es nur vorübergehend war, machte für ihn keinen Unterschied, falls er ihr überhaupt abkaufte, dass es nur vorübergehend war. Vielleicht glaubte er ihr gar nichts. Es war wohl besser, das herauszufinden, und der einzige Weg, das zu tun, bestand darin, seinen Knebel zu lösen.

Nachdem Gabrielle zu diesem Schluss gelangt war, trat sie hinter Drew, um den Knoten in seinem Nacken zu lösen. Sofort entdeckte sie, dass eine Strähne seines Haars in dem Knoten gefangen und festgebunden worden war. Das musste wehgetan haben, und sie war sich nicht sicher, ob sie den Knoten lösen konnte, ohne ihn noch mehr an den Haaren zu ziehen. Während sie es versuchte, glitt eine seiner Locken über ihre Hand. Sie war so seidig zart wie die eines Kindes – erstaunlich, wo er doch sonst ganz und gar nichts Kindliches an sich hatte.

Schließlich löste sich der Knebel, und Gabrielle hielt ihn in der Hand. Mit angehaltenem Atem wartete sie darauf, dass Drew sie beschimpfte. Stille. Er drehte sich auch nicht um, um sie anzusehen. Gabrielle stopfte den Knebel in ihre Rocktasche und baute sich erneut vor Drew auf.

»Einen Schluck zu trinken, damit ich den Geschmack von Baumwolle aus dem Mund kriege«, forderte er.

Durchaus vernünftig! Er würde sich also anständig benehmen.

Gabrielle schaute sich in der Kajüte um, entdeckte aber nirgendwo Wasser oder irgendetwas Ähnliches.

»In der Schreibtischschublade«, sagte Drew. In einem Schubfach befand sich eine Karaffe in einem eigens angefertigten hölzernen Gestell, das die Flasche selbst im schlimmsten Sturm vor dem Umfallen bewahrte. Der Inhalt war zweifellos alkoholischer Natur, doch wenn er sich das wünschte, sollte es ihr recht sein.

Die Pistole, die ebenfalls in der Schublade lag, war nicht zu übersehen, und Gabrielle steckte sie hastig ein, ehe sie mit der Karaffe zu Drew zurückging. Sie war überrascht, dass er sie zu der Stelle dirigiert hatte, wo er seine Pistole verwahrte. Vielleicht hatte er bloß vergessen, dass er sie dort hingelegt hatte.

Gabrielle zog den Glasstöpsel aus der Karaffe und hielt sie Drew an die Lippen. Er hatte einen so sinnlichen Mund, voll, weich, einfach faszinierend. Beim letzten Mal, als sie ihn wie hypnotisiert angestarrt hatte, war er kurz davor gewesen, sie zu küssen, dieser gemeine Kerl, und dann hatte er es getan, nach allen Regeln der Kunst. Gott, sie wünschte, sie wüsste nicht, wie er schmeckte … Sie gestattete ihm nur zwei Schluck, dann löste sie den Blick von seinen Lippen.

»Ich weiß das zu schätzen«, sagte er, als sie die Karaffe absetzte. »Aber ich würde es wesentlich höher schätzen, wenn ihr mir mein Schiff wiedergäbt.«

Das warf er ihr einfach so hin und noch dazu ganz ruhig. Gabrielle lachte ihn aus und sagte: »So? Würden Sie das? Ich frage mich, ob es Sie überraschen würde, wenn ich Ihnen sagte, dass ich es zu schätzen gewusst hätte, wenn Sie bei meinem letzten Ball in London nicht versucht hätten, mich zu kompromittieren, indem sie allgemein bekannt machten, was mein Vater macht: Aber so spielt das Leben nun mal, mein Wunsch ist nicht in Erfüllung gegangen ... und Ihrer wird auch nicht wahr werden.«

»Ich soll Sie kompromittiert haben? Der Mann, mit dem Sie an dem Abend zusammen waren, hat Ihnen den Hof gemacht! Falls er noch nichts von Ihrem Vater wusste, wurde es aber verdammt Zeit, oder wollten Sie ihn etwa heiraten, ohne ihm reinen Wein einzuschenken?«

»Sie gemeiner Kerl! Sie haben es absichtlich getan, nicht wahr?«

Statt einer Antwort wollte Drew wissen: »Steckt das etwa dahinter? Sie fühlen sich ein wenig in Verlegenheit gebracht, und deshalb sorgen Sie dafür, dass jemand mein Schiff stiehlt?«

»Ein wenig!?«

Gabrielles Bedürfnis Drew zu schlagen, war derart stark, dass sie lieber einen Schritt zurücktrat, um der Versuchung nicht zu erliegen. Das ließ sich nicht gut an. Sie hätte nie davon anfangen sollen, was er ihr angetan hatte. Offenbar war ihm das völlig gleichgültig. Aber das würde sich ändern. Bei Gott, wenn sie mit ihm fertig war, würde sie ihm nicht mehr gleichgültig sein!

Sie holte tief Luft und räusperte sich, damit ihre Stimme ruhig klang. »Lassen wir das. Und um Ihr Schiff brauchen Sie sich keine Sorgen zu machen. Ich habe Ihnen bereits zugesichert, dass Sie es zurückbekommen werden.«

»Dann würde ich mich an Ihrer Stelle damit beeilen, sonst sind sie als Piratin gebrandmarkt!«

Gabrielle lächelte ihn an. »Machen Sie Witze? Sie waren sich doch bereits sicher, dass ich eine Piratin bin. Freuen Sie sich nicht, dass Sie recht behalten haben?«

»Na, dann hätte ich gern gewusst, zu welchem dieser Grobiane Sie gehören?«

Er sagte das derart hämisch, dass Gabrielle genau wusste, welche Rolle sie seiner Meinung nach auf dem Schiff spielte, und das war nicht sehr schmeichelhaft. An ihrem Befehlston musste sie wohl noch arbeiten.

»Sie täuschen sich, Drew«, entgegnete Gabrielle. »Diese Männer stehen unter meinem Kommando. Ich bin ihr Kapitän.«

Darauf lachte er bloß und sagte: »Klar sind Sie das. Aber ab jetzt hören Ihre Männer auf mein Kommando – falls ihnen Ihr Leben lieb ist.«

Damit packte er sie urplötzlich. Abgesehen von seinen letzten Worten hatte es keinerlei Vorwarnung gegeben, und er hatte so schnell gesprochen, dass Gabrielle keine Zeit blieb zu reagieren. Sich in einer festen Umklammerung auf seinem Schoß wiederzufinden, verblüffte sie derart, dass sie sprachlos war. Drew dagegen hatte seine Sprache wiedergefunden und sein Lachen klang höchst triumphierend.

»Na, wie fühlt es sich an, wenn man selbst in die Mangel genommen wird, Weib?«, fragte er.

»Es ist mir zu eng«, sagte Gabrielle, und dann begann sie, mit aller Kraft gegen ihn anzukämpfen.

Kapitel 23

Warum hatte sie das nicht kommen sehen? Weil er so verdammt gut aussah? Weil sie unfähig gewesen war, sein Gesicht lange genug aus den Augen zu lassen, um zu bemerken, dass er sich von seinen Fesseln befreite? Und nun hatte er die Oberhand, würde seine Freiheit wiederbekommen, sein Schiff ebenfalls, und sie zweifellos allesamt den Behörden ausliefern. Sie würde einen Kerker aus erster Hand kennenlernen, genau wie ihr Vater, anstatt Nathan aus seinem herauszuholen. Sie hatte bei ihrer Aufgabe vollkommen versagt und das alles nur, weil sie diesem verfluchten Amerikaner wie gebannt in sein Gesicht geschaut hatte – wie jedes Mal.

Gabrielle war wütend auf sich selbst, ließ ihre Wut jedoch an Drew aus. »Das wird nichts, du Schwachkopf!«, fauchte sie, während sie sich wand, um von seinem Schoß herunterzukommen.

»Wollen wir wetten?«

Drew klang immer noch höchst amüsiert. Er hörte sich an, als koste es ihn nicht die geringste Mühe, sie festzuhalten, und das machte Gabrielle noch wütender. Sie versuchte, ihn zu überlisten und den Stuhl umzuwerfen.

Wieder lachte Drew sie aus. »Netter Versuch, aber der Stuhl ist mit dem Boden verschraubt.«

Gabrielle hätte wissen müssen, dass er, genau wie alles andere in der Kabine, befestigt war, doch sie zischte bloß: »Und da wirst du auch landen, wenn du mich nicht loslässt!«

»Ich sage das nur ungern, Weib, aber ich habe hier die Oberhand. Ach, ich möchte es doch lieber anders ausdrücken Ich sage das nur zu gern!«

»Es ist nur vorübergehend und das weißt du auch! Ein Schrei und ein Dutzend Pistolen sind auf dich gerichtet!«

»Nein, sie werden auf dich gerichtet sein«, widersprach Drew ihr. »Du gibst einen ausgesprochen hübschen Schutzschild ab. Aber wenn du nicht aufhörst, so herumzuzappeln, passiert etwas ganz anderes.«

Seine Stimme hatte einen warnenden Unterton. Gabrielle merkte das zwar, verstand jedoch nicht, was Drew meinte. Es gelang ihr, sich auf die Seite zu drehen. Das half allerdings auch nichts, Drew hielt sie immer noch fest und sie war von ihren Anstrengungen erschöpft. Da küsste er sie urplötzlich. Sie hatte keine Ahnung, wie es geschah oder warum. Einen Augenblick vorher hatte er ihr noch auf den Mund geschaut und im nächsten …

Der Griff, mit dem er sie so umklammert gehalten hatte, dass ihre Arme an den Körper gedrückt wurden, veränderte sich. Für den Kuss zog er sie näher heran, hielt sie aber nicht mehr so fest wie vorher. Gabrielle bekam sogar einen Arm frei und musste den Drang bekämpfen, ihn um Drew zu schlingen. Du lieber Himmel, sie musste noch mehr als das bekämpfen. Sein Kuss war allzu verführerisch und ganz genau so schön wie in ihrer Erinnerung. Sie stellte fest, dass sie viel zu großen Gefallen daran fand und wünschte, er würde niemals enden. Nur ein paar Minuten, mein Gott, dieser Geschmack, diese Hitze, die zwischen ihnen aufflammte, wie konnte er nur so verdammt schnell derart schamlose Gelüste in ihr wecken. Dass sie ihn verabscheute, machte überhaupt keinen Unterschied, das Verlangen, das er in ihr weckte, war einfach überwältigend.

Fast hätte sie sich ihm vollkommen hingegeben, so mächtig waren die Gefühle, die sie durchströmten. Wenn es nicht um das Leben ihres Vaters gegangen wäre, hätte sie die Waffen gestreckt. Es fiel ihr jedenfalls sehr schwer, die Gelegenheit zu nutzen, die sich ihr bot. Doch es musste sein.

Gabrielle tastete nach der Pistole in ihrer Tasche und umklammerte sie fest. Ihr war sogar noch ein Rest von Verstand geblieben, der ihr eingab, dass sie ihre Freilassung wahrscheinlich nicht erreichen würde, wenn sie einfach nur auf Drew zielte. Es war immerhin möglich, dass die Pistole nicht geladen war, und er das wusste. Dann würde er sich nur über sie lustig machen, und davon hatte sie genug. Falls sie jedoch geladen war, glaubte er ihr womöglich nicht, dass sie ihn erschießen würde. Völlig zu Recht. Schließlich spielte sie eine Piratin, keine Mörderin.

Jedenfalls verspürte sie Reue und echtes Bedauern, als sie die Waffe vorsichtig aus der Tasche zog und ihm an die Schläfe knallte. Drews Griff löste sich und seine Arme fielen schlaff an den Seiten herab. Sein Kopf sackte nach hinten. Sofort sprang Gabrielle mit klopfendem Herzen von seinem Schoß. Sie hatte ihn nicht so hart treffen wollen, dass er das Bewusstsein verlor oder gar Schlimmeres, und dieses »Schlimmere« machte ihr Angst. Wenn sie ihn umgebracht hatte, wo sie doch bloß versucht hatte, ihn zu überrumpeln, damit er sie losließ …

Doch Drew war nur benommen. Ehe er wieder zu sich kam und sich aufrappeln konnte, um erneut den Spieß umzudrehen, rannte Gabrielle aus der Kabine, schnappte sich den ersten Matrosen, den sie sah, zog ihn mit sich zurück ins Zimmer und drückte ihm die Pistole in die Hand.

»Ich werde ihn wieder festbinden. Bei der ersten falschen Bewegung erschießt du ihn.«

Der Mann nickte. Gabrielle hatte ihm die Waffe gegeben, weil sie nach wie vor davon ausging, dass Drew ihr nicht glauben würde, wenn *sie* drohte, ihn zu erschießen. Womöglich wäre er auch zu wütend, um sich darum zu scheren. Wäre sie nur einige Sekunden später zurückgekehrt, hätte sie jedoch die Probe aufs Exempel machen können, denn Drew machte sich bereits an seinen Fußfesseln zu schaffen, als sie wieder hereinkam und den Befehl gab. Gabrielle registrierte nur, dass er sich langsam auf dem Stuhl zurücklehnte. Seinen Blick mied sie gänzlich, ihre Nerven lagen derart blank, dass sie nichts mehr richtig wahrnahm, deshalb wusste sie nicht, ob Drew den Mann mit der Waffe beobachtete oder sie.

»Du hast mich tatsächlich geschlagen?«

Drews Stimme klang in erster Linie überrascht, doch Gabrielle antwortete ihm nicht. Ihn wieder ruhig zu stellen, war das Einzige, woran sie dachte. Sie fand auch noch ein anderes Seil, dass sie zusätzlich um ihn herumwickelte. Sie dachte sogar kurz darüber nach, ob sie ihm nicht einen Sack über den Kopf stülpen sollte. Doch da das eher ihrer als seiner Sicherheit diente – weil es sie davor bewahrt hätte, einmal mehr allein von seinem Anblick gebannt zu werden – gelang es ihr, dem Drang zu widerstehen.

Zufrieden, dass die Stricke diesmal halten würden, untersuchte sie schließlich seinen Kopf. Sie hoffte, ihn nicht verletzt zu haben, doch so viel Glück hatte sie nicht. Blut war durch seine Haare bis hinter das Ohr gesickert. Gabrielle entließ den Matrosen, steckte die Pistole wieder ein und ging, um etwas Wasser und ein Tuch zu holen.

Fast hätte sie Drew von jemand anders versorgen lassen. Sie wusste, dass er wütend war. Sein Zorn war beinah mit Händen zu greifen. Außerdem hatte er, als sie die Stricke um seine Handgelenke schlang, ständig die Finger bewegt, so als wolle er sie erwürgen.

»Wirst du mir nun, da dein Lakai fort ist, endlich Antwort geben?«, fragte er.

Doch Gabrielle blieb stumm. Vorsichtig tupfte sie das Blut ab, dann legte sie ein kaltes Tuch auf die Schwellung. Drew gab einen Laut – aber kein echtes Stöhnen – von sich, als sie es ihm an die Schläfe drückte. Sobald sie ihre Hände fortnahm, schüttelte er es jedoch ab. Gabrielle schnalzte tadelnd mit der Zunge und stellte sich vor ihn, endlich bereit, seinem Ärger über die gescheiterte Befreiung zu begegnen.

Die Arme über der Brust gekreuzt sagte sie: »Ja, du Trottel, ich habe dich tatsächlich geschlagen. Sonst hätte ich dich erschießen müssen. Du solltest dich glücklich schätzen.«

»Scheiße«, knurrte er leise. »Womit hast du mich ausgeknockt?«

»Mit deiner Pistole. Ich habe sie in der Schublade gefunden.«

»Großartig, einfach großartig«, murrte er. »Das hat man davon, wenn man eine Schlange küsst.«

Gabrielle errötete. Sie nahm an, dass diese Bemerkung nur auf seine Verbitterung zurückzuführen war, doch weh tat sie trotzdem. Drew zerrte an seinen neuen Fesseln – nein, er versuchte in der Tat, sie wieder loszuwerden. Der Mann war einfach unmöglich.

»Schluss damit«, befahl Gabrielle knapp.

Er warf ihr einen bösen Blick zu, der keiner Erklärung bedurfte. Sie biss die Zähne zusammen und fragte: »Soll ich noch mehr Stricke suchen?«

»Tu, was du willst, Schätzchen.«

»Vielleicht sollte ich dir nochmal auf den Kopf hauen? Bewusstlos bist du viel besser zu ertragen.«

»Sehr witzig. Aber ich denke, wenn du nah genug herankämst, um es zu versuchen, würden diese Stricke wie durch ein Wunder von mir abfallen. So sehr wünsche ich mir, dich in die Hände zu kriegen.«

Sicher um sie zu würgen. Und obwohl Gabrielle *wusste*, dass seine Fesseln hielten, war sie Drew gegenüber so misstrauisch, dass sie ihn lieber nicht auf die Probe stellte.

»Eigentlich schade, dass du ein so unkooperativer Gefangener bist«, klagte sie.

»Gibt es denn auch andere?«

Mit finsterem Blick sprach sie weiter: »Ich hatte überlegt, dich in deiner Kabine zu lassen, aber da wir sie brauchen werden, wäre es wohl besser, dich irgendwo anders einzusperren. Vielleicht habt ihr sogar ein paar Ketten an Bord? Ja, Ketten wären gut, denkst du nicht?«

»Was ich gerade denke, willst du ganz bestimmt nicht wissen«, konterte Drew.

Doch er hörte auf, an seinen Fesseln zerren. Das registrierte Gabrielle sofort. Also gab es irgendwo auf seinem Schiff wahrscheinlich Ketten, die man benutzen konnte. Und ihn an einer kurzen Eisenkette zu halten, die er auf keinen Fall abstreifen konnte, wäre geradezu ideal, dachte sie.

Da Drew seine Felle davonschwimmen sah, versuchte er erneut, Gabrielle mit Blicken zu durchbohren. Und obwohl diese Blicke sie sehr beunruhigten, waren sie doch wesentlich besser zu ertragen als sein selbstgefälliges Gerede darüber, dass er sie wieder zu seiner Gefangenen machen würde.

»Beantworte mir eine Frage«, forderte er. »Warum zum Teufel hast du gar nicht erst versucht, mein Schiff ganz offiziell zu requirieren?«

»Und aus welchem Grund?«

»Verfolgung von Verbrechern, eine Sache von Leben und Tod, wie auch immer. Dir wären sicher einige überzeugende Lügen eingefallen.«

»Du meinst, ich hätte dich von dieser Notwendigkeit überzeugen können, obwohl du weißt, dass ich gar keine offizielle Funktion habe?«

»Du hättest dich ja gar nicht zu erkennen geben müssen. Einer deiner Männer hätte das Schiff mit Beschlag belegen können.«

Gabrielle musste wider Willen lächeln, ging jedoch weiter auf ihn ein. »Ich verstehe, und du hättest ihm geglaubt?«

»Ja, verdammt noch mal. Ich bin Amerikaner. Warum sollte ich so etwas nicht glauben, schließlich habt ihr Engländer uns doch mit ganz ähnlichen Methoden in den Krieg gelockt.«

»Du hast recht, das Schiff ist offiziell requiriert.«

»Sehr witzig.«

»Ich versuche nur, dir entgegenzukommen.«

»Warum? Um mich so lange am Grübeln zu halten, bis ihr

mich über Bord werft? Werde ich wenigstens vorher vergewaltigt?«

Gabrielle sog scharf die Luft ein. Der Gedanke daran, sich seiner zu bedienen, während er gefesselt war ... Du lieber Himmel, sie musste sich hinsetzen, und zwar schnell, sonst gaben ihre Knie nach. Sie setzte sich auf den Stuhl hinter dem Schreibtisch und sackte darauf zusammen. Dann atmete sie bewusst mehrmals tief durch und verbannte das Bild aus ihren Gedanken. Den Blick hielt sie auf den Schreibtisch gesenkt. Drew anzusehen war regelrecht gefährlich für sie.

Sie musste die Gefühle, die er in ihr weckte, unter Kontrolle bekommen. Schließlich sollte er sie begehren – nicht andersherum!

»Ich dachte schon, du hättest es ernst gemeint«, sagte sie, »wenn deine letzte Bemerkung nicht gewesen wäre. Niemand wird dich über Bord werfen, Drew.«

»Nicht einmal, wenn ihr damit den Kopf aus der Schlinge ziehen könnt?«

Gabrielle schaute ihm ins Gesicht und fragte: »Weil du weißt, wer wir sind?«

»Ja.«

Sie schüttelte den Kopf. »Tut mir leid, aber es gibt nichts, was einen Mord rechtfertigen könnte. Das hört sich ganz so an, als hättest du einen falschen Eindruck von uns gewonnen. Wir sind nicht die Sorte von Piraten, an die du denkst.«

»Gibt es etwa verschiedene Sorten?«, fragte er hämisch.

Gabrielle lächelte nur. »Bei uns handelt es sich selbstverständlich um eine ganz neue Art. Wir sind eigentlich eher Schatzsucher als Piraten.«

»Eure Beweggründe interessieren mich nicht. Ihr habt hier ein Verbrechen begangen und ich kann euch eins versichern: Ich werde euch alle dafür jagen lassen oder ich werde es selbst tun. Versteht du *jetzt*, warum es eine gute Idee wäre, mich auf der Stelle freizulassen?«

»Tut mir leid, das zu hören«, entgegnete Gabrielle und seufzte noch, um die Wirkung ihrer Worte zu unterstreichen. »Ich hätte es lieber gesehen, wenn du einsichtig gewesen wärst, nachdem du gemerkt hast, dass ich dir die Wahrheit sage: dass du nämlich dein Schiff zurückbekommen wirst. Da nichts Schlimmes passiert ist, könntest du doch einfach fröhlich deiner Wege gehen, wenn alles vorbei ist.«

»Nichts Schlimmes?«, fragte Drew ungläubig. »Du hast mir immerhin ein Loch in den Kopf gehauen.«

Gabrielle schnalzte abwehrend mit der Zunge. »Habe ich nicht.«

»Es fühlt sich aber so an«, widersprach er. »Schau doch noch mal nach.«

Seine Absicht war derart offensichtlich, dass Gabrielle lachen musste. »So dumm bin ich«, beschied sie ihn. »Außerdem ist es nur eine Platzwunde. Sie hat kaum geblutet und man sieht auch fast nichts mehr.«

Er lüpfte eine Braue. »Du hast mich berührt?«

»Nur sehr oberflächlich. Hast du es gar nicht gespürt?«

»Nein, du lügst. Was hast du noch getan, als ich nicht bei Bewusstsein war?«

»Du meinst, während du deine neuen Fesseln ausprobiert hast? Ich habe gar nichts gemacht! Wirklich, ich …«

»Aber das hättest du gern, nicht wahr?«, unterbrach er sie, mit einem Grinsen, das man nur als wissend beschreiben konnte. »Na los, Schätzchen, gib's schon zu. Du weißt, dass du mich vernaschen möchtest, und du hast dafür gesorgt, dass ich dich nicht aufhalten kann, selbst wenn ich es wollte. Also, worauf wartest du?«

»Hör auf, so …«

»Setz dich einfach auf meinen Schoß und ich verschaffe dir den besten Ritt deines Lebens.«

Gabrielle sprang auf die Füße, doch es war schon zu spät. Die Worte mochten grob gewesen sein, das Bild hatte sich ihr aber bereits eingebrannt. Sie konnte ihn berühren, einfach so. Er hatte ihr sogar seine Erlaubnis gegeben. Und er schmeckte so gut, geradezu unwiderstehlich. Sie könnte sogar tun, was er ihr vorschlug …

»Schluss damit!«, stieß sie hervor, ohne zu wissen, ob sie es zu Drew oder zu sich selbst sagte. Dann setzte sie mit finsterem Blick hinzu: »Oder ich ziehe dir wieder die Pistole über den Schädel.«

Drew tat, als sei er schwer angeschlagen. »Ist das eine Art, mit einem verletzten Mann umzugehen?«

Gabrielle stürzte zur Tür, ohne Drew einer Antwort zu würdigen. Sie musste sich von ihm fernhalten, bis sie dieses Bild, wie sie rittlings auf seinem Schoß saß, aus dem Kopf verbannt hatte.

Kapitel 24

»Was, glaubst du, haben Piraten hier in England zu suchen?«, fragte Georgina James.

Sie versuchte, ihre Besorgnis zu verbergen, hatte jedoch keinen großen Erfolg damit, da James ihr bestürztes Gesicht gesehen hatte, als Drews Matrose ihnen seine Geschichte erzählt hatte. Dem Mann war es gelungen, sich unbemerkt über die Reling gleiten zu lassen, als die *Triton* sich noch im Ärmelkanal befunden hatte. Wieder an Land war er schnurstracks zum Berkeley Square geeilt, um ihnen die Nachricht zu überbringen, dass Drew sein Schiff an Piraten verloren habe, die darüber gesprochen hätten, eine kleine Insel östlich von St. Kitts anzulaufen.

»Spielt das irgendeine Rolle? Piraten, Diebe, egal, was sie sind, was zählt ist, dass sie das Schiff deines Bruders in ihre Gewalt bekommen haben.« Und dann murmelte James: »Mit der *Maiden Anne* wäre das verdammt noch mal nicht passiert.«

Georgina gab vor, nichts gehört zu haben. Die *Maiden Anne* war James' Schiff gewesen und er hatte selbst viele Jahre als Gentleman-Pirat die Meere durchstreift, wobei er nicht nur einige Schiffe ihrer Familie, sondern auch ihr Herz erobert hatte, während sie als »Kabinenjunge« mit ihm unterwegs gewesen war.

Seinem Tonfall war zu entnehmen, dass er zornig war. Das wunderte Georgina nicht. James konnte es nicht ertragen, wenn irgendetwas sie betrübte, und für gewöhnlich wollte er jeden, dem er die Schuld daran gab, umbringen. In diesem Fall konnte er jedoch nichts machen und das erzürnte ihn nur noch mehr. Obwohl das niemandem, der ihn nicht gut kannte, aufgefallen wäre. Es war nicht seine Art zu schreien oder zu toben oder Gefühle zu zeigen. Oh nein, in dieser Hinsicht war James Malory einzigartig. Es gab keine Vorwarnung für diejenigen, die er sich als Opfer ausgesucht hatte.

»Wenigstens ist Boyd hier«, sagte Georgina. »Er wird die *Triton* sicher verfolgen wollen.«

»Selbstverständlich, aber wird dich das beruhigen?«, fragte James unverblümt.

Er kannte sie einfach zu gut. Natürlich würde ihr das nicht reichen. Boyd befehligte sein Schiff nicht und es war auch nicht für die Piratenjagd ausgerüstet. Andererseits führte die *Triton* auch kein schweres Geschütz.

»Ich habe ein Schiff gekauft«, fuhr James fort. »Es sollte eine Überraschung für dich sein.«

Georgina lächelte ihn an. Es hatte *tatsächlich* an seiner Ehre gekratzt, dass er beinahe eine Seereise hätte antreten müssen, ohne selbst das Kommando über das Schiff zu haben. Es überraschte sie nicht im Mindesten, dass er dafür gesorgt hatte, dass so etwas nie wieder vorkam.

»Dann wirst du sie jagen?«, fragte sie.

»Natürlich.«

»Das ist ein großartiger Plan«, stimmte Georgina zu, sie fühlte sich bereits wesentlich besser.

»Ich dachte mir schon, dass du es so sehen würdest.«

»Und ich komme mit dir.«

»Hör mal, George ...«

»Glaub bloß nicht, du könntest mich zu Hause lassen, dann werde ich krank vor Sorge.«

James starrte sie nur an und wartete darauf, dass sie ihm noch einige andere Gründe lieferte, gegen die er leichter etwas einwenden konnte. Doch Georgina wechselte wohlweislich das Thema, indem sie einen Zettel aus der Tasche zog, den sie ihm überreichte. Sie hatte die Nachricht gefunden, als sie am Morgen an Gabrielles Tür geklopft hatte, um zu fragen, ob es ihr besser gehe. Es war ein ziemlicher Schock gewesen, von

Gabrielles Abreise zu erfahren, obwohl sie es vorübergehend ganz vergessen hatte, weil kurz darauf Drews Matrose mit der Neuigkeit auftauchte, dass sein Schiff von Piraten gekapert worden war.

Nachdem James die Nachricht gelesen hatte, schaute er Georgina stirnrunzelnd an. »Glaubst du, Gabrielle hat Drews Schiff übernommen?«

Georgina kniff überrascht die Augen zusammen. »Gütiger Himmel, nein, auf die Idee bin ich gar nicht gekommen. Ich habe mich nur gewundert, warum sie uns nicht *erzählt* hat, dass ihr Vater in Schwierigkeiten steckt, warum sie Hals über Kopf gegangen ist und uns nur diese Nachricht hinterlassen hat. Sie hätte dich doch wenigstens fragen können, ob du ihr hilfst, schließlich warst du mit ihrem Vater befreundet.«

»Wahrscheinlich dachte sie, sie sei uns schon genug zur Last gefallen. Aber der Zeitpunkt passt ziemlich ... genau, nicht wahr? Wann ist sie gegangen?«

»Heute Morgen, nein warte, es könnte auch gestern Nacht gewesen sein, während wir bei Tony zu Abend gegessen haben. Sie hat sich nicht wohlgefühlt, deshalb ist sie nicht mit uns gekommen, das sagte ich dir schon ...«

»Es ging ihr immerhin gut genug, um aus dem Haus zu schleichen, daher würde ich sagen, es war nur ein Vorwand.«

»Also, hör mal, du glaubst doch nicht *im Ernst*, dass sie Drews Schiff requirieren würde. Er ist mein Bruder. Ich habe sie aufgenommen. Das Einzige, was ich mir vorstellen kann, ist, dass sie ihn vielleicht um Hilfe gebeten hat, weil sie wusste, dass er in See stechen wollte. Womöglich hat er zugestimmt, und sie ist sein Passagier, oder zurzeit eher eine Geisel, genau wie Drew. Sie hätte doch gar keinen Grund gehabt, ihm etwas Böses ... zu wollen ...«

James seufzte und brachte ihren Gedankengang zu Ende. »Wie ich sehe, fällt dir soeben wieder ein, was du mir über Drews Auftritt bei dem Ball neulich erzählt hast. Er hat genau die richtigen Worte gewählt, um dem jungen Ding die Chancen auf eine gute Partie in diesem Land zu vermasseln.«

»Unsinn«, widersprach Georgina. »Es hat nicht die Runde gemacht. Und der Ball liegt schon zwei Tage zurück. Wir hätten doch gehört ...«

»Die Leute, die es betrifft, sind immer die Letzten, die es erfahren, meine Liebe«, unterbrach James sie, »und da Gabrielle dein Schützling war, gehörst du natürlich zu den Betroffenen. Außerdem sind wir gestern gar nicht aus dem Haus gegangen, nur zum Abendessen zu Tony und danach direkt wieder zurück.«

»Ich weiß.« Georgina seufzte. »Als ich Gabrielles Nachricht zum ersten Mal las, habe ich eigentlich gedacht, es könnte auch eine List sein; dass sie sich nur versteckt hält, um zu warten, bis der Sturm sich legt. Ich wollte dich bitten, sie zu finden, damit wir dieses Gerücht zerstreuen können.«

James lüpfte eine seiner goldenen Brauen. »Und wie stellst du dir das vor, *falls* es bereits die Runde macht? Es ist schließlich keine Lüge, sondern die Wahrheit.«

»Dummes Gerede eines verschmähten Freiers, der auf Rache sinnt«, erwiderte Georgina. »Ganz einfach.«

»Du meinst, sie hat Drew abgewiesen und er wollte sie mit dieser Bemerkung anschwärzen?«

»Nun, mein Bruder hat die Gerüchteküche angeheizt. Daher wäre es mir höchst peinlich, wenn ihr Ruf ruiniert wäre.«

»Halt«, befahl er. »Es könnte doch sein, dass er provoziert worden ist.«

Georgina starrte James ungläubig an. »Du verteidigst Drew?«

»Hüte deine Zunge, George. Das würde ich nie tun. Aber ist dir nicht aufgefallen, wie es zwischen den beiden knisterte?«

»Natürlich. Zuerst schienen sie sich überhaupt nicht leiden zu können, doch das hat sich ziemlich schnell geändert. Ich war sogar so besorgt, dass ich versucht habe, Gabrielle vor Drew zu warnen.«

»Hast du ihn auch vor ihr gewarnt?«

Georgina blinzelte. »Natürlich nicht. Du weißt doch, wie er ist. Fest entschlossen, nie zu heiraten, schlimmer noch, als du früher. Also wusste er ganz genau, dass Gabrielle für ihn tabu war.«

»Und genau das, meine Liebe, war vielleicht das Problem. Sie ist ein sehr hübsches Mädchen. Falls sie hinter ihm her war, könnte er sich durchaus gereizt gefühlt haben oder wurde auch zu sehr in Versuchung geführt.«

Georgina runzelte die Stirn. »Nun, ich werde jedenfalls Reggie eine Nachricht schicken, um herauszufinden, ob tatsächlich ein Gerücht kursiert. Sie kennt immer den neuesten Klatsch, daher müsste sie auf dem Laufenden sein. Aber trotzdem, laut Artie ist Gabrielle gestern nur einmal kurz weggewesen, mit einem der Männer, die sie nach London begleitet haben. Und so wie er sagt, hatte sie nur einen weiteren Besucher, einen jungen Mann, den er für einen ihrer Verehrer hielt. Doch wenn es so ist, wie du sagst, und der Betroffene der Letzte ist, der von den Gerüchten über sich erfährt, hätte sie ebenfalls von nichts gewusst, oder?«

»Darauf würde ich mich nicht verlassen. Alles passt verdammt gut zusammen und es würde erklären, warum sie Drew nicht um Hilfe gebeten hat.«

»*Falls* sie auf seinem Schiff ist, meinst du.«

»Das spielt keine Rolle, meine Liebe. Ob sie nun zu den Seeräubern gehört oder sich in ihrer Gewalt befindet oder sich versteckt, wie du zunächst angenommen hast, ich werde noch heute eine Crew zusammenstellen. Also mach dir keine Sorgen mehr um deinen Bruder. Wer dieses Chaos auch angerichtet hat, ich werde ihn in Stücke reißen. Darauf kannst du dich verlassen.«

Kapitel 25

Gabrielle hatte sich nun schon so lange von der Kapitänskabine ferngehalten, dass es gut möglich war, dass ihr unbewachter Gefangener während ihrer Abwesenheit in der Lage gewesen war, sich zu befreien. Daher nahm sie zur Sicherheit Bixley mit und schickte ihn zuerst ins Zimmer. Doch Gabrielle machte sich nichts vor. Sie wusste, dass die Eile, mit der sie zurückkehrte, nicht nur auf ihre Sorge zurückzuführen war, dass Drew in der Zwischenzeit geflüchtet sein könnte.

Sie traf den Kapitän in der gleichen Position an, in der sie ihn zurückgelassen hatte, trotzdem umkreiste sie seinen Stuhl in sicherem Abstand, um sich zu vergewissern, dass die Fesseln noch um seine Handgelenke lagen. Erst dann entließ sie Bixley. Drew hatte noch kein Wort gesagt, er folgte ihr nur mit seinen beunruhigenden dunklen Augen, bis sie sich hinter ihn stellte. Sicher kochte er noch vor Wut und Gabrielle zweifelte nicht daran, dass er sie den Behörden übergeben würde, falls er die Gelegenheit dazu bekam. Doch dazu musste er sie erst einmal finden, und war das nicht ziemlich unwahrscheinlich? Ihren Wohnort in der Karibik kannte er nicht, und dass sie noch einmal nach England zurückkehrte, war unter den gegebenen Umständen sehr zu bezweifeln. Dafür hatte er selbst gesorgt.

Natürlich bestand die Möglichkeit, dass er so wütend darüber war, sein Schiff – wenn auch nur vorübergehend – an sie verloren zu haben, dass er sie einfach selbst jagte. Zudem war er wohl auch zornig, weil er geglaubt hatte, sie würden ihn umbringen. Vielleicht durchbohrte er sie deshalb mit Blicken. Wenn sie richtig darüber nachdachte, hatte er direkt im Anschluss an die Vermutung, bald über Bord geworfen zu werden, gefragt, ob er vorher noch vergewaltigt werden würde.

Bei dieser Vorstellung wurde Gabrielle erneut rot, doch wenigstens stand sie hinter Drew, sodass er es nicht sehen konnte. Er ahnte allerdings, warum sie zurückgekehrt war, und fragte seufzend: »Hast du wirklich geglaubt, ich würde es noch einmal versuchen, wo ich mir doch schon beim ersten Mal die Haut wund gescheuert habe?«

Gabrielle runzelte die Stirn und zog die Ärmel seiner Jacke hoch, um den Schaden, von dem er redete, zu begutachten. Im Großen und Ganzen war die Haut nur gerötet, doch an der ein oder anderen Stelle hatte er etwas geblutet. Warum war ihr das nicht vorher aufgefallen, als sie ihn neu gefesselt hatte? Und warum war ihr erster Gedanke, ihn loszubinden und Salbe für seine geschundene Haut zu holen?

Verärgert, dass sie überhaupt den Drang verspürte, seine Beschwerden zu lindern, schürzte Gabrielle die Lippen und stellte sich wieder vor Drew hin. Sie hatte ihre Kabine soeben an Margery vergeben. Ihre Freundin war ein bisschen seekrank, wie immer in den ersten Tagen nach dem Ablegen. Deshalb hatte sie ihr bereitwillig, geradezu übereifrig, ihre Kabine zur alleinigen Nutzung überlassen. Das lieferte ihr den Vorwand, den sie brauchte, um Drew nah bei sich zu behalten. Jetzt musste sie ihm nur noch beibringen, dass sie beide sich die Kapitänskabine teilen würden. Sie freute sich schon darauf, wie entsetzt er reagieren würde.

Aber Drew ergriff als Erster das Wort. »Meine Schwester und James haben dich mit offenen Armen aufgenommen und das ist jetzt dein Dank dafür?«

Gabrielle schnalzte missbilligend mit der Zunge und erklärte: »Ich habe nicht ihr Schiff gekapert, sondern deins.«

»Glaubst du nicht, dass sie das persönlich nehmen werden? Ich sage es dir nur ungern, Schätzchen, aber James ist ein Mann, der niemals vergibt. Mit der ganzen Familie ist nicht gut Kirschen essen, doch dieser spezielle Malory ist der Unvernünftigste und Rachsüchtigste von allen.«

»Tut mir leid, aber ich habe gesehen, wie *wenig* er seine Schwäger mag. Möchtest du es noch mal versuchen?«

»Mit mir hat das gar nichts zu tun, es geht darum, dass meine Schwester mich liebt und sich Sorgen machen wird. Was sie angeht, hat James einen ausgeprägten Beschützerinstinkt. Manchmal geht er dabei sogar etwas zu weit.«

»Deine Schwester wird erst erfahren, dass ich dein Schiff gekapert habe, wenn du wieder frei bist«, entgegnete Gabrielle, obwohl ihr beim Gedanken an James Malory tatsächlich ein wenig mulmig wurde. Trotzdem sie einige Wochen in seinem Haus gelebt hatte, hatte sie die Nervosität, die sie in seiner Gegenwart überkam, nie vollständig ablegen können.

»Man weiß nie, was er einem übel nehmen wird. Ich jedenfalls möchte ihm nie einen Grund liefern, mich zu verfolgen.«

»Wolltest du uns nicht jagen? Warst du nicht derjenige, der versprochen hat, uns alle hinter Gitter zu bringen?«

»Natürlich, ich werde dabei bloß sanfter vorgehen als James.«

Gabrielle lachte Drew aus, so mürrisch hatte er das gesagt. Offenbar ärgerte er sich darüber, sie mit seinen schrecklichen Drohungen nicht derart in Angst versetzt zu haben, dass sie ihn auf der Stelle freiließ. Und um noch ein wenig Salz in die Wunde zu streuen …

»Übrigens«, sagte Gabrielle lässig, »habe ich eine unangenehme Neuigkeit für dich.«

»Wieso überrascht mich das nicht?«, entgegnete Drew sarkastisch.

Ohne auf ihn einzugehen, fuhr Gabrielle fort: »Die Kabine, in die ich dich bringen lassen wollte, ist nicht mehr frei für dich.«

»So?«

»Dort hätte man dir die Fesseln abnehmen können, aber da du jetzt hier bleiben musst …«

»Ihr könnt mich nicht ewig festbinden«, unterbrach er sie daraufhin starr vor Empörung. »Oder willst du mich etwa füttern?«

Gabrielle schüttelte den Kopf. »Nein, das hatte ich nicht

vor. Stattdessen habe ich beschlossen, dich hier anketten zu lassen, das heißt, falls wir Ketten finden können. Gegenwärtig suchen meine Männer noch danach.«

»Du willst mich an dein Bett ketten? Und das nennst du eine unangenehme Neuigkeit?«

Gabrielle wusste, dass Drew es nicht so meinte, doch er gab seiner Stimme einen begeisterten ... und verführerischen Klang. Er versuchte bloß, sie in Verlegenheit zu bringen, und es gelang ihm hervorragend. Von Anfang an hatte dieser Mann keinerlei Schwierigkeiten gehabt, mit seinen gewagten, höchst unanständigen Bemerkungen dafür zu sorgen, dass ihre Wangen glühten. Obwohl seine Sprüche natürlich nur in feinen Kreisen skandalös waren und er sie von Anfang an für eine Piratin gehalten hatte. Er glaubte offenbar, sie sei an solche Reden gewöhnt, und das war gut so, denn es bewies, dass sie ihn in der Rolle, die sie spielte, überzeugte.

Es war schon spät am Morgen. Ehe Gabrielle in die Kabine zurückgekehrt war, hatte sie einen Imbiss bestellt. Sie hoffte, man würde ihr zuerst die Ketten bringen, damit der Kapitän selbst essen konnte. Sie sollte allerdings langsam damit anfangen, sich mehr wie ein gefühlloser Pirat aufzuführen. Daher war es gar keine so schlechte Idee, sich vor seinen Augen satt zu essen und ihn dabei hungern zu lassen.

Und was diese Bemerkung über ihr Bett anbelangte, falls er nicht versucht hatte, sie in Verlegenheit zu bringen, waren noch mehr Sprüche dieser Art zu erwarten. Sie wollte jedoch lieber keine Anzüglichkeiten mehr hören, die ihre Fantasie in ungewollte Bahnen lenkten. Er sollte sie begehren, nicht andersherum. Allerdings fiel ihr nur ein Weg ein, wie sie seinen ständigen Anspielungen endgültig einen Riegel vorschieben konnte: Er musste glauben, sie sei schon in festen Händen. Vielleicht kam das sogar ihrem Plan zugute, schließlich lag es in der menschlichen Natur, das zu begehren, was man nicht haben konnte.

Kaum war ihr diese Idee gekommen, kam Richard herein, in der Hand eine lange Kette, deren Ende er im Kreis herumwirbelte. Den größten Teil hatte er sich um den Hals geschlungen. Es sah fast so aus, als befände sich eine Fußfessel an dem Ende, das auf Taillenhöhe baumelte.

»Hattest du an so etwas gedacht, Käpt'n? Im Frachtraum waren zwei davon. Ich habe alle meine Überredungskünste eingesetzt, um einen Mann aus der gefangenen Mannschaft dazu zu bringen, sie zu mir hochzuwerfen. Ich habe ihnen gesagt, sie seien für einen Engländer«, kicherte er. »Diese Amerikaner sind derart nachtragend, dass sie nicht einmal gefragt haben, für wen genau.«

»Der Krieg ist doch schon einige Jahre vorbei«, warf Gabrielle ein.

»Ist doch egal, Hauptsache ich habe die Ketten bekommen. Die andere würde ich für den ersten Offizier nehmen, aber kräftig, wie er ist, bezweifle ich, dass einer von uns sich nah genug an ihn herantraut, um den Versuch zu wagen, sie ihm anzulegen. Wenigstens ist der hier schon ruhiggestellt.«

Damit meinte er Drew, der Richard, seit er eingetreten war, mit schmalen Augen musterte. Sofort erkannte Gabrielle, dass ihr Freund sich wunderbar eignete, bei Drew den gewünschten Effekt zu erzielen.

Sie ging auf Richard zu, tätschelte ihm zärtlich die Wange und sagte mit leiser verführerischer Stimme: »Danke für die Kette, *chérie*.« Dann küsste sie ihn – hoffend, dass es sehr verliebt aussah – direkt auf den Mund.

Doch sie hätte ihren spontan gefassten Plan besser mit Richard abgesprochen, denn ohne vorgewarnt zu sein, fühlte er sich derart überrumpelt, dass er sie unwillkürlich von sich stieß. Leider hatte er sie so kräftig geschubst, dass Gabrielle, ebenfalls völlig verblüfft, auf ihrem Hintern landete.

Richard war zu sehr damit beschäftigt, sich mit der Ärmelrückseite den Mund abzuwischen, um ihre neue Position zu bemerken. Er fragte empört: »Was zum Teufel tust du da, Gabby?«

»Ich sitze auf dem Boden, verdammt!«

»Oh«, sagte Richard, als er auf sie herunterschaute, und dann noch einmal, »Oh!«, während er ihr seine Hand reichte. »Tut mir leid.«

Gabrielle schlug seine Hand beiseite, rappelte sich auf und wischte ihren Rock ab. Drew war höchst amüsiert. Die Frage, warum sie Richard geküsst hatte, erübrigte sich für ihn offenbar. Da Richard ihr kein bisschen entgegengekommen war, konnte er sich alles leicht selbst zusammenreimen.

»Sollen wir das noch mal versuchen, *chérie*?«, fragte Richard.

»Nicht in diesem Leben«, schnaubte Gabrielle. »Und sag nicht *chérie* zu mir, du Trottel.«

Richard kicherte. Drew lachte noch lauter. Am liebsten hätte Gabrielle beiden etwas an den Kopf geworfen, doch fast alles in der Kabine war festgeschraubt. Kein Nippes, nichts stand herum, außer ein paar großen Reisekoffern, direkt neben ihren eigenen, also hatte der Kapitän wohl auch noch nicht ausgepackt.

Mit spitzem Finger deutete sie zur Tür und sagte zu ihrem Freund: »Geh, sonst setzte ich dich auch auf die lange Liste von Leuten, die heute noch ausgepeitscht werden.«

Doch als sie sah, dass Richard die Tür öffnete und die Kette mitnahm, rief sie ihn zurück. »Du könntest mich gnädig stimmen, indem du vor deinem Abgang noch dafür sorgst, dass der Kapitän an diese Kette gelegt wird. Und pass auf, dass sie auch hält, verdammt.«

Richard zuckte zusammen. »Kann ich das je wieder gutmachen?«

Statt einer Antwort starrte Gabrielle ihn nur mit zusammengekniffenen Augen an.

Kapitel 26

Ohr und Richard leisteten Gabrielle beim Abendessen in der Kabine Gesellschaft. Ohr schaute einige Male zum ehemaligen Kapitän hinüber und fragte schließlich besorgt: »Willst du ihn so hier behalten?«

»Du meinst angekettet? Im Augenblick ja. Dann wird er nicht wieder verletzt.«

»Wann ist er denn verletzt worden?«

Sie hätte es gar nicht erwähnen sollen, doch nachdem es nun einmal geschehen war, beschloss Gabrielle, lieber die Wahrheit zu sagen, als irgendwelche banalen Ausreden zu erfinden. Außerdem würde es erklären, warum sie wollte, dass Drew in Ketten blieb.

»Er hat es geschafft, sich zu befreien«, erklärte sie, dann fügte sie schnell hinzu, »und ich habe es geschafft, ihn wieder in Fesseln zu legen. Es ist nichts wirklich Schlimmes passiert.«

»Ich könnte ihn stattdessen an Deck anketten«, schlug Ohr vor.

»Schrubbt die Decks!«, kreischte Miss Carla.

Alle lachten über den Papagei. Es war typisch für ihn, einen seiner zahlreichen Sprüche von sich zu geben, sobald er ein Wort hörte, das darin vorkam. Doch so spät am Abend hätte Gabrielle den Vogelkäfig längst abdecken sollen. Das holte sie nun nach und kehrte anschließend an den Tisch zurück. Sie bemerkte, dass Drew den Papageienkäfig erstaunt ansah. Vermutlich hatte er den Vogel noch nicht reden hören.

Zu Ohrs Vorschlag war zu sagen, dass es zufällig in jener Nacht regnete, doch selbst wenn dem nicht so gewesen wäre, hätte Gabrielle es nicht über sich bringen können, Drew an Deck anketten zu lassen.

Sie sagte zu ihren Freunden: »Ich möchte ihn lieber nicht wegbringen lassen.«

»Dann nimm doch unsere Kabine«, meinte Richard. »Wir können hier schlafen.«

Gabrielle dachte kurz nach. Die Anstandsregeln geboten, den Vorschlag anzunehmen, allerdings war es ein wenig spät, sich über Anstand den Kopf zu zerbrechen, nachdem sie sich als Piratin bezeichnete. Außerdem war die Tatsache, dass sie dieses Zimmer, das Reich des Kapitäns, bewohnte, im Grunde das Einzige, was ihren Plan stützte. Ihre Männer nannten sie zwar Käpt'n, doch Drew sollte mit eigenen Augen sehen, dass die Befehle von ihr kamen. Und dass ihre Leute heute so häufig ins Zimmer gekommen waren, bewies es. Darüber hinaus, wie sollte sie sich an dem Kapitän rächen, wenn sie nicht ständig Zugang zu ihm hatte?

Gabrielle schüttelte den Kopf. »Ich komme hier schon zurecht.« Zum Glück erhoben Richard und Ohr keine Einwände, obwohl sie sicherlich etwas gesagt hätten, wenn Drew nicht in Hörweite gewesen wäre.

Nach dem Essen blieben sie noch eine Weile und Richard gab sich alle Mühe, Gabrielle zum Lachen zu bringen. Er machte sich immer noch Vorwürfe, dass er ihr am Nachmittag den Auftritt verdorben hatte, denn Gabrielle hatte bislang keine Gelegenheit gehabt, mit ihm darüber zu reden und ihm zu versichern, dass es ohnehin eine dumme Idee gewesen war.

Drew saß derweil in seiner Ecke, beobachtete sie stumm und lauschte wahrscheinlich jedem ihrer Worte. Er war jetzt nur noch mit der Kette am Fuß festgebunden. Gabrielle selbst hatte ihm vor einiger Zeit die Fesseln abgenommen. Das war schwierig und ziemlich gefährlich gewesen. Sie hatte die Stricke gerade weit genug gelöst, dass er sie selbst abstreifen konnte, während sie sich eilig aus seiner Reichweite entfernte.

Seither hatte er nicht mehr auf dem Stuhl gesessen, an den er gefesselt gewesen war. Er war aufgestanden und hatte eine Zeit lang seine langen Gliedmaßen gereckt, was ihre Blicke angezogen und sie, sehr zu ihrer eigenen Verärgerung, fast wieder dazu gebracht hatte, sich in seinen Anblick zu vertiefen.

Danach hatte Drew sich mit weit gespreizten Beinen auf den Boden gehockt und den Rücken an die Wand gelehnt. In seiner Ecke auf dem Boden sitzend hatte er auch seine Mahlzeit eingenommen, nachdem Bixley ihm den Teller zugeschoben hatte. Keiner wollte in seine Nähe kommen, was nur gut war. Drew wirkte zwar nicht halb so einschüchternd wie dieser bärenstarke erste Offizier Timothy Sawyer, doch war er immerhin ein überaus großer, muskulöser Mann.

Die Stiefel hatte Drew ausgezogen, wohl um irgendwann auszuprobieren, ob er die Fessel über den Knöchel streifen konnte. Mitsamt Stiefel lag sie wohl zu eng an. Gabrielle hatte ihn beobachtet und das war ihm durchaus bewusst, deshalb hatte er es wohl noch nicht versucht. Sie war jedoch derart beunruhigt, dass sie ihn angewiesen hatte, das Hosenbein hochzukrempeln.

Daraufhin hatte er sie bloß angestarrt. Drew dachte gar nicht daran, ihr zu gehorchen. Gabrielle hatte nur die Zähne zusammengebissen. Als Gefangener war er einfach unmöglich. Kampflustig, unkooperativ und beleidigend. Sie beschloss, ihn in Ruhe zu lassen. Schließlich trug er eine verdammte Fußfessel, speziell dafür gefertigt, sich *nicht* abstreifen zu lassen. Und so groß und gut gebaut wie er war, mussten Drews Beine kräftiger sein als die anderer Männer.

Erst reichlich spät, nachdem ihre Freunde gegangen waren, fiel Gabrielle ein, dass sie ihre eigenen Bedürfnisse hintanstellen musste, solange sie ein Zimmer mit ihrem Gefangenen teilte. Nun, sie würde nicht zum ersten Mal in ihren Kleidern schlafen. Auf der Pirateninsel, als sie selbst gefangen gewesen war, hatte sie ihre Kleidung kein einziges Mal abgelegt. Es machte ihr nichts aus, sie auch in dieser Situation anzubehalten …

Plötzlich kam ihr eine Idee und sie wurde sehr still. Warum

seinetwegen eine Ausnahme machen? Gütiger Himmel, ihm ein wenig nackte Haut zu zeigen, war eigentlich eine großartige Gelegenheit, ihn so sehr zu reizen, dass er es kaum aushalten konnte. Sie musste nur genug Mut aufbringen. Am einfachsten wäre es wohl, sich ganz normal zu benehmen. Sie wollte jedenfalls nicht, dass er dachte, sie täte es mit Absicht.

Daher ließ Gabrielle, ehe sie ihre Meinung ändern konnte, hastig ihren Rock zu Boden gleiten und zog sich die Bluse über den Kopf. Und natürlich war sie hochbefriedigt, als sie hörte, dass Drew scharf die Luft einsog.

»Verdammt, Weib, was zum Teufel machst du da?«, brüllte er sie beinah an.

Während sie in Hemd und Höschen vor ihm stand, was ihr Hinterteil aufs Vorteilhafteste zur Geltung brachte, warf sie einen Blick über die Schulter und sagte kokett: »Oh, tut mir leid, ich hatte vergessen, dass du da bist.«

Dann drehte sie sich zu ihm um, sodass er die üppigen Kurven ihres Busens bewundern konnte, dessen obere Hälfte vom tiefen Ausschnitt ihres Hemdchens enthüllt wurde. Sie hörte ihn aufstöhnen, als sein Blick auf ihre Büste fiel, und während sie in ihrer knappen Unterwäsche in sein Bett schlüpfte, musste sie sich das Lachen verkneifen. So zu tun, als könne sie seine Anwesenheit in der Kajüte einfach vergessen, war ein doppelter Angriff gewesen, sowohl auf seine Männlichkeit als auch auf seinen Stolz.

Doch falls sie geglaubt hatte, ihr sei es an diesem Tag gelungen, ihm mit ihrer Rache einen derben Schlag zu versetzen, hatte sie sich leider getäuscht. Das machte Drew ihr umgehend klar.

Kaum hatte Gabrielle die Lampe neben seiner Koje gelöscht und sich auf das Kissen sinken lassen, sagte Drew: »Weißt du, dass diese Kette rostig ist?«

Gabrielle öffnete die Augen und schaute an die Decke, auch wenn sie aufgrund der Dunkelheit nichts erkennen konnte. Er bleibt den ganzen Abend stumm, und wenn die Lampe ausgeht, fängt er an zu reden?, dachte sie irritiert. Es wäre wohl besser gewesen, vor dem Zubettgehen mit ihm zu reden. Sie hätte ihn zumindest wissen lassen können, dass es nicht ihre Idee gewesen war, dass er dort auf dem Boden hockte, und dass sie ihm eine Hängematte besorgt hätte, wenn er darum gebeten hätte.

Andererseits, wollte sie überhaupt, dass er dachte, sie habe auch eine weiche Seite? Früher, als er noch ganz oben auf ihrer Liste von Heiratskandidaten gestanden hatte, hatte sie sich gewünscht, er würde ihr wahres Ich kennen und aufhören, sie falsch zu beurteilen. Doch dafür war es nun zu spät. Jetzt wollte sie genau das Gegenteil.

»Ihr seid darauf aus, dass ich eine Blutvergiftung bekomme, nicht wahr?«, sagte er als Nächstes.

Gabrielle biss die Zähne zusammen und überlegte, ob sie ihn einfach nicht beachten sollte. Vielleicht würde er den Wink verstehen oder annehmen, sie sei bereits eingeschlafen.

»Ah, ich begreife«, hörte sie ihn weiterreden. »Der Plan war also von jeher, mich über Bord zu werfen und umzubringen.«

Gabrielle setzte sich auf, doch es war zu dunkel, um Drew in seiner Ecke zu sehen. »Du hättest einfach deine Stiefel anlassen sollen«, konterte sie durchaus vernünftig.

»Glaubst du, das würde einen Unterschied machen? Diese Kette ist so rostig, dass sie sich auch durch das Leder fressen würde.«

Gabrielle legte sich wieder hin und schlug den Kopf zweimal gegen das Kissen. »Das hier war wirklich keine gute Idee«, zischte sie. »Wenn wir in wärmeren Gewässern wären, würde ich jetzt gehen und selbst an Deck schlafen, das kannst du mir glauben.«

Drew reagierte nicht. Er blieb sogar eine Weile ruhig, was Gabrielle dazu ermutigte, es noch einmal mit dem Einschlafen zu versuchen.

Doch dann hörte sie ihn im Dunkeln sagen: »Ich werde einen Nachttopf brauchen, Weib, oder willst du, dass ich mich auf den Boden erleichtere?«

Gabrielle riss die Augen auf und ihre Wangen färbten sich rot. Sie schoss aus der Koje und suchte hastig nach einem Streichholz, um die Hängelampe anzuzünden, die sie kurz zuvor gelöscht hatte. Drew saß an derselben Stelle, an der er gewesen war, als sie sich in seine Koje gelegt hatte. Er konnte es wohl nicht ertragen, dass sie dort schlief, während er mit einer Kette am Fuß in der Ecke hockte. Sie entdeckte den Nachttopf, stellte ihn auf den Boden und schob ihn mit dem Fuß in seinen Teil des Zimmers. Dann ging sie zu einem seiner Koffer und wühlte darin herum.

»Was machst du da?«

Gabrielle achtete gar nicht auf Drews beleidigten Ton. Sicher passte es ihm nicht, dass sie in seinen Koffern kramte. »Ich suche etwas, das du dir unter deine Fessel schieben kannst«, erwiderte sie schnippisch. »In meinen Koffern würde ich sicher nichts Passendes finden, es sei denn, ich zerschneide meine Sachen, und das habe ich bestimmt nicht vor.«

»Du hast mich also gehört?«

»Selbstverständlich.«

»Ich nehme an, das heißt, du möchtest nicht, dass ich eine Blutvergiftung bekomme.«

Gabrielle schnaubte und warf ihm zwei Strümpfe zu, die sie gefunden hatte. »Ich würde sie zusammenfalten und unter das Eisen schieben, anstatt sie anzuziehen. Also, wenn du nichts dagegen hast, hätte ich jetzt gern etwas Ruhe, damit ich einschlafen kann.«

»Wenn du Ruhe suchst, hättest du eine andere Kajüte nehmen müssen.«

»Ich könnte auch dich an Deck schaffen lassen«, drohte sie ihm.

Daraufhin hielt Drew den Mund.

Kapitel 27

Das verdammte Weibsbild hätte mir wenigstens etwas Bettzeug zuwerfen können, dachte Drew vor Wut schäumend, während er auf dem harten Holzboden seiner Kabine saß. Draußen regnete es – es schüttete sogar – und durch den unteren Türschlitz drang ein kalter Luftzug in den Raum. Gewöhnlich fand Drew das Geräusch von Regen beruhigend. Er mochte es sogar, im Sturm das Ruder seines Schiffes zu übernehmen. Den Urgewalten ausgesetzt zu sein, reizte all seine Sinne. Doch die Gelegenheit würde er heute nicht bekommen.

Er konnte nicht schlafen. Er hatte den Kopf an die Wand gelehnt und es versucht. Es wäre nicht das erste Mal, dass er unbequem oder gar sitzend schlief. Doch in dieser Situation wollte es ihm einfach nicht gelingen, nicht wenn eine wunderschöne Frau nur wenige Meter von ihm entfernt in einem weichen Bett schlummerte.

Doch das war nur einer der Gründe, warum Drew keinen Schlaf finden konnte. Die Gefühle, die in ihm rumorten, waren ein weit größeres Hindernis. Er konnte sich nicht erinnern, jemals derart wütend gewesen zu sein, und es fiel ihm schwer, damit umzugehen. Andererseits war ihm auch noch nie das Schiff gestohlen worden.

Er konnte einfach nicht glauben, dass Gabby ihm das antat. Sie sei zu zornig gewesen, um ihn einfach um die Passage zu bitten? Er war zu seinen üblichen Handelsrouten unterwegs gewesen und hätte leicht dazu überredet werden können, Gabrielle Brooks mitzunehmen. Nun ja, vielleicht nicht ganz so leicht. Schließlich hatte er ihretwegen beschlossen, einige Tage früher abzureisen als ursprünglich geplant. Er hatte so weit wie möglich vor ihr fliehen wollen, weil sie eine zu große Versuchung für ihn darstellte.

Im Laufe der letzten Woche war diese Versuchung immer stärker geworden. Sobald Gabrielle aufgehört hatte, sich mit ihm zu kabbeln, hatte er angefangen, sich vorzustellen, wie hübsch sie sich in seiner Koje machen würde. Am Ende hatte er sie so sehr begehrt, dass er alle Vorsicht in den Wind geschlagen und tatsächlich versucht hatte, sie dazu zu bewegen, in sein Zimmer zu kommen. Das war natürlich dumm gewesen. Danach hatte er sich nur noch mehr nach ihr verzehrt. Und anstatt zu ihm zu gekommen, hatte sie ihre Männerjagd einfach fortgesetzt. Das war wahrscheinlich der Grund, warum er sich in den letzten zwei Nächten im Hafen betrunken hatte und so dumm gewesen war, zu diesem Ball zu gehen und zu versuchen, ihre Suche nach einem Ehemann zu hintertreiben. Sie dann auch noch auf diesem Ball mit Wilbur zu sehen, dem Bewerber, den sie zu favorisieren schien … es überraschte ihn nicht, dass er sie, wie sie behauptete, in Verlegenheit gebracht hatte. Er konnte sich nicht mehr genau erinnern, was er gesagt hatte, aber er wusste noch, dass seine Schwester ihm deswegen große Vorwürfe gemacht hatte.

Drew seufzte leise. Es sah ganz danach aus, als habe er letztlich Erfolg gehabt und als zeige Gabrielle endlich ihr wahres Gesicht. Das verdammte Weibsstück war tatsächlich eine Seeräuberin. Wie der Vater so die Tochter. Dabei hätte er sie längst gefügig machen können. Sie fühlte sich zu ihm hingezogen. Das war ihm von Anfang an aufgefallen. Wenigstens eine bessere Schlafgelegenheit hätte er ihr abluchsen sollen. Doch seine Wut stand ihm im Weg. Gegenwärtig war ihm die Vorstellung, sie umgarnen zu müssen, zuwider. Weil sie die Oberhand hatte? Weil sie sein Schiff gestohlen, ihm die eigene Pistole an den Kopf geknallt und ihn auf dem verdammten Boden angekettet hatte? Oder weil er sie – trotz allem – immer noch begehrte?

Er hatte eine neue Kostprobe von ihr bekommen, das war das Problem. Warum zum Teufel hatte er das getan? Er war knapp davor gewesen, freizukommen, den Piraten sein Schiff wieder abzunehmen und den Spieß umzudrehen. Doch dann ließ er sich von ihren sinnlichen Lippen in Versuchung führen. Er war schlicht unfähig gewesen, dem Drang, sie zu küssen, zu widerstehen, als er ihren Mund so nah vor sich sah, ihr Hinterteil sich auf seinem Schoß wand und ihr Duft ihm in die Nase stieg.

Seine Männlichkeit regte sich allein bei dem Gedanken an diesen Kuss. Verfluchtes Weibsbild …

»Hab ein Loch in eine der Kabinenwände gemacht«, flüsterte sein erster Offizier. »Dachte, es würde Ihnen nichts ausmachen, Käpt'n.«

Drew, der an die Wand gelehnt dagesessen hatte, beugte sich abrupt vor. Es war so unglaublich, dass er fast laut losgelacht hätte. Er war so tief in Gedanken gewesen, dass er nicht gehört hatte, wie Timothy Sawyer in die Kabine geschlichen war. Doch offensichtlich war auch die Piratin auf der anderen Seite der Kajüte nicht aufgewacht. Drew konnte seinen ersten Offizier nicht sehen. Wegen des Regens fiel kein Licht durch die breite Fensterfront und Gabby hatte die Hängelampe wieder ausgemacht, ehe sie in seine Koje zurückgekehrt war, daher war es stockdunkel im Raum. Sie lag in seiner Koje. Verdammt, es machte ihn wütend, dass sie darin schlief – ohne ihn.

»Überhaupt nichts«, flüsterte Drew ebenso leise wie Timothy. »Warum hat das so lang gedauert?«

»Musste erst sichergehen, dass niemand auf der anderen Seite war und Alarm schlagen konnte.«

»Hast du die Mannschaft schon freigelassen?«

»Dachte, ich sollte vorher Sie erlösen.«

»Ich wusste, dass ich mich auf dich verlassen kann, Tim.«

»Das war das Mindeste, was ich tun konnte, Käpt'n, nachdem ich mich gestern von ihnen hab' überwältigen lassen«, sagte der Mann mürrisch.

»Nun, ich bezweifle ernstlich, dass irgendjemand anders auf die Idee gekommen wäre, durch Wände zu gehen«, meinte Drew.

Er grinste, was Timothy allerdings nicht sehen konnte. Für gewöhnlich war der erste Offizier, der nun schon eine ganze Reihe von Jahren bei ihm war, ein ruhiger, freundlicher Bursche, der nie irgendwelche Schwierigkeiten machte. Trotz seiner Größe war er einer der friedlichsten Menschen, die Drew je begegnet waren – solange man ihn nicht reizte. Denn wenn das passierte, konnte die Hölle losbrechen.

Es kam nicht oft vor, doch genau wie Drew, hasste Timothy es, eingesperrt zu sein. In Bridgeport hatten sie nachts einmal zu viel Krawall gemacht, daher waren sie zur Ausnüchterung in eine Gefängniszelle gesteckt worden. Als Timothy wieder nüchtern war, hatte er sich wie ein wild gewordener Bär aufgeführt, den man in einen zu engen Käfig gesperrt hat. Er hatte sich auf die Gitter gestürzt, und es war ihm, verdammt noch mal tatsächlich gelungen, sie zu verbiegen. Für diese Beschädigungen hatte Drew ebenfalls aufkommen müssen.

»Lassen Sie mich Ihre Stricke lösen«, sagte Timothy.

»Es gibt keine Stricke. Die habe ich schon einmal loswerden können, deshalb liege ich jetzt an einer eisernen Kette.«

»Das könnte allerdings zum Problem werden. Hat die Piratin die richtigen Werkzeuge, um Sie zu befreien? Oder braucht man einen Schlüssel für das Schloss?«

»Es gibt keinen Schlüssel und einer ihrer Männer hat die ...« Drew brachte den Satz nicht zu Ende. Er saß gegenüber der Tür und sah Licht durch den unteren Spalt fallen. »Vorsicht«, zischte er leise, »ich glaube, wir bekommen Besuch.«

Es blieb nicht genug Zeit, Vorkehrungen zu treffen. Die Tür wurde praktisch in dem Moment geöffnet, in dem Drew seine Warnung ausgesprochen hatte. Im Türrahmen stand der attraktive Pirat, den Gabby am Nachmittag zu küssen versucht hatte. Leider war er nicht allein. Der große Chinese, den

Gabby anscheinend sehr gern mochte, und noch zwei weitere Männer waren bei ihm. Einer von ihnen musste mitbekommen haben, was passiert war, oder irgendjemand hatte zufällig das Loch in der Wand entdeckt und war geistesgegenwärtig genug gewesen, Verstärkung mitzubringen.

Es war ein äußerst gefährlicher Augenblick. Die vier gerade hereingekommenen Piraten waren bewaffnet und alle vier Pistolen zeigten direkt auf Timothys Brust.

Drew fürchtete, dies könnte einer jener Momente sein, in denen sein erster Offizier nicht ruhig bleiben würde. Er konnte spüren, wie angespannt und wütend Tim war, weil er das, was er sich vorgenommen hatte, nicht zu Ende führen konnte. Und es wäre nicht das erste Mal, dass dieser Koloss gegen jede Vernunft handelte. Wahrscheinlich war er viel zu wütend, um die verdammten Pistolen überhaupt zu bemerken.

Plötzlich sprang Gabrielle aus dem Bett. In eine Decke gewickelt stellte sie sich mitten zwischen die beiden Parteien. Und auch sie sprühte vor Zorn.

»Ich habe für einen Tag verdammt noch mal genug Aufregung gehabt, meine Herren«, schnauzte sie. »Also werdet ihr alle die Lage überdenken und zu dem Schluss kommen, dass Schlaf im Moment wesentlich erstrebenswerter ist als Blutvergießen.«

Drew stieß die Luft aus, die er, ohne es zu bemerken, angehalten hatte. Es passte ihm allerdings gar nicht, dass er gegenüber dieser Dame auf einmal Dankbarkeit empfand. Er musste jedoch eingestehen, dass sie sehr schnell reagiert und gleich erkannt hatte, dass Timothy die Männer nicht über sie hinweg angreifen würde. Der riesige Kerl hatte keinerlei Probleme damit, ein Dutzend Männerköpfe aneinander zu schlagen, doch einer Frau hätte er nie auch nur ein Haar gekrümmt. Gabrielle hatte fest geschlafen, es fiel ihr aber offenbar nicht schwer, auf der Stelle hellwach zu sein und die richtigen Entscheidungen zu treffen.

»Verdammte Seeräuberinnen«, brummelte Timothy leise. Da wusste Drew, dass die Gefahr vorüber war.

»Jetzt reicht es mir aber mit Ihnen, Mr. Sawyer«, schimpfte Gabrielle. »Ist Ihr Leben Ihnen wirklich so wenig wert, dass Sie es geradezu darauf anlegen, erschossen zu werden?«

»Habe ich das getan?«, fragte Timothy mit verlegenem Augenaufschlag. »Dann entschuldige ich mich.«

Gabrielle schnalzte verächtlich mit der Zunge, warf jedoch einen Blick über die Schulter, um ihren Männern zu sagen: »Bringt ihn zurück ...«

»Wohin zurück, *chérie*?«, unterbrach Richard sie. »In der Kabine, in der er war, klafft ein Loch neben der Tür.«

»Er ist tatsächlich durch die Wand gegangen?«, fragte Gabby ungläubig. Dann schaute sie sich seufzend wieder zu Timothy um und fixierte ihn mit einem tadelnden Blick. »Sie sind eine echte Plage, Mann. Was soll ich nur mit Ihnen anfangen?«

Ungläubig hörte Drew, wie Timothy betreten sagte: »Ich werde Ihnen keine Schwierigkeiten mehr machen, Miss.«

Drew stöhnte. Kaum wurde er von einer hübschen Frau gescholten, gab dieser Kerl klein bei!

Doch Gabby war noch nicht fertig. »Geben Sie mir Ihr Wort darauf.«

Diesmal sah Timothy sie nur stumm an. Vielleicht überlegte er, ob man ein Versprechen, das man einer Piratin gab, halten musste.

Gabby war jedoch zu verärgert, um ihm lange Zeit zum Grübeln zu lassen. Sie kommentierte sein ausgedehntes Schweigen mit den Worten: »Ich betrachte das als nein«, und marschierte zum Tisch neben der Koje, um Drews Pistole zu holen.

Da die Frau ihn schon einmal getäuscht hatte, indem sie den Eindruck zu erwecken versuchte, sie sei keine Piratin, obwohl er doch nun wusste, dass sie eine war, hatte Drew nicht die geringste Ahnung, wozu sie fähig war. Womöglich erschoss sie Tim einfach, damit er sie nicht länger »plagen« konnte, wie sie es ausgedrückt hatte.

Deswegen zischte er seinem Freund zu: »Gib ihr eine Antwort, verdammt noch mal!«

Gabrielle hörte das zwar, sagte aber nichts dazu und schaute weiter finster drein. Sie bemerkte lediglich: »Bei Ihrer Unentschiedenheit wird keiner von uns in die Koje kommen. Wollen Sie mir wenigstens Ihr Wort geben, dass Sie heute Nacht keinen Ärger mehr machen werden, damit wir alle noch etwas schlafen können?«

»Das kann ich machen.«

Gabrielle überdachte kurz ihre Möglichkeiten. Eigentlich schien sie zu verärgert zu sein, um sich damit zufriedenzugeben, dass nur ein Teil ihrer Forderungen erfüllt wurde. Aber, und Drew hasste es, das zugeben zu müssen, sie sah einfach hinreißend aus, wie sie da stand mit ihrer Wolldecke, die sie vor der Brust zusammenhielt, und dem langen schwarzen Haar, das ihr zerzaust über die Schultern fiel. Doch dann änderte sich ihr Gesichtsausdruck. Sie nickte. Und Drew brauchte nur einen Augenblick, um zu erraten, dass ihr soeben wieder eingefallen war, was ihr junger Freund ihr früher am Tag erzählt hatte, dass es nämlich zwei Ketten im Frachtraum gegeben hatte. Eine davon trug Drew und eine war noch für Timothy übrig.

Verdammt! Ein Mann in Ketten reichte dem Weib wohl noch nicht, es mussten gleich zwei sein!

Kapitel 28

Timothy Sawyer hätte auch allein zu seiner Kabine zurückgehen können, doch Gabrielle traute seinen Versprechungen einfach nicht. Ein Mann, der so riesig war wie er, bedeutete ihrer Meinung nach nichts als Ärger – großen Ärger, und sie wollte, was ihn anbetraf, kein Risiko mehr eingehen.

Zusammen mit Richard und Bixley gelang es ihr, Timothy an die stabilste Wand seiner Kabine zu ketten. Der Koloss fügte sich überraschend willig in sein Schicksal, wohl weil Gabrielle ihn ablenkte, indem sie sein Interesse am Piratenleben ihres Vaters befriedigte und eine Frage nach der anderen beantwortete.

Ehe sie sich aus seiner Kabine verabschiedete, sagte sie sogar noch zu ihm: »Danke, dass Sie Ihr Wort gehalten und keinen Ärger mehr gemacht haben.« Daraufhin zuckte er bloß die breiten Schultern.

Es war vorbei. Und das Schiff befand sich immer noch in ihrer Gewalt. Aber es war knapp gewesen.

Gabrielle ging zurück zur Kapitänskabine. Die Nachtwache war verdoppelt worden. Dafür hatte Ohr bereits gesorgt. Sie wollten nichts mehr riskieren. Und sie war lange genug mit Sawyers Unterbringung beschäftigt gewesen, um hoffen zu dürfen, dass Drew nun endlich schlief, oder, falls nicht, wenigstens Ruhe gab, damit sie schlafen konnte.

Doch so viel Glück war ihr nicht beschieden.

Drew wartete, bis sie wieder in die Koje geklettert war. Er ließ ihr sogar Zeit, es sich gemütlich zu machen, die Kissen ein paar Mal zurechtzuzupfen und das Laken glatt zu streichen, auf dem sie ruhte. Doch in dem Augenblick, in dem sie zufrieden aufseufzte – es handelte sich um eine sehr komfortable Koje – drang seine Stimme aus dem Dunkel.

»Ich habe hier herumgesessen und darüber nachgedacht, wie deine Brüste wohl schmecken.«

Zuerst dachte Gabrielle, sie hätte sich verhört. Der Mann konnte doch nicht ernsthaft so etwas sagen, noch dazu in diesem Plauderton. Liebende mochten sich über solche Dinge unterhalten, aber das waren sie bestimmt nicht!

Doch schon redete er weiter. »Salzig von der Seeluft? Wie Rosenblüten nach deinem Parfüm? Ja, ich habe den Rosenduft an dir gerochen. Oder werden sie eher wie Ambrosia schmecken?«

Mit vor Verlegenheit brennenden Wangen fauchte sie: »Ich werde dich knebeln.«

»Oh ja, komm nur.«

Gabrielle wusste, was er vorhatte. Er wollte sie so zornig machen, dass sie ihm zu nah kam, und er erneut die Oberhand gewinnen konnte. Verdammt wollte sie sein, wenn sie das tat.

Sie drehte sich auf die Seite, sodass sie ihm den Rücken zukehrte, was Drew in der Dunkelheit allerdings verborgen blieb. Doch vielleicht ging ihm ein Licht auf, wenn sie einfach nur schwieg, daher nahm Gabrielle sich fest vor, nicht mehr mit ihm zu reden.

»Aber zurück zu deinen Brüsten«, fantasierte er träge.

»Auf keinen Fall.«

So viel zu ihrem Vorsatz. Verzweifelt stülpte Gabrielle sich das Kissen über den Kopf und drückte es auf die Ohren. Verdammt, sie konnte ihn immer noch hören.

»Ich weiß, wie prall sie sind, Gabby. Ich erinnere mich, wie wunderbar sie in meine Hand gepasst haben. Und ich möchte sie schmecken. Ich hätte es tun sollen, als du heute auf meinem Schoß herumgerutscht bist. Das war übrigens sehr schön. Ich kann es kaum erwarten, dass du wieder auf mir sitzt. Aber lass uns noch einen Augenblick bei deinen Brüsten verweilen. Glaubst du, es wird dir gefallen, wenn ich sie küsse, hm?«

»Das müssen die Brüste von einer anderen gewesen sein, eine aus dieser Heerschar von Bräuten, die du in jedem Hafen hast. Meine Brüste sind winzig, fast flach, also kannst du aufhören, darüber nachzudenken.«

»Lügnerin.« Drew lachte in sich hinein. »Ich kann mich an jede Einzelheit erinnern, Gabby, wie dein Mund sich auf meinen drückte, wie leidenschaftlich du in meinen Armen warst, wie wunderbar es sich anfühlte, dich so eng umschlungen zu halten. Doch die Frage, die ich mir immer wieder stelle, lautet: Bist du immer so willig oder ist das nur bei mir so?«

»Das geht dich verdammt noch mal nichts an, Kapitän.«

»Oh, aber es wird mich etwas angehen, Schätzchen. Denn ich werde es herausfinden. Vielleicht nicht heute Nacht und auch noch nicht morgen, aber eines Tages, wenn ich dich wiederfinde – denn ich werde dich wiederfinden –, werden wir uns lieben. Das verspreche ich dir. Und dann werde ich deine Brüste zärtlich erkunden. Ich werde sogar jeden Zentimeter an dir sorgfältig erkunden. Ich habe nicht den leisesten Zweifel, dass es so kommen wird.«

Es lag Gabrielle auf der Zunge, ihm zu sagen, dass er sich täuschte, doch ein kleiner Teil von ihr, ein winzig kleiner, hoffte, dass er recht behielt. Schuld daran waren diese Fantasien über ihr Liebesspiel und sein Versprechen, dass sie wahr werden würden. Gütiger Himmel, was das in ihr auslöste, war erstaunlich. Ihr Inneres erbebte vor Vorfreude. Ihr Puls war schon bei seinen ersten Worten aus dem Takt geraten. Ihre Brüste kribbelten und ihre Brustwarzen waren im Nu hart geworden, genau wie damals im Salon seiner Schwester, als Drew versucht hatte, sie zu verführen. Sie konnte sich an jedes einzelne Gefühl erinnern, das sie in jener Nacht durchströmt hatte, und erschauerte lustvoll.

»Möchtest du gern hören, was ich als Erstes mit dir machen werde?«

»Nein!«

Gabrielle schrie regelrecht auf. Drew lachte erneut in sich hinein und ignorierte ihren Protest.

»Ich werde dich küssen, bis sich dir die Zehennägel aufrollen, ganz tief und sehr erotisch, und du wirst das Gleiche tun wollen. Du wirst meinen Kuss sogar erwidern. Du wirst einfach nicht widerstehen können. Du wirst mich umarmen und dich an mich klammern, und zwar so fest, dass du spürst, wie sehr ich dich begehre, doch zuerst werden unsere Zungen Liebe machen. Ich werde genau das richtige Tempo wählen. Ich mache dich schier wahnsinnig vor Lust, noch bevor ich dich aus den Kleidern schäle. Und wenn ich dich schließlich ausziehe, werde ich unendlich langsam vorgehen. Weißt du warum?«

Hör nicht hin. Sag nichts. Gott, es war verdammt heiß in der Kajüte. Ihre Unterwäsche schien am Körper zu kleben, sodass Gabrielle den Drang bekämpfen musste, sie sich selbst vom Leib zu reißen.

»Wenn ich dich ausziehe, werde ich jeden einzelnen Moment genießen«, erklärte er ihr jetzt mit leiserer, rauerer Stimme. »Und du auch, denn ich werde dich überall streicheln und küssen. Kein Teil von dir wird meiner Aufmerksamkeit entgehen. Dein Hals, deine Ohren, deine Schultern werden meine Lippen spüren. Deine Brüste streichele ich mit meiner Zunge. Deine Füße und Waden, und besonders deine Schenkel, werden von meinen Händen verwöhnt. Und zwischen deinen Beinen, wo du feucht vor Lust auf mich wartest, werde ich …«

»Hör auf! Bitte!«

»Willst du mich gleich?«, fragte er leise und verführerisch. »Du weißt, dass du mich begehrst. Komm zu mir, Gabby. Lass es uns jetzt tun. Wir brauchen nicht zu warten.«

Gabrielle biss sich auf die Lippen, um sich davon abzuhalten, Drew eine Antwort zu geben. Und dann, als bekäme sie einen Eimer kaltes Wasser über den Kopf, hörte sie ihn sagen: »Im Augenblick begehre ich dich so sehr, dass ich den Eindruck habe, ich könnte mich mit bloßen Händen von dieser Kette befreien.«

Nichts hätte sie schneller aus ihren erotischen Träumereien reißen können, als der Gedanke daran, dass er wieder freikommen und die Situation beherrschen könnte. Noch nicht. Noch konnte sie ihm das Schiff nicht zurückgeben.

Gabrielle sprang aus dem Bett, schnappte sich ein paar Kleidungsstücke und schleifte die Decke hinter sich her. Drew hörte sie durch die Kajüte gehen, denn sie gab sich keine Mühe, leise zu sein. Sie bewegte sich allerdings nicht in seine Richtung.

Er fragte: »Wohin willst du?«

»Einen Eimer kaltes Wasser holen«, schnauzte Gabrielle, die schon fast an der Tür war.

»Verdammtes Weibsbild, komm zurück!«

Aber Gabrielle ließ sich nicht aufhalten. Sollte er ruhig glauben, dass sie ihm einen Eimer kaltes Wasser über den Kopf schütten würde, weil er sie mit absurden sexuellen Fantasien gequält hatte, doch Gabrielle hatte etwas anderes vor. Als sie tatsächlich einen Eimer mit Wasser fand, spritzte sie es sich selbst ins Gesicht. Dann suchte sie eine Stelle an Deck, die nicht allzu windig war, und rollte sich unter ihrer Decke zusammen, um noch etwas Schlaf zu bekommen. Das war zwar nicht sehr gemütlich, doch in der Kapitänskabine herrschte eine andere Art von Ungemütlichkeit, gegen die sie gar kein Mittel hatte, daher zog sie alles andere vor.

Ohr stupste an Gabrielles Fuß, der unter der Decke hervorragte, die sie mit an Deck gebracht hatte. Verschlafen schaute sie zu ihm hoch und er reichte ihr die Hand, um ihr aufzuhelfen. Sie hatte in der Nacht viel zu wenig Schlaf bekommen, um gleich wieder klar bei Verstand zu sein.

»Harte Nacht gehabt?«, fragte er.

Das schien ihr, angesichts der Tatsache, dass Ohr sie schlafend an Deck gefunden hatte, eine logische Frage zu sein. Doch es beschrieb noch nicht einmal im Ansatz, was der Kapitän dieses Schiffes ihr mit seinem Liebesgeflüster gestern Nacht zugemutet hatte.

Allerdings entgegnete sie bloß: »Der Kapitän ist zu – ach, du meine Güte, ich wollte Kabine sagen. Die Kabine ist zu heiß geworden, deshalb wollte ich eine Weile frische Luft schnappen. Ich muss eingeschlafen sein, ehe ich abgekühlt war.«

»Bist du sicher, dass du nicht mit uns die Kabine tauschen willst?«, fragte Ohr.

»Oh, das würde ich gern tun, ja!«

Gabrielle lief rot an. Sie hatte zu hastig geantwortet, noch dazu nach dem Versprecher, den sie sich soeben geleistet hatte. Wie peinlich!

Ohr tat jedoch, als hätte er nicht bemerkt, wie verzweifelt sie sich angehört hatte. Aber so war er eben. Selbst wenn er haargenau wusste, was sie dachte, würde er es nicht sagen oder es sich am Gesicht ablesen lassen. Darin, seine Züge unter Kontrolle zu halten, war er sehr wahrscheinlich ebenso gut wie James Malory.

Doch das war Gabrielle im Augenblick völlig egal. Ihr ging es ganz allein darum, nie wieder eine dermaßen aufwühlende Erfahrung machen zu müssen. Mein Gott, wie unglaublich dämlich sie gewesen war zu glauben, sie brächte es fertig, mit diesem dreisten Amerikaner im selben Zimmer zu nächtigen. Er war viel zu hübsch. Selbst im Dunkeln, wenn sie ihn gar nicht sehen konnte, war er sündhaft verführerisch und seine lockende Stimme allzu aufreizend. Sie hatte nicht geahnt, dass es überhaupt möglich war, allein von Worten derart erregt zu werden.

Die augenblickliche Einteilung konnte einfach nicht funktionieren. Sie musste die Oberhand behalten, wenn sie es ihm heimzahlen wollte. Sogar in Ketten war *er* gestern Nacht derjenige gewesen, der die vollständige Kontrolle gehabt hatte. Er hatte dafür gesorgt, dass *ihre* Sinne sich regten, er hatte *ihr* Verlangen geweckt. Dabei wollte sie *ihn* verführen! Wie sollte sie das aber schaffen, wenn sie wegen der Gefühle, die er in ihr wachrief, keinen klaren Gedanken mehr fassen konnte?

Dabei ging es ihm zweifellos nur darum, sein Schiff zurückzubekommen.

Gabrielle verbannte Drew aus ihren Gedanken und fragte Ohr: »Hast du noch etwas Schlaf bekommen nach der Aufregung, die wir gestern Nacht mit Sawyer hatten?«

»Ein paar Stunden, mehr brauche ich nicht. Ich werde jetzt das Steuer übernehmen – oder möchtest du?«

Ohr meinte es ernst. Das Schiff zu steuern, war eins der Dinge, die ihr Vater sie gern gelehrt hatte, wenn sie zusammen unterwegs waren. Sie hatte zwar nicht genug Kraft in den Armen, um das Steuer sehr lang oder gar bei schlechtem Wetter zu übernehmen, doch der Morgen war wunderschön klar und der Wind blies stetig, daher nickte Gabrielle und folgte Ohr zum Achterdeck.

Dort ließ er sie allein. Fast hätte Gabrielle ihn zurückgerufen. Sie wusste, worüber sie in ihrer Einsamkeit am Ende nachdenken würde – über ihn –, daher war sie erleichtert, als Richard sich wenige Minuten später zu ihr gesellte.

»Normalerweise macht es mir nichts aus, keine Frau zu haben«, sagte Richard.

Er saß mit dem Rücken ans Steuer gelehnt, daher schaute er Gabrielle nicht an. Bis dahin hatte er über dies und jenes geplaudert, meist Belangloses. Dann kam diese Bemerkung aus heiterem Himmel und Gabrielle wusste nicht, wie sie reagieren sollte, denn sie hatte keine Ahnung, worauf sie sich bezog. Also blieb sie stumm und hoffte, sich schlicht verhört zu haben. Doch damit hatte sie kein Glück.

»Es ist dein Fehler, weißt du?«, fuhr Richard fort. »Wenn

du gestern nicht versucht hättest, mich zu küssen, hätte ich gar nicht mehr an sie gedacht.«

Ach du lieber Himmel, es ging um Georgina Malory. Gabrielle hatte ernsthaft geglaubt, diese Sache sei ausgestanden. Als sie Richard aufgesucht hatte, um ihm von James' Drohung zu berichten – dass Richard ein toter Mann sein würde, falls er Malorys Frau je wieder zu nahe kam – hatte Richard ihr versichert, keine Frau sei ihm das Leben wert.

Daran erinnerte sie ihn jetzt. »Du hast versprochen, dich von ihr fernzuhalten.«

»Damals, ja, aber doch nicht für immer.«

Gabrielle verdrehte die Augen. Richard bemerkte es nicht. Er schaute immer noch aufs Meer hinaus.

Gabrielle versuchte es mit Vernunft. »Sie ist wirklich eine bemerkenswerte Frau.«

»Ganz meine Meinung«, stimmte Richard zu.

»Bemerkenswert insofern als sie ihren Mann liebt. Das ist nämlich nicht bei allen Frauen so. Die meisten heiraten aus Gründen, die mit Liebe oft gar nichts zu tun haben.«

»Was ist mit dir?«, fragte er. »Wirst du nur aus Liebe heiraten?«

»Ja.«

Richard hatte sich umgedreht und war zur Seite gerückt, nun saß er im Schneidersitz neben dem Steuer, sodass er zu Gabrielle aufschauen konnte. »Die Gelegenheit, in London die wahre Liebe zu finden, hat der Amerikaner dir jedenfalls gründlich vermasselt. Ich sollte nach unten gehen und Hackfleisch aus ihm machen, solange er noch in Ketten liegt. Irgendjemand muss schließlich dafür sorgen, dass ihm das, was er getan hat, leid tut!«

»Nein!«, sagte Gabrielle ein wenig zu hastig. »Tu ihm nichts …«

»Ah, so ist das also«, unterbrach Richard sie. »Ich hätte wissen müssen, dass dieser Kuss, den du mir gestern gegeben hast, nur für den Kapitän gedacht war. Ich durchschaue dich, *chérie*.«

»Was durchschaust du?«

Statt einer Antwort dachte Richard laut nach. »Weißt du, wenn es mir gelungen wäre, Lady Malory nur einmal allein zu erwischen, würde ich jetzt nicht mehr dauernd an sie denken. Sie wäre für mich bloß noch eine schöne Erinnerung. Ein einmaliges Techtelmechtel kann Wunder wirken. Du solltest es auch mal probieren.«

Gabrielle fiel vor Verblüffung die Kinnlade herunter. Sie wusste genau, worauf er anspielte, trotzdem sagte sie: »Ich weiß nicht, wovon du redest.«

»Natürlich weißt du das, Gabby. Du willst diesen Kapitän. Das steht dir ins Gesicht geschrieben, seit du ihn auf dem Kai zum ersten Mal gesehen hast. Und Ohr hat erwähnt, dass du letzte Nacht an Deck geschlafen hast. Konntest es wohl nicht ertragen, allein mit ihm in derselben Kajüte zu sein, hm? Ich könnte es bestimmt nicht, wenn eine Frau, die ich begehrte, so nah bei mir wäre.«

Gabrielle knirschte erbost mit den Zähnen. »Du redest, ohne nachzudenken. Vielleicht finde ich ihn attraktiv, aber das täte schließlich jede Frau. Außerdem wüsste ich nicht, was ich dagegen tun sollte. Anders als ihr Männer brauchen wir Frauen zuerst einen Ring am Finger.«

Richard lüpfte eine Braue, wohl weil ihre Antwort so steif und spröde ausgefallen war. »Ist das wirklich so? Ich hätte dich nie für eine prüde …«

»Warum zum Teufel bin ich wohl nach England zurückgekehrt? Doch ausschließlich um einen Ehemann zu finden«, unterbrach Gabrielle. »Wenn ich nicht zuerst verheiratet sein wollte, hätte ich schon einige Male vom Pfad der Tugend abkommen können, wenn man es so ausdrücken will.«

»Und warum hast du es nicht getan?«

»Richard, ich schwöre dir, wenn du so weiterredest, platzt

mir der Kragen. Du weißt verdammt gut, dass das, was du vorschlägst, einfach nicht ...«

»Alle tun es, *chérie*«, unterbrach diesmal Richard. »Du hast bloß ein behütetes Leben gelebt, in dem die Gerüchte aus der großen verdorbenen Stadt dir nie zu Ohren gekommen sind. Aber bedenke, Skandale erzählen nur von den Frauen, die ertappt worden sind. Du kannst dir gar nicht vorstellen, wie viele andere vom Pfad der Tugend abkommen, wie du es auszudrücken beliebst, ohne dass jemand davon erfährt, auch nicht die Ehemänner, die sie sich irgendwann zugelegt haben.«

»Du sprichst aus Erfahrung, oder?«

Richard grinste und wackelte vielsagend mit den Augenbrauen. »Aber natürlich.«

Dann drehte er sich um und schaute wieder übers Meer. Er machte bloß Spaß, redete Gabrielle sich ein. Falls sie ihn ernst nahm, dachte sie am Ende noch über seinen haarsträubenden Vorschlag nach, und in diese Richtung wagte sie ihre Fantasie nicht zu lenken.

»Hör auf meinen Rat, Richard«, sagte sie warnend. »Denk nicht mehr an diese Frau. Selbst wenn sie in ihrer Ehe nicht glücklich wäre, gäbe es einiges zu bedenken, wie zum Beispiel in wie viele Einzelteile dich ihr Mann zerlegen würde. Denn Malory hat es ernst gemeint. Er *würde* dich umbringen. Also tu dir selbst einen Gefallen und hör auf, an seine Frau zu denken.«

Gabrielle kam es so vor, als hätte sie Richard traurig aufseufzen hören. »Das ist leichter gesagt als getan. Versuch es doch selbst«, sagte er, als er aufstand und sich zum Gehen wandte. »Dann wirst du ja sehen.«

Gabrielle verstand genau, was er meinte. Dass sie letzte Nacht aus der Kabine geflohen war, hatte nichts daran geändert, dass sie weiter an den Kapitän denken musste. Es war ein Wunder, dass sie überhaupt eingeschlafen war. Andererseits gab es, obwohl sie sich in einer ähnlichen Lage befand wie Richard, einen wichtigen Unterschied. Sie begehrte Drew zwar ebenso sehr wie Richard dessen Schwester begehrte, doch mittlerweile verachtete sie ihn auch. Wie zum Teufel konnte sie sich nach einem Mann sehnen, den sie verabscheute? »Rein körperliche Instinkte, die mit gesundem Menschenverstand nicht das Geringste zu tun haben«, grummelte Gabrielle, während sie ein wenig zu heftig am Steuerrad zog.

Kapitel 29

Gabrielles neue Behausung war wesentlich kleiner als die Kapitänskabine, aber damit hatte sie gerechnet. Der Raum enthielt eine recht große Koje, einen frei stehenden Schrank für ihre Kleidung, einen kleinen Esstisch mit zwei Stühlen und sogar einen Schreibtisch. Keine schöne breite Lukenfront wie bei Drew, doch da sie ohnehin nicht vorhatte, viel Zeit in der Kabine zu verbringen, machte ihr das nichts aus.

Ohr hatte unaufgefordert dafür gesorgt, dass ihre Reisetaschen ein weiteres Mal umzogen, Miss Carla hatte er allerdings vergessen oder vielleicht auch absichtlich zurückgelassen, denn er konnte den Vogel nicht ausstehen. Den meisten aus Nathans Crew ging es ähnlich. Gabrielle hatte allerdings nicht die Absicht, unter dem Vorwand, den Papagei holen zu wollen, ein Wiedersehen mit dem Kapitän herbeizuführen.

Sie steckte den Kopf aus der Tür und hatte Glück, denn eben kam Bixley vorbei. »Kannst du bitte Miss Carla für mich holen?« Als sie sein erschrockenes Zurückweichen bemerkte, fügte sie hinzu: »Also hör mal, sie ist im Käfig. Deinen Fingern kann nichts passieren.«

»Ich dachte eher an meine Ohren«, erwiderte er kichernd und ging den Auftrag erledigen.

Gabrielle machte auf dem Schreibtisch Platz, damit Bixley den Käfig dort absetzen konnte, wenn er wiederkam. Kurze Zeit später erfuhr sie, womit der Kapitän sich im Laufe des Tages amüsiert hatte.

Sie war sicher gewesen, mittlerweile Miss Carlas gesamtes Repertoire zu kennen. In den letzten drei Jahren hatte sie ihr auch selbst einige Ausdrücke beigebracht. Doch kaum stand der Käfig auf dem Tisch, kreischte der Vogel laut und deutlich: »Feigling!«

Bixley zog beide Brauen hoch, als er das hörte, sah Gabrielle an und brummte vernehmlich: »So ein beleidigendes Wort sollten Sie ihm aber nicht beibringen, Miss Gabby.«

Erst da wurde Gabrielle rot. Zunächst hatte sie angenommen, Drew hätte sich das Wort bloß ausgesucht, weil er glaubte, der Papagei gehöre ihr. Doch sicher hatte er es auch gewählt, weil er dachte, es würde sie ärgern, wenn er sie einen Feigling nannte, weil sie ihn den ganzen Tag gemieden hatte. Er warf ihr gewissermaßen den Fehdehandschuh hin. Wäre sie eine echte Piratin, hätte sie das vielleicht provoziert, doch da dem nicht so war, kümmerte es sie nicht weiter.

»Das habe ich auch nicht«, entgegnete sie. »Von mir hat er das Wort nicht.«

»Ah«, sagte Bixley auf dem Weg zur Tür. »Dann war also der Amerikaner der Übeltäter.«

In der Tat, und er hatte Miss Carla noch weit schlimmere Sachen beigebracht, stellte Gabrielle zehn Minuten später fest, als der Vogel: »Zeit, dich nackig zu machen, Weib!«, kreischte.

Du lieber Himmel! Ein ganzer Satz an einem Tag? Gabrielle konnte es nicht glauben und überlegte, ob nicht vielleicht doch ihr Vater den Vogel vor langer Zeit diesen Satz gelehrt hatte und sie ihn einfach noch nicht gehört hatte, weil sie sich nie zuvor vor dem Papagei ausgezogen hatte. Denn damit hatte sie gerade angefangen, da sie in die Koje gehen wollte.

Andererseits waren die Ausdrücke, die ihr Vater Miss Carla beigebracht hatte, meist abwertend gemeint gewesen und spiegelten seine Abneigung gegen ihre Mutter wider, was insbesondere auf den Lieblingssatz des Vogels zutraf: »Carla ist eine Hexe.«

Gabrielle war erstaunt, als einige Zeit später Margery erschien. »Bist du sicher, dass es dir besser geht? Falls nicht, komme ich auch noch länger ohne dich aus.«

»Ich bin wieder gesund«, beruhigte Margery sie. »Der Ärger darüber, dass ich so lange brauche, um »seefest« zu werden, wie ihr es nennt, ist schlimmer als alles andere.«

Gabrielle schmunzelte. »Wir können ja nicht alle Seeleute sein.«

Margery schnaubte, dann steuerte sie auf Gabrielles Taschen zu. »Dann wollen wir mal auspacken. Wenigstens hat diese Kabine einen Schrank für deine Sachen. Und hier, die wirst du brauchen. Falls du vorhast, dich wie gewöhnlich an Deck herumzutreiben und bei Bedarf mit anzupacken, wie du es *ebenfalls* gewöhnlich tust, wenn du an Bord eines Schiffes bist, solltest du besser die hier tragen – nur damit ich meinen Seelenfrieden habe«, sagte Margery.

Mit »die« meinte sie eine von den abgeschnittenen Hosen, die Gabrielle sich angeschafft hatte, als Nathan anfing, sie auf seinem Schiff mitzunehmen. Sie saßen perfekt und waren sehr bequem, dazu trug Gabrielle stets eine langärmelige Bluse, die bis auf die Knie reichte und somit verbarg, wie gut die Hose ihr Hinterteil zur Geltung brachte.

Neugierig hob Gabrielle eine Braue. »Seelenfrieden?«

»Genau«, entgegnete Margery trotzig, doch dann gab sie zu. »Ich habe schon Albträume gehabt, dass du über deine langen Röcke stolperst und über Bord gehst. Und wage es ja nicht, mir zu sagen, dass könne nicht passieren, junge Dame. Wir beide wissen, dass es *durchaus* passieren kann.«

Gabrielle lachte. Typisch Margery, an dieses eine Mal zu erinnern, als der Wind einfach ihre Röcke geschnappt und so um ihre Beine gewickelt hatte, dass sie tatsächlich gestolpert und über die viel zu nahe Reling ins Meer gefallen war. Da sie sich damals auf hoher See befanden, musste sie aus dem Wasser gefischt werden. Und als sie wie ein nasser Sack an Deck gezogen wurde, musste sie auch noch das Gelächter der Crew ertragen. Noch am selben Tag hatte sie sich ein Paar Hosen von Richard besorgt und sich weitere schneidern lassen, als sie wieder zu Hause war.

»Was für ein Glück, dass ich daran gedacht habe, sie einzupacken«, fuhr Margery fort, während sie Gabrielle die Hose reichte.

»Warum hast du sie überhaupt mitgenommen?«, fragte Gabrielle. »Wir sind doch gar nicht mit Vaters Schiff gefahren.«

»Ich weiß, und ich habe sogar gehofft, du würdest sie nicht brauchen, aber um ehrlich zu sein, ich hatte Angst, du würdest dem Kapitän des Schiffes, das uns nach England gebracht hat, vorschreiben wollen, wie er sein Schiff zu führen hat oder es ihm sogar zeigen.«

»Das hätte ich nie getan!«, lachte Gabrielle.

»Nein, aber du hättest es vielleicht als Entschuldigung benutzt, um dein geliebtes Seemannsleben zu führen. Ich bin wirklich überrascht, dass du dich zurückhalten konntest.«

»Während der Fahrt hatte ich so viel zu grübeln, dass ich gar nicht darauf geachtet habe, wie das Schiff geführt wurde.«

»Na, na, nun mach dir mal keine Sorgen mehr, wie wir einen Mann für dich finden.«, sagte Margery, die richtig erriet, was Gabrielle damals beschäftigt hatte. »Sobald wir deinen Vater aus diesem Kerker befreit haben, werden wir wieder auf Männerjagd gehen.«

Gabrielle seufzte. »Schade, dass ich all die schönen Kleider zurücklassen musste.«

»Ein paar habe ich eingepackt«, sagte Margery und hielt eines hoch, um es Gabrielle zu zeigen.

»Aber bei dieser Reise werde ich keine Gelegenheit haben, sie zu tragen.«

»Wer sagt das? Nur weil du an Deck zu deiner Sicherheit diese Hosen tragen wirst, brauchst du doch nicht auch noch beim Abendessen so herumzulaufen. Man sollte nicht vergessen, dass du eine Dame bist.«

Gabrielle schmunzelte. »Bei dieser Überfahrt bin ich eigentlich ein Pirat.«

»Zugegeben – aber ein weiblicher Pirat. Und hier ist die Bluse, die du immer zu den Hosen trägst.« Nach einem Blick auf Gabrielles Haar, das sie an dem Tag nur mit einem Band zurückgebunden hatte, schnalzte Margery missbilligend mit der Zunge. »Morgen früh werden wir das in Ordnung bringen.«

»Kommt gar nicht infrage. Es ist Zeitverschwendung, sich an Bord eines Schiffes mit modischen Frisuren aufzuhalten. Der Wind reißt sie einfach kaputt.«

»Nur weil du nicht vom Deck wegbleibst«, meckerte Margery.

»Schrubbt die Decks!«, gab Miss Carla ihren Senf dazu.

»Gib Ruhe, du blöder Vogel«, sagte Margery und ging zur Tür. »Ich sehe dich morgen früh, Gabby. Eine gute Nacht wünsche ich dir.«

Aus Angst, während der Nacht noch mehr von Miss Carla zu hören zu bekommen, suchte Gabrielle im Schrank nach einem der Unterröcke, die Margery gerade aufgehängt hatte, und drapierte ihn über den Vogelkäfig. Irgendeine Art von Laken über dem Käfig sorgte normalerweise dafür, dass der Papagei den Schnabel hielt. Wenn sie ihre Gedanken nur ebenso leicht zur Ruhe bringen könnte, dann bekäme sie vielleicht etwas Schlaf.

Kapitel 30

In jener Nacht träumte Gabrielle von Drew, wie er sie küsste. Obendrein schien der Traum ewig zu dauern und er rief nach und nach alle Gefühle wach, die seine echten Küsse in ihr erregt hatten. Selbst als sie am nächsten Morgen munter wurde, war der Traum ihr noch äußerst lebhaft in Erinnerung. Schuld war sicher dieser verflixte Kuss in der Kabine. Zudem fühlte sie sich nach dem Erwachen von dem Traum beinahe ebenso verwirrt wie von Drews Versuch, sie mit Worten zu verführen. Nein, ganz so schlimm war es doch nicht. Nichts konnte ihrer Ansicht nach so peinlich und ärgerlich sein wie das, was Drew vorletzte Nacht mit ihr angestellt hatte.

Zum Frühstück ging Gabrielle zu ihren »Offizieren«. Drew sah ein wenig mürrisch aus, offenbar ärgerte er sich über ihren Auszug aus der Kabine. Er tat so, als ignoriere er sie alle und starrte Löcher in die Luft. Allerdings war es ihm nicht ganz gelungen, seine Überraschung zu verbergen, als sie die Kabine betrat. Nach dem gestrigen Tag hatte er wohl nicht mehr damit gerechnet, sie noch einmal wieder zu sehen.

Die Vertrautheit zwischen Gabrielle und ihren Freunden, ihr Gelächter, Richards ständige Neckereien, die gelegentlich – und dieser Morgen bildete keine Ausnahme – nicht salonfähig waren, waren jedoch nicht zu überhören. Alles harmloses Geplänkel, nur konnte er das nicht wissen. Die Männer behandelten sie sicherlich nicht mit dem Respekt, der Drews Meinung nach einem »Kapitän« gebührte. Doch Gabrielle fand es unmöglich, allein ihm zu Gefallen während der gesamten Fahrt ein respektvolles Verhalten zu fordern, wo doch der lockere Ton unter Piraten normal war und mit Nathan ebenso geredet wurde.

Außerdem fühlte sie sich in den Hosen, die sie auf Margerys Geheiß trug, nun ebenfalls ganz ungezwungen. Vielleicht hatte Drew sie deshalb so erstaunt angestarrt. Womöglich hatte er noch nie eine Frau in Hosen gesehen.

Gabrielle ging nicht mit, als ihre Freunde die Kabine verließen. Sie blieb an dem Tisch sitzen, an dem sie gefrühstückt hatten, streckte die Beine aus und schlug sie übereinander. Dann lehnte sie sich auf ihrem Stuhl zurück und verschränkte demonstrativ noch die Hände im Nacken. So sah es ganz bestimmt nicht danach aus, als wäre sie geblieben, um ihre Mahlzeit zu beenden.

Drew gab sein gespieltes Desinteresse auch sofort auf. Sobald die anderen den Raum verlassen hatten und sie allein waren, hefteten seine dunklen Augen sich auf Gabrielle. Er hatte offenbar vor, sie mit seinem starren Blick zu verunsichern, aber das ließ Gabrielle nicht zu. Diesmal sollte die Unterhaltung, die sie führen wollte, ganz in ihrem Sinn verlaufen. Sie würde ihm keine Gelegenheit geben, wieder mit *seinen* Spielchen anzufangen.

Gabrielle streckte sich ein wenig, sodass ihre Brüste sich besser unter der dicken Baumwollbluse abzeichneten. Nur ein ganz klein wenig. Es sollte nicht zu offensichtlich sein, dass sie ihm zeigte, was sie zu bieten hatte. Dass sie unter ihrer schwarzen Bluse nicht fest verschnürt war, hatte allerdings nichts mit Drew zu tun. Schließlich gab sie nicht vor, ein Mann zu sein. Auch hatte sie nie versucht, ihren Busen zu verstecken, wenn sie ihre so genannte Schiffskluft anzog. Die Blusen, die sie trug, bestanden aus so dickem Stoff, dass sie mit einem dünnen Leibchen darunter durchaus schicklich waren.

Dann warf sie Drew einen gespielten Unschuldsblick zu und fragte: »Hältst du mich wirklich für einen Feigling, nur weil ich beschlossen habe, lieber wieder nackt zu schlafen – wie üblich – und mir eine Kabine gesucht habe, in der ich das kann?«

Drew schaute derart verblüfft drein, dass Gabrielle am liebsten losgeprustet hätte, doch sie hielt ihre Züge unter Kontrolle. In Anbetracht dessen, was er ihrem Papagei beigebracht hatte, stellte sie eine berechtigte Frage. Die Einzelheiten hätte sie sich natürlich sparen können.

Nachdem Drew sich wieder gefasst hatte, sagte er: »Du hättest auch hier nackt schlafen können.«

Gabrielle nickte nachdenklich. »Ja, ich weiß. Und wahrscheinlich hätte es mir auch gar nichts ausgemacht. Aber ich hatte die Befürchtung, dich zu stören, und ich möchte dich nicht um deinen Schlaf bringen. Ich bin sicher, dass du mit deinen neuen Mitbewohnern keine Probleme diesbezüglich haben wirst.«

Drew schnaubte, wechselte jedoch verdächtig schnell das Thema, indem er fragte: »Wer ist diese Carla, die der Papagei als Hexe bezeichnet? Ist das etwa dein echter Name?«

Gabrielle lachte wider Willen. Er versuchte immer noch, sie mit seinen Beleidigungen aus dem Konzept zu bringen. Doch diesmal hatte er damit kein Glück.

»Der Papagei heißt Miss Carla«, erklärte sie schmunzelnd. »Und nur damit du nicht denkst, man habe ihm beigebracht, sich selbst zu verspotten, solltest du wissen, dass Carla auch der Name meiner Mutter war.«

»Ah, ich verstehe. Wie nett«, sagte er mit einer Stimme, die vor Sarkasmus triefte. »Du bezeichnest deine Mutter also als Hexe. Es wundert mich nicht im Geringsten, dass ein Pirat derart respektlos von seiner Mutter redet.«

Für einen kurzen Moment biss Gabrielle die Zähne zusammen. Sie würde es *nicht* zulassen, dass er sie provozierte. »Das ist eine logische Schlussfolgerung«, gestand sie, »auch wenn sie falsch ist. Ich habe meine Mutter geliebt. Mein Vater war es, der nicht mehr gut auf meine Mutter zu sprechen war, nachdem ihre Ehe nicht mehr die beste war. Und der Papagei hat lange meinem Vater gehört, ehe er ihn mir schenkte, daher stammt ein Großteil von Miss Carlas Vokabular von ihm, nicht von mir.«

»Wie konnte es überhaupt zu einer derart ungleichen Paarung kommen? Ein Pirat, der eine englische Aristokratin heiratet? Oder war das nur eine Lüge, die du dir ausgedacht hast, damit du dir einen reichen Mann angeln kannst? Bist du überhaupt ehelich geboren oder nur der Bastard eines Piraten?«

»Mich kannst du so viel beleidigen, wie du willst«, entgegnete Gabrielle schroff. »Aber meine Eltern wirst du verdammt noch mal nicht in den Schmutz ziehen.«

Das hatte sich offenbar genauso drohend angehört, wie Gabrielle beabsichtigt hatte, denn Drew fragte: »Sonst passiert was?«

»Du solltest besser daran denken, dass ich dich immer noch über die Planke gehen lassen kann.«

Drew schmunzelte, weil er nun sicher war, dass Gabrielle es trotz ihres scharfen Tons nicht ernst meinte. »Also wieso hat er sie geheiratet?«

Gabrielle brauchte einen Augenblick, um ihre Fassung zurückzugewinnen. Dieser verdammte Mann hatte es schon wieder getan, er hatte sie so sehr gereizt, dass sie die Kontrolle verloren hatte.

»Mein Vater war damals auf Schatzsuche. Er dachte, durch sie käme er auf kürzestem Weg zum Ziel.«

»Du machst wohl Witze.«

»Nein, er nimmt seine Schatzsuche äußerst ernst«, erwiderte Gabrielle.

»Ich hätte wohl besser fragen sollen, warum hat sie ihn geheiratet?«

Interessierte er sich ernsthaft für ihre Familie oder suchte er nur etwas Ablenkung? Je ruhiger sie selbst wurde, desto unruhiger hatte sie ihn gemacht, und zwar mit subtilen Reizen, die sie anderen Frauen abgeschaut hatte: ein langsames Heben der langen Wimpern, ein Blick, der hoffentlich verführerisch wirkte, ein träges Dehnen von Muskeln, die gar nicht verkrampft waren – aber das ahnte Drew nicht.

Gabrielle zuckte die Achseln. »Sie heiratete aus einem Grund, der häufiger vorkommt.«

»Liebe?«

»Nein, sie wollte Kinder.«

»Ah, *das* steckt dahinter.« Drew lachte in sich hinein. »Und wie viele Geschwister hast du am Ende gehabt?«

»Weder Bruder noch Schwester. Vielleicht war das mit Schuld daran, dass das Verheiratetsein so schnell seinen Glanz verlor. Meine Mutter hat es nie selbst gesagt, aber ich bin zu der Ansicht gelangt, sie glaubte, meinen Vater dazu bringen zu können, die Seefahrt aufzugeben und sich niederzulassen. Erst als sich herausstellte, dass er das nie tun würde, wurde sie unzufrieden mit ihrer Ehe. Sie hasste es, dass er immer unterwegs und nie da war, wenn sie ihn brauchte, das weiß ich.«

Damit schien sie einen wunden Punkt getroffen zu haben, denn Drews Entgegnung klang ein wenig, als wolle er sich verteidigen. »So ist das Geschäft nun mal, Schätzchen. Wenn sie jede Nacht einen Mann im Bett haben wollte, hätte sie eben keinen Piraten heiraten dürfen.«

Doppelter Treffer! Es wunderte sie, wie locker und lässig ihm anzügliche, provozierende Bemerkungen über die Lippen kamen, während ihr das so schwer fiel. Zu ihr sagte er Sachen, die er in Gegenwart einer Dame *niemals* äußern würde. Der Witz war, dass sie in den letzten Jahren noch viel Schlimmeres gehört hatte und immun geworden war, oder zumindest gab es nicht mehr viel, was sie zum Erröten brachte – bis sie Drew Anderson getroffen hatte. Er konnte ihr, fast ohne es zu wollen, das Blut in die Wangen treiben.

Im Moment bekämpfte Gabrielle die aufsteigende Röte, indem sie ihm kühl entgegnete: »Anscheinend gehst du von falschen Annahmen aus. Meine Mutter glaubte, den Kapitän eines Handelsschiffes zu ehelichen. Sie kannte seinen wahren

Beruf nicht. Und sie ist vor einigen Jahren gestorben, ohne es je erfahren zu haben. Jetzt bist du dran. Da du so erpicht auf das Thema Ehe warst, würde ich gern wissen, warum du so felsenfest entschlossen bist, nie zu heiraten.«

Drew grinste. »Kannst du dir das nicht denken, Schätzchen? Du bist eine Piratin. Du weißt doch, wie es ist, von einem Hafen zum andern zu segeln. Die meisten Seeleute müssen, um die ehelichen Freuden genießen zu können, den Heimathafen anlaufen, den einen Hafen, in dem sie sich niedergelassen haben und in dem ihre Frau wartet. Doch wie viele Häfen steuern sie an, in denen sie entweder die Sehnsucht nach der Ehefrau im Alkohol ertränken oder aber untreu werden und sich nachher dafür schämen. In diese Falle werde ich niemals tappen. Ich liebe es, dass in jedem Hafen – egal in welchen ich einlaufe – eine Frau mit offenen Armen auf mich wartet.«

»Ah, ich verstehe. Ich hatte gedacht, du würdest einer verflossenen Liebe nachtrauern und hättest aus diesem Grund einen solchen Widerwillen gegen die Ehe. Dabei hatte ich nur vergessen, dass du im Grunde bloß ein unverbesserlicher Weiberheld bist.«

»Ich habe keinen Widerwillen gegen die Ehe. Für manche Männer ist sie sogar ideal. Ich habe nur schon vor langer Zeit erkannt, dass sie für mich nicht das Richtige ist. Ich bin zufrieden mit meinem Leben. Warum sollte ich es ändern?«

Gabrielle zuckte die Achseln und sagte beiläufig: »Keine Ahnung, manchmal passieren Dinge einfach.«

»Ja, das stimmt. Aber nimm zum Beispiel meine Mutter. Sie wusste genau, was sie bekam, als sie meinen Vater heiratete. Sie wusste, dass er nicht oft zu Hause sein würde. Und obwohl sie recht glücklich zu sein schien, während sie ihre zahlreichen Kinder aufzog, ertappte ich sie manchmal in Situationen, in denen ihr deutlich anzumerken war, wie einsam, ja sogar elend, sie sich ohne meinen Vater fühlte. Ich war noch sehr jung, als ich beschlossen habe, einer Frau niemals so etwas anzutun.«

Es machte Gabrielle traurig zu erfahren, dass Drew es tatsächlich ernst meinte. Er glaubte jedes Wort, das er gerade gesagt hatte. Aber das ließ keinen Raum für Liebe. Wollte er wirklich durchs Leben gehen, ohne je die wahre Liebe kennenzulernen?

»Es hätte auch noch die Möglichkeit gegeben, nicht zur See zu fahren«, wandte sie ein.

»Jetzt machst du aber wirklich Witze, oder?«

Gabrielle biss die Zähne zusammen. »Ja natürlich.«

»Die See liegt mir im Blut, Schätzchen«, setzte Drew hinzu, nur für den Fall, dass ihr das entgangen war, dann schaute er sie prüfend an. »Du hast zu schnell das Thema gewechselt. War das vorhin ernst gemeint? Deine Mutter hat wirklich nie gewusst, dass dein Vater Pirat war?«

»Warum überrascht dich das? Wenn mein Vater uns besuchte, hatte er seine Crew nicht dabei, sonst wäre meine Mutter ihm wohl doch auf die Schliche gekommen. Schließlich ist das ein frecher, unbändiger Haufen. Außerdem zeigte er sich, wenn er in England war, nur von seiner besten Seite.«

»Was ist mit dir? Wie lang weißt du es schon?«

»Erst seit meine Mutter gestorben ist und ich von zu Hause fort bin, um ihn zu suchen«, erwiderte Gabrielle.

»Also erst seit ein paar Jahren? Meine Güte, da hast du dich aber schnell angepasst, was?«

Sein sarkastischer Tonfall war zurück. Sie hatte ihm Dinge erzählt, die sie besser für sich behalten hätte, erkannte Gabrielle zu spät. »Zum Glück lerne ich schnell«, erwiderte sie lässig, um den Eindruck, den er von ihr bekommen hatte, so gut es ging zu korrigieren.

Sie stand auf, reckte sich genüsslich und näherte sich Drew, blieb dann jedoch außerhalb seiner Reichweite stehen. Er saß mit übergeschlagenen Beinen auf dem Boden. Die Arme hatte er vor der breiten Brust gekreuzt. Als sie so dicht vor ihm stehen blieb, schien er einen Augenblick lang argwöhnisch zu sein, doch dann wurde sein Blick schnell verführerisch.

»Bereit, mich zu vernaschen?«, fragte er.

Glücklicherweise hatte sein Gesichtsausdruck ihr angekündigt, dass er so etwas sagen würde. Daher gelang es ihr, ruhig und sogar mit ein wenig geheucheltem Bedauern zu erwidern: »Tut mir leid, aber du bist nicht mein Typ.«

Sein lautes Auflachen zeigte ihr, dass er ihr nicht glaubte. »Und wer ist dein Typ? Richard?«

Gabrielle gelang es zu schmunzeln. »Gütiger Himmel, nein. Ich habe neulich nur ein bisschen mit ihm herumgespielt und ihn einfach überrumpelt. Er ist bloß ein guter Freund. Wir machen eigentlich oft solche Späße.«

»Dann also dieser bleiche englische Snob?«

»Wer? Oh, du meinst Wilbur? Nein, den fand ich ziemlich langweilig, wenn du es unbedingt wissen willst. Übrigens, obwohl du Amerikaner bist, schienst du für meinen Geschmack ein bisschen zu gut in die englischen Ballsäle zu passen. Ich will einen Mann, der mit mir über den Strand reitet, in kristallklare Buchten taucht und Korallenriffe erkundet, einen Mann, dem es ebenso viel Spaß macht wie mir, einem verlorenen Schatz nachzujagen. Ich will einen Mann, der in einer Mondnacht nackt mit mir im Meer schwimmt und mich dann auf dem Sandstrand liebt.«

Verträumt wurde Gabrielle bewusst, dass sie tatsächlich genau das wollte. Immerhin war es ihr gelungen, Drew zu verblüffen. Er hatte sich kein Wort ihrer romantischen Träumerei entgehen lassen.

Als sie erkannte, dass sie den Spieß umgedreht hatte, sagte Gabrielle abrupt: »Also, kann ich dir noch irgendetwas besorgen, ehe ich dich deiner einsamen Gefangenschaft überlasse?«

Er bat hastig: »Geh noch nicht.«

»Tut mir leid, aber auf mich wartet ein schönes heißes Bad.«

»Das hätte ich auch gern.«

»Sehr schön, ich werde ein paar Eimer Wasser bringen lassen. Wenn du ein guter Gefangener bist, darfst du damit machen, was du willst, ansonsten werde ich sie dir über den Kopf schütten lassen.«

Sie redete mit ihm wie mit einem Kind, selbst die Wortwahl erinnerte an eine Mutter. Das hatte Gabrielle absichtlich getan und an dem mürrischen Zug um seinen Mund konnte sie ablesen, dass es ihm nicht gefiel.

So verließ sie ihn, aber erst, nachdem sie lässig die Hände in die Hosentaschen gesteckt hatte. Sie wusste ganz genau, dass damit ihre Bluse nach oben rutschte und Drew, wenn er ihr beim Hinausschlendern nachsah, feststellen konnte, was für einen hübschen Po sie in der Hose hatte. Eine ganz unschuldige Geste, zumindest würde es auf ihn so wirken, daher musste Gabrielle sich das Lachen verkneifen, als sie ihn aufstöhnen hörte.

Kapitel 31

»Wenn Miss Carla mir noch ein einziges Mal sagt, ich soll mich nackig machen, wird sie herausfinden, wie kalt der Ozean da draußen ist«, schnaufte Margery empört, als sie am Abend zum Essen in die Kapitänskabine kam.

Margery war als Letzte eingetroffen. Richard, Ohr und Bixley starrten sie ungläubig an. Gabrielle zog so hastig die Luft ein, dass sie fast erstickt wäre, und begann zu husten. Drew, der in seiner Kajütsecke auf dem Boden saß, lehnte den Kopf an die Wand und schloss die Augen, doch das Grinsen auf seinem Gesicht war schwer zu übersehen.

Dann fing Richard an zu lachen und Bixley sagte mit lüsternem Gesichtsausdruck: »Das ist gar keine schlechte Idee, Weib.«

Vielleicht meinte der Ire es sogar ernst. Er und Margery führten eine lockere Beziehung, in der es durchaus zu anzüglichen Bemerkungen, einem gelegentlichen gemeinsamen Schlummertrunk und – wie Gabrielle vermutete – manchmal auch intimeren Kontakten kommen konnte.

Doch Margery ließ sich von dem neckischen Spruch nicht ablenken und fragte streng: »Wo hat Miss Carla das aufgeschnappt, möchte ich wissen? Sie hat es heute schon ein halbes Dutzend Mal gesagt, wenn ich in Gabbys Zimmer zu tun hatte.«

Aufgebracht funkelte Margery die drei Piraten an, da sie einen von ihnen für den Übeltäter hielt. Gabrielle sah jedoch keinen Grund, ihr nicht zu verraten, wer der Schuldige war.

Sie zeigte quer durchs Zimmer auf Drew und sagte: »Der Missetäter sitzt gleich da drüben. Er hat von Anfang an versucht, mich ins Bett zu kriegen.« Dann grinste sie, um den anderen zu zeigen, dass sie das lustig fand, und fügte sogar noch hinzu: »Zu schade, dass er gar keins mehr hat.«

Drew wurde tatsächlich rot. Das fand Gabrielle sehr interessant, obwohl es wohl eher daran lag, dass ihn soeben drei unberechenbare Kerle anstarrten, deren Heiterkeit abrupt verflogen war. Dabei hätte er sich besser vor Margery in Acht nehmen sollen, denn sie ging zu ihm hinüber und trat ihn gegen das Bein, das er auf dem Boden ausgestreckt hatte.

»Wenn du heil hier herauskommen willst, behältst du solche Gedanken besser für dich, Yankee. Unsere Gabby ist nichts für Kerle wie dich.«

Drew zog den nackten Fuß an sich, um ihn zu reiben, und erwiderte: »Für wen ist sie denn?«

Gabrielle wurde sehr still. Sie hätte zwar gern eingegriffen, doch Margery kam ihr mit ihrer Antwort zuvor. »Für den Ehemann, den sie bald haben wird, und das wirst ganz bestimmt nicht du sein, verstanden?«

Margery kehrte zum Tisch zurück. Drew murmelte etwas vor sich hin, doch niemand verstand ihn und anschließend ignorierten sie ihn einfach.

Bixley begann, darüber nachzudenken, wie lange er schon bei Nathan war. »Ohr hat für mich gebürgt und Nathan hat mich vom ersten Moment an wie 'nen alten Freund behandelt. So ist er eben. Sieht in allen nur das Gute. Ich liebe ihn wie einen Vater.«

»Du liebst bloß die Schatzsuche«, zog Ohr ihn auf.

»Na ja, die auch.« Bixley grinste und sagte scherzend zu seinem Freund: »Willst du etwa behaupten, du nich'? Na los, wag es.«

»Ich segle nur gern mit Nathan«, erwiderte Ohr. »Du bist nicht der Einzige, der ihn wie einen Vater liebt.«

»Stimmt, mit der Suche nach deinem echten Vater hast du nie Erfolg gehabt, oder? Obwohl es das war, was dich in diesen Teil der Welt geführt hat.«

Ohr starrte vor sich hin. Einen Moment lang dachte Gabrielle, er schaue Drew an, doch sein Blick schien in die Ferne gerichtet zu sein. Er sagte leise: »Ich habe ihn gefunden, oder besser gesagt, ich habe herausgefunden, dass er tot ist.«

»Oh, Ohr!«, rief Gabrielle und ging um den Tisch, um ihren Freund zu umarmen. »Es tut mir so leid.«

Ohr klopfte ihr auf den Rücken. »Das muss es nicht. Ich habe den Mann doch gar nicht gekannt. Und er hatte eine andere Familie. Vielleicht werde ich mich eines Tages bei ihr vorstellen – vielleicht aber auch nicht. Ich habe jetzt meine eigene Familie«, sagte er abschließend und schenkte Gabrielle, die gerade an ihren Platz zurückkehrte, ein zärtliches Lächeln.

Er meinte wohl sie und Nathan und Nathans Crew. Richard kam zu dem gleichen Schluss, denn er warf Ohr eine Serviette an den Kopf und protestierte: »Ich habe als Erster gesagt, dass das meine Familie ist.«

Da schubste Bixley ihn mit der Bemerkung vom Stuhl: »Zu dumm, Kamerad. Wir waren lange vor dir bei Nathan.«

»Immer langsam«, ging Margery dazwischen. »Nathans Herz ist so groß, dass ihr alle darin Platz findet.«

Plötzlich spürte Gabrielle die Tränen kommen. So viele Nächte hatten sie in ähnlich fröhlicher Runde zusammengesessen und Nathan hatte stets etwas zum Spaß beizutragen gehabt. Doch er war nicht mehr bei ihnen, sondern steckte in einem dunklen, feuchten Kerker und …

»Weine nicht, Gabby«, sagte Drew unvermutet. »Bald hast du deinen Vater wieder.«

Erstaunt über diese Bemerkung, die recht fürsorglich geklungen hatte, drehten alle sich zu Drew herum. Prompt zog der Mann sich wieder in sich selbst zurück, wohl verärgert über sich selbst, dass er überhaupt etwas gesagt hatte. Daraufhin kümmerten die anderen sich so lange um Gabrielle, bis sie wieder lachte.

Als sie nach dem Essen die Kabine verließ, folgte Richard ihr nach draußen. Sie blieben eine Weile an der Reling stehen. Ein heller Mond schien durch eine leichte Wolkenbank. Er tauchte das Deck in sanftes Licht und spiegelte sich wunderschön auf dem Wasser. Normalerweise liebte Gabrielle solche Nächte auf See, wenn der Mond die Dunkelheit fernhielt. Es war ein friedliches Bild, aber schwer zu genießen, bei all den Gefühlen, die sie verwirrten.

Ohne Richard anzusehen, sprach sie einige dieser Gefühle an. Er war ihr engster Freund und er hatte bereits erraten, dass sie sich zu Drew hingezogen fühlte, daher erzählte sie ihm mehr, als sie den anderen verraten wollte.

»Ich habe ihn ernsthaft als Ehemann in Betracht gezogen. Kannst du das glauben? Obwohl ich wusste, dass er ein eingefleischter Junggeselle ist, aber ich war dumm genug zu denken, ich könnte seine Meinung ändern und ihn dazu bringen, um meine Hand anzuhalten. Aber er war bloß an einer Stippvisite in meinem Bett interessiert.«

»Als treuer Freund nehme ich an, er ist nicht einmal in die Nähe deines Bettes gelangt?«

Statt einer Antwort schnaubte Gabrielle. »Ich glaube nicht einmal mehr, dass er es ernst gemeint hat.«

»Glaubst du denn, er wollte dir deshalb die Aussicht auf eine gute Partie vermasseln?«

»Schon bei dem Versuch, darauf eine Antwort zu finden, sehe ich rot. Ich habe keine Ahnung, warum er es getan hat.«

»Manche Männer sind so, *chérie*, insbesondere wenn sie es persönlich nehmen, dass sie bei einer Frau abgeblitzt sind.« Richard musterte Gabrielle eindringlich. »Dir wäre es lieb gewesen, wenn er sich etwas mehr Mühe gegeben hätte?« Im Mondlicht konnte man Gabrielles Erröten nicht sehen, doch Richard hatte sie nur ein wenig aufgezogen und überlegte schon weiter. »Er ist ein sehr attraktiver Mann. Wahrscheinlich ist er es gewohnt, bei Frauen schnell zum Ziel zu kommen.«

»Da bin ich sicher«, stimmte Gabrielle zu. »Aber das gibt ihm noch lange nicht das Recht …«

»Nein, du verstehst mich nicht«, unterbrach Richard sie. »Gefühle brauchen keine Rechtfertigung, wenn sie die Oberhand gewinnen. Es könnte ganz einfach so sein: Da er dich nicht haben konnte, wollte er sichergehen, dass dich auch kein anderer bekommt. Aber ich kenne dich, Gabby. Du wirst das nicht einfach so abschütteln können, oder?«

»Nein. Glaub mir, noch ehe diese Reise vorbei ist, wird er bedauern, was er getan hat, das verspreche ich dir. Ich bezirze ihn derart, dass er am Boden zerstört sein wird, wenn ich ihm Adieu sage.«

Kapitel 32

Am nächsten Morgen entdeckte Gabrielle, dass Richard nach ihrem Gespräch über Drew offenbar Mitleid mit ihr gehabt hatte. Sie war überzeugt, dass er es gewesen war, der Drew später in der Nacht unvermutet die Faust ins Gesicht gerammt hatte. Die Verletzung war allerdings nur oberflächlich. Und wie sich später zeigte, blieb sie kaum eine Woche zu sehen.

Diese Woche verging unerträglich langsam. Gabrielle wusste auch warum. Jeden Morgen nach dem Frühstück mit ihren Freunden gestattete sie sich lediglich eine kleine Weile allein mit Drew, um ihre Verführungskünste an ihm zu erproben. Den Rest des Tages verbrachte sie dann damit, sich auf das nächste Wiedersehen zu freuen und die Minuten zu zählen, bis es so weit war. Doch sie zwang sich dazu, ihm fernzubleiben und sich an ihren Plan zu halten.

Leider schien er nicht zu funktionieren. Obwohl der Ausdruck in Drews Augen bei ihrem Anblick gelegentlich durchaus begehrlich wurde, schien er viel zu beschäftigt mit seinem eigenen Ziel – Flucht um jeden Preis –, um ernstlich auf ihre subtilen Reize einzugehen. Der Mann glaubte immer noch, sie mit der erotischen Schilderung dessen, was er gern mit ihr anstellen würde, dazu verlocken zu können, sich ihm zu nähern. Er machte praktisch das Gleiche wie sie! Er hatte bloß ein anderes Motiv.

Drew versuchte es mit romantischen und mit groben Worten und mit einer Mischung aus beidem. Wäre Gabrielle all das nicht bereits in der einen oder anderen Form bei den Piraten zu Ohren gekommen, hätte sie dem sexuellen Ansturm nie widerstanden. Aber sie hielt stand. Meistens jedenfalls. Obwohl sie für gewöhnlich eilig die Kabine verließ, um sich die kühle Meeresbrise um die Nase wehen zu lassen.

Selbst wenn andere dabei waren, schaffte Gabrielle es nicht, die Augen von Drew zu lassen. An diesem Morgen machte er, als sie eintrat, gerade seine sportlichen Übungen. Er reckte und streckte sich, während er den engen Bogen abschritt, den die Kette zuließ. Der eine Blick, den er ihr aus seinen dunklen Augen zuwarf, als sie vorüberging, genügte, um die Schmetterlinge in ihrem Bauch zu wecken. Und sogar nachdem sie saß und Ohr ein Gespräch mit ihr angefangen hatte, kehrte ihr Blick ständig zum Spiel der Muskeln auf Drews langen Beinen und den straff angespannten Sehnen auf Po und Rücken zurück. Sie musste sich regelrecht dazu zwingen, den Blick von ihm abzuwenden.

Vielleicht sollte sie mutiger werden oder so tun, als gäbe sie seinem Drängen nach. Allerdings blieb ihr bei dem, was sie unternehmen konnte, schon allein deswegen keine große Auswahl, weil sie ihn nicht berühren durfte. Sie wagte es nicht, ihm zu nah zu kommen. Dabei gab es so vieles, was sie tun könnte, um sein Verlangen ins Unerträgliche zu steigern, wenn sie ihn nur in die Finger bekäme.

Und dann fiel ihr plötzlich ein, dass es eine Möglichkeit gab, diese Beschränkung zu umgehen, zumindest zeitweise, und diese Idee wollte sie gleich in die Tat umsetzen. Zunächst bat sie Richard um Unterstützung. Er lachte nur, als sie ihm von ihrem Vorhaben erzählte, und holte vier weitere Piraten zur Verstärkung – so viele würden sie brauchen.

Drew bemerkte bald, dass etwas im Gange war. Die Männer trugen eine Badewanne in die Kabine und füllten sie mit heißem Wasser, dann holten sie Handtücher, Seife, weitere Eimer mit Wasser zum Abspülen, kurz alles, was man zum Baden braucht. Und danach bauten sie sich vor ihm auf und starrten ihn stumm an.

Schließlich kam Gabrielle herein, stützte die Arme in die Hüfte und sagte: »Zeit für ein Bad, Kapitän.«

»Nur zu«, erwiderte er mit süffisantem Lächeln. »Ich werde das Schauspiel genießen.«

Gabrielle schmunzelte. »Ich steige nicht in die Wanne. Du wirst baden. Du stinkst.«

Erbost beugte Drew sich vor. »Das ist eine verdammte Lüge. Ich wasche mich mit kaltem Wasser aus diesen schäbigen Eimern, die ihr mir bringt.«

»Offenbar nicht gründlich genug. Stell dich nicht so an, du willst doch nicht abstreiten, dass ein schönes heißes Bad dir gefallen würde.«

Ohne zu widersprechen, musterte Drew die Badewanne auf der anderen Seite des Zimmers. »Die Kette reicht nicht bis dorthin«, gab er zu bedenken.

»So rostig wie sie bereits ist, wollen wir es nicht riskieren, dass sie nass wird.«

»Ihr nehmt sie mir ab?«, fragte er neugierig.

»Mach dir keine Hoffnungen. Es ist nur vorübergehend und du weißt verdammt gut, dass man dir ohne Fesseln nicht trauen kann. Also werden diese Burschen dir behilflich sein, und ehe du dich versiehst, ist alles vorbei.«

Dann ging Gabrielle wieder aus dem Zimmer. Sie wusste, dass Drew auf diese Weise zu falschen Annahmen verleitet werden würde. Wenn ihm dämmerte, dass er sich mit hinter dem Rücken gefesselten Händen nicht waschen konnte, musste er annehmen, dass einer der Männer ihm helfen würde.

Gabrielle kehrte erst zurück, als sie Drew rufen hörte. Er war an Händen und Füßen gefesselt in der Badewanne allein gelassen worden. Beim Hereinkommen sah sie ihn mit fragendem Blick an.

»Wie zum Teufel soll ich mich so waschen?«, wollte er wissen.

Gabrielle schnalzte missbilligend mit der Zunge, damit es

so aussah, als wäre das nicht geplant gewesen. »War es den Jungs etwa zu peinlich? Sind sie zu zimperlich, um dir den Rücken zu schrubben?«

»Woher soll ich das wissen?«, brummte Drew. »Ich habe sie nicht gefragt.«

Während Gabrielle sich der Wanne näherte, vermied sie es, auf Drews nackte Brust zu schauen. Ihr Plan würde nicht funktionieren, wenn sie sich am Ende wieder von seinem herrlichen Körper faszinieren ließ.

»Na gut, es wird nur ein paar Minuten dauern, also zier dich bitte nicht.«

»Du willst mich waschen?«, fragte Drew ungläubig.

»Außer mir sehe ich hier niemanden«, entgegnete sie, indem sie hinter ihn trat. Doch zunächst zog sie sich die Bluse aus, damit sie nicht nass wurde – und sorgte dafür, dass Drew das mitbekam.

Sie hörte ein ersticktes Geräusch. »Gabby, nicht …«

»Was? Willst *du* jetzt zimperlich sein?«

Gabrielle genoss ihr Manöver außerordentlich. Darauf hätte sie schon früher kommen sollen. Da sie ihn nun unter dem Vorwand, ihm helfen zu wollen, nach Lust und Laune berühren konnte, sollte er vor Verlangen verrückt werden.

Sie seifte sich die Hände ein. Und dann begann sie, langsam und sinnlich über seinen Körper zu streichen, über seine Schultern und die Muskelstränge an seinen Armen, die hervortraten, weil seine Hände auf dem Rücken gefesselt waren. Eine ganze Weile widmete sie sich seinem Rücken und knapp über dem Po glitten ihre Finger unter seine Arme. Er versuchte, sie festzuhalten, doch die Seife hatte ihre Haut zu glitschig gemacht, stellte Gabrielle schmunzelnd fest.

Vorsichtig goss sie ihm etwas warmes Wasser über den Kopf, dann wusch sie ihm die Haare. Drew stöhnte genüsslich. Wider Willen lächelte Gabrielle befriedigt, während ihre Finger durch seine Locken strichen und ihm dabei Kopfhaut und Schläfen massierten. Am liebsten hätte sie gar nicht mehr aufgehört, doch sie hatte sich eine zeitliche Grenze gesetzt. Richard sollte nach exakt zwanzig Minuten zurückkommen. Ob sie Drew bis dahin gewaschen hatte oder nicht, an dem Punkt war Schluss. Und sie hatte bereits jegliches Zeitgefühl verloren, derart versunken war sie in ihr Tun.

Sie spülte Drews Haar aus. Und dann, ehe sie der Mut verließ, machte sie sich daran, seine Vorderseite zu waschen. Allerdings ging sie dazu nicht um die Wanne herum. Sie wollte sich später nicht von ihm vorwerfen lassen, sie habe ihn absichtlich gereizt, indem sie sich ohne Bluse vor ihm präsentierte. Doch sie musste sich an seinen Rücken lehnen, um seine Brust erreichen zu können. Als ihr Busen sich von hinten an ihn drückte und ihre Hand über seinen Brustkorb wanderte, stöhnte er auf. Er wandte ihr den Kopf zu und versuchte, sie zu küssen. Doch das schaffte er nicht, nicht ohne ihr Zutun.

»Küss mich, Gabby. Du weißt, dass du es auch willst.«

Gabrielle hielt die Luft an. Oh Gott, er hatte recht. Sie wollte ihn küssen. Sie schaute hinunter auf seine Lippen und ließ die Hand über seine muskulöse Brust abwärts gleiten. Sie hörte, wie er scharf die Luft einzog, und beugte sich tiefer zu ihm hinab, da warnte sie ein dreimaliges Klopfen an der Tür, dass sie ungefähr dreißig Sekunden hatte, um ihre Fassung wiederzugewinnen.

Rasch trocknete sie sich ab, schlüpfte in ihre Bluse und rannte regelrecht aus dem Zimmer. Das war das allerletzte Mal, dass sie etwas derartig Dummes versuchte. Auch wenn sie das gewünschte Ziel erreicht hatte und brennende Begierde in ihm geweckt hatte, sie konnte ihm einfach nicht so nahe kommen, ihn so intim berühren, ohne selbst Feuer zu fangen.

Gabrielle träumte oft von Drew, beinahe jede Nacht. Sie wunderte sich nicht einmal darüber, da er ihr auch am Tag nicht aus dem Sinn ging. Doch keiner dieser Träume war so erregend wie der, den sie in dieser Nacht hatte.

Sie lagen im Bett, in der schmalen Koje in ihrer Kabine. Er sagte: »Zeit, dich nackig zu machen, Weib«, und sie hätte am liebsten losgeprustet, denn es war nur ein Traum und im Traum konnte sie machen, was sie wollte. Allerdings war es ein sehr lebhafter Traum. Drew lag auf ihr und küsste sie. Er zog ihr das Nachthemd aus. Er war wohl auch nackt, sonst hätte sie das wunderbar warme und neuartige Gefühl zwischen ihren Schenkeln sicher nicht so intensiv gespürt, doch sie hatte nicht die Absicht, das zu überprüfen, indem sie die Augen öffnete. Sonst wurde sie noch wach.

Und sie wollte nicht aufwachen – noch nicht. Erst wollte sie so viel wie möglich von seinem Liebesspiel lernen, was natürlich dumm war, weil sie nichts träumen konnte, was sie nicht bereits kannte. Also musste es wohl Wunschdenken sein, dass er sie so überaus sanft streichelte und ihren ganzen Körper verwöhnte. Doch sein Kuss hatte nichts zu wünschen übrig gelassen. Und in ihrem Traum war er genauso wie sie ihn in Erinnerung hatte: derselbe berauschende Geschmack, seine Zunge, die sich wieder zwischen ihre Lippen drängte und ihren Mund begierig erforschte.

Sie hatte offenbar einiges von dem vergessen, was er angeblich mit ihr anstellen wollte, denn nicht alles, was er gerade tat, passte zu dem, was er versprochen hatte. Sie war bereits nackt, er hatte sie nicht – wie angekündigt – unendlich langsam entkleidet. Er hatte allerdings auch gesagt, sie würde seinen Kuss erwidern, und das stimmte. Er hatte gesagt, sie würde nicht widerstehen können, und sie mochte es nicht einmal versuchen. Er hatte gesagt, sie würde ihn umarmen, sich sogar an ihn klammern, so fest, dass sie sein Verlangen spüren könne, und oh Gott ja, auch dieser Teil war in ihren Traum eingebaut worden.

Doch es kam noch viel mehr vor als das, was sie von seinen

anzüglichen Reden in Erinnerung hatte, denn ihr Traum erlaubte ihm, sie überall zu küssen und zu streicheln – am Hals entlang über die Schulter zu den Brüsten. Diesem höchst empfindlichen Bereich ihres Körpers widmete seine Mund reichlich Zeit, sodass Drew alles herausfand, was er über ihren Busen angeblich hatte wissen wollen. Nie hätte Gabrielle sich vorstellen können, wie heiß seine Lippen sich anfühlten und wie erregend die Gefühle waren, die ihren gesamten Körper durchströmten. Er hatte gesagt, er wolle sie vor Lust schier wahnsinnig machen und es war gut möglich, dass er das schaffte. Nein, das sollte doch passieren, bevor er ihr die Kleider abstreifte – ach, die Reihenfolge war vollkommen egal! Sie genoss ihre Empfindungen so sehr, dass ihr gleichgültig war, ob sie alles, was er mit ihr hatte tun wollen, in der richtigen Reihenfolge träumte.

Er leckte an ihren Brustwarzen. Allein mit Worten hatte er sie zum Kribbeln gebracht und nun prickelten sie wieder. Er leckte ihren Bauchnabel. Er leckte sie zwischen den Beinen. Oh mein Gott, wie schön. Er trieb sie tatsächlich in den Wahnsinn – halt, Moment, wo zum Teufel war das vorgekommen? Ihr Wissen über die Liebe war alles andere als gering, aber das war ihr neu!

Sie wollte wach werden, sich aus ihrem Traum heraus kämpfen, doch da küsste er sie wieder auf den Mund und das beruhigte sie. Es war doch nur ein Traum, nichts als ein Traum. Er lag in einer anderen Kajüte in Ketten und konnte unmöglich mit ihr in der Koje sein.

Doch dieser Gedanke endete abrupt, als sie den Schmerz spürte. Jäh erwachte sie aus ihrem Schlaf und ihren schönen Träumen. Sie schlug die Augen auf, sah im sanften Licht der Laterne Drew Andersons Gesicht über sich und erkannte, dass er es wieder getan hatte.

Er hatte sie ruiniert, diesmal sogar im wahrsten Sinn des Wortes. Sie konnte sich nicht vorstellen, wie es ihm gelungen war, zu entkommen, aber er befand sich definitiv in ihrer Koje und lag auf ihr, sie waren beide splitterfasernackt und er hatte ihr soeben die Jungfräulichkeit geraubt.

»Mein Gott, was hast du getan?«, fragte sie und versuchte, ihn fortzuschieben. »Wie konntest du …«

»Pst, ich möchte dir nur Freude bereiten.«

Als sie das hörte, begriff sie alles. Trotz ihrer Panik arbeitete ihr Verstand. »Du hast gewonnen!«, rief sie. »Du hast alles bekommen, du hast dein Schiff zurück und ich liege mit dir im Bett!«

»Nein, Schätzchen, ich verspreche dir, du wirst auch gewinnen. Weißt du noch, wie du mich heute Morgen beim Baden verführt hast? Jetzt bin ich dran, jetzt mache ich dasselbe mit dir, aber ich werde zu Ende bringen, was ich angefangen habe, und du wirst nicht enttäuscht sein. Ich möchte es dir beweisen. Lass zu, dass ich dich liebe.«

In seinem Gesicht zeigte sich weder Spott noch Triumph. Eigentlich wusste Gabrielle seinen Ausdruck gar nicht zu deuten, daher war sie völlig überrascht, als Drew sie erneut küsste.

Er war sehr zärtlich mit ihr umgegangen, um sie nicht zu früh zu wecken, doch nun brach all die Leidenschaft aus ihm heraus, die sich während der Woche angestaut hatte. Gabrielle hatte geglaubt, es sei ihr nicht gelungen, ihn zu erregen. Doch weit gefehlt.

Sein Versprechen und dieser Kuss ließen Gabrielle den Schock über das Geschehene vergessen und mit erstaunlicher Schnelligkeit war die Begierde erneut in ihr entbrannt. Diese glühende Hitze, sein Mund auf ihrem, sein verführerisches Zungenspiel, die Hand, mit der er ihren Kopf hielt, damit ihr nichts von diesem Kuss entging. Sie wollte nicht mehr fort.

Gabrielle schlang die Arme um Drews Hals. Er hatte seine freie Hand auf ihre Brust gleiten lassen, die er nun drückte und knetete. Und auch weiter unten konnte sie ihn spüren, zwischen ihren Beinen, wo er sie bestens ausfüllte, sich aber nicht bewegte, sondern sich vorsichtig zurückhielt. Allein das Wissen um das, was dort auf sie wartete und sich so köstlich anfühlte, sandte eine Woge der Lust durch ihren Körper, einen unkontrollierbaren Strom von Gefühlen aus ihrem tiefsten Innern, den Drew so oft in ihr aufwallen ließ.

Gabrielle drängte sich ihm entgegen und nahm ihn tief in sich auf. Das fühlte sich so gut an, dass sie sich wieder und wieder an ihn presste. Und, oh Gott, plötzlich brachen sämtliche Gefühle gleichzeitig über sie herein. Der Rausch der Sinne übertraf all ihre Erwartungen und ebbte glücklicherweise nicht ab, weil Drew nun seinerseits immer wieder tief in sie eindrang und sie – unglaublich – erneut mitgerissen wurde und gemeinsam mit ihm zum Höhepunkt kam.

Danach blieb Drew reglos liegen. Auch Gabrielle glaubte, keinen einzigen Muskel mehr rühren zu können. Sie war vollkommen erschöpft, satt und zufrieden. Über das Warum würde sie später nachdenken. Momentan war sie unfähig, etwas anderes zu tun als zu schlafen.

Kapitel 33

Gabrielle hatte keine Ahnung, wie lange Drew sie schlafen gelassen hatte. Draußen vor dem einzigen Bullauge der Kabine war es noch dunkel, daher konnte sie die Zeit nicht am Himmel ablesen. Und genau genommen hatte er sie nicht einmal geweckt, zumindest sah es nicht danach aus. Er saß an dem kleinen Tisch, an dem man zur Not auch zu viert essen konnte, zu zweit aber komfortabler speiste.

Der Stuhl, den er benutzte, war dem Bett zugewandt, also hatte er sie zu irgendeinem Zeitpunkt wohl beobachtet. Augenblicklich jedoch fixierte er einen Punkt in der Nähe seiner Füße, die er hochgelegt und übereinandergeschlagen hatte. Er sah aus, als sei er tief in Gedanken versunken. Ausnahmsweise war sein Gesichtsausdruck nicht verschlossen: seine Stirn war in nachdenkliche Falten gelegt.

Gabrielle hatte sich kaum bewegt, nur den Kopf gewandt, um ihn im Zimmer zu lokalisieren. Sie war ziemlich sicher, dass er ihr Aufwachen gar nicht bemerkt hatte, was ihr im Moment sehr entgegenkam. Sie konnte sich immer noch nicht vorstellen, wie er die Kette losgeworden war. Irgendjemand musste ihm geholfen haben, aber wer? Da seine Crew eingesperrt war, musste es einer von den neuen Leuten gewesen sein, die Ohr in London angeheuert hatte. Vielleicht hatte einer von ihnen Drew oder einen seiner Männer gekannt und einfach nur abgewartet, bis sich eine günstige Gelegenheit ergab, sie zu befreien. Und wenn Drew frei war, dann war seine Mannschaft es wahrscheinlich auch, und das hieß, ihre Leute waren …

Gott, sie wagte nicht, darüber nachzudenken, was die Amerikaner getan haben mochten, um ihr Schiff zurückzubekommen. Sicher hatte man ihnen nicht eingeschärft, dass niemand verletzt werden sollte, wie sie es bei ihrer Crew getan hatte. Sie hatten keinen Grund die »Piraten« mit Samthandschuhen anzufassen. Ganz im Gegenteil, insbesondere nachdem sie eine Woche eingekerkert gewesen waren. Ohr? Richard? Ob sie überhaupt noch lebten?

Dann nahmen ihre Gedanken eine ganz andere Richtung, die ebenso beunruhigend war, jedoch auf andere Weise. Sie dachte an das, was in dieser Koje vorgefallen war. Sie konnte Drew sogar noch riechen, sein Duft hüllte sie förmlich ein und erinnerte sie daran, dass sie vom Pfad der Tugend abgekommen war. Wie unglaublich dumm es gewesen war, ernsthaft zu glauben, dass sie träumte. Eigentlich hatte sie schon nach seinen ersten zarten Küssen und Berührungen gewusst, dass es sich nicht um einen Traum handelte, also konnte sie sich damit auch nicht herausreden. Egal, welche Erklärungen sie vorbrachte, es gab einfach keine Entschuldigung, mit der sie die simple Tatsache leugnen konnte, dass sie das, was passiert war, *gewollt* hatte.

Doch auch diese Gedanken schob Gabrielle beiseite. Sie musste die Lage wieder zu ihren Gunsten wenden. Die Freiheit ihres Vaters hing davon ab, vielleicht sogar sein Leben, ganz zu schweigen davon, dass sie selbst in einem Kerker enden würde, falls Drew seinen Willen bekam. Und solange er tief in Gedanken versunken war, bot sich die beste Gelegenheit.

Sie brauchte sich nicht einmal einen Plan zurechtzulegen. In einer ihrer Reisetaschen lag immer noch Drews Pistole. Sie musste sie nur finden, ehe er sie aufhalten konnte.

Gabrielle sprang aus dem Bett, rannte zu ihren Taschen, riss diejenige, die sie für die richtige hielt, an sich, und wühlte darin herum.

Drew hielt sie nicht davon ab, er rührte sich nicht einmal. »Suchst du vielleicht das hier?«, fragte er stattdessen.

Gabrielle blickte über die Schulter und sah, dass er die Pistole in der Hand hielt und spielerisch an die Decke zielte. Er musste das Zimmer durchsucht haben, während sie schlief, oder wahrscheinlicher noch, bevor er sich ihrem Bett überhaupt genähert hatte. Endlich wieder in Freiheit, war er gewiss kein Risiko eingegangen.

Tief enttäuscht, dass der einzige leichte Weg, die Kontrolle wiederzuerlangen, ihr verbaut war, richtete Gabrielle sich auf und drehte sich langsam zu Drew herum. Erst da fiel ihr auf, dass sie nackt vor ihm stand. Sein Blick heftete sich augenblicklich auf ihren Busen und verweilte dort.

Gabrielle geriet nicht in Panik und verging auch nicht vor Scham, dafür war es mittlerweile zu spät. Stattdessen fasste sie hinter sich, zog einen Morgenrock aus dem Schrank und streifte ihn über, das verwehrte ihm den Anblick, den er so zu genießen schien. Drew seufzte, als sei er enttäuscht, doch das kaufte sie ihm nicht ab. Es hörte sich zu übertrieben an.

Während sie den Gürtel zuband, schleuderte Gabrielle ihm nur ein einziges Wort entgegen: »Wie?«

Deutlicher brauchte sie nicht zu werden, Drew wusste genau, wonach sie fragte. Er setzte ein breites Grinsen auf. Gott, dieser Kerl war so selbstgefällig. Es konnte einem fast schlecht werden.

»Eine sehr gute Frage«, erwiderte er. »Ich habe es sogar selbst einmal versucht, hatte aber kein Glück damit.«

»Womit?«

»Dazu komme ich gleich«, sagte er und ließ sie weiter zappeln. »Weißt du, es gibt da eine Kleinigkeit, die ihr von meinem ersten Offizier nicht gewusst habt. Timothy hat ein großes Problem mit engen Räumen. Wir haben einmal eine Nacht im Gefängnis verbracht, nachdem er eine Kneipe demoliert hatte, und bei dem Versuch, aus der Zelle herauszukommen, hat er allen Ernstes die Gitterstäbe verbogen. Wenn du es unbedingt wissen willst, ich bin überrascht, dass er es überhaupt so lange ausgehalten hat.«

»Willst du mir etwa sagen, dass er sich tatsächlich von der Eisenkette an seinem Fuß befreien konnte?«

»Nein, soweit ich weiß, hat er sie noch um, sie ist nur an nichts mehr befestigt, was seine Bewegungsfreiheit hemmen könnte. Er hat gewartet, bis deine Crew nachlässig wurde, weil sie dachte, die Gefahr sei vorüber, dann hat er seine Kette aus der Wand gerissen und ist einfach durch die Bretter spaziert, mit denen ihr das Loch vernagelt habt, das er neulich in seine Kabinenwand gebrochen hat.«

»Was habt ihr mit meiner Mannschaft gemacht?«

Drew grinste noch breiter und sagte: »Was glaubst du wohl?«

»Wenn ich es wüsste, würde ich ja nicht fragen«, fauchte Gabrielle.

Drew kicherte in sich hinein, er war offenbar hocherfreut über die veränderten Umstände. »Deine Männer sind gut untergebracht – in dem überaus angenehmen Quartier, das ihr auch meiner Mannschaft zur Verfügung gestellt habt. Und dann bin ich direkt hierher gekommen, um mich um dich zu kümmern.«

Und an seiner Betreuung war nichts zu bemängeln gewesen. Beide wurden still bei dem Gedanken an das, was sie in der vergangenen Nacht in dieser Kajüte gemacht hatten. Wie dumm sie gewesen war, seinem Süßholzgeraspel zu glauben! Nur weil sie unbedingt wissen wollte, wie er als Liebhaber war.

Drews Heiterkeit war schlagartig verflogen, er fragte zögerlich: »Ich nehme nicht an, dass du gerade deine Tage hast?«

Gabrielle starrte ihn wütend an. Sie hatte das verschmierte Blut auf ihren Schenkeln auch gesehen, als sie den Morgenrock zugezogen hatte. »Nein, habe ich nicht.«

»Wenn ich gewusst hätte«, erwiderte er daraufhin ernüchtert, »wenn ich nur eine Sekunde geglaubt hätte, dass du noch Jungfrau bist, wäre das nie passiert.«

Das bezweifelte Gabrielle angesichts seines Rufes, doch sie sagte bloß: »Und warum hast du ganz selbstverständlich angenommen, ich sei keine Jungfrau mehr?«

»Weil du eine verflixte Piratin bist.«

An seiner Logik war nichts auszusetzen, schließlich hatte sie es darauf angelegt, dass er das glaubte, trotzdem fiel ihre Antwort bitter aus: »Ich war so oder so ruiniert, meiner Ansicht nach macht das nun auch keinen großen Unterschied mehr.«

Damit meinte sie sowohl die Gerüchte, die er in England über sie gestreut hatte, wie das, was in der vergangenen Nacht zwischen ihnen vorgefallen war. Gabrielle hatte jedoch den Eindruck, dass Drew sie gar nicht verstand, dass er nur eines im Kopf hatte, als er wieder das Wort ergriff: »Ich werde es wieder gutmachen.«

»Wie soll das gehen? So etwas kann man nicht mehr beheben, du Mistkerl.«

»Nein, das kann ich nicht«, stimmte er zu. »Aber ich werde es wieder gutmachen, indem ich dich nicht mit dem Rest deiner Mannschaft ins Gefängnis werfen lassen werde, wenn wir den nächsten Hafen erreichen.«

Klang da tatsächlich Schuldbewusstsein mit? Falls ja, hatte sie einen Ansatzpunkt, den sie zu ihrem Vorteil nutzen musste.

»Das wird mir auch nicht helfen, meinen Vater zu retten.«

Drew lüpfte eine einzelne Braue. »Möchtest du lieber ins Kittchen?«

»Natürlich nicht, aber ich kann meinen Vater doch nicht allein aus diesem Kerker befreien. Ich brauche Hilfe.«

»Also stimmt die Geschichte, die du mir aufgetischt hast?«

Gabrielle seufzte. Hatte er ernstlich geglaubt, sie hätte gelogen, nur um einen Vorwand zu haben, sein Schiff zu kapern? Dummkopf, Piraten brauchten keine Entschuldigungen.

»Selbstverständlich stimmt sie, noch dazu ist er in einer

verdammten Festung gefangen. Und das, was Pierre als Auslöse verlangt, ist mehr, als ich zu geben bereit bin.«

»Du hast nicht genug Geld? Ich dachte, du hättest geerbt.«

»Mit einer Geldforderung hätte ich kein Problem, aber Pierre will etwas anderes. Er will die Schatzkarten meines Vaters und ich soll sie ihm bringen.«

»Du willst mir also sagen, dass du zu selbstsüchtig bist, um das Leben deines Vaters gegen ein paar alte Karten einzutauschen?«

Gabrielle schnappte nach Luft. Dem Gesichtsausdruck nach schien Drew seine Worte bereits zu bereuen. Doch einmal ausgesprochen, enthüllten sie seine wahre Meinung über sie. Und trotz der Tatsache, dass Gabrielle Drew ebenfalls verachtete, fühlte sie sich tief getroffen.

»Das habe ich nicht so gemeint«, lenkte er ein.

»Nein, du hast ja recht. Meinen Vater würde Pierre umbringen, aber mich nicht, daher bin ich in gewisser Weise schon selbstsüchtig, wenn ich ihm nicht gebe, was er will.«

»Hast du die Karten überhaupt?«

Gabrielle wedelte ungeduldig mit der Hand. »Um die geht es gar nicht, sie dienen nur als Vorwand. Er versucht nicht zum ersten Mal, mich in die Finger zu kriegen.«

Drew beugte sich vor. »Warte mal eine Minute, du meinst, er will *dich*?«

»Hatte ich vergessen, das zu erwähnen?«

Er reagierte auf ihren sarkastischen Ton, indem er sich wieder zurücklehnte und die Arme vor der Brust verschränkte. Dann zuckte er die Achseln, um seine Gleichgültigkeit zu demonstrieren. »Wenn du das nicht willst, wird dir sicher ein Ausweg einfallen. Euch Piraten fällt doch immer etwas ein.«

Gabrielle dachte an den kurzen Moment, in dem Drew schuldbewusst gewirkt hatte, und sagte: »*Du* könntest mir helfen.«

Daraufhin lachte Drew schallend. »Netter Versuch, Weib, aber das ist vollkommen ausgeschlossen.«

»Dein Schwager James hätte mir geholfen«, bemerkte sie spröde.

»Dann hättest du ihn fragen sollen.«

Gabrielle knirschte mit den Zähnen. »Du könntest mir wenigstens meine Crew lassen.«

»Vergiss es. Als du mein Schiff gestohlen hast, habe ich doch vor den Folgen gewarnt. Und es gibt nur einen Grund, warum du nicht mit den anderen ins Gefängnis gehst. Das würde ich mir merken, denn es ist ein Entschluss, den ich jederzeit rückgängig machen *könnte*. Ich würde das Thema also ruhen lassen, wenn ich du wäre.«

Da er offenbar nicht einlenken wollte und sie nicht die Absicht hatte, ihn auf Knien zu bitten, ging Gabrielle wieder zurück zu ihrer Koje. »Ich würde es begrüßen, wenn du mich jetzt allein ließest, damit ich noch etwas Schlaf bekommen kann«, sagte sie frostig.

Wieder lachte Drew los, doch diesmal schwang so viel männliche Selbstzufriedenheit mit, dass Gabrielle im Voraus wusste, dass ihr das Kommende nicht gefallen würde. Dieses eine Mal wäre es ihr lieber gewesen, unrecht zu haben.

»Da die Kabine hier kein Schloss hat, wird es dich sicher freuen zu hören, dass ich dir dieselbe Aufmerksamkeit erweise, wie du mir, Weib. Wollen wir?«

Damit erhob er sich und deutete mit einer Armbewegung zur Tür. Zunächst bewegte Gabrielle sich steif auf ihn zu, doch dann stockte sie, weil ihr einfiel, dass sie unter dem Morgenrock nichts weiter anhatte. Ihm mochte das gleich sein, aber sie wollte die Reise nicht halb nackt zu Ende bringen. Auch wollte sie nicht darauf vertrauen, dass er ihr Sachen zum Wechseln bringen lassen würde, daher ging sie zurück zum Schrank und stopfte einige Kleidungsstücke in ihre Reisetasche, ehe sie sich in ihr neues Gefängnis begab.

Kapitel 34

Drew handelte in der Tat nach der Maxime »Wie du mir, so ich dir«. Gabrielle hatte eigentlich angenommen, zu ihrer Mannschaft in den Frachtraum gesperrt zu werden, doch das war nicht das, was sie mit Drew gemacht hatte, und er zahlte ihr alles mit gleicher Münze heim, bis hin zur selben Kajütsecke, die er bewohnt hatte – und zur Kette.

Er legte ihr das verdammte Ding sogar selbst um und schien ungeheuren Spaß dabei zu haben. Anders als Timothys Kette war Drews immer noch fest mit der Wand verbunden. Sie war ihm auf normalem Weg abgenommen worden, die Werkzeuge dafür lagen noch auf dem Boden herum. Daher war die Fessel, wenn auch rostig, noch gut für Gabrielle zu gebrauchen.

Drew benutzte die herumliegenden Werkzeuge allerdings nicht. Er zog ein Schloss aus der Tasche, das er eingesteckt haben musste, bevor er zu ihr gekommen war. Das bewies, dass er alles schon ausgetüftelt hatte, ehe er auch nur einen Fuß in ihre Kabine setzte. Hatte er auch geplant, sie zu verführen, oder war wenigstens das spontan gewesen? Die Frage ersparte sie sich lieber.

Gabrielle versuchte zu ignorieren, dass seine Finger ihr Bein berührten, als er das kalte Metall um ihren bloßen Knöchel legte, doch wie bei allem anderen in dieser Nacht, hatte sie auch damit kein Glück. Sie beobachtete ihn nach wie vor, allerdings mit gemischten Gefühlen, sie war gleichzeitig wütend und gekränkt. Ihr Brustkorb schmerzte, doch sie konnte sich nicht vorstellen, woran das lag. Vielleicht wurde sie krank.

Als Drew fertig war, schaute er lächelnd zu ihr auf. Gabrielle funkelte ihn böse an. Da lachte er leise und schlenderte zu seinem Bett. Er zog nur Hemd und Stiefel aus, öffnete weit die Arme und ließ sich dann einfach auf die weiche Matratze fallen. Es grenzte an ein Wunder, dass das Bett nicht unter seinem Gewicht zusammenbrach. Dann drehte Drew sich auf den Rücken und verschränkte die Arme hinter dem Kopf. Sein befriedigtes Seufzen war in der ganzen Kajüte zu hören.

Doch kaum eine Minute später beklagte er sich: »Verdammt, ich kann dich an meinem Kissen riechen.«

»Dann wasch es doch«, konterte Gabrielle.

Lachend drehte Drew sich um, sodass er ihr den Rücken zukehrte, und kaum zehn Minuten später hörte Gabrielle ein leises Schnarchen. Eigentlich müsste sie nun ein Geräusch machen, um ihn zu wecken. Als er an ihrer Stelle gewesen war, hatte er jedenfalls versucht, sie wach zu halten, noch dazu mit den absonderlichsten Geschichten darüber, wie er ihr Lust bereiten wollte. Das war zu überlegen. Sollte sie es ihm in dieser Beziehung heimzahlen? Schließlich musste sie, nur weil er sein Schiff zurückhatte, nicht gleich ihren Racheplan aufgeben. Obwohl sie nicht wusste, wie sie sich selbst dazu bringen sollte, einen Schuft, nein, einen *Schurken*, nein, einen *Teufel* wie Drew Anderson zu bezirzen. Kopfschüttelnd studierte sie ihre Umgebung.

Drew hatte die Lampe, die auf seinem Nachttisch befestigt war, brennen lassen. Damit sie Licht hatte, um sich einzurichten? Nein, wahrscheinlich hatte er schlicht vergessen, sie zu löschen, oder er hatte womöglich die Angewohnheit, bei Licht zu schlafen. Jedenfalls war auf diese Weise leicht zu erkennen, dass das Bettzeug, das man ihm schließlich gebracht hatte, noch da war und nun ebenso von ihr benutzt werden konnte wie der Nachttopf – der momentan zum Glück nicht gefüllt war – und der leere Teller vom Abendessen.

Sie ließ den Blick zum Nachttopf zurückkehren und sah ihn stirnrunzelnd an. Gütiger Himmel, wie sollte das nun gehen? Würde er ihr überhaupt etwas Privatsphäre lassen?

Falls nicht, wollte sie dafür sorgen, dass er es bereute. Dazu musste sie nur eine Zeit lang nicht an das Wort »peinlich« denken.

Gabrielle hatte schon damit angefangen, sich zum Schlafen etwas Anständigeres anzuziehen, als sie plötzlich innehielt und beschloss, lieber den bequemen, lockeren Morgenrock anzulassen. Wenn sie es recht bedachte …

Warum eigentlich nicht. Sie zog den Morgenrock auch noch aus. Sollten ihm am Morgen ruhig die Augen übergehen, falls er ihr einen Blick gönnte. Vielleicht weckte sie ja ein wildes Verlangen, das sie dann gleich im Keim ersticken konnte, weil sie nicht vorhatte, *es* noch einmal geschehen zu lassen. Je heftiger er sie begehrte, desto näher würde sie ihrer Rache kommen. Doch was war, wenn er sie nicht mehr wollte, nachdem er sie nun gehabt hatte? Verdammt, daran hatte sie nicht gedacht. Nun, die Antwort darauf würde sie erst am Morgen bekommen. Im Moment musste sie wenigstens *versuchen*, auch etwas zu schlafen.

Seufzend legte sie sich hin und wickelte sich in eine von Drews Decken – Teufel noch mal, sie konnte *ihn* auch riechen. Sie würde frisches Bettzeug verlangen müssen. Morgen. Als sie ihre Beine anzog, um sich zusammenzurollen, fühlte sie das kalte Eisen über ihren Knöchel scheuern.

Gabrielle seufzte und setzte sich auf, um die Metallkette zu untersuchen; sie wollte genau wissen, wie sehr die Fessel ihrer Haut schaden würde. Drew war wundgescheuert gewesen. Das wollte sie, wenn möglich, vermeiden. Bei ihm hatte die Fessel natürlich auch viel enger gesessen. Schließlich war sie für den Fuß eines Mannes gedacht, nicht für den einer Frau. Gabrielle bewegte die Fessel hin und her, um zu sehen, wie viel Spielraum ihr tatsächlich blieb, dann schaute sie ungläubig zu, wie sie ihr einfach vom Fuß glitt.

Sie musste die Hand auf den Mund drücken, um ihr Lachen zu ersticken. Und sie vergeudete keinen Augenblick, streifte hastig den Morgenrock über und schlich auf Zehenspitzen zur Tür. Doch die war fest verschlossen.

Gabrielle fluchte stumm vor sich hin, als sie zu ihrem Bettzeug auf dem Boden zurückkehrte. Sie hörte Drew etwas murmeln. Anscheinend hatte er etwas mitbekommen, doch er wurde nicht wach. Sie warf seinem nackten Rücken einen wütenden Blick zu, ehe sie wieder unter die Decken kroch. Es würde andere Gelegenheiten geben, wenn diese Tür nicht verschlossen war. Gabrielle lächelte und freute sich auf den kommenden Tag.

Kapitel 35

Als Gabrielle aufwachte, stelle sie fest, dass sie in der Kabine allein war. Durch die Fensterreihe fiel wenig Licht. Es war zwar Morgen, doch ein Blick nach draußen zeigte ihr, dass die Sonne hinter schwarzen Wolken verborgen war. Das deutete darauf hin, dass es im Laufe des Tages einen Sturm geben würde.

Schnell zog Gabrielle die Sachen über, die sie in der vergangenen Nacht mitgenommen hatte, ihre Schiffskluft. Es war das erste Mal, dass sie das Zimmer ganz allein für sich hatte, ohne dass Drew oder einer ihrer Freunde anwesend war. Das machte sie sich zunutze, indem sie schnurstracks zu Drews Schreibtisch ging und ihn durchstöberte. Leider nichts, was sich als Waffe geeignet hätte. Ein Strumpfband, sicher eine Erinnerung an eine seiner »Bräute in jedem Hafen«. Ein Miniaturportrait von seiner Schwester Georgina. Viele Rechnungen, die sich ausnahmslos auf das Schiff oder die Ladung bezogen. Keine Waffen, nicht einmal ein Brieföffner.

Auf dem Tisch aber lag das Logbuch des Schiffes. Solange sie in der Kabine gewohnt hatte, hatte es sich woanders befunden. Nun blätterte Gabrielle es durch, um zu sehen, ob Drew es am Morgen auf den neuesten Stand gebracht hatte, doch der letzte Eintrag stammte vom Tag der Abfahrt aus London. Sie hatte ohnehin nicht erwartet, irgendwelche persönlichen Aufzeichnungen darin zu finden. Diese Bücher dienten einem bestimmten Zweck, sie enthielten die Geschichte der Schiffe, nicht die ihrer Kapitäne.

Danach fiel Gabrielles Blick auf Drews Koffer, doch da sie nicht wusste, wie lange sie allein bleiben würde, zog sie es vor, zunächst die Tür zu kontrollieren. Stirnrunzelnd stellte sie fest, dass sie immer noch abgeschlossen war. Warum nur?

Wusste Drew, dass die Fessel ihr nicht passte? Hatte er sie aus rein symbolischen Gründen um ihren Fuß gelegt, als kleinen privaten Racheakt? Verdammt. So kam sie jedenfalls nicht aus dem Zimmer.

Letzte Nacht hatte sie sich einen Plan zurechtgelegt. Dabei war sie allerdings davon ausgegangen, dass sie nicht permanent in diesem Raum gefangen sein würde. Was nun? Sollte sie warten, bis er schlief, ihm dann etwas auf den Kopf hauen und ihm den Schlüssel aus der Tasche ziehen? Traute er ihr das etwa nicht zu? Zumindest nicht, dass sie ihm eins über den Kopf zog? Der Nachttopf war goldrichtig dafür, denn abgesehen von der Lampe, die an einem der Stützpfeiler hing, war er der schwerste Gegenstand im Raum. Oder ahnte Drew wirklich nicht, dass die Fessel ihr nicht passte?

Gabrielle wusste nicht mehr, was sie denken sollte, doch sie wollte Drew auf keinen Fall noch einmal verletzen, was ihr nur Alternativen ließ, die ihr gar nicht gefielen. Das Problem war, dass sie sich seinetwegen Hoffnungen gemacht hatte, und daher immer noch Gefühle für ihn hegte. Wäre das anders gewesen, hätte sie keine Sekunde darüber nachgedacht, ob sie ihm etwas auf den Schädel hauen sollte. Immerhin hatte Drew einmal ganz oben auf der Liste der Männer gestanden, mit denen sie gern den Rest ihres Lebens verbracht hätte. Diese Aussichten hatte er zunichte gemacht, indem er ihren Ruf zerstört hatte, aber hinter dem Zorn, den sie gefühlt hatte, steckte eigentlich Enttäuschung. Und jenseits der Bitterkeit, die Gabrielle nach außen zur Schau trug, war sie immer noch traurig. Doch trotz allem, was Drew ihr angetan hatte, wollte sie ihm nicht körperlich wehtun, sondern ihn nur mit gebrochenem Herzen zurücklassen.

Mit einem tiefen Seufzer, da sie im Moment offensichtlich nichts tun konnte, ging sie zurück zu ihrem Haufen Bettzeug auf dem Boden. Jetzt erst nahm sie den Essensgeruch wahr und fand den Teller, den man ihr hingestellt hatte. Er war mit einer großen Serviette abgedeckt, die fast die gleiche Farbe hatte wie ihre Decke, deswegen hatte sie ihn wohl nicht eher gesehen. Und ehe sie auch nur einen Happen von dem Frühstück probiert hatte, fiel ihr auf, dass Drews Koch in der Kombüse wesentlich besser war als ihrer.

Als Drew einige Stunden später wieder auftauchte, war Gabrielle reichlich gelangweilt. Sie hatte keine weiteren Entscheidungen getroffen, obwohl sie die Durchsuchung der Kabine – und seiner Koffer – beendet hatte. Letzteres hatte sich zumindest als interessant erwiesen – auch wenn sie sich ein wenig geärgert hatte. Ihr Ärger war, wie sie zu ihrem Erstaunen feststellte, nur altmodischer Eifersucht zuzuschreiben. Immerhin enthielt einer von Drews Koffern ausschließlich Frauensachen.

Alles davon sah neu aus. Ein Sonnenschirm, eine seidene Börse, ein grellbunter Fächer, ein hübsches, wenn auch billiges Medaillon an einer Kette und sonstiger Schnickschnack. Dazu mindestens ein halbes Dutzend Spitzenschals, einer genau wie der andere, was Gabrielle auf den Gedanken brachte, dass all diese Dinge wahrscheinlich Geschenke waren. Für seine zahllosen Bräute? Der Gedanke hätte sie beinah dazu bewogen, den gesamten Inhalt dieses Koffers in Brand zu setzen. Wäre nicht damit zu rechnen gewesen, dass der Rauch unter der Tür durchdrang und Alarm auslöste, hätte sie es wohl getan.

Als Drew gegen Mittag endlich wieder in die Kabine kam, hockte sie auf ihrem Deckenhaufen, den Rücken an der Wand, die Knie angewinkelt und die Füße flach auf dem Boden. Während er durchs Zimmer ging, wollte sie ihm eigentlich verführerische Blicke zuwerfen, sie war jedoch derart wütend, dass sie eher mordlüstern ausfielen.

Er brauchte für verführerische Blicke jedenfalls nicht zu üben. Die Art, wie Drew sie ansah, ließ ihren Atem stocken und sie hastig nach einer Ablenkung suchen, um die in ihr aufsteigende sinnliche Erregung zu unterdrücken.

»Ich langweile mich«, platzte sie heraus.

Das ließ ihn gleich wieder an ihre vertauschten Rollen denken und feixen. »Schade«, sagte er, während er quer durchs Zimmer zum Schreibtisch ging, auf dem seine Karten ausgebreitet waren.

Nachdem er die oberste einige Minuten studiert hatte, notierte er sich etwas darauf, dann ging er zum Esstisch und machte es sich auf seinem Stuhl bequem, schob die Beine lang unter den Tisch und faltete die Hände auf dem Bauch. Offenbar hatte er nicht vor, sie zu ignorieren. Sobald er die richtige Position gefunden hatte, heftete er seinen Blick erneut auf Gabrielle.

Sie vermied es, ihn anzuschauen, indem sie zur Seite blickte, doch sie fühlte, dass er seine dunklen Augen genüsslich über ihren Körper gleiten ließ. Solange sie seinem Blick nicht begegnete, war es ihr vielleicht möglich, sich nicht wieder von ihm in Verlegenheit bringen zu lassen. Hoffte sie jedenfalls.

Während seiner Abwesenheit war es ihr gelungen, jeden Gedanken an die vergangene Nacht und die überwältigende Lust, die er ihr bereitet hatte, zu verbannen. Doch wenn er in der Nähe war und ihre Sinne sich regten, weil sie offenbar unfähig war, seiner Anziehungskraft zu widerstehen, gelang ihr das kaum noch.

»Dann erklär mir mal, warum ich mir die Mühe machen sollte, dich zu unterhalten, obwohl du mir die Langeweile auch nicht vertrieben hast, als ich an deiner Stelle war«, forderte er sie auf.

»Ich kann mich nicht daran erinnern, dass du dich darüber beschwert hättest«, erwiderte Gabrielle mit nachdenklichem Stirnrunzeln, dann sah sie ihn mit hochgezogener Braue an. Aber wenn du unbedingt Erbsen zählen willst: ich habe dir nicht zufällig die Jungfräulichkeit gestohlen, trotzdem hast *du* davor nicht haltgemacht. Du hast mich gesellschaftlich ruiniert, indem du mich entjungfert hast. Kein anständiger Mann wird mich jetzt mehr wollen!«

»Du bist eine Piratin!« Drew konnte sich das Lachen kaum

verkneifen. »Dich hätte sowieso kein anständiger Mann genommen.«

Gabrielle holte tief Luft. »Es ist gemein, das zu sagen, und es stimmt nicht einmal! Falls so ein Mann die Gelegenheit bekommen hätte, sich in mich zu verlieben, hätte er womöglich über den Beruf meines Vaters hinweggesehen. Aber jetzt, nachdem du mir die Jungfräulichkeit geraubt hast, geht das nicht mehr.«

Drew hüstelte, beugte sich vor und schien sich jetzt gar nicht mehr wohl zu fühlen. Trotzdem wandte er ein: »Ich habe sie nicht geraubt. Deine Mitarbeit wäre durchaus lobend zu erwähnen.«

»Ich dachte, du wärst ein Traum, du verdammter Blödmann!« fauchte Gabrielle ihn an.

»Wirklich? Viele Damen, die mein Bett geteilt haben, sagen mir das – dass ich ein Traum bin.«

Seine heitere Selbstzufriedenheit war zu viel für Gabrielle. »Das habe ich nicht gemeint!«, blaffte sie ärgerlich. »Ich habe wahrhaftig gedacht, ich würde träumen.«

»Tatsächlich?«

»Ja.«

»Verdammt, ich wünschte, ich hätte auch solche Träume.« Drew grinste. »Aber jetzt, wo du es erwähnst, ich war schon immer der Ansicht, dass das beste Mittel gegen Langeweile ein bisschen Sex ist. Hättest du Lust, den Nachmittag in meiner Koje zu verbringen?«

»*Das* wird nicht wieder vorkommen!«

Drew zuckte die Achseln. »Im Augenblick meinst du das wahrscheinlich ziemlich ernst. Aber du bist auf den Geschmack gekommen«, sagte er. Und dann fügte er mit unerschütterlichem Selbstvertrauen und einem gewinnenden Lächeln hinzu: »Du wirst mehr wollen.«

»Möglich«, gestand Gabrielle und fuhr ebenfalls achselzuckend fort: »Bloß nicht von dir.«

Drews Lächeln gefror gerade so viel, dass Gabrielle es bemerken konnte. Sie war entzückt festzustellen, dass sie endlich einen Treffer gelandet hatte. Und damit war es an der Zeit, das Thema zu wechseln, ehe sie sich in ihrem eigenen Netz verfing.

»Was habt ihr mit Margery gemacht?«, fragte sie.

»Ich nehme an, damit meinst du deine Zofe?«

»Haushälterin«, verbesserte Gabrielle.

»Wie auch immer«, erwiderte Drew wenig interessiert. »Ich habe ihr gestattet, weiter in ihrer Kabine zu bleiben. Es geht ihr gut. Sie hat den ganzen Tumult verschlafen.«

»Kann ich sie sehen?«

»Was würdest du denn dafür tun?«, konterte er mit einem schelmischen Grinsen.

Gabrielle schnappte nach Luft und funkelte ihn böse an. »Ich möchte eine Arbeit zugeteilt bekommen, damit ich mich beschäftigen kann. Ich kann auf einem Schiff fast überall aushelfen.«

Drew schien ernstlich darüber nachzudenken und sagte schließlich: »Das Deck muss geschrubbt werden.«

Gabrielle nickte, weil sie dachte, er meine es ernst. »Das wäre nicht das erste Mal, dass ich diesen Job erledige.«

»Machst du Witze?«

»Nein.« Und dann seufzte sie. »Du etwa?«

»Aber natürlich. Du wirst diese Kabine erst verlassen, wenn wir einen Hafen erreichen, Schätzchen. Tut mir leid, aber ich traue dir nicht über den Weg.«

»Ich habe keine Crew mehr hinter mir, also wovor hast du Angst?«

»Dass du versuchen wirst, deine Crew wieder hinter dir zu versammeln. Und mehr möchte ich dazu nicht sagen, also vergiss es.«

»Aber ...«

»Soll ich mich daran erinnern, dass ich als dein Gefangener eine Zeit lang geknebelt war?«, unterbrach Drew sie brüsk.

Gabrielle verstand und hielt den Mund – vorerst.

Kapitel 36

Drew ließ sich die drei Kerle, mit denen er sich die Kabine geteilt hatte, nachdem Gabby feige das Weite gesucht hatte, aufs Achterdeck bringen. Einer von ihnen hatte ihm die Faust ins Gesicht gerammt, als er schlief. Drew hatte nie herausgefunden, wer es gewesen war, hatte damals allerdings auch nicht danach gefragt, da er nicht in der Lage gewesen wäre, sich zu rächen oder zu schützen. Doch die Lage hatte sich ja nun glücklicherweise geändert.

Die drei hatten die Hände auf dem Rücken gefesselt. Drew ließ sie fast eine Stunde warten, ehe er zu ihnen ging, um Antwort auf seine Fragen zu bekommen.

Da er mit ihnen die Kabine geteilt hatte, kannte er sie nun beim Namen. Bixley schien sich argwöhnisch zu fragen, warum Drew sie aus dem Frachtraum hatte holen lassen, dabei war Bixley Drews Meinung nach der Letzte, der einen Grund hatte, ihn sozusagen hinterrücks anzugreifen.

Richard trug sein übliches großspuriges Lächeln zur Schau. Der Franzose, falls er denn einer war, was Drew bezweifelte, schien keinen ernsten Gedanken fassen zu können. Ständig alberte er mit seinen Freunden herum – auch mit Gabby. Das passte Drew nicht, nein verdammt, es passte ihm ganz und gar nicht.

Ohr war das größte Rätsel von allen. Er schien Gabby sehr nahe zu stehen, doch er war sehr zurückhaltend. Der Mann behielt seine Gefühle, welcher Art sie auch sein mochten, strikt für sich.

Drew hatte Ohr in Verdacht, ihn geschlagen zu haben. Richard war zu unbeschwert. Nichts schien ihm die gute Laune verderben zu können. Eigentlich erinnerte er Drew sehr an sich selbst. Ohr dagegen war zu ernst. Man konnte nie wissen, welche Gefühle sich hinter seinem stillen Äußeren verbargen. Aber er hatte vor, es herauszufinden.

»Was soll das, Käpt'n?«, fragte Bixley nervös, als Drew näher kam und sich vor den dreien aufbaute.

Drew antwortete nicht gleich. Sollte die Anspannung die Männer ruhig verunsichern, dann hatte er es leichter. Außerdem war es höchst befriedigend, gerade diese Kerle in der Gewalt zu haben, daher hatte Drew keine Eile mit der Befragung.

»Entspannt euch«, sagte er schließlich. »Ich habe lediglich ein paar Fragen an euch. Ich muss bloß noch herausfinden, wer von euch mir die Antworten geben kann.«

»Sie sprechen in Rätseln«, bemerkte Richard.

»Vielleicht will er nur 'n paar Segel repariert haben«, warf Bixley ein. »Da bin ich genau der Richtige.«

»Meine Segel sind gut«, protestierte Drew.

»Aber nich' gut genug für den Sturm, der sich da zusammenbraut. Ich kann ihn schon riechen.«

»Er hat doch Augen im Kopf, Bixley. Er kann selbst sehen, dass der Sturm direkt auf ihn zukommt.«

»Aber er hat die Segel noch nich' in Ordnung gebracht«, konterte Bixley. »Die werden in Stücke gerissen, wenn ...«

»Willst du mir ernsthaft vorschreiben, wie ich mein Schiff führen soll?«, unterbrach Drew ihn ungläubig. Diese drei hätten sich Sorgen darüber machen sollen, warum er sie an Deck gerufen hatte, stattdessen sorgten sie sich um das Schiff!

»Wir sind Seeleute, Kapitän, genau wie Sie«, sagte Richard grinsend. »Wenn wir sehen, dass bei einem Schiff etwas verbessert werden muss, halten wir mit unserer Meinung nicht hinter dem Berg.«

»Ich werde die verflixten Segel instand setzen lassen«, erwiderte Drew. »Aber erst möchte ich eine Antwort. Wer von euch hat mir letzte Woche, während ich schlief, einen Faustschlag versetzt?«

Bixley fing an zu lachen. »Also daher stammte die Schramme? Hatte mich schon gewundert. Dabei hab' ich gedacht, Ihr wärt im Dunkeln über Eure Decken gestolpert.«

Drew war alles andere als amüsiert. Er baute sich vor dem Iren auf und sagte: »Soll ich dann mit dir anfangen, Bixley?«

»Anfangen?« Der Mann kniff die Augen zusammen und sein Gesicht nahm erneut einen argwöhnischen Ausdruck an.

»Warum nicht?«, meinte Drew. »So etwas nennt sich Ausschlussverfahren. Sicher habt ihr schon davon gehört.«

»Hab' ich nich', hab' aber auch nichts dagegen, als Erster dabei zu sein. Ich war's nich', ich bin nich' im Dunkeln über Sie hergefallen.«

»Nicht?« Drew blieb ruhig und sah erst Ohr, dann Richard an, doch diese beiden hatten ein undurchdringliches Gesicht aufgesetzt. Also fügte er mit einem Seufzer hinzu: »Ganz wie ich dachte, wir werden es also auf die harte Tour herausfinden müssen.«

Der Schlag streckte Bixley auf der Stelle nieder. In voller Länge lag er auf dem Deck und machte keinerlei Anstalten aufzustehen und noch mehr Schläge zu kassieren.

Da schaltete Richard sich ein. »Das war vollkommen unnötig. Wenn Sie Streit suchen, binden Sie mich los. Ich bin der, den Sie suchen.«

Drew nickte und bedeutete den Männern, die in der Nähe standen, Ohr und Bixley zurück in den Frachtraum zu bringen. Er war etwas überrascht. Vielleicht lief zwischen Gabby und dem angeblichen Franzosen mehr, als er gedacht hatte.

Als Bixley auf die Füße geholfen wurde, sagte er mürrisch zu Richard: »Beim nächsten Mal sag' eher Bescheid, ja?«

Richard murmelte verlegen: »Tut mir leid, Bix.«

Während die anderen beiden Männer weggeführt wurden, musterte Drew Richards hübsches Gesicht. Er fühlte, dass Wut in ihm aufstieg, weil er anfing, etwas zu vermuten. Was konnte den Franzosen derart in Wut gebracht haben? Solange sie in England waren, hatte er Gabby doch nur ein paar Mal geküsst. Er hätte zwar gern mehr gewollt, doch sie hatte nicht mitgespielt.

Unter Drews eingehender Musterung wurde Richard so unruhig, dass er schließlich in scharfem Ton sagte: »Also was jetzt? Es war doch nur ein verdammter Schlag.«

»Ich hätte nicht gedacht, dass du es warst«, gestand Drew, da sie beide nun allein waren.

Richard grinste. »Ich auch nicht, wenn Sie es unbedingt wissen wollen. Es war spontan, völlig ungeplant.«

»Wieso?«

Richard zuckte die Achseln. »Meiner Meinung nach hatten Sie sogar noch mehr verdient.«

Da Drew keineswegs der gleichen Ansicht war, zischte er: »Du willst mir an die Gurgel? Dann möchte ich gern wissen, warum.«

»Machst du Witze, Mann? Nach dem, was du getan hast?«

Das überraschte Drew und ließ ihn nachdenklich die Stirn krausen. »Ich weiß, was ich vor Kurzem angestellt habe, aber wir reden über letzte Woche, da lag ich in Ketten und war unfähig, irgendetwas anderes zu tun, als wütend vor mich hinzuköcheln.«

»Ich habe doch gesagt, es kam ganz spontan.«

Drew glaubte ihm nicht, schaute ihn aber bloß grübelnd an. »Warum tust du, als wärst du Franzose?«

Richard grinste noch breiter. »Warum glauben Sie, ich wäre keiner, nur weil mein Akzent gelegentlich wechselt? Vielleicht bin ich ein Franzose, der in London aufgewachsen ist.«

»Vielleicht bist du ein Lügner.«

Richard zuckte die Achseln. »Was für einen Unterschied macht das schon? Wir tun doch alle so, als wären wir etwas anderes.«

»Sogar Gabby?«

»Für Sie ist Gabby das, was sie sein will«, lautete Richards kryptische Antwort.

Drew schnaubte. »Das heißt?«

»Falls Sie Näheres wissen wollen, sollten Sie Gabby selbst fragen, nicht mich.«

»Dann also zurück zur dir und dem verdammten Grund, warum du mich geschlagen hast.«

»Tut mir leid, da kann ich Ihnen nicht helfen, Kapitän. Ich habe versprochen, nichts zu verraten. Wie wär's, wenn Sie meine Entschuldigung einfach akzeptieren und die Sache auf sich beruhen ließen?«

»Wie wär's, wenn du meine Neugier befriedigst, ehe ich die Wahrheit aus dir herausprügele.«

»Na dann los. Ich verrate meine Freunde nicht.«

»Willst du mir weismachen, sie sei bloß eine gute Freundin?«

»Sind Sie etwa anderer Ansicht, obwohl sie daran dachte, Sie zu heiraten?«

Das Wort »heiraten« ließ Drew einen deutlichen Schritt zurückweichen. Schon der Gedanke an eine Ehe ließ ihn schaudern. Und es fiel ihm schwer zu glauben, dass Gabby solche Gedanken gehegt haben sollte. Vielleicht tischte Richard ihm ja in Wahrheit einen Haufen Lügen auf, um ihn von der richtigen Spur abzubringen.

Er war jedoch neugierig genug geworden, um zu fragen: »Hat sie dir das erzählt?«

»Ich habe schon zu viel verraten«, erwiderte Richard. »Von jetzt an sage ich nichts mehr.«

»Also hast du mich nicht aus Eifersucht geschlagen?«, drang Drew weiter in ihn.

Richard schnaubte. »Sie hören nicht richtig zu, Kapitän. Sie ist meine beste Freundin. Wen sie am Ende auch heiratet, mir ist jeder recht, abgesehen von Ihnen natürlich.«

»Dann *bist* du eifersüchtig!«

»Nein, es gefällt mir einfach nicht, wie Sie sie behandelt haben. Ich habe zwar versucht, einige Entschuldigungen dafür zu finden, aber ich habe sie selbst nicht richtig geglaubt.«

Drew knirschte mit den Zähnen. So frustriert, wie er augenblicklich war, grenzte es an ein Wunder, dass er den Piraten nicht längst zusammengeschlagen hatte. Doch dann fiel es ihm wieder ein …

»Ich habe sie betrunken gemacht, weil ich vorhatte, sie zu verführen, doch mein dämlicher Bruder hat uns unterbrochen, daher bin ich nicht weit gekommen. Geht es darum? Hat sie gedacht, es sei noch mehr passiert, als sie beschwipst war?«

Richard zuckte die Achseln. »Das hat sie nie erwähnt, daher habe ich keine Ahnung.«

»Was *hat* sie denn erwähnt?«

»Netter Versuch, Kapitän, doch das Geheimnis nehme ich mit ins Grab. Also schlagen Sie mich oder schicken Sie mich zurück in den Frachtraum, denn diese Unterhaltung ist in jedem Fall beendet.«

Richard war sicher, dass Drew nicht Hand an ihn legen würde. Das war seinem selbstbewussten Ton anzumerken. Drew hätte ihn eines Besseren belehren können, auch wenn er keinen anderen Grund hatte als den, auf diese Weise die Enttäuschung verarbeiten zu können, weil er so gut wie nichts in Erfahrung gebracht hatte. Doch er ließ Richard gehen. Dieses Thema würde er wohl mit Gabby besprechen müssen. Sie war allerdings auch nicht gerade in friedlicher Stimmung, was seine Frustration noch verschlimmerte.

Er hätte sie einfach mit ihrer Mannschaft in den Frachtraum sperren sollen. Das wäre die gerechte Strafe dafür gewesen, dass sie versucht hatte, sein Schiff zu stehlen. Doch sie hatte ihm unerwartete Freuden bereitet, nachdem er sie in jener Nacht schlafend in der Kabine gefunden hatte. Eine Erfahrung, die ihm nicht aus dem Kopf ging.

Gott, das war wirklich toll gewesen, aber sie zu lieben hatte auch Nachteile – insbesondere den, dass dieses eine Mal mit ihr ihm eigentlich hätte reichen sollen, dem aber leider nicht so war. Bei jeder anderen Frau hatte einmal ihm gelangt. Er kehrte aus reiner Bequemlichkeit zu seinen vielen Bräuten zurück, nicht weil er sich nach ihnen verzehrte. Doch bei Gabby wollte er mehr. Trotz seiner Schuldgefühle.

Und auch das verblüffte ihn. Wer hätte gedacht, dass diese verflixte Piratin sich als Jungfrau entpuppen würde? Es wunderte ihn immer noch. Aber es war auch irgendwie schön, für sie der erste Mann gewesen zu sein. Für ihn war es eine weitere neue Erfahrung, denn danach suchte er seine Bräute gewiss nicht aus. Ganz im Gegenteil. Er bevorzugte Frauen mit Erfahrung. Sie kannten das Spiel und wussten, dass es dabei keinen Ehemann zu gewinnen gab.

Hatte Gabby ihn ernsthaft als Heiratskandidaten in Betracht gezogen? Drew lächelte kopfschüttelnd. Das musste er herausfinden.

Kapitel 37

Der Sturm, der schon den ganzen Tag über gedroht hatte, brach am Nachmittag mit voller Wucht los. Gabrielle hatte gehofft, dass er einfach vorbeiziehen würde oder dass die *Triton* ihm wenigstens davon segeln konnte, doch leider war beides nicht eingetroffen.

Es gab nur eine Situation, in der Gabrielle sich an Bord eines Schiffes nicht wohlfühlte, und das war mitten in einem heftigen Unwetter. Seit sie den Hurrikan überlebt hatte, der die Inseln getroffen hatte, mochte sie eigentlich überhaupt keine Gewitter mehr, egal, wo sie sich gerade befand. Und auf See musste man sogar noch einer zusätzlichen Gefahr ins Auge sehen – dem möglichen Untergang.

Doch die *Triton* war ein schönes Schiff – robust und gut in Schuss. Die Planken knarrten nur ein ganz klein wenig. Selbst das tiefe Eintauchen in die Wellentäler und das Krängen nahmen nicht überhand, zumindest anfänglich nicht. Auf Dauer war es jedoch ebenso unvermeidbar wie Gabrielles zunehmende Nervosität, die durch die Tatsache, dass sie in einer Kabine eingesperrt war, noch um ein Vielfaches gesteigert wurde. Falls das Schiff sank, würde sie nicht einmal die Möglichkeit haben, ein Beiboot, ein Wrackteil oder irgendeine andere Art von Floß zu finden, auf dem sie auf Rettung hoffen konnte. Nein, sie würde direkt auf den Meeresgrund sinken.

Eine ganze Weile saß sie in ihre Decken gehüllt in ihrer Ecke und beobachtete die wenigen Dinge im Raum, die nicht fest verschraubt waren, wie sie auf dem Boden hin- und herrollten und einmal sogar die halbe Wand hinauf. Das war ein beängstigender Augenblick gewesen, in dem das Schiff, während es eine besonders hohe Welle abritt, sich beinah ganz auf die Seite gelegt hatte.

Gabrielle war vor Angst ganz flau geworden und sogar die Lampe am Stützpfeiler war herabgefallen. Sie rollte über den Boden und knallte so hart an die Wand, dass das Glas zersplitterte und sie eine Ölspur hinter sich ließ.

Mit einer Mischung aus Schrecken und Erleichterung schaute Gabrielle ihr nach. Wäre die Lampe angezündet gewesen, hätte das Feuer wahrscheinlich sofort um sich gegriffen. Obwohl Gabrielle ernstlich erwogen hatte, einen Brand zu legen, um eventuell fliehen zu können, war dies gewiss nicht der geeignete Moment. Drew und seine Männer kämpften mit den Elementen, um sich über Wasser zu halten, und würden ein Feuer erst bemerken, wenn es zu spät war. Gut dass wenigstens sie daran gedacht hatte, die Lampe zu löschen, als der Sturm losbrach, sodass nur noch die Lampe brannte, die sicher auf Drews Schreibtisch befestigt war.

Gabrielle wünschte, sie könnte schlafen, solange der Sturm andauerte. Das war sicher der beste Weg, ihre Ängste zu vergessen: einfach aufzuwachen, wenn alles vorüber war. Doch in ihrer Lage war sogar der Versuch unmöglich. Sie saß auf dem Boden und klammerte sich an ihrer Kette fest, um nicht wie alle anderen unbefestigten Teile im Zimmer herumgestoßen zu werden. Eventuell wäre es ihr in Drews Koje besser ergangen, zumindest gab es dort weichere Kissen, die alle Stöße abfedern konnten. Doch genau diesen Ort wollte sie tunlichst meiden, nachdem er ihn wieder in Besitz genommen hatte.

Gabrielle rechnete nicht damit, Drew vor Ende des Sturms wieder zu sehen. Es war Nacht geworden, obwohl das schwer zu erkennen war bei der undurchdringlichen Regenwand vor dem Fenster und den dunklen Wolken dahinter. Einige weitere Stunden verstrichen, doch der Sturm schien immer noch nicht abzuflauen.

Und dann fegte eine kalte Wind- und Regenbö ins Zimmer und Drew trat ein. Er musste sich regelrecht gegen die Tür stemmen, um sie wieder zuschieben zu können. Allerdings machte er sich nicht die Mühe, sie wieder abzuschließen. Dann drehte er sich um und lehnte sich mit dem Rücken daran, während seine Augen Gabrielle suchten. Obwohl er Stunden in diesem Wolkenbruch verbracht hatte, sah er kein bisschen müde oder erschöpft aus. Stattdessen wirkte er begeistert, voller Schwung und Elan, als ob er es, ohne mit der Wimper zu zucken, mit allem aufnehmen könnte.

Drew warf den Regenmantel beiseite, den er zwar getragen hatte, der ihn aber trotzdem nicht davor bewahrt hatte, völlig durchnässt zu werden. »Geht es dir gut?«, fragte er.

Da verlor Gabrielle die Nerven und erwiderte: »Nein, ich habe Angst, mir ist kalt, ich bin hungrig und mein Hintern tut weh von all diesem Herumgerutsche. Mir geht es beschissen.«

Eigentlich hatte sie erwartet, dass Drew sie auslachen und sie eine dumme Gans schimpfen würde. Doch zu Gabrielles Verblüffung kam er zu ihr, kniete sich neben sie und nahm sie in den Arm. Sie verspürte nicht den geringsten Drang, seiner tröstlichen Nähe zu widerstehen, obwohl er sie mit seinen durchweichten Sachen ganz nass machte.

Drew setzte sich, lehnte sich mit dem Rücken bequem an die Wand und zog sie halb über seine Brust. Dann nahm er eine Serviette aus der Tasche und faltete sie auseinander, wobei eine Handvoll klein geschnittener kalter Würstchen zum Vorschein kam.

Ein Stück steckte er ihr in den Mund.

»Reste vom Frühstück«, erklärte er. »Die Kombüse ist geschlossen, solange der Sturm dauert, also wird es wohl erst morgen wieder eine richtige Mahlzeit geben. Du solltest eigentlich wissen, dass das so üblich ist.«

»Ja, ich weiß«, gestand sie, während er sie weiter mit Wurststückchen fütterte, die ihr den schlimmsten Hunger nahmen.

»Bist du wirklich verletzt?«, fragte Drew.

Diese Frage ließ sie beide an das letzte Mal denken, als er

sie nach ihren Blessuren gefragt hatte; sie hatte ihm vorgeworfen, ihr bei der ersten Begegnung im Hafen weh getan zu haben. Die Erinnerung ließ sie beide lächeln.

»Nein, nur ein bisschen wund«, gab sie zu. »Morgen werde ich es wahrscheinlich gar nicht mehr merken. Sei aber vorsichtig, wenn du durchs Zimmer gehst. Das Schiff läuft noch nicht ruhig genug, sonst hätte ich schon versucht, die Glassplitter von der Laterne wieder aufzusammeln.«

»Ich hätte daran denken sollen, sie wegzunehmen, als der Sturm losbrach.«

»Du warst doch gar nicht hier. Ich schon, und trotzdem habe ich sie bloß gelöscht.«

Zu spät fiel Gabrielle ein, dass sie soeben verraten hatte, dass sie sich frei in der Kabine bewegen konnte und die Fessel kein Hindernis mehr darstellte. Doch anscheinend war Drew dieser Versprecher gar nicht aufgefallen. Er fütterte sie weiter mit Wurstscheiben und aß später auch selbst etwas mit.

Es war nicht richtig, so bei ihm zu sitzen und sich in seinen Armen geradezu geborgen zu fühlen, doch Gabrielle konnte sich noch nicht dazu durchringen, von ihm Abstand zu nehmen, dazu fühlte sie sich viel zu wohl. Seine nassen Sachen hatten sich anfänglich kalt angefühlt, doch da, wo ihr Körper an seinem ruhte, waren sie nun bereits warm von ihrer Hitze. Eigentlich hätte bereits Dampf aufsteigen müssen, derart rasch stieg die Temperatur zwischen ihnen.

Es gab schlicht keine Möglichkeit, den Körper, an dem sie lehnte, zu ignorieren, oder nicht an das zu denken, was er vorletzte Nacht mit ihr gemacht hatte. Die Art von Vergnügen, die er ihr gezeigt hatte, war vor dieser Nacht jenseits ihrer Vorstellungskraft gewesen, aber jetzt ... sie konnte einfach nicht aufhören, an ihn zu denken. Er hatte es ja selbst gesagt, sie hatte Geschmack daran gefunden und sie würde mehr wollen. Und damit hatte er verdammt recht gehabt.

Die Weise, wie er sie gerade hielt, erinnerte sie so deutlich daran, wie seine Hände sich angefühlt hatten, während sie zärtlich über ihre nackte Haut glitten, dass sie beinahe die Luft angehalten hätte. Und sein Mund, Gott, wie weich er war und wie wunderbar er schmeckte. Er hatte sie zum Beben gebracht und ihre Haut hatte vor Vorfreude geprickelt, sodass sie alle Vorsicht in den Wind geschlagen hatte und all seinen Lockungen gefolgt war.

Ein Schauer durchrieselte sie bei dem Gedanken, wie süß ihre Niederlage gewesen war. Drew spürte das.

Den Donner, der gerade gegrollt hatte, hatte sie nur von fern wahrgenommen, Drew jedoch glaubte, er sei der Grund für ihr Erschauern. »Hast du Angst vor Gewitter?«

»Früher nicht, aber vor ein paar Jahren habe ich einen ganz schlimmen Sturm erlebt, einen sogenannten Hurrikan. Es gab sogar Tote. Ganze Gebäude sind dem Erdboden gleichgemacht worden. So etwas hatte ich noch nie gesehen und hoffentlich sehe ich es auch nie wieder.«

»War das in der Karibik?«

»Ja, damals lebte ich schon eine ganze Weile bei meinem Vater. Der Hurrikan ist mit voller Wucht durch die Tropen gerast. St. Kitts war nicht die einzige Insel, die betroffen war. Er hat einen breiten Pfad der Zerstörung hinterlassen.«

Drew zog Gabrielle ein wenig enger an sich. »Ich glaube, an den erinnere ich mich. Ich bin selbst nur knapp davongekommen, weil ich einige Tage zuvor nach Amerika zurückgesegelt bin. Doch bei der nächsten Fahrt habe ich davon gehört und einige Zerstörungen auch mit eigenen Augen gesehen. Manche Gebiete haben sich immer noch nicht erholt.«

Gabrielle nickte. »Bei einem der kleineren Dörfer auf unserer Insel war es ähnlich. Da praktisch alle Häuser zerstört waren, haben die Überlebenden einfach ihre Sachen gepackt und sind woanders hingezogen. Und selbst bei uns, in der größten Stadt, hat es mehrere Monate gedauert, bis wir alle Schäden beseitigt hatten und mit dem Wiederaufbau anfangen konnten. Damals hatte ich fast vergessen, wie es ist, wenn man regelmäßig schläft.«

Überrascht blickte Drew auf sie herab. »Du hast richtig mit angefasst?«

»Ja, und Margery auch.« Doch dann grinste Gabrielle und sagte leichthin, damit es nicht so unpiratenmäßig klang: »Entweder man fasste mit an oder man musste ewig warten, bis der Fleischer wieder aufmachte.«

Drew lachte nicht, sondern strich ihr mit dem Fingerrücken über die Wange, als wolle er ihr zeigen, dass er wusste, dass sie nicht so schlecht war, wie sie zu sein vorgab. Es war ihr unangenehm, wenn er ihr seine liebevolle Seite zeigte. Zudem erinnerte es sie daran, dass sie in den Armen des Mannes lag, mit dem sie immer noch eine Rechnung offen hatte.

»Ich denke, es geht mir schon besser«, erklärte sie und setzte sich auf, um von ihm abzurücken. »Es hört sich sogar so an, als habe der Wind ein wenig nachgelassen.«

»Nein, hat er nicht. Und jetzt geht es mir eher schlecht«, erwiderte er, während er sie wieder an sich zog und seinen Mund fest auf ihren presste.

In Sekundenbruchteilen war die erstaunliche Leidenschaft, die sie in der ersten Nacht mit ihm verspürt hatte, wieder in ihr entfacht, sodass sie alle guten Vorsätze fahren ließ. Sie schlang ihre Arme um seinen Nacken und erwiderte seinen Kuss rückhaltlos, wobei sie selbst etwas improvisierte und ihre Zunge spielen ließ. Er war so unwiderstehlich! Sie wandte sich ihm sogar ein wenig zu, damit sie ihren Busen eng an seinen Brustkorb drücken konnte. Drews Aufstöhnen war wie Musik in Gabrielles Ohren.

Ohne lange zu zögern, stand er auf und trug sie auf seinen Armen zur Koje. Er bewegte sich so zielstrebig, dass er an ihre Fessel gar nicht mehr zu denken schien. Was für eine kalte Dusche es gewesen wäre, wenn sie immer noch um Gabrielles Fuß gelegen und sie gebremst hätte. Doch so hinderte Drew nichts daran, Gabrielle auf seine Koje zu legen und sich mit größter Hast die nassen Sachen vom Körper zu reißen. Gabrielle dagegen bewegte sich nicht. Sie war viel zu sehr damit beschäftigt, mit verhaltener Vorfreude zuzuschauen, wie er ein Kleidungsstück nach dem anderen zu Boden warf.

Zum ersten Mal bekam sie seinen großen, prachtvollen Körper in all seiner Schönheit ganz und unverhüllt zu sehen. Als sie ihn gebadet hatte, hatte sie versucht, nicht hinzuschauen, damit sie ihrem Verlangen nach ihm nicht nachgab. Und als er sie geliebt hatte, hatte er schon auf ihr gelegen, ehe ihr bewusst wurde, dass er wirklich bei ihr war, und zwar vollkommen nackt. Deshalb war sie nun selbst erstaunt, wie sehr es sie erregte, ihn so zu sehen. Er war schlank und athletisch. Bei jeder Bewegung traten andere Muskeln seines Körpers hervor, von seiner breiten Brust über die starken Arme bis hinab zu den schmalen Flanken. Er besaß schöne lange Gliedmaßen – selbst seine Beine hatten genau die richtigen Proportionen für den Rest seines herrlichen, kräftigen Körpers. Er war so attraktiv, dass es ihr den Atem verschlug.

Gabrielle lachte, als Drew sich auf die Koje stürzte, denn es wackelte gehörig. Auch er musste lachen. Doch dann drehte er sie auf den Rücken und begann, ihr eilig die Kleider auszuziehen.

Da legte sie ihre Hand über seine und erinnerte ihn scheu: »Hattest du nicht versprochen, meine Kleider langsam abzustreifen?«

Drew zog ihre Hand an den Mund und küsste ihre Finger. »Ich weiß. Ich werde es versuchen, Gabby, aber ich muss gestehen, bei dir fühle ich mich wie ein blutiger Anfänger, so wenig Kontrolle habe ich über mich, wenn ich in deine Nähe komme. Und das ist jedes Mal so. Es gibt nichts, was ich lieber täte, als jeden köstlichen Moment mit dir zu genießen, aber meine Güte, du machst mich einfach wild!«

Etwas von dieser Wildheit spürte Gabrielle nun, als er sie

mit Küssen bedeckte. Trotzdem gab er sich redlich Mühe, ihre Kleider langsam auszuziehen. Er küsste sogar ihre Arme und Beine, sobald sie nackt waren. Nur ihre Bluse entfernte er recht ungeduldig, damit er seinen Mund auf ihre Brust drücken konnte, was sie selbst ein wenig hitzig werden ließ.

Einige Male keuchte er, »Mein Gott, Weib, du bist wunderschön«, etwa als er ihren Busen betrachtete, aber auch, als er sie umdrehte, um ihren Rücken zu küssen und mit den Händen langsam über die Rückseite ihrer Schenkel zu streichen.

Gabrielle erschauerte vor Wonne. Seine Berührungen waren so zärtlich und sein Mund so heiß – ein großartiger Gegensatz.

»Ich finde dich auch wunderschön«, sagte sie, und er lachte.

Und was sie taten, war sogar unbeschreiblich schön. Seine Berührungen raubten ihr die Sinne, er streichelte ihre Arme, ihren Hals, ihre Wangen, nicht einmal ihre Zehen entgingen seiner Aufmerksamkeit. Doch seine kaum zu bremsende Begierde lauerte nur knapp unter der Oberfläche. Das bekam Gabrielle zu spüren, als er sie schließlich eng an sich zog und innig küsste, denn die Begierde sprang auf sie über und riss sie mit, ehe sie Drew völlig überwältigte.

Alles ging so schnell, dass Gabrielle an nichts anderes mehr denken konnte als daran, dass die sehnlich erwartete Welle der Befriedigung nur noch Augenblicke entfernt war. Und dann war sie da, überschwemmte sie schon in dem Moment, in dem Drew in sie eindrang. Großer Gott, es geschah so plötzlich, war so großartig und dauerte so lang, dass sie kurz darauf, als Drew sich versteifte und tief in ihr zu seinem Höhepunkt kam, immer noch rund um ihn herum pulsierte.

Ihr befriedigtes Seufzen klang fast wie das Schnurren einer Katze. Sie wollte sich nicht bewegen, nicht denken und nicht darüber nachgrübeln, was sie gerade getan hatte – schon wieder.

»Schlaf hier, das ist bequemer«, sagte er, während er ihr einen Kuss auf die Braue hauchte und aus der Koje stieg. »Ich werde den Sturm verjagen, damit er dich nicht stört.«

Schon halb im Schlaf hörte sie seine wunderliche Bemerkung und lächelte. Was wollte er? Sich ihretwegen mit dem Sturm anlegen? Was für ein süßer Dummkopf.

Kapitel 38

Als Gabrielle aufwachte, schien die Sonne durch die Bullaugen. Der Sturm war vorüber. Falls Drew zwischenzeitlich in die Kabine zurückgekehrt war, hatte er sie jedenfalls nicht geweckt. Da sie die Kajüte für sich hatte, kleidete sie sich rasch an und kontrollierte gleich die Tür. Immer noch verschlossen.

Gabrielle seufzte und hockte sich wieder auf ihre Decken, doch dann änderte sie ihre Meinung und ging stattdessen zur Koje. Zuerst zog sie die Laken wieder gerade, dann platzierte sie sich genau in der Mitte. So war es viel bequemer und warum auch nicht? Selbst falls Drew anfänglich geglaubt haben sollte, sie sei an ihre Kette gefesselt, war er nun eines Besseren belehrt und würde nicht mehr versuchen, ihre Freiheit anderweitig einzuschränken – abgesehen von der verflixten verschlossenen Tür natürlich.

Ihr Racheplan ging nicht auf. Wie zum Teufel sollte Drew Anderson vor Verlangen verrückt werden, wenn sie ihm ständig zu Willen war? Sie würde ihre Taktik ändern müssen. Anstatt ihn mit seinem unerfüllten Begehren zu quälen, würde sie ihn dazu bringen, sich in sie zu verlieben.

Das war ein verführerischer Gedanke, wenn auch wesentlich schwerer umzusetzen. Lust zu wecken war einfach gewesen. Das hatte ja sie bereits erreicht, nur nicht mit den gewünschten Resultaten. Aber war es für einen Mann überhaupt möglich, sich zu verlieben und nicht an Ehe zu denken? Nun ja, Frauenhelden wie Drew waren wahrscheinlich die einzigen Männer, die Frauen lieben konnten, ohne einen einzigen Gedanken an Heirat zu verschwenden. Wenn sie fort war, würde er wieder zu seinen Bräuten zurückkehren. Aber egal, mit welcher er anschließend zusammen war, er sollte immer an sie denken. Perfekt! Sie würde ihn bis ans Ende seiner Tage gnadenlos verfolgen!

Aber wie sollte sie es anstellen, dass er sich in sie verliebte? Das hatte sie schon in London gewollt und doch nicht erreicht. Natürlich hatte er sie dort auch nicht oft genug zu Gesicht bekommen, um sie richtig kennenzulernen. Hier an Bord dagegen, wo er sie in seiner Kabine gefangen hielt, hatte er selbst dafür gesorgt, dass er ihr nicht aus dem Weg gehen konnte. Sollte sie ihm also ihr wahres Ich enthüllen? Sogar ihre Tarnung aufgeben und ihm verraten, dass sie gar keine echte Piratin war?

Nein, so weit sollte sie vielleicht doch nicht gehen. Immerhin erlaubte die Tarnung ihr, wagemutiger zu sein, als sie es sonst gewesen wäre. Und ihre Rache wäre wesentlich süßer, wenn er sich in sie verliebte, obwohl er sie für eine Seeräuberin hielt.

Als Drew an diesem Morgen in die Kabine zurückkehrte, hatte Gabrielle noch keinen festen Entschluss gefasst. Diesmal sah er erschöpft aus. Kein Wunder, er war seit mehr als vierundzwanzig Stunden auf den Beinen und hatte sicher die meiste Zeit um das Überleben seines Schiffes gekämpft.

Der Mann, der gewöhnlich ihr Essen brachte, folgte Drew und stellte ein großes Tablett auf den Tisch. Gabrielle sprang aus dem Bett und stürzte sich auf die zwei Teller, auf denen sich das Frühstück häufte. Ohne abzuwarten setzte sie sich hin und fing an zu essen.

Als sie wieder aufsah, stellte sie fest, dass Drew sie schmunzelnd betrachtete. »Was ist?«, fragte Gabrielle. »Glaubst du, die paar Würstchen, mit denen du mich gestern gefüttert hast, hätten mich satt gemacht?«

»Das hört sich gut an, findest du nicht?«

»Was bitte?«

»Dass ich deinen Hunger stillen könnte.«

Gabrielle merkte zwar, dass Drew an etwas Anzügliches

dachte, konnte sich aber nicht vorstellen, warum. Sie deutete auf das Tablett und fragte: »Hast du keinen Hunger?«

»Ich bin total ausgehungert«, erwiderte Drew.

Doch er blieb trotzdem stehen und starrte sie an, da wurde Gabrielle rot, denn diesmal begriff sie. Er wollte schon wieder Liebe machen. Wie konnte er überhaupt daran denken, so müde und hungrig wie er sein musste?

Gabrielle beschloss, so zu tun, als habe sie seine Andeutungen nicht verstanden, so konnte sie gleichzeitig die Daumenschrauben etwas anziehen. »Es war sehr schön, dass ich gestern Nacht in deiner Koje schlafen durfte«, sagte sie, während sie sich einen Bissen frisches, warmes Brot voller Marmelade in den Mund stopfte. »Ich glaube, ich habe seit Wochen nicht mehr so gut geschlafen. Und ganz bestimmt nicht so bequem. Danke, dass du so rücksichtsvoll warst.«

Drew wurde ganz rot. Gabrielle sprach zwar nur von seiner Koje und er wusste das, doch anscheinend konnte er es nicht vermeiden, auch an das zu denken, was sie dort getan hatten.

Nach einer kurzen Unterhaltung im Plauderton sagte Drew: »Ich habe es mir zur Gewohnheit gemacht, ein wenig zu feiern, wenn so ein Sturm besiegt ist, deshalb habe ich heute Abend zum Essen ein paar Gäste. Da du meine Kabine teilst, wirst du dich wohl oder übel anschließen müssen. Später, wenn ich etwas geschlafen habe, lasse ich dir ein Kleid bringen.«

Gabrielle seufzte. Sie hatten eine ganz normale Unterhaltung geführt und er hatte dieses »wohl oder übel« eingestreut, um sie daran zu erinnern, dass sie eine Gefangene war, kein Gast.

»Warum?«, fragte sie daraufhin ein wenig steif. »Ich muss doch hier bei niemandem Eindruck schinden.«

Drew zuckte die Achseln. »Die meisten Frauen, die ich

kenne, lieben es, sich schön zu machen. Ich dachte bloß, bei dir wäre das ähnlich.«

Dann sagte er nichts mehr, sondern stieg in die Koje und schlief beinahe augenblicklich ein. Den größten Teil des noch verbleibenden Tages verbrachte Gabrielle damit, in der Kajüte auf und ab zu gehen und über ihren neuen Plan – Drew in sie verliebt zu machen – nachzudenken.

Als sie schließlich unbeabsichtigt neben seiner Koje zum Stehen kam, betrachtete sie ihn aufmerksam. Er schnarchte, nicht laut und regelmäßig, sondern nur gelegentlich. Er war völlig erschöpft nach dieser Nacht. Wahrscheinlich konnte sie so viel Krach machen, wie sie wollte, er würde es nicht hören. Er würde wohl nicht einmal aufwachen, wenn sie ihn anfasste, er registrierte einfach nichts mehr. Verdammt gutgläubig von ihm, sich mit ihr einzuschließen, obwohl er wusste, dass sie nicht mehr an der Kette lag.

Im Moment war es ganz leicht, den Raum zu verlassen. Ein leichter Schlag mit dem Nachttopf und Sekunden später wäre der Schlüssel aus seiner Hosentasche geangelt. Sie hatte gesehen, wie er ihn dorthin gesteckt hatte, nachdem er hinter dem Mann, der das Tablett gebracht hatte, wieder abgeschlossen hatte.

Es war ganz einfach. Doch mitten am Tag war keine gute Zeit, um sich möglichst unauffällig in den Frachtraum zu schleichen. Außerdem widerstrebte es jedem einzelnen Muskel ihres Körpers, Drew etwas an den Kopf zu knallen. Sie konnte sich einfach nicht überwinden, das noch einmal zu tun. Was nicht hieß, dass sie den Gedanken an Flucht aufgab. Vielleicht schlief er, bis es dunkel wurde. Wenn sie nur an den Schlüssel kommen könnte ...

Gabrielle starrte auf die Tasche, die ihre Freiheit bedeutete. Drew lag auf der Seite. Er hatte sich etwas zusammengerollt, das untere Bein lang ausgestreckt und das obere angewinkelt. Die Tasche mit dem Schlüssel war oben. Wenn seine Hose nicht so eng säße, könnte sie ohne Schwierigkeiten die Finger hineinstecken und den Schlüssel herausziehen. Aber die Hose war eng. Sehr eng sogar. Sie zeichnete deutlich seine Pobacken nach. Und Drew Anderson hatte einen ausgesprochen knackigen Po.

Als ihre Gedanken an diesem Punkt angelangt waren, verdrehte Gabrielle die Augen und nahm das Umherwandern wieder auf.

Kapitel 39

Beim Abendessen in der Kapitänskabine waren sie zu viert. Einer der Gäste war natürlich Drews erster Offizier. Timothy hatte ihnen bereits am Abend zuvor beim Essen Gesellschaft geleistet. Doch als der vierte Geladene zusammen mit dem ersten Offizier hereinkam, verschlug es Gabrielle die Sprache. Richard! Sie war so froh ihn zu sehen, dass sie sich nicht darum scherte, was die anderen denken mochten, als sie sich ihm an den Hals warf und ihn überschwänglich umarmte.

Gabrielle wurde zwei hastig geflüsterte Fragen los, ehe sie Drews eindringlichen Blick registrierte. »Geht es allen gut?«, fragte sie.

»So gut, wie es bei der beengten Unterbringung möglich ist«, erwiderte er. »Immerhin war unser Gastgeber so freundlich, mir eine geeignete Abendgarderobe zur Verfügung zu stellen.« Richard strich mit der Hand über sein frisch gewaschenes weißes Hemd und die schwarze Hose.

»Aber was zum Teufel sollst du *hier*?«

»Das weiß ich genauso wenig wie du, *chérie*«, entgegnete Richard ebenso leise. »Man hat mir nur gesagt, oder besser befohlen, ich solle mich *nicht* wie ein Gefangener benehmen.«

Als sie das hörte, warf Gabrielle Drew einen Blick zu, doch er lächelte nur und lehnte sich zurück, um die Wiedervereinigung zu betrachten. Richard neigte sich ihr zu. »Darf ich dir noch sagen, wie hübsch du heute Abend aussiehst, Gabrielle?« Er musterte ihr schlichtes rosafarbenes Abendkleid mit dem ausladenden Dekolleté. »Ich vermute, unser Kapitän hat auch deine Robe ausgewählt. Offensichtlich möchte er sich heute Nacht amüsieren.« Richard zwinkerte ihr zu. Gabrielle errötete, machte jedoch keinen Versuch, noch einmal heimlich mit Richard zu sprechen. Drew hatte Richard sicher nicht eingeladen, um ihr eine Freude zu machen, und das gab ihr zu denken.

Das Essen traf gleich nach Richards Ankunft ein. Vier Seeleute waren nötig, um die angerichteten Teller hereinzutragen, und ein weiterer kam mit einem ganzen Arm voller Weinflaschen. Vor Freude darüber, dem Frachtraum entkommen zu sein, trank Richard mehr als ihm guttat. Gabrielle dagegen rührte ihren Wein kaum an.

Drew hatte seinen Koch angewiesen, nur das Allerbeste zu servieren, daher übertraf das Essen weit ihre Vorstellungen von einem Dinner auf See. Roastbeef mit zwei verschiedenen Soßen, glasierte Zwiebeln und Karotten, drei verschiedene Brötchensorten zur Auswahl, Yorkshire-Pudding, Röstkartoffeln und sogar ein Salat mit einem cremigen Knoblauchdressing. Sie *musste* unbedingt herausfinden, wie Drews Koch es anstellte, Salat auf See frisch zu halten.

Angesichts einer derart opulenten Mahlzeit kam eine recht festliche Stimmung auf. Mit der Zeit fühlten sie sich sogar wie bei einer echten Feier. Richard entspannte sich und erheiterte die Runde mit seinen üblichen Scherzen. Gabrielle hörte auf, sich um den Grund seiner Anwesenheit zu sorgen. Und sogar Drew schien sich zu amüsieren.

»Da fällt mir ein«, sagte Timothy in einer kurzen Gesprächspause zu Drew, »der Ausguck schwört, dass er auf einem der Schiffe, die wir direkt vor dem Sturm kurz gesichtet haben, deine Schwester und deinen Schwager entdeckt hat.«

Als sie das hörte, wurde Gabrielle blass. Drew dagegen brach in schallendes Gelächter aus.

Dann sagte er: »Ich sage es ja nicht gern, aber ich hatte es dir prophezeit ...«

»Ja, sicher bricht es dir das Herz, also sei still«, unterbrach Gabrielle ihn abrupt, ernstlich verärgert über seine Erheiterung. »Vielleicht hat der Ausguck sich getäuscht.«

Da mischte Richard sich ein: »Kann es sein, dass er über Lady Malory redet?«

»Ach, du meine Güte, Richard«, blaffte Gabrielle. »Vergiss sie!«

Zunächst schrak ihr Freund zusammen, doch dann zuckte er die Achseln. »Ich hab's *versucht*, Gabby. Wirklich, aber ich kann meine einzig wahre Liebe einfach nicht vergessen.«

Das ernüchterte Drew so sehr, dass er fragte: »Spricht er etwa von meiner Schwester?«

»Nun ja«, trotz ihres finsteren Blicks erklärte Gabrielle dem Kapitän mit zuckersüßer Stimme, »er hat sich Hals über Kopf in sie verliebt und will auf keinen vernünftigen Rat hören. Auch nicht darauf, dass ihr Mann ihm alle Knochen brechen wird, falls er sich nur in ihre Nähe wagt.«

»Da wird sich James hinten anstellen müssen«, knurrte Drew, indem er aufstand und einen Schritt auf Richard zuging.

Damit hatte Gabrielle nicht gerechnet und auf der Stelle bereute sie, ihn provoziert zu haben. Schnell stellte sie sich zwischen die beiden Männer, um die Situation, die sie heraufbeschworen hatte, so gut es ging zu entschärfen.

»Ach, lass doch«, sagte sie zu Drew. »Als sie das letzte Mal miteinander gesprochen haben, hat Georgina Richard eine schallende Ohrfeige versetzt. Es ist also nie etwas Unschickliches zwischen ihnen gewesen und es wird auch nie dazu kommen. Sie ist für jeden Mann eine uneinnehmbare Festung, und zwar einfach deswegen, weil sie ihren Ehemann liebt. Das solltest du doch wissen.«

Es war ein kritischer Moment. Was seine Schwester anging, ließ Drew offenbar nicht mit sich spaßen. Jeder Muskel seines Körpers verriet, dass er bereit war, Richard mit bloßen Händen in Stücke zu reißen. Doch glücklicherweise hörte er auf Gabrielles Worte und ihre letzte Bemerkung nahm seinem Ärger endgültig die Spitze.

»Das brauchtest du mir nicht unter die Nase zu reiben«, sagte er, während er zu seinem Stuhl zurückging.

Richard hatte zu viel Wein getrunken, um auf der Hut zu sein. »Lass ihn doch ruhig auf mich losgehen, Gabby«, sagte er. »Danach juckt es ihn sowieso, seit er dachte, dass du und ich …« Er konnte den Gedanken vor Lachen gar nicht zu Ende bringen.

»Deswegen wollte ich dir nicht den Kopf abreißen«, entgegnete Drew trotz des sensiblen Themas recht gelassen.

»Ach, stimmt ja, es war, weil du dich nicht erinnern konntest, warum Gabby nicht mehr nach England zurück kann.«

Gabrielle schnappte hörbar nach Luft. »Richard, das reicht.«

Doch Drew beugte sich vor und fragte: »Warum kann sie denn nicht mehr zurück?«

»Weil man sich überall erzählt, dass sie eine Piratin ist? Überlegen Sie mal, Kapitän. Sie werden sicher darauf kommen.«

Gabrielle lehnte sich zurück und schloss die Augen. Nun glaubte sie zu wissen, warum Richard zum Abendessen eingeladen worden war. Drew brauchte anscheinend Informationen, wollte etwas aus ihnen herausbekommen, was sie seiner Meinung nach vor ihm verbargen. Stattdessen hatte er sich in genau das Thema verbissen, das sie garantiert wieder in Rage brachte.

Kapitel 40

Timothy versuchte, das Gespräch wieder in ungefährlichere Bahnen zu lenken, doch nur er und Richard beteiligten sich noch daran. Da Drew nur Gabrielle ansah, während sie stur auf ihren Teller schaute, wurde die Spannung im Raum unerträglich. Deshalb verabschiedeten sich die beiden Männer kurz darauf mit einem Scherz von Richard, der meinte, er freue sich schon auf den Frachtraum, weil die Atmosphäre dort weniger geladen sei. Schuld an dieser Bemerkung war Gabrielles Wut. Da ihr Skandal gewissermaßen auf dem Tisch lag, schaffte sie es nicht, ihren Zorn vor dem Mann, der ihn ausgelöst hatte, zu verbergen.

Als sie allein waren, lehnte Drew sich mit dem Weinglas in der Hand auf seinem Stuhl zurück. Er sah sie weiterhin schweigend an. Wartete er darauf, dass sie explodierte? Das würde sicher nicht mehr lange dauern.

Da endlich lüpfte er eine seiner hellen Brauen und sagte beiläufig: »Erstaunlich, dass ich nicht der Einzige war, der es erraten hat, nicht?«

»Erraten?«

»Oder vielleicht doch nicht so erstaunlich«, fuhr er im selben Tonfall fort, als habe er weder Gabrielles Frage noch ihren bösen Blick bemerkt. »Ich meine, schau dir doch an, mit wem du verkehrst. Wie oft hast du sie denn im schäbigeren Teil der Stadt besucht?«

Gabrielle schnaubte. »Du weißt doch überhaupt nicht, wo meine Freunde gewohnt haben, und außerdem …«

»Stimmt nicht«, unterbrach Drew sie, »ich bin dir eines Nachmittags gefolgt. Ganz ohne Grund, nur weil ich an dem Tag Langeweile hatte, und weil ich, zugegeben, vielleicht ein wenig neugierig war. Ich muss schon sagen, ich war etwas überrascht, wie leicht es dir und deiner Zofe gefallen ist, die Annäherungsversuche dieser Grobiane abzuwehren, die an dem Tag eure Bekanntschaft machen wollten. Ich dachte schon, ich müsste aus der Deckung kommen und eingreifen, aber weit gefehlt. Ich nehme an, ich hätte auch aufgegeben, wenn zwei Frauen mir wütend ihre Taschen um die Ohren gehauen hätten. Ich habe sofort gemerkt, dass ihr daran gewöhnt sein müsst, diese Art von Aufmerksamkeit zu erregen.«

Vage erinnerte Gabrielle sich an den Vorfall, von dem Drew sprach. Er hatte sich an dem Tag ereignet, an dem sie zum Hafen gefahren war, um Richard zu warnen, dass Malory ihn umbringen würde, falls er sich noch einmal blicken ließ. Sie war so wütend auf Richard gewesen, dass sie ihren Zorn an jedem ausgelassen hätte, der ihr in die Quere gekommen wäre.

Doch was zum Teufel hatte all das mit dem Skandal zu tun, den Drew ihr eingebrockt hatte? Oder versuchte er bloß, darum herumzureden, und hoffte, es ganz umgehen zu können, ihr einen Grund für sein Tun zu liefern? Vielleicht gab es ja auch gar keinen Grund, und er hatte es einfach nur aus Spaß gemacht.

Und dann fuhr Drew in dem lässigen Tonfall, den er angeschlagen hatte, fort: »Weißt du, Schätzchen, wenn ich nicht der gleichen Ansicht gewesen wäre wie alle anderen, hätte ich dich an dem Tag, an dem wir im Park waren, doch nie geküsst.«

Das hatte nach Gabrielles Ansicht so wenig mit ihrem augenblicklichen Thema zu tun, dass sie sich nicht vorstellen konnte, warum er es überhaupt ansprach. Aber dann ging ihr auf, dass das »Thema« ja noch gar nicht bekannt war, also sprach er womöglich von etwas völlig anderem. Konnte das sein?

Ein wenig verwirrt fragte sie: »Wieso?«

»Hätte ich dich für eine Jungfrau gehalten, wärst du für mich tabu gewesen. Also habe ich mir eingeredet, dass du keine mehr bist, und zwar aus dem einfachen Grund, weil ich dich einfach küssen *musste*. Um ehrlich zu sein, hat es mich verrückt gemacht. Vielleicht kannst du das jetzt, wo du selbst auf den Geschmack gekommen bist, verstehen.« Gabrielle schaute Drew so finster an, dass er die Achseln zuckte. »Nein? Nun, damals habe ich mir eingeredet, du hättest die Moral einer Piratin, weil ich wusste, dass das der einzige Weg war, wie ich dich haben konnte.«

»Und um zu bekommen, was *du* wolltest, war es völlig in Ordnung, meinen guten Namen in meinem Heimatland in den Dreck zu ziehen?«, Gabrielle schrie ihn regelrecht an.

Drew beugte sich so abrupt vor, dass sein Wein auf den Tisch schwappte.

Gabrielle äffte nach, was er auf dem Ball gesagt hatte: »›Damit würde ich nicht rechnen, es sei denn, sein Vater hat nichts gegen Piraten in der Familie einzuwenden.‹«

Drew lachte. »Das war doch nur ein Jux. Du hast doch selbst gesagt, dass es dir nichts ausgemacht hat.«

»Natürlich hat es das und niemand hat es als Scherz aufgefasst, du Trottel. Was du gesagt hast, hat sofort die Runde gemacht. Jeder in London hält mich jetzt für eine Piratin. Und alles deinetwegen!«

»Aber du *bist* eine Piratin.«

»*Nein, bin ich nicht!*«

Das hatte sie nicht sagen wollen, so schnell hatte sie ihre Tarnung nicht auffliegen lassen wollen. Doch sie hatte sich von ihrem Ärger leiten lassen, weil er immer noch kein bisschen Reue für sein Tun zeigte.

Dem Aussehen und dem Tonfall nach war er eher auf Widerspruch eingestellt, als er fragte: »Und wie zum Teufel nennt man Leute, die Schiffe stehlen, wenn nicht Piraten?«

»Du hattest es nicht besser verdient!«, blaffte Gabrielle. »Du hast dafür gesorgt, dass ich in England keine gute Partie mehr machen kann, und als Wiedergutmachung habe ich dir dein Schiff genommen.«

»Also war das mit der Rettung deines Vaters nichts als Lüge?«

»Nein, ich habe nur zwei Fliegen mit einer Klappe geschlagen.« Sie schnitt ihm ein Gesicht. »Die perfekte Lösung für zwei Probleme.«

»Ein Problem. Du hast gesagt, du lebst lieber auf den Inseln. Also warum hast du nicht dort nach einem Ehemann gesucht, sondern in England?«

Gabrielle holte tief Luft. Wollte er sich wirklich mit dieser Entschuldigung aus der Verantwortung stehlen?

»Mein Vater wollte, dass ich dort einen guten Ehemann finde. Seine und auch meine Hoffnungen sind zerstört, wenn er erfährt, dass das nun nicht mehr möglich ist.«

»Seine Ziele waren eben zu hochgesteckt für einen Piraten.«

Gabrielle riss ungläubig die Augen auf. »Und du glaubst, deshalb trifft dich keine Schuld? Denk mal einen Augenblick nicht an meinen Vater und überleg, was du sonst noch mit deinem *Jux* angerichtet hast. Der gute Name meiner Mutter war ohne Makel. Meiner also auch, jedenfalls hat es in ihrer Familie nie einen Skandal gegeben. Doch indem du mich angeschwärzt hast, hast du auch ihren Namen in den Schmutz gezogen.«

War das, was sich auf Drews Wangen zeigte, nun endlich ein schamhaftes Erröten? Offenbar nicht, denn alles, was er sagte, war: »Dann hätte sie keinen Piraten heiraten sollen.«

Es war sein letzter Strohhalm. Gabrielle stand auf, beugte sich über den Tisch und schrie ihn an: »Sie wusste es nicht, du verdammter Idiot! Er hat sich große Mühe gegeben, es vor ihr zu verbergen. Das habe ich dir bereits gesagt! Er hat alles getan, damit niemand in England etwas davon erfuhr, und willst du wissen, warum? Um sicherzugehen, dass ihr guter Name keinen Schaden nahm! Aber du hast ohne auch nur einen Augenblick zu zögern all seine Anstrengungen zunichte gemacht, nicht wahr? Nur so zum Spaß. Nein, warte, was hast du noch gesagt? Aus Jux!«

Drew zuckte leicht zusammen und sagte dann seufzend: »Wenn du Wert darauf legst, es zu hören: Das war nicht meine Absicht, also nehme ich an, dass eine Entschuldigung angebracht ist.«

»Du nimmst an?«, höhnte Gabrielle. »Nun, ich *nehme an*, es wird dich nicht wundern, dass ich deine Entschuldigung nicht akzeptiere. Nichts kann das, was du getan hast, wieder gutmachen, es sei denn, du hilfst mir, meinen Vater zu retten. Dann könnte es sein – es ist unwahrscheinlich, aber *möglich* –, dass ich dir vergebe.«

»Einverstanden«, sagte Drew ohne zu zögern. »Doch das ›unwahrscheinlich‹ akzeptiere ich nicht. Wenn er frei ist, sind wir quitt.«

Kapitel 41

Gabrielle stand beinah unter Schock, als sie sich in jener Nacht auf ihren Decken schlafen legte. Aus Angst, dass Drew seine Meinung wieder ändern könnte, hatte sie nicht weiter mit ihm gesprochen. Sie hatte gar nicht erwartet, mit der Drohung, ihm nur zu verzeihen, wenn er ihr bei der Rettung ihres Vaters half, Erfolg zu haben. Sie war sich nicht einmal sicher, wie sie überhaupt darauf gekommen war. Schließlich hatte er sich den ganzen Abend so arrogant benommen, dass sie eigentlich davon ausgehen musste, dass er nichts darauf geben würde. Aber, oh Wunder, er hatte tatsächlich Hilfe zugesagt.

Als der Schreck nachließ, musste Gabrielle sich eingestehen, dass sein Schuldgefühl wohl doch größer war, als er ihr gegenüber zugegeben hatte. Vielleicht glaubte er aber auch nicht, dass es gefährlich werden könnte. Sie sollte ihn darauf hinweisen, dass er unter Umständen sein Leben und sein Schiff riskierte. Immerhin war Pierre ein echter Pirat, nicht nur ein Gelegenheitsräuber wie ihr Vater, der im Grunde eigentlich Schatzsucher war. Doch falls sie Drew warnte, änderte er womöglich seine Meinung.

Es gab nicht viel zu überlegen. Sie musste es ihm sagen. Es war unanständig, es nicht zu tun. Doch zunächst wollte sie abwarten, mit welchen Ideen Drew an die Rettung herangehen würde – nur für den Fall, dass er nicht mehr mitmachen wollte, nachdem sie ihm näher erläutert hatte, auf was er sich einließ.

Außer dem Hilfsangebot hielt Drew aber noch andere Überraschungen bereit. Am nächsten Morgen, als er schon auf dem Weg zur Tür war, sagte er zu ihr: »Da wir ein Abkommen haben, vertraue ich auf dein Ehrgefühl, falls du eins hast, und bitte dich, dem Frachtraum fernzubleiben. Deine Mannschaft wird beizeiten freikommen. In dieser Hinsicht brauchst du also nichts zu unternehmen.«

All das machte aber erst Sinn für Gabrielle, als Drew durch die Tür ging – und sie offen ließ. Sie durfte sich frei auf dem Schiff bewegen? Unglaublich! Doch ehe sie vor Freude in die Luft sprang, dachte sie darüber nach, was er eben gesagt hatte. Er würde ihre Leute freilassen, aber aus welchem Grund? Um sie ins nächste Gefängnis schaffen zu lassen? Oder damit sie bei der Rettung halfen?

Bevor sie ihn fragen konnte, war er bereits fort, und wenn sie ehrlich war, wollte sie gern eine kleine Weile ihren Triumph auskosten, ehe sie herausfand, ob sie noch weitere Rettungsaktionen planen musste. Aber Drew wäre wirklich dumm, wenn er ihre Männer nicht einsetzte, nachdem er ihr nun seine Hilfe zugesagt hatte. Sicher begriff er wenigstens das.

Gabrielle machte sich nicht die Mühe, sich umzuziehen, bevor sie aus der Kabine trat, in der sie ihre kurze Haft verbracht hatte. Sie trug noch das Kleid, das man ihr gestern Abend für das Essen gebracht hatte. Sie war so verstört gewesen, dass sie gar nicht daran gedacht hatte, es zum Schlafen auszuziehen. Drews Männer warfen ihr neugierige Blicke zu. Offenbar hatte Drew ihnen noch nicht gesagt, dass einige der Piraten nicht länger hinter Schloss und Riegel saßen. Allerdings versuchte niemand, sie aufzuhalten, und nachdem sie in Drews Sichtweite angelangt war, kamen die Männer wohl zu dem Schluss, dass er ihr die Erlaubnis gegeben hatte, sich frei zu bewegen.

Gabrielle wusste immer noch nichts mit ihrer Zeit anzufangen, obwohl sie sich fragte, ob Drew tatsächlich etwas dagegen haben würde, wenn sie einfach anfing, auf dem Schiff auszuhelfen. Sie wollte es später noch einmal probieren, doch zunächst genoss sie einfach die Sonne und die frische Luft, die ihr mehrere Tage gefehlt hatten. Ihr Blick fiel auf das Achterdeck, auf dem Drew am Steuer stand. Was für ein beeindruckender Mann er war. Angesichts seiner außergewöhnlichen Statur verloren sicher viele Männer den Schneid, sie jedoch hatte er nie eingeschüchtert. Er hatte die unterschiedlichsten Gefühle in ihr wachgerufen, aber Angst zählte nicht dazu.

Seine Liebe zur See war offenkundig. An seinem glücklichen Gesicht war abzulesen, dass es für ihn auf der ganzen Welt keinen schöneren Platz gab. So hatte Gabrielle auch ihren Vater oft erlebt. Bei Drew stimmte sie der Anblick allerdings ein wenig traurig. Kein Wunder, dass er beschlossen hatte, niemals zu heiraten. Nie würde er für eine Frau auch nur annähernd so empfinden wie für sein Schiff und die See.

Nicht, dass ihr das noch etwas ausmachte. Gütiger Himmel, nein! Jetzt würde sie ihn nicht einmal mehr heiraten, wenn er sie auf Knien darum bäte. Ihr fiel jedoch auf, dass ihre größte Wut auf ihn verraucht zu sein schien. Sie war sich nicht sicher, ob sie nun mit ihrer Rache überhaupt noch in irgendeiner Form weitermachen konnte. Falls Drew ihr am Ende wirklich half, ihren Vater zu befreien, waren sie jedenfalls quitt, so wie er es gesagt hatte.

Timothy blieb bei ihr stehen, um einige Worte mit ihr zu wechseln und kam dabei ins Plaudern. Offensichtlich fand der erste Offizier, wenn er erst einmal angefangen hatte, beim Reden kein Ende. Ob es um Schiffe ging oder um seine Heimatstadt – Bridgeport, Connecticut –, er sprach über alles, was ihm gerade in den Sinn kam. Da Gabrielle sonst nichts zu tun hatte, hörte sie ihm bereitwillig zu.

Als ihm langsam die Luft ausging, sagte Timothy: »Ich war überrascht, Sie heute Morgen hier draußen anzutreffen.«

»Hat Gabby dir nichts von dem Abkommen erzählt, das wir gestern Nacht getroffen haben?«, fragte Drew, der unbemerkt hinter ihnen aufgetaucht war. »Sie hat es geschafft, ihre … Überredungskünste so einzusetzen, dass sie ihre Freiheit zurückbekommen hat.«

Gabrielle war sprachlos. Was Drew soeben gesagt oder

eher angedeutet hatte, war schrecklich, er hatte offenbar die Absicht, sie in Verlegenheit zu bringen. Und Timothy war sogar noch peinlicher berührt als sie, mit hochroten Wangen murmelte er etwas vor sich hin und eilte davon.

»Das kam der korrekten Erklärung schon recht nahe, findest du nicht? Und es hat Tim zum Schweigen gebracht«, sagte Drew, als habe er ihr einen Gefallen getan, wo er sie doch zutiefst beschämt hatte.

Wenn nicht gerade einer seiner Männer vorbeigekommen wäre, wäre Gabrielles Entgegnung wohl recht laut ausgefallen, doch so zwang sie sich, ihre Frage leise zu stellen: »*Warum* hast du das getan?«

»Was?«, fragte er mit vollendeter Unschuldsmiene, während er sich lässig neben ihr an die Reling lehnte. »Du sahst aus, als könntest du Hilfe brauchen. Wenn Tim ins richtige Fahrwasser gerät, kaut er einem das Ohr ab.«

Er wollte also tatsächlich weiterhin so tun, er hätte er ihr einen Gefallen erwiesen? Das kaufte sie ihm einfach nicht ab. Genauso wenig wie sie ihn mit einer derart dummen Entschuldigung davonkommen lassen würde.

»Ich brauchte keine Hilfe, und selbst wenn es so gewesen wäre, wie zum Teufel kannst du so etwas sagen?«

Drew zuckte sorglos die Achseln. »Es war das Erstbeste, was mir in den Sinn kam.«

»Lügner«, fauchte sie. »Du hast es bewusst darauf angelegt, dass er schlecht von mir denkt!«

Daraufhin erstarrte Drew sichtlich. Kein Mann ließ sich gern »Lügner« nennen, wie Gabrielle es etwas voreilig getan hatte. Diesbezüglich stellte Drew keine Ausnahme dar.

Seine Verärgerung zeigte sich an dem höhnischen Ton, den er nun bei seiner Erwiderung anschlug: »Das scheinst du auch allein ganz gut hinzukriegen, Schätzchen.«

Gabrielle schnappte hörbar nach Luft. »Wie kannst du es wagen?«

»Ich wage es einfach«, entgegnete er. »Außerdem hätte ich noch ganz andere Sachen sagen können, die weit mehr Schaden anrichten als eine bloße Andeutung.«

»Zum Beispiel?«

»Die Wahrheit.«

»Die einzige Wahrheit ist, dass du in mein Bett gestiegen bist, als ich schlief, und es dir zunutze gemacht hast, dass ich dich für einen Traum gehalten habe.«

Als sie diese Nacht erwähnte, änderte Drews Benehmen sich schlagartig. Ein genüssliches Lächeln breitete sich über sein Gesicht. »Das war ein verdammt schöner Traum, nicht?«

Gabrielle hatte noch nie einen Mann derart schnell lüstern werden sehen, doch Drew gelang dieser Stimmungswechsel im Handumdrehen. Innerhalb von Sekunden verwandelte er sich von der beleidigten Leberwurst zum verführerischen Charmeur! Er senkte die Lider über den glutvoll flackernden Augen. Und der leicht geänderte Schwung seiner Lippen zeigte an, dass er das ursprüngliche Thema vergessen hatte.

»Ich möchte lieber nicht daran denken«, versetzte sie schroff, während sie verzweifelt versuchte, das Flattern in ihrem Bauch zu unterdrücken, das sein verführerischer Blick in ihr auslöste.

Drew lachte in sich hinein. »Du kannst es ja versuchen, aber du weißt, dass es dir nicht gelingen wird.«

»Hör auf damit«, sagte sie.

Sie war noch nicht mit ihm fertig, sonst hätte sie ihn einfach stehen lassen. Doch sie machte den Versuch, ihm wenigstens den Rücken zuzudrehen. Wenn sie ihn nicht ansehen musste, würde ihr Puls sich beruhigen und sie konnte wieder klar denken und …

Drew langte mit dem Arm über ihre Schulter und griff so um ihren Hals, dass er mit den Fingern federleicht über ihre Wange streichen konnte. Und schon bekam sie Gänsehaut auf dieser Seite ihres Körpers.

Gabrielle kniff die Augen zusammen und kämpfte gegen die Gefühle an, die sie zu überwältigen drohten. Es war ihm gelungen, sie mit dem Rücken an sich zu ziehen, sodass sein Arm mit seinem ganzen Gewicht auf ihren Brüsten lag. Und obwohl er ihre Brustwarzen nicht berührte, reagierten sie schon, wenn Gabrielle sich das nur vorstellte, indem sie prickelten und sich aufrichteten.

»Gib's zu, Gabby, was wir zusammen getan haben, war so schön, dass man es wiederholen sollte – und zwar so oft wie möglich.«

Diese heisere Stimme! Doch es waren die verführerischen Worte, die ihren Widerstand brachen. Wenigstens einmal musste sie es noch versuchen, ehe sie ganz dem Verlangen nachgab, das er mit solcher Leichtigkeit wachrief.

»Du wolltest, dass Timothy das Schlimmste vermutet. Warum?«

Drew stöhnte über ihre Halsstarrigkeit. »Ich bin erschüttert, dass du immer noch darauf herumreitest«, sagte er, obwohl er sich alles andere als erschüttert anhörte. »Ich habe dich doch nur ein wenig aufgezogen. Ich dachte, wir stünden uns mittlerweile so nahe, dass es dir nichts ausmacht. Und außerdem kennt meine Crew mich sehr gut. Du hast mehrere Nächte in meiner Kabine verbracht. Sie glauben sowieso, dass wir ein Liebespaar sind.«

Nur ein wenig aufgezogen. Es hätte ihr wirklich nichts ausgemacht, wenn sie ein Liebespaar wären – aber sie waren keins.

Sie setzte gerade zu der Erklärung an, »Wir sind kein ...«, da wurde ihr Gedankengang unterbrochen, weil Drew sie mit einem Ruck an sich zog und sie küsste.

Sie hätte es kommen sehen müssen. Sie hätte ihre Willenskraft fest zusammennehmen müssen, ehe seine Lippen sich auf ihre pressten. Aber welche Willenskraft? Ihr Widerstand erlahmte zusehends, bald schon schlang sie ihre Arme um seinen

Hals, und als er sie an sich drückte, schnurrte sie fast wie eine zufriedene Katze.

Einer von Drews Männern kicherte im Vorbeigehen in sich hinein. Gabrielle bemerkte ihn nicht, Drew jedoch musste ihn gehört haben, denn er flüsterte an ihren Lippen: »Lass uns in die Kabine gehen und ohne Zeugen weitermachen.«

Wenn er das nicht vorgeschlagen hätte, wenn er sie einfach wortlos in seine Kabine geführt hätte, wäre sie wahrscheinlich nicht fähig gewesen, Einwände zu erheben. Doch seine Worte durchbrachen die Trance, in die er sie versetzt hatte, und in diesem einen Moment der Klarheit gelang es Gabrielle, sich von ihm loszureißen und vor der Versuchung, die er darstellte, zu fliehen.

Kapitel 42

Drew brauchte eine Weile, bis er seinen Körper wieder unter Kontrolle hatte. Er blieb da, wo Gabrielle ihn verlassen hatte, an der Reling stehen. Was für ein störrisches Frauenzimmer! Sie würden nicht ewig auf See sein. Sie sollten jede Minute nutzen, die sie noch allein für sich hatten. Also warum sträubte sie sich dagegen?

Sie hatte ihm eine der schönsten Nächte seines Lebens beschert – zwei sogar – und er wusste verdammt gut, dass sie ebenso empfand. Der Schaden war bereits angerichtet. Sie war keine Jungfrau mehr. Es gab keinen *Grund* dafür, dass sie sich selbst dieses Vergnügen versagte. Doch genau das hatte sie offenbar vor. Nur weil er ihr die Aussicht auf eine gute Partie in England vermasselt hatte?

Verdammt, das hatte er nicht gewollt. Er war betrunken gewesen, sicher, doch das war keine Entschuldigung. Auch nicht sein Ärger darüber, dass er den Besuch bei seiner Schwester vorzeitig abbrechen musste – und zwar wegen Gabrielle. Weil ihm nichts anderes übrig blieb, als vor ihr davonzulaufen, ehe die Versuchung zu groß für ihn wurde. Weil sie immer noch auf Männerfang war und seinem Charme nicht erlag, was ihn mit der Zeit höllisch ärgerte.

Nun da er wusste, was seine leichtsinnigen Worte auf dem Ball angerichtet hatten, war Drew äußerst beschämt. »Wiedergutmachung« hatte sie dafür gefordert; genau dieses Wort hatte sie benutzt. Er erinnerte sich an all die Reize, die sie hatte spielen lassen, als er wehrlos in Ketten lag. Wie oft sie ihm mit einer vorgeblich unschuldigen Bewegung ihre Kurven präsentiert hatte. Die auffälligen Blicke, die sie ihm zugeworfen hatte, hätte er vielleicht sogar als verführerisch bezeichnet, wenn er nicht der Meinung gewesen wäre, sie sei gegen seinen

Charme immun. Das dumme Frauenzimmer hatte es darauf *angelegt*, dass er sich nach ihr verzehrte, dass er vor Verlangen schier verrückt wurde, damit ihre Rache umso befriedigender ausfiel, wenn sie ihn schließlich abwies. Und beinahe wäre es ihr gelungen.

Wusste sie wirklich nicht, dass er sie von Anfang an so sehr begehrt hatte, dass er kaum noch an etwas anderes denken konnte? Und sie besessen zu haben, hatte daran nicht einen Deut geändert.

Er musste unbedingt so weit wie möglich vor Gabrielle Brooks fliehen. Für ihn konnte diese Reise gar nicht schnell genug zu Ende gehen. Aber selbst dann war es noch nicht vorbei. Er hatte versprochen, bei der Rettung ihres Vaters zu helfen. Verdammt. Doch in der Hinsicht blieb ihm keine Wahl. Er war ihr etwas schuldig, nachdem er sie ungewollt in einen Skandal verwickelt und ihr obendrein noch die Jungfräulichkeit genommen hatte.

Der Anstand verlangte eigentlich, dass er sie …

Drew dachte den Gedanken nicht zu Ende. Seit jener erstaunlichen Nacht in Gabrielles Bett war er ihm schon mehr als einmal gekommen. Wenn eine Frau sich als Jungfrau entpuppte, wurden schließlich gewisse Dinge von einem Mann erwartet. Zumindest aber, dass er das Angebot machte, der Angelegenheit einen ehrenhaften Anstrich zu geben. Hätte Gabrielle nicht sein Schiff gestohlen, wäre er wohl dumm genug gewesen, einen solchen Vorschlag zu machen, egal aus welchem Grund, ob aus einem Schuldgefühl heraus oder aus – Lust. Bei ihm überwog wohl eher das Schuldgefühl.

Sie hätte natürlich abgelehnt. Mit ihm wollte sie nichts zu tun haben. Das hatte sie von Anfang an klargestellt. Oder? Ihr Freund hatte neulich doch gesagt, sie habe eine Ehe mit ihm – Drew – durchaus erwogen. Hatte Richard sich eine Lüge ausgedacht, damit die Fragerei wegen dieses hinterhältigen Fausthiebs ein Ende hatte?

Drew seufzte und ging zurück zum Achterdeck. Nie zuvor hatte er sich über eine Frau derart viele Gedanken gemacht. Und diese Eifersucht! Wo zum Teufel war die hergekommen? Sie ließ sich jedenfalls nicht verleugnen. Erst dieser Geck Wilbur, dann ihr Freund Richard und nun auch noch sein eigener Freund Timothy, der, wie er verdammt genau wusste, keinerlei Absichten bezüglich Gabrielle hatte. Warum erhob die Eifersucht gerade jetzt ihr hässliches Haupt, er hatte sie doch sonst nie gekannt? Nun, der Grund war vermutlich, dass er mit Gabrielle noch lange nicht fertig war.

Ein Liebespaar! Kaum hatte Gabrielle Drews Kabine betreten, fiel ihr Blick auf seine Koje und sofort loderte die Wut, die sie an Deck verspürt hatte, wieder auf. Jeder an Bord hielt sie und Drew für ein Liebespaar und er fand das auch noch lustig!

Zu dumm, dass er die Rückkehr in seine Kajüte an diesem Abend nicht länger hinauszögerte, denn anscheinend brauchte Gabrielle mehr als nur ein paar Stunden, um sich wieder abzuregen. Das dämmerte Drew aber wohl erst in dem Moment, in dem er durch die Tür kam und Gabrielle anfing, ihn mit Gegenständen zu bombardieren.

Dem ersten Wurfgeschoss konnte er noch ausweichen, beim zweiten jedoch hatte er nicht so viel Glück, was ihn zu dem scharfen Befehl: »Leg das weg!«, veranlasste.

Aber Gabrielle dachte gar nicht daran. Sie stand hinter dem Schreibtisch, an dem zwei Schubladen offen waren, wodurch sie eine riesige Auswahl an Sachen hatte, die nicht fest verschraubt waren und sich bestens zum Werfen eigneten. Ein Tintenfass kam als Nächstes. Sie hätte es gern gesehen, wenn es sich über Drew ergossen hätte, doch es war fest zugestöpselt und ging nicht einmal kaputt. Danach zielte sie mit einem zerlesenen nautischen Buch auf ihn.

Vorher hielt sie jedoch lang genug inne, um zu fauchen: »Wir sind kein Liebespaar! Wir werden nie ein Liebespaar sein! Und das solltest du deine Mannschaft verdammt noch mal wissen lassen!«

Drew hatte ihr gerade in den Arm fallen wollen, blieb bei dieser Forderung aber abrupt stehen. Er fing sogar an zu grinsen, dieser Schuft.

»Wir sind zweimal miteinander ins Bett gegangen. Tut mir leid, Schätzchen, aber das macht uns formell zu einem Liebespaar.«

»Nein, zum Teufel!« schnaubte Gabrielle und warf Drew eine Handvoll alter Münzen an den Kopf.

Ein Geldstück traf ihn an der Wange, was ihn recht schnell wieder in Bewegung brachte. Er kam sogar so rasch um den Schreibtisch, dass er schon hinter ihr war und ihre Hand aus der Schublade zog, ehe sie noch das nächste Wurfgeschoss in die Finger bekommen konnte. Die Sorge um seine eigene Sicherheit veranlasste ihn, ihr auch die andere Hand auf den Rücken zu drehen und sie dort festzuhalten, nachdem er Gabrielle zu sich umgedreht hatte. In dieser Stellung kam sie ihm ziemlich nahe, daher kämpfte sie weiter um ihre Freiheit. Aber es war sinnlos.

»Ich denke, für diese Schramme an der Wange bist du mir etwas schuldig«, sagte Drew.

Gabrielle glaubte nicht, dass er verletzt war, trotzdem musterte sie seine Wangen, ehe sie antwortete: »Was für eine Schramme? Ich sehe nicht einen Blutstropfen, schade eigentlich.«

»Es tut aber weh.«

»Wahrscheinlich hast du nicht einmal einen blauen Fleck, was ich zutiefst bedaure, also glaub bloß nicht, ich wäre schon fertig!«

Drew schnalzte missbilligend mit der Zunge. Es kostete ihn so wenig Mühe, Gabrielle in dieser Position festzuhalten, dass seine Stimme beinah ruhig und besänftigend klang.

Er sagte: »Dein Problem ist, dass du genauso frustriert bist wie ich. Sonst würdest du dich über einen kleinen Scherz nicht so aufregen. Es geht nicht um das, was ich gesagt habe, sondern vielmehr um das, was du dir wünschst – und das bin ich. Gib's zu, Gabby. Du willst mich.«

»Nein!«

»Lügnerin. Zufällig kenne ich die Anzeichen – ich habe sie nämlich eben an mir selbst festgestellt. Lieber Himmel, ich war heute sogar eifersüchtig auf Tim, nur weil du dich ein wenig mit ihm unterhalten hast!«

Gabrielle hörte für einen Moment mit der Gegenwehr auf und sagte: »Und wer lügt jetzt? Ein Mann mit einer Braut in jedem Hafen weiß doch gar nicht, was Eifersucht bedeutet.«

»Ich wäre der Erste gewesen, der dir zugestimmt hätte – bevor ich dich kennenlernte«, erwiderte Drew.

»Timothy ist richtig süß, wie ein großer, liebenswerter Bär«, sagte Gabrielle provozierend.

Drews Augen verengten sich zu Schlitzen. »Du machst mich *nicht* schon wieder eifersüchtig, Weib.«

»Das war auch nicht meine Absicht«, betonte Gabrielle, dann sagte sie hitzig: »Und jetzt lass mich los!«

Diese Forderung hätte sie nicht stellen sollen. Denn so wurde ihnen beiden schlagartig bewusst, wie nah sie einander waren. Seine Arme lagen bereits um Gabrielle. Ihre Brust drückte gegen seine. Er brauchte sich kaum zu bewegen, um ihren Mund zu erreichen.

Sie sah es kommen und versuchte, den Kopf zur Seite zu drehen. »Nicht …«

»Aufhören?«, fragte er spöttisch, indem er den Satz für sie zu Ende brachte.

»Nein, nicht …«

»Hier küssen?«, unterbrach er sie wieder und strich mit den Lippen über ihr Kinn. Dann legte er seine Hand an ihre Wange und zog ihren Kopf ein wenig zu sich heran. »Oder hier?«, dabei fühlte sie einen federleichten Hauch auf ihrer

Wange. »Oder möchtest du lieber, dass ich dich hier küsse?«, fragte er rau.

Damit presste er seinen Mund fest auf ihren, legte eine Hand um ihren Kopf, und ließ die andere über ihren Rücken zu ihrem Hintern gleiten, um sie enger an sich zu drücken und seine Erektion spüren zu lassen. Wie zaghaft ihr Widerstand ausgefallen war! Und nicht einmal ihre Wut hielt sie davon ab, mitzumachen, oh nein, ganz im Gegenteil. Während Gabrielle sich an Drews Schultern klammerte und seinen Kuss ungestüm erwiderte, entlud sich das Temperament, das sie in den vergangenen Stunden gezügelt hatte, in einer ungeheuerlichen Explosion der Leidenschaft.

Er hatte recht gehabt. Sie wollte ihn. Anscheinend konnte sie es kaum erwarten. Sie half ihm sogar beim Ausziehen. Schwer zu sagen, wer wen auf die Matratze zog. Für den Rest des Tages kamen sie jedenfalls nicht mehr aus der Koje heraus.

An Schlaf war jedoch nicht zu denken. Später saßen sie beide im Schneidersitz nackt auf den Laken. Drew strich mit den Händen sanft über die Innenseite ihrer Schenkel und streichelte sie. Er versuchte nicht, sie zu erregen. Sie hatten sich bereits geliebt. Er berührte sie nur sehr sanft, immer wieder. Das tat er oft jetzt, wo sie es zuließ. Eigentlich konnte er mittlerweile, wenn sie zusammen waren, die Hände gar nicht mehr von ihr lassen.

Ohne dass vorher ein Wort in dieser Richtung gefallen wäre, fragte Drew aus heiterem Himmel: »Willst du mich heiraten?«

Ohne nachzudenken antwortete Gabrielle: »Ja.«

Offenbar überrascht über die schnelle Zustimmung fragte er: »Warum?«

»Ich fahre gern zur See. Ich denke, du würdest mich mitnehmen.«

Diese Antwort gefiel ihm offenbar nicht, denn er sagte: »Versuch es noch einmal.«

»Reicht das nicht als Grund?«

»Gib zu, du willst mir nur den Rest meines Lebens ebenso vermiesen, wie du …«

Es hörte sich an, als mache er nur Spaß, doch Gabrielle war in dieser Beziehung immer noch empfindlich, daher unterbrach sie ihn recht scharf: »Warum zum Teufel machst du mir einen Heiratsantrag, wenn du es gar nicht ernst meinst?«

Vielleicht hätte sie ihn nicht mit einer derart gezielten Frage in Verlegenheit bringen sollen. Der Art nach zu urteilen, wie er sich mit der Hand durchs Haar fuhr, war er verärgert und enttäuscht.

»Letztendlich ist es das, was der Anstand gebietet«, sagte Drew.

»Und aus dem gleichen Grund habe ich angenommen – letztendlich. Aber wenn es dir nicht ganz ernst war, lehne ich ab.«

An der Stelle hätte Drew erleichtert wirken sollen. Stattdessen sah er noch enttäuschter aus.

»Schön«, erwiderte er. »Aber sag hinterher nicht, ich hätte dich nicht gefragt.«

Gabrielle starrte ihn ungläubig an. »Das nennst du fragen? Ich würde sagen, du hast es darauf angelegt, dass ich dir einen Korb gebe.«

»Aus der Nummer kommst du nicht mehr heraus. Du hast akzeptiert. Ich nehme dich beim Wort!«

Damit legte Drew sich hin und drehte ihr beleidigt den Rücken zu. Gabrielle tat es ihm nach. Eine Stunde später berührte sein Rücken ihren Po. Eine halbe Stunde später hatten sich ihre Beine ineinander verschränkt. Kaum eine Minute danach liebten sie sich schon wieder und Drews seltsamer Vorschlag wurde mit keinem Wort mehr erwähnt.

Das Abendessen wurde gebracht und nach einem verärgerten Befehl von Drew vor der Tür abgesetzt. Es wurde dunkel, nur ein wenig Mondlicht drang durch die Fenster. Ihre Laken waren durchnässt von Schweiß, doch es fiel ihnen kaum auf. Denn Gabrielle kam, wieder und wieder, und jeder neue Orgasmus war gewaltiger als der vorherige.

Diesen Tag würde sie nie im Leben vergessen.

Kapitel 43

»Ich habe es bemerkt«, sagte Margery nachdenklich. Die Haushälterin war etwa zur gleichen Zeit freigelassen worden wie Gabrielle.

»Was?«, fragte Gabrielle.

»Wie glücklich du in letzter Zeit bist.«

Gabrielle stand neben ihrer Freundin im Bug des Schiffes. Sie sahen zu, wie ein ziemlich großer Mond am Horizont aufstieg und sein helles Licht auf den Meereswellen funkeln ließ – ein sehr schöner Anblick in einer klaren Nacht auf See. Fast hätte Gabrielle sich Drew an ihre Seite gewünscht. Aber nur fast.

»Glücklich?«, erwiderte Gabrielle mit leicht gekrauster Stirn. »Ich werde erst wieder glücklich sein, wenn mein Vater frei ist.«

»Ja, natürlich«, sagte Margery. »Das versteht sich von selbst. Aber ich glaube, der Kapitän gefällt dir besser als du zugibst, nicht wahr?«

Statt einer Antwort lächelte Gabrielle nur. Das konnte sie kaum noch bestreiten, zumindest konnte sie nicht bestreiten, dass es ihr gefiel, verrückten, leidenschaftlichen Sex mit ihm zu haben. Ein entspannter Drew, der seinen ganzen Charme spielen ließ, brachte sicher jedes Mädchen um den Verstand. Und er war nun bereits seit einer ganzen Weile nicht mehr gereizt worden, sodass er einfach hinreißend charmant war.

»Hast du mit ihm …«

Margery konnte sich nicht dazu bringen, es auszusprechen, auch wenn sie sonst kein Blatt vor den Mund nahm, doch Gabrielle begriff sofort, worum es ging, schließlich kreisten ihre Gedanken meist um das gleiche Thema. Sie wurde nicht einmal rot, als sie Ja sagte.

»Das hatte ich befürchtet«, stöhnte Margery resigniert.

Gabrielle bemerkte den missbilligenden Ton zwar, nahm ihn sich aber nicht zu Herzen. Etwas anderes hatte sie gar nicht erwartet. Obwohl Margery sich selbst nicht immer an die Konventionen hielt und im Laufe der Jahre zahlreiche Liebhaber gehabt hatte, nahm sie ihre Rolle als Anstandsdame sehr ernst und wollte nur das Beste für Gabrielle. Doch das Leben hatte seine Tücken und eine davon musste sie gerade meistern.

»Beim ersten Mal habe ich gedacht, es sei ein Traum«, gestand Gabrielle, doch als sie Margerys zweifelnden Blick sah, lachte sie und erklärte: »Nein, ehrlich. Und ich kann nicht leugnen, dass es der schönste Traum war, den ich je gehabt habe.«

Margery verdrehte die Augen, dann jedoch nahmen ihre Gedanken eine andere Richtung, und sie fragte mit misstrauischem Stirnrunzeln: »Das ist jetzt aber nicht mehr Teil deiner Rachepläne, oder?«

»Nein, die gibt es nicht mehr. Wir haben endlich über alles geredet und Drew hat eingeräumt, dass er den Skandal nicht absichtlich ausgelöst hat. Außerdem macht er es wieder gut, indem er bei Papas Rettung hilft und mich *nicht* ins Gefängnis werfen lässt, weil ich sein Schiff gestohlen habe. Übrigens weißt du genau, dass ich eigentlich gar nicht nach England zurückwollte, sondern mich lieber auf den Inseln niedergelassen hätte. England war Papas Idee, nicht meine, und trotzdem glaube ich nicht, dass es ihm *wirklich* wichtig war. Er hat dabei mehr an meine Mutter gedacht, weil *sie* sich das für mich gewünscht hätte. Also hat Drew mir gewissermaßen einen Gefallen erwiesen, indem er meine Heiratsaussichten dort zunichte gemacht hat.«

Margery schnaubte. »Jeder außer *dir* würde das anders sehen. Aber wenn du der Ansicht warst, er habe dir etwas Gutes getan, warum bist du dann überhaupt so wütend geworden?«

»Weil ich damals ganz und gar nicht dieser Ansicht war. Ich

habe geglaubt, dass er diese Bemerkung absichtlich fallen gelassen hat, und damit wäre es ein direkter und überaus gemeiner Angriff auf mich gewesen. *Dafür* verdiente er eine Strafe, insbesondere da er einfach fortsegeln und mich in dem Skandal untergehen lassen wollte. Dabei wusste er nicht einmal, dass das, was er gesagt hat, weitergetratscht wurde.«

»Tja, ich habe es schon einmal gesagt und ich wiederhole es gern: dieser Ärger hat dir nicht gutgetan, deswegen bin ich froh, dass du darüber hinweg bist.«

»Ich auch«, gestand Gabrielle, und es war die Wahrheit. Nicht mehr wütend zu sein und sich nicht mehr mit diesem Mann zu streiten, brachte einige äußerst angenehme Vorteile.

Seitdem sie ihm den halben Schreibtischinhalt an den Kopf geworfen hatte, lebten sie und Drew in einer Art unausgesprochenem Waffenstillstand. Keiner hielt dem anderen mehr die alten Missetaten vor. Und diese Waffenruhe bekam Gabrielle bestens. Sie fühlte sich innerlich so lebendig, dass sie sich beinahe als glücklich bezeichnet hätte. Wenn sie nur den Grund dafür wüsste. Sie konnte nicht glücklich sein. Außer, nun ja …

»Er hat mich gebeten, ihn zu heiraten.«

»Ah, gut, wenigstens brauche ich ihn nun nicht mehr zu vierteilen, weil er dich ausgenutzt hat.«

»Ich glaube, ich habe abgelehnt«, musste Gabrielle gestehen. »Allerdings bin ich mir nicht ganz sicher.«

Sie konnte sich noch genau an jene Nacht erinnern. Es war vor mehr als einer Woche gewesen, am dem Tag, an dem sie ihren letzten Streit gehabt hatten, ehe ihr Waffenstillstand begann. Und es war in der Tat ein seltsamer Heiratsantrag gewesen. Erst hatte er getan, »was der Anstand gebietet« und sie gefragt. Dann hatte er sich gewundert, dass sie angenommen hatte, und als sie ihre Meinung geändert und ihm doch einen Korb gegeben hatte, war er noch verstimmter gewesen. Und am Ende hatte sie nicht gewusst, ob sie nun verlobt waren oder nicht. Er wollte sie beim Wort nehmen? Das hatte er jedenfalls gesagt. Doch in dem Moment war er wütend gewesen, deshalb meinte er es sicher nicht so.

Leider hatte Margery nicht die Absicht, sie mit dieser Bemerkung davonkommen zu lassen. »Was soll das heißen, du bist dir nicht sicher?«

Gabrielle versuchte, es lässig zu erklären. »Erst habe ich akzeptiert und dann habe ich meine Meinung geändert, aber es hörte sich so an, als wolle er mich auf meine erste Antwort festnageln.«

»Gut für ihn! Und du solltest dich schämen, dass du ihn abgewiesen hast«, sagte Margery spitz, dann fuhr sie fort: »Heirate ihn wenigstens aus Anstandsgründen. Falls du dich später scheiden lassen willst, auch gut, pass bloß auf, dass du nicht vorher Kinder bekommst.«

Das trieb Gabrielle die Röte in die Wangen. Auch wenn sie selbst dazu neigte, die Dinge beim Namen zu nennen, konnte sie Margery in dieser Beziehung nicht das Wasser reichen.

Warum war sie nicht von allein auf den Gedanken gekommen, dass Babys eine ganz natürliche Folge waren, wenn sie sich weiter in Drews Bett verlustierte? Weil sie nicht ein einziges Mal so weit vorausgedacht hatte. Hätte sie, abgesehen davon, überhaupt einmal innegehalten, um über ihr Tun nachzudenken, wäre es, wie sie verdammt gut wusste, mit allem vorbei gewesen.

Seit ihrem Waffenstillstand hatte sie jede Nacht mit Drew geschlafen. Sie hatte nicht um Erlaubnis gefragt und er hatte sie nicht eingeladen. Sie war einfach, ohne nachzudenken, jeden Abend in sein Bett geschlüpft, als ob sie dorthin gehörte. Und in jeder einzelnen Nacht hatten sie sich geliebt. Das wollte sie sich durch zu viel Grübelei nicht verderben. Die Reise war bald zu Ende, es war nur noch eine Frage von Tagen. Sie steuerten bereits durch karibische Gewässer. Verlangte sie zu viel, wenn sie – ungestört von der Wirklichkeit – ein klein wenig Sinneslust suchte?

Aber ein Baby? Du meine Güte, daran hätte sie wirklich denken müssen. Insgeheim sah sie sich schon mit einem kleinen Drew auf dem Arm. Es würde das schönste Baby der Welt werden, überlegte sie, während ihr Herz einen Schlag aussetzte. Das Kind war noch nicht geboren, höchstwahrscheinlich nicht einmal gezeugt, und sie liebte es bereits! Was zum Teufel war mit ihr los?

»Der Mond ist schön, nicht?«

Erschrocken über Drews plötzliches Auftauchen zuckte Gabrielle zusammen. Margery murmelte etwas davon, dass sie ins Bett gehen wolle, und ließ die beiden allein. Kaum war sie fort, legte Drew seinen Arm um Gabrielles Taille und zog sie an sich.

Es war das erste Mal, dass er »öffentlich« seine Zuneigung zeigte. Bislang war das erst ein einziges Mal vorgekommen, als er sie vor versammelter Mannschaft auf dem Unterdeck geküsst hatte. Nicht, dass es ihnen an Gelegenheiten mangelte, denn Gabrielle verbrachte nahezu jeden Tag mit ihm auf dem Achterdeck. Drew hatte sie sogar eine Zeit lang ans Steuer gelassen, nachdem sie ihn davon überzeugt hatte, dass sie damit umzugehen wusste.

Doch wenn er dort oben stand, war er ganz der Kapitän und befehligte sein Schiff. Abgesehen davon hatte er ihr eines Nachts erzählt, er wolle nicht, dass seine Männer sich zu früh nach einem Hafen sehnten. Sie würden nachlässig werden, wenn sie das Ende einer Reise nicht abwarten konnten, weil sie nur an Frauen dächten. Das hatte Gabrielle eingeleuchtet.

»So einen schönen Mond habe ich schon lange nicht mehr gesehen. In St. Kitts steht oft ein richtig großer Mond am Horizont, rund und voll. Und wunderbare Sonnenuntergänge haben wir dort auch, direkt an unserem Strand.«

»Du hast am Strand gewohnt?«

Gabrielle nickte. »Papa hat ein kleines Haus an der Küste, nicht weit weg von der Stadt.«

»Das hört sich schon fast zu perfekt an. Ich bin überrascht, dass du da weg wolltest.«

»Wollte ich ja nicht«, erwiderte Gabrielle und verstummte.

Drew merkte anscheinend, dass sie nicht weiter über das Thema reden wollte, denn er hakte nicht nach, sondern sagte: »Ich würde gern einmal mit dir über den Strand laufen, egal wo, Hauptsache das Wetter ist schön.«

Erinnerte er sich an ihre romantischen Träumereien, von denen sie ihm einmal erzählt hatte? »Strandläufe bei kühlem Wetter sind auch nicht schlecht«, bemerkte sie. »Das habe ich früher in England gemacht, als ich noch klein war.«

»Schon möglich, aber dann kann ich nicht nackt mit dir im Wasser schwimmen, und ich bezweifle ernsthaft, dass es an der englischen Küste kristallklare Buchten mit Korallenriffen gibt, die man erkunden könnte.«

Er erinnerte sich tatsächlich! Lächelnd sah sie zu ihm auf. »Wahrscheinlich hast du recht, auch wenn ich es nicht wissen kann. Ich habe erst schwimmen gelernt, nachdem ich zu meinem Vater in die Karibik gezogen war. Er hat es mir beigebracht.«

Drews Finger strichen sanft über ihre Wange. »Du machst mich eifersüchtig. Ich glaube, das hätte ich dich gern selbst gelehrt.«

Wenn Drews Stimme nicht so heiser geworden wäre, hätte Gabrielle sicher gelacht. So hielt sie die Luft an und bekämpfte den Drang, sich ihm zuzuwenden und ihn zu küssen. Doch sie konnte seine Finger in ihrem Haar spüren. Es fiel ihr im Moment lose um die Schultern, denn sie hatte das Haarband verloren. Er berührte sie so häufig! Die Hälfte der Zeit schien es ihm nicht einmal bewusst zu sein. Offenbar konnte er einfach nicht die Finger von ihr lassen.

Um ihre Gedanken in eine andere Bahn zu lenken, fragte sie: »Hast du noch einmal darüber nachgedacht, wie wir vorgehen wollen, wenn wir in den Hafen eingelaufen sind?«

»Ja, ehe wir zu Lacross' Festung segeln, werden wir in Anguilla anlegen, um eine Frau mit deiner Haarfarbe und ungefähr der gleichen Figur zu finden, denn er soll glauben, du wärst bei mir an Bord. Dann bringe ich ihm die Karten.«

Gabrielle schaute Drew an. »Warte mal eine Minute, willst du damit andeuten, dass ich nicht dabei sein soll?«

»Das ist keine Andeutung, sondern eine Tatsache«, konstatierte Drew. »Nach dem, was du mir von diesem Piraten erzählt hast, lass ich dich nicht in seine Nähe kommen.«

»Aber er will die Karten gar nicht«, sagte Gabrielle. »Das habe ich dir doch gesagt.«

»Das nimmst du an«, wandte Drew ein. »Immerhin hat er sie gefordert, und seine einzige Bedingung war, dass du sie abliefern sollst. Also wirst du in Gestalt deiner Doppelgängerin offiziell an Bord sein, mein Schiff jedoch nicht verlassen. Die Karten werden Lacross übergeben und dann kommt dein Vater frei. Ein schöner Plan, bei dem keiner zu Schaden kommt.«

Gabrielle verdrehte die Augen. »Und falls er meinen Vater nur freilässt, wenn ich leibhaftig vor ihm stehe?«

»Er kann ja wohl kaum sein Wort brechen, nur weil ich die Karten bringe.«

»Zum Teufel, das wirst du schon sehen. Glaub bloß nicht, dass er nur einen Funken Ehre in sich hat. Ich muss vor Ort sein, falls dein Plan fehlschlägt und er dich am Ende auch noch als Geisel nimmt.«

»Macht dieser Gedanke dich … traurig?«

Erst blinzelte Gabrielle erstaunt, dann runzelte sie die Stirn. Wollte er jetzt irgendetwas Bestimmtes hören? Dass sie sich um ihn Sorgen machte? Dass sie ihn gern hatte? Sie schob die Fragen beiseite, denn bei einer Unterhaltung, die sich um Pierre drehte, wollte sie nicht darüber nachdenken.

Also sagte sie beinahe spöttisch: »Natürlich würde es mich traurig machen. Denn wenn du auch noch gefangen wirst, hätte ich zwei Geiseln zu retten, oder?«

Drew lachte, zog sie an sich, rieb seine Wange an ihrer und flüsterte ihr ins Ohr: »Nett von dir, dass du mich retten würdest.«

Gabrielle schlang die Arme um seinen Hals und erwiderte lächelnd: »Ich würde dich nur retten, damit ich dich hinterher erschießen kann, weil du so dumm warst, dich fangen zu lassen.«

Drew lachte schallend. »Verdammt, Gabby, mit dir kommt keine Langeweile auf. Ich schätze, ich habe noch nie im Leben so viel gelacht wie seit dem Tag, an dem wir uns kennenlernten.«

»Ich wette, das sagst du zu all deinen Bräuten«, erwiderte Gabrielle gespielt kokett.

Er schenkte ihr sein verführerisches Lächeln. »Nein, ich glaube nicht. Nur zu dir.«

Kapitel 44

Sie erreichten ihr Ziel viel eher, als Gabrielle gedacht hatte. Schon am Spätnachmittag des nächsten Tages legten sie in Anguilla an. Die Insel, die um 1600 von Engländern aus St. Kitts besiedelt worden war, lag so nah an ihrem Zuhause, dass sie noch vor Einbruch der Dunkelheit hätte dort sein können.

Einer von Drews Männern erzählte Gabrielle, dass sie Anguilla regelmäßig anliefen. Das war sicher der Grund, warum Drew die Insel ausgewählt hatte. Dort kannte er sich aus, während St. Kitts offenbar nicht auf seinen Routen lag.

Gabrielle hatte nie genug Mut aufbringen können, mit Drew noch einmal darüber zu reden, ob er ihre Männer gehen lassen würde. Denn falls er Nein gesagt hätte, wäre ihr Waffenstillstand auf der Stelle beendet gewesen. Und außerdem wäre es, nachdem er seine Hilfe zugesagt hatte, ihrer Meinung nach dumm von Drew, wenn er nicht alle verfügbaren Männer einsetzte, insbesondere jene, die bereit waren, für Nathans Befreiung Kopf und Kragen zu riskieren.

Trotzdem stand sie an der Reling und wartete mit angehaltenem Atem, ob ihre Freunde nach dem Öffnen des Frachtraums ins Gefängnis oder in die Freiheit entlassen werden würden. Gezwungenermaßen hatte sie sich verschiedene Strategien zurechtgelegt – nur für alle Fälle.

Da die Insel von Briten verwaltet wurde und Drew ganz offensichtlich Amerikaner war, bestand eine kleine, allerdings hauchdünne Chance, dass sie notfalls imstande war, den Spieß noch einmal umzudrehen. Schließlich konnte Richard, wenn es sein musste, wie ein echter englischer Krösus auftreten. Und die englischen Behörden würden eher ihren eigenen Leuten glauben als einem Amerikaner. Doch Gabrielle betete, dass es nicht so weit kam. Das Letzte, was sie wollte, solange der

Waffenstillstand zwischen ihnen noch andauerte, war, Drew einsperren zu lassen.

Erst würde sie mit ihm diskutieren, sich mit ihm streiten, ihn bestechen, ihn umschmeicheln, ihm sogar, falls nötig, wieder den Inhalt seines Schreibtisches an den Kopf werfen. Sie brauchte nur wenigstens einen Plan für den Fall, dass alles andere schiefging.

Doch dann schlenderte Richard auf sie zu und sagte: »Schade, dass wir gerade jetzt gehen mussten. Ich war dabei, beim Whist gegen Bixley zu verlieren. Hätte noch ein paar Stunden gebraucht, um wenigstens die Verluste wieder wettzumachen.«

Gabrielle war so aufgeregt, ihn ohne Bewachung vor sich zu sehen, dass sie nicht gleich begriff, was er gesagt hatte. Doch sobald sie ihn erleichtert umarmt hatte, ging ihr auf, dass er sich offenbar darüber beschwerte, freigelassen worden zu sein, und zwar ganz im Ernst.

»Ihr habt Karten bekommen, damit ihr euch die Zeit vertreiben konntet?«, fragte sie.

Richard kicherte. »Wir hatten jeden Luxus, den man sich nur wünschen kann, *chérie*. Karten, Würfel, das verdammt beste Essen, das ich je bekommen habe – noch dazu warm, direkt aus der Kombüse. Nathan muss unbedingt Andersons Koch kennenlernen. Außerdem hatten wir Hängematten und – du wirst es nicht glauben – sogar eine Badegelegenheit.«

»Wie habt ihr denn das gemacht?«

»Tja, da unten gab es eine alte Wanne. Ohr hat nach Wasser zum Baden gefragt. Eigentlich hat er nicht damit gerechnet, es zu bekommen, aber ich will verdammt sein, wenn nicht ein Eimer nach dem anderen zu uns heruntergelassen worden ist.« Die Erinnerung brachte Richard zum Lachen. »Wir haben Strohhalme gezogen, um die Reihenfolge festzulegen, in der wir die Wanne benutzen durften. Ich habe es gar nicht so schlecht getroffen, ich war Zweiter.«

Sie hatte sich mit Sorgen geplagt und ihre Männer hatten sich ein schönes Leben gemacht? Das hörte sich ja an wie der reinste Urlaub! Drew hätte sie aufklären müssen, dieser verflixte Kerl. Ihr Freund allerdings ebenso.

Gabrielle schlug Richard gegen die Schulter. »Warum hast du mir das nicht gesagt, als man dich zum Abendessen herausgelassen hat?«

Er zuckte die Achseln. »Ich dachte, du wüsstest es. Diese Amerikaner haben uns nicht wie Gefangene behandelt, na ja, abgesehen von dem Schloss an der Tür, das Ohr übrigens unbedingt aufbrechen wollte, bis ich ihm versichern konnte, dass du mit den veränderten Gegebenheiten gut zurechtkommst.«

Tatsächlich hatte es bei dem Essen, an dem Richard teilgenommen hatte, nach außen so gewirkt, als ginge es ihr gut; sie hatte ihm in jener Nacht auch nichts anderes erzählt. Gut war auch, dass ihre Freunde nicht versucht hatten, sich zu befreien, denn es sah so aus, als würden sie am Ende doch nicht ins Gefängnis gesteckt.

»Wo ist Ohr?«

»Direkt hinter dir«, sagte Ohr in ihrem Rücken.

Mit einem frohen Aufschrei drehte Gabrielle sich um und warf ihm die Arme um den Hals. »Ich habe mir solche Sorgen gemacht! Gleichzeitig hatte ich Angst, nach euch zu fragen. Ich wollte Drews Aufmerksamkeit nicht auf euch lenken.«

Richard grinste sie an. »Ich schätze, er hat öfter an uns gedacht, Gabby. Er hat uns sogar eines Tages an Deck bringen lassen, weil er herausfinden wollte, wer ihn damals in der Nacht verletzt hat.«

Als Gabrielle das hörte, erstarrte sie. »Wirklich? Und was ist dabei herausgekommen?«

»Nichts«, erwiderte Richard. »Habe ihm gesagt, ich hätte geschworen, nichts zu verraten.«

»Ich denke, es sollte mich nicht wundern, dass du es warst«, gestand Gabrielle, die daran dachte, wie neugierig sie selbst gewesen war. »Ich habe auch überlegt, wer es gewesen sein könnte.«

»Hat er dich anständig behandelt?«, fragte Ohr mit ernstem Gesicht. Gabrielle zweifelte keine Sekunde, dass er Drew an die Kehle gehen würde, falls sie ihm die falsche Antwort gab, und zwar nicht erst, wenn er ihn zu Gesicht bekam, sondern auf der Stelle.

Daher sagte sie: »Sicher. Wir haben schließlich herausgefunden, dass er das, was in England passiert ist, nicht absichtlich getan hat. Er hat mir sogar einen Heiratsantrag gemacht.«

Das hätte sie besser nicht sagen sollen, denn nun starrten beide Männer sie an und warteten darauf, dass sie ihnen sagte, welche Antwort sie Drew gegeben hatte. Und da Gabrielle immer noch im Ungewissen war, was eigentlich bei dem unvorhergesehenen Vorschlag des Kapitäns herausgekommen war, sollte sie ihnen wohl einfach sagen, dass sie abgelehnt hatte. Andererseits, falls Drew am Ende einem von ihnen erzählte, sie seien verlobt …

Doch mit der Wahrheit konnte sie nicht viel falsch machen, daher sagte sie: »Ich habe ihm einen Korb gegeben. Die Antwort hat er nicht akzeptiert, daher hält er uns womöglich für ein Brautpaar.« Dann zuckte sie die Achseln. »*Vielleicht* überlege ich es mir noch einmal, aber das möchte ich erst entscheiden, wenn Papa wieder frei ist.«

»Schön zu wissen, dass ich immer noch die Chance habe, Fersengeld zu geben.«

Gabrielle zuckte zusammen, als sie Drews Stimme hörte. Schlich sich denn heute jeder an sie heran?

Drew hörte sich an, als scherze er, doch das konnte täuschen. Er hatte diesen Antrag – aus welchem Grund auch immer – ohne große Überzeugung vorgebracht, und erst mit Nachdruck darauf bestanden, als sie ihm eine unerwünschte Antwort gab.

Als sie sich umdrehte, grinste Drew sie an und legte ihr, bevor sie etwas erwidern konnte, den Arm um die Taille. Das war ein deutliches Zeichen an ihre Freunde, dass sie einander näherstanden, als sie ihnen verraten hatte.

Doch noch ehe sie diesen Eindruck etwas zurechtrücken konnte, schlug Drew vor: »Sollen wir uns nicht in ein Gasthaus setzen, um unsere Pläne zu besprechen? Ich habe mir schon etwas Tolles ausgedacht, aber ich würde gern wissen, was ihr davon haltet.«

Und so sicherte er sich im Handumdrehen nicht nur das Oberkommando über die Rettungsaktion, sondern auch Richards und Ohrs Unterstützung. Und später, als er ihnen seinen Plan unterbreitete, plädierten die beiden ebenfalls dafür, Gabrielle zurückzulassen, damit sie gar nicht erst in Pierres Reichweite kam. Wahrscheinlich wäre es auch so und nicht anders gekommen – wenn nicht plötzlich James Malory auf der Bildfläche erschienen wäre.

Kapitel 45

»Ist das auch richtig so?«, fragte James, während er auf die Zeichnung schaute, die Bixley angefertigt hatte, um ihnen eine Vorstellung davon zu geben, wie Pierres Festung aussah.

Es dauerte einige Augenblicke, ehe er eine Antwort bekam. Alle waren völlig verblüfft, ihn zu sehen, und bislang hatte James noch keinerlei Erklärung für seine Anwesenheit geliefert. Mit der lose gebundenen Krawatte, die lässig vor seinem langärmeligen Hemd baumelte, den hohen schwarzen Stiefeln und ohne Jackett sah er recht verwegen aus – fast wie ein Pirat. Das ließ Gabrielle an den Abend denken, an dem die Gebrüder Anderson behauptet hatten, dass James früher einmal Pirat gewesen sei. Als sie ihn nun so sah, gebräunt von der Fahrt übers Meer und die Haare vom Wind zerzaust, zweifelte sie nicht länger daran.

Endlich rief Drew: »Was zum Teufel machst du hier, James!?«

Der Blick, mit dem James ihn bedachte, wirkte ziemlich einschüchternd. Jedenfalls auf Richard, der auf seinem Stuhl zusammensackte und versuchte, James' Aufmerksamkeit zu entgehen. Gabrielle machte sich ebenfalls klein.

»Ich bin auf Wunsch deiner Schwester hier«, erklärte James ruhig. »Sie macht sich Sorgen um dich. Ich weiß verdammt noch mal nicht warum, aber es ist so.« Dann klopfte er erneut auf die Zeichnung auf den Tisch und wiederholte seine Frage: »Ist das richtig so?« Was – zumindest nach Gabrielles Ansicht – vermuten ließ, dass James, ehe er an ihren Tisch gekommen war, etwas von ihren Plänen mitbekommen haben musste.

Bixley zögerte mit der Antwort, nickte dann aber. »Die Festung ist kürzlich instand gesetzt worden.«

Es gab noch viel mehr Fragen. Da James Malory sie stellte,

legte Bixley jedes Wort auf die Goldwaage, ehe er Auskunft gab. Malory schien auf alle Menschen dieselbe Wirkung zu haben – auch auf Gabrielle. Zurzeit hatte sie den James Malory vor sich, den sie zuerst kennengelernt hatte; denjenigen, der ihr Angst eingeflößt hatte, nicht den, den sie gegen Ende ihres Aufenthalts in London schließlich gemocht hatte.

Sicher hätte sie Nägel gekaut, wenn sie sich nicht so große Mühe gegeben hätte, nicht schuldbewusst auszusehen. Sie fürchtete sich vor dem Moment, in dem er anfangen würde, sie zu befragen, denn dieser Moment würde unweigerlich kommen. Da war sie sicher.

Doch bislang hatte er kein Wort an sie gerichtet. Er hatte sie nur eindringlich angesehen und danach Drew, der neben ihr auf dem Sofa im Versammlungsraum des Gasthauses saß, ebenso ausgiebig gemustert. Schließlich hatte er wohl seine eigenen Schlüsse gezogen, warum sie dort zusammensaßen.

Leider war James nicht allein gekommen. Nur wenige Minuten nach ihm trat Georgina ein. Sie war ohne Hut und hatte ihr braunes Haar zu einem Zopf geflochten. Dazu trug sie einen Rock und eine weite bequeme Bluse, die von einem Gürtel zusammengehalten wurde und derart locker saß, dass es sich durchaus um eins von James' Hemden handeln konnte. Sie sah hinreißend aus, so als ob sie die Seereise in vollen Zügen genossen hätte.

Als sie das Paar auf dem Sofa sah, sagte sie: »Was für eine Erleichterung! Ihr seid beide gesund und munter. Also gab es gar keine Piraten?«

Richard, dieser Halunke, grinste und hob die Hand, um Georginas Aufmerksamkeit zu erregen, ehe er dazwischenrief: »Das würde ich nicht sagen.«

Georgina warf ihrem Mann nur einen kurzen Blick zu und fragte: »Beachten wir ihn?«

»Aber sicher«, erwiderte James, dann setzte er hinzu: »Obwohl er sich bald das genaue Gegenteil wünschen wird.«

Danach hielt Richard lieber den Mund, denn er verstand, dass James nicht mehr über Piraten redete, sondern über Richards Interesse an seiner Frau. Georgina verstand das ebenfalls, doch sie schnalzte nur missbilligend mit der Zunge und ging zu ihrem Bruder, um ihn zu umarmen.

Drew hatte einige Augenblicke gebraucht, um seine neuerliche Überraschung zu überwinden, doch nun fragte er: »Was zum Teufel machst *du* hier, Georgie?«

»Musst du das wirklich fragen, nachdem einer deiner Männer bei uns aufgetaucht ist und uns erzählt hat, die *Triton* sei von Piraten gekapert worden? Oder stimmt das etwa nicht?«

»Es stimmt, aber meinst du nicht, dass ich so etwas selbst regeln kann?«

Daraufhin errötete Georgina ein wenig. »Ja sicher, aber das war nicht meine einzige Sorge. Gabby war verschwunden und hatte nur eine kurze Nachricht hinterlassen, dass ihr Vater in Schwierigkeiten sei. Wir glaubten, sie wäre vielleicht bei dir, doch da wir die Verantwortung für sie hatten, konnten wir es nicht bei Vermutungen belassen, wir mussten sichergehen.«

Nun war es an Gabrielle, rot zu werden. Sie hatte nicht damit gerechnet, die Malorys noch einmal wiederzusehen, also hatte sie auch nicht erwartet, jemals mit den Schuldgefühlen konfrontiert zu werden, die sie plagten, weil sie sich heimlich davongeschlichen hatte.

»Ich war verzweifelt«, versuchte Gabrielle zu erklären. »Ich hatte gerade erfahren, dass mein Vater schon seit fast einem Monat in einem Kerker eingesperrt war.«

»Wir verstehen das, Gabby«, sagte Georgina.

Vielleicht hätte sie noch mehr gesagt, doch James, der die Zeichnung studierte, fragte Bixley: »Hohe Mauern *und* ein Tor?«

Bixley nickte wieder. »Pierre hält es verschlossen und außerdem wird es bewacht.«

»Verdammt«, murmelte James, doch dann fügte er resigniert hinzu: »Also gut, ich bin zwar schon eine ganze Weile nicht mehr über Mauern geklettert, aber ich denke, es wird mal wieder Zeit.«

»Da bin ich anderer Ansicht«, widersprach Georgina und trat neben ihren Mann. Dann schlug sie vor: »Warum schießen wir nicht einfach auf die Tore? Unsere Schiff können doch nah genug herankommen, oder?«

Allmählich sah es so aus, als sei Malory für die Rettungsaktion verantwortlich. Gabrielle wunderte es nicht, dass er sofort das Kommando übernahm. Er war kein Mann, der einfach nur mitmachte, er war einer, der befahl, plante, Anordnungen traf und jeden Einwand vom Tisch fegte. Und er würde sich nie damit aufhalten zu fragen, ob seine Hilfe nötig war.

James deutete auf die Zeichnung und fragte seine Frau gleichmütig: »Sind dir diese Kanonen auf den Mauern nicht aufgefallen, meine Liebe?«

Georgina blickte auf die Karte und erwiderte ebenso gleichmütig: »Die Festung ist alt. Wahrscheinlich sind die Kanonen auch uralt und unbrauchbar, meinst du nicht?«

»Nein, Ma'am«, widersprach Bixley, ehe James seine Meinung äußern konnte. »Pierre hat die Festung wieder instand gesetzt. Sie ist wie neu, tja, zumindest oberirdisch. Am alten Kerker hat er weiter nichts gemacht, bloß darauf geachtet hat, dass die Türen gut schließen.«

Daraufhin sagte Georgina ebenfalls: »Verdammt«, und ging zum Sofa, um sich neben Gabrielle zu setzen.

Gabrielle hielt es für nötig, Bixleys Ausführungen näher zu erläutern, deshalb sagte sie zu James: »Laut Ohr hat Pierre sich einige neue Feinde geschaffen, als er sich von allem lossagte. Die anderen Kapitäne der Bruderschaft sahen sich gezwungen, ihren Schlupfwinkel zu verlassen. Das hat ihnen gar nicht gefallen. Die Siedlung, die sie im Laufe der Jahre aufgebaut hatten, war wirklich schön und niemand wusste davon. Die meisten von ihnen betrachteten sie sogar als ihr Zuhause.

Doch sie glaubten, dass Pierre ihre Lage verraten würde, deshalb haben sie den Ort verlassen.«

»Würde irgendeiner von diesen anderen Kapitänen uns bei unserem Vorhaben helfen?«, wollte James wissen.

»Vielleicht. Doch es kann eine Weile dauern, sie aufzuspüren und …«

»Und die Zeit drängt«, fiel James ihr nicht unfreundlich ins Wort. »Ich verstehe, dass Sie sich um Nathan sorgen, da Sie nicht wissen, in welcher Verfassung er ist und wie er in all der Zeit behandelt wurde. Aber wir haben jetzt zwei Schiffe, um die Sache anzugehen. Sie können aufhören, sich zu ängstigen.«

»Das sagt er immer«, flüsterte Georgina Gabrielle zu. »Man sollte meinen, er wüsste mittlerweile, dass es nicht funktioniert, insbesondere weil ich aus genau diesem Grund hier bin. Eine Frau hört erst auf sich zu sorgen, wenn es nichts mehr gibt, was sie beunruhigen könnte. Na ja, zumindest ist es bei mir so.«

»Bei mir auch«, gestand Gabrielle.

Kapitel 46

Zwei Pläne wurden besprochen, keiner jedoch sah eine Doppelgängerin für Gabrielle vor. Drew war verärgert. Ihm wäre sein Plan lieber gewesen, da er Gabrielle nicht in Gefahr brachte. Als er Einwände erhob, machte James ihm jedoch klar, dass Gabrielle nützlich sein könnte, um den Piratenkapitän aus seiner Festung zu locken, falls etwas mit ihren Plänen schiefging und es nötig wurde, Pierre direkt gegenüberzutreten.

Georgina sollte jedoch nicht mitgenommen werden. Sie hatte ihren Willen bekommen, als sie darauf bestand, nicht in England bleiben zu müssen, doch dabei war es um eine ungefährliche Reise gegangen. Man war nicht einmal in den schlimmen Sturm geraten, sondern hatte ihm ganz aus dem Weg gehen können. Und es hatte James Freude bereitet, sie bei der Überfahrt dabei zu haben. Aber nun, da der Rest der Reise gefährlich werden würde, ließ er nicht mit sich reden. Georgina sollte in Sicherheit bleiben, in dem Gasthaus in Anguilla – in dem Drew auch Gabrielle lieber zurückgelassen hätte.

Allerdings würden sie kaum mehr als einen Tag fort sein, vielleicht waren sie sogar noch schneller zurück, also musste seine Schwester sich nicht zu lange um sie sorgen. Laut Bixley lag Pierres Festung nur ein paar Stunden entfernt.

Die beiden Pläne waren beinah identisch, es ging nur noch um den Zeitpunkt. Entweder sie versuchten, Nathan mitten in der Nacht zu befreien, wenn die meisten Leute in der Festung schliefen, oder sie nutzten Drews Schiff und die Tatsache, dass Gabrielle an Bord war, zur Ablenkung, während einige wenige Männer über die hinteren Mauern kletterten und sich zum Kerker schlichen.

»Wir müssen nicht bloß Vater retten«, gab Gabrielle zu bedenken. »Der Rest seiner Leute ist noch bei ihm. Die wird er nicht im Stich lassen.«

Da es Pierre und seinen Wachen sicher nicht entgehen würde, wenn so viele Männer versuchten, sich am helllichten Tag über die rückwärtigen Mauern davonzustehlen, blieb das Anschleichen bei Nacht letztlich die einzige Möglichkeit. Nach einem guten Abendessen und einer kurzen Rast wollten sie wieder an Bord gehen.

Drew hatte gehofft, diese wenigen Stunden mit Gabrielle verbringen zu können, doch seine Schwester hatte andere Pläne mit ihm. Mit einem Blick, der nichts Gutes verhieß, zog sie ihn aus dem Zimmer, damit sie ungestört sein konnten.

»Ich habe ein Hühnchen mit dir zu rupfen«, legte Georgina los.

»Das habe ich mir schon gedacht.«

»Was zum Teufel denkst du dir eigentlich dabei? Weißt du überhaupt, dass du dieses Mädchen in England in einen Skandal verwickelt hast, weil du auf dem letzten Ball, den du besucht hast, diese flapsige Bemerkung über Piraten fallen gelassen hast?«

»Es war keine Absicht, Georgie. Aber ja, sie hat mich mit dieser Tatsache konfrontiert.«

Georgina kniff überrascht die Augen zusammen. »Also hat sie tatsächlich vor ihrer Abreise davon erfahren?«

»Jawohl. So wie sie es schildert, gab das den Ausschlag dafür, mein Schiff zu kapern – sie wollte zwei Fliegen mit einer Klappe schlagen, hat sie wörtlich gesagt.«

»Rache?«, mutmaßte Georgina. »Na ja, das überrascht mich nicht allzu sehr. Unter den Umständen hätte ich vielleicht dasselbe getan.«

Drew grinste. »Nein, hättest du nicht. Sie weiß tatsächlich, wie man ein Schiff führt, du nicht, also wäre es dir auch nie in den Sinn gekommen …«

»Ach, spar dir das«, unterbrach sie ihn. »Du kannst mich doch nicht vom wichtigsten Problem ablenken.«

»Es gibt kein Problem.«

»Und ob es eins gibt«, schimpfte Georgina. »Gabrielle ist ein junges, unschuldiges ...«

»Ganz so unschuldig ist sie nicht mehr.«

»Ich verstehe«, sagte Georgina seufzend, doch dann verbesserte sie sich: »Nein, ich verstehe nicht, dabei hatte ich genau das befürchtet. Du solltest es besser wissen. Sie stand unter unserer Obhut. Großer Gott, Drew, was hast du dir nur dabei gedacht?«

»Sie hat sich eurer Obhut entzogen.«

»Und sich in deine begeben, was dasselbe ist, also stand sie sozusagen immer noch unter dem Schutz unserer Familie. Du wirst sie heiraten müssen. James wird darauf bestehen, wenn er es herausfindet.«

»Dann wird er sich mit ihr auseinandersetzen müssen. Ich habe ihr bereits einen Antrag gemacht.«

Georgina blickte Drew finster an, weil er erst jetzt damit herausrückte. »Warum hast du mir das nicht längst gesagt?«

»Weil sie mir einen Korb gegeben hat.«

Das nahm ihr den Wind aus den Segeln. »Wirklich? Das kann ich gar nicht glauben.«

Drew ging es ebenso, trotzdem versuchte er sich an einer Erklärung: »Sie denkt, ich bin ein Verführer, ein Schuft, ein unverbesserlicher Frauenheld.«

»Aber du *bist* ein unverbesserlicher Frauenheld.«

Drew lächelte Georgina an. »Das wäre vorbei, wenn ich verheiratet bin, nicht wahr? Oder glaubst du, eine Ehe würde mich *nicht* wesentlich ändern können?«

»Was ich glaube, spielt in diesem Fall keine Rolle.« Doch dann fragte Georgina gezielt: »Liebst du sie?«

»Natürlich nicht«, erwiderte er rasch. Dann gab er jedoch zu: »Obwohl ich wohl noch nie eine Frau so sehr begehrt habe. Aber darüber komme ich bestimmt hinweg, sobald mir die Nächste über den Weg läuft.«

Georgina schnaubte und bohrte ihm einen Finger in die Rippen. »Ich würde vorschlagen, dass du ein bisschen genauer darüber nachdenkst, Bruderherz. Es wäre viel besser, diese Ehe in dem Wissen einzugehen, dass du das Richtige nicht nur einfach tust, sondern es auch tun *willst*.«

Damit ließ Georgina ihn stehen. Drew rief ihr nach: »Ich habe dir doch gesagt, sie hat mich abblitzen lassen!«

»Das wird sich ändern, wenn James von der Sache erfährt. Darauf kannst du Gift nehmen.«

Kapitel 47

Gabrielle gelang es, an diesem Abend jeder Befragung der persönlicheren Art aus dem Weg zu gehen, indem sie leichte Kopfschmerzen vorschützte. Unter dem Vorwand, dass sie sich nach der kurzen Ruhepause, die alle einlegen wollten, sicher wieder besser fühlen würde, ging sie hinauf in ihr Zimmer.

Sie ruhte sich auch aus, oder zumindest versuchte sie es, doch sie zitterte vor lauter Angst und Furcht. Und gleichgültig wie angestrengt sie versuchte, sich auf positive Gedanken zu konzentrieren, sie konnte das Zittern nicht unterdrücken. Nun da die Rettung ihres Vaters kurz bevorstand und sie gewissermaßen auf Rufweite an Pierre Lacross herankommen würde, konnte sie an nichts anderes mehr denken.

Vor den anderen hatte sie nicht über ihre Befürchtungen gesprochen, aber was, wenn ihr Vater und seine Crew nicht in der Verfassung waren zu flüchten? Nach fast zwei Monaten Kerker war mit allem zu rechnen. Denn Pierre war böse! Hatte er ihnen anständiges Essen gegeben oder nur Reste, gerade eben genug, um sie am Leben zu halten? Hatte er sie womöglich auf andere Weise misshandelt, nur so zum Spaß? Hatte er Nathans Männer überhaupt am Leben gelassen, zumal sie ihm völlig gleichgültig und für seine Zwecke unwichtig waren?

Gabrielle schaffte es, das Zittern unter Kontrolle zu bekommen, ehe sie sich den anderen unten wieder anschloss. Während der kurzen Seefahrt hatte sie keine Gelegenheit, allein mit Drew zu sprechen. Er hatte die Aufgabe, das Schiff zu steuern, selbst übernommen und besprach unterwegs viel mit Ohr. Man hatte beschlossen, dass Ohr mit ihm und James an Land gehen sollte. Richard gehörte nicht zur Rettungsmannschaft, nicht weil man ihn nicht hätte brauchen können, sondern weil James nebenbei bemerkt hatte, dass Richard im Kerker zurückbleiben müsse, wenn es nach ihm ginge. Wahrscheinlich hatte James nur Spaß gemacht. Doch Richard wollte es lieber nicht darauf ankommen lassen.

Sie ankerten die *Triton* und James' Schiff in einer kleinen Bucht auf der westlichen Seite der nicht sehr großen Insel. Bixley schätzte, dass der Marsch zur Festung, hauptsächlich am Strand entlang, eine Viertelstunde dauern würde. Und es blieben noch etwa fünf Nachtstunden, um in den Kerker hinein- und wieder herauszukommen, also hatten sie reichlich Zeit, sofern es keine Schwierigkeiten gab.

Gabrielle sah zu, wie das Ruderboot zu Wasser gelassen wurde. Das Mondlicht, das durch die Wolken schimmerte, reichte aus, um zu sehen, dass James von seinem Schiff aus bereits an Land ruderte. Jetzt fühlte sie sich ruhiger, es war ihr gelungen, ihre Ängste zu unterdrücken, doch sie lauerten dicht unter der Oberfläche. Beim kleinsten Anlass konnte das Zittern wieder einsetzen.

Sie hätte darauf bestehen sollen mitzugehen. Doch in ihren wenigen klaren Momenten wusste sie, dass sie nur im Weg sein würde. Falls die Männer sich ihren Zugang zur Festung erkämpfen mussten, konnte sie kaum von Nutzen sein. Doch es würde die reine Qual werden, auf dem Schiff auf ihre Rückkehr warten zu müssen.

Ohr drückte Gabrielle kurz an sich, ehe er sich am Rumpf herabließ. »Mach dir keine Sorgen«, sagte er. »Ehe die Nacht vorbei ist, wirst du Nathan wiedersehen.«

»Ich weiß. Sei bloß vorsichtig.«

Kaum hatte Gabrielle das gesagt, zog Drew sie in seine Arme. Und dann gab er ihr vor versammelter Mannschaft einen überaus zärtlichen, herzergreifenden Kuss. Während Gabrielle seinen Kuss erwiderte, seine Nähe und die wunderbaren Gefühle genoss, die sie durchströmten, stieg Angst in ihr auf. Das Zittern begann wieder, doch Drew ließ sie los, bevor er es bemerken konnte – und außerdem hätte er es auch ihrer leidenschaftlichen Reaktion zuschreiben können. Gabrielle presste die Finger an die Lippen, als sie ihn über die Reling klettern sah.

»Ich verstehe einfach nicht, was er an sich hat, dass du ihn liebst«, bemerkte Richard, der neben sie getreten war.

»Machst du Witze? Er ist …«

Gabrielle stockte, als sie erkannte, was sie soeben zugegeben hatte. Gütiger Himmel, war sie deswegen ängstlicher als nötig? Weil Drew sich in Gefahr begab? Sie liebte ihn. Was für eine Dummheit.

Richard legte ihr den Arm um die Schulter. »Es wird schon werden, *chérie*. Er ist verrückt nach dir.«

»Er ist verrückt nach allen Frauen.«

Richard kicherte leise. »Ich auch, aber ich würde sie alle aufgeben für …«

»Sei still!«, unterbrach Gabrielle ihn ernst. »Richard, bitte hör auf, dich nach der Frau eines anderen zu sehnen. Malory wird keinen weiteren Übergriff dulden. Ich bekomme Angst um dein Leben, wenn du in dieser Beziehung nicht vernünftig wirst.«

»Wer sagt, dass Liebe vernünftig ist?«

Zum Teufel, Richard hatte recht. Liebe hatte mit Vernunft rein gar nichts zu tun.

Gabrielle seufzte und wünschte Richard gute Nacht. Sie hoffte, dass es ihr möglich sein würde, während des angespannten Wartens auf die Rückkehr der Männer zu schlafen, doch sie konnte ihre flatternden Nerven nicht beruhigen. Wie lange sie in Drews gemütlichem Bett gelegen hatte, wusste sie nicht, doch am Ende gab sie die Einschlafversuche auf und ging wieder an Deck – gerade rechtzeitig, um die beiden Boote vollbesetzt mit Männern zurückkehren zu sehen.

Es hatte geklappt! Sie war so unglaublich erleichtert, dass ihr beinah die Knie weich geworden wären. Gabrielle wankte zur Reling und versuchte, ihren Vater in einem der Boote auszumachen, doch der Mond war mittlerweile hinter dichten Wolken verborgen, sodass sie nur Ohr erspähte. Auch er war kaum zu erkennen, eigentlich nur, weil er in dem Boot stand, das – James' Schiff ansteuerte? Warum kam er nicht zurück auf die *Triton*? Und warum zum Teufel stand er aufrecht? Er wusste doch, dass das gefährlich war.

Jeder Muskel in ihrem Körper schien sich anzuspannen. Da lief etwas schief, völlig schief …

Kaum war Gabrielle zu diesem Schluss gekommen, schrie Ohr: »Es ist eine Falle!«, und sprang ins Wasser.

Sofort wurden mehrere Schüsse auf ihn abgefeuert, offenbar waren die ganze Zeit Gewehre auf ihn gerichtet gewesen. Ohr tauchte nicht wieder auf.

Beinahe gelähmt von der Angst, die sie plötzlich ergriff, umklammerte Gabrielle die Reling. Er durfte nicht tot sein. Nicht ihr lieber Freund Ohr. Seine Warnung war ohnehin zu spät gekommen. Er war umsonst gestorben! Andere Männer waren vorausgeschwommen und kletterten schon an beiden Schiffen hoch, nein, sie stürzten sich bloß in das wüste Getümmel, das an Bord herrschte.

Rundherum hörte sie jetzt Kampfgeräusche und Pistolenschüsse. Gabrielle drehte sich um und sah einen Mann, der sich über einen leblosen Körper beugte. Er schaute zu ihr auf und grinste. Sie kannte ihn ebenso wenig wie den Mann, der ihn zur Seite stieß, um einem von Drews Matrosen, der über die Seite zu entkommen versuchte, einen Dolch hinterherzuwerfen. Der Dolch ging mit dem Matrosen über Bord – er steckte in seinem Rücken.

Gabrielle wurde bewusst, dass sie absolut nichts zu ihrer Verteidigung hatte. Auch in Drews Kabine würde sie wohl nicht fündig werden; er war voll bewaffnet von Bord gegangen. Aber seine Kabine war ohnehin zu weit weg, die Reling dagegen ganz nah. Ihre einzige Chance bestand darin, sich ebenfalls heimlich über die Seite gleiten zu lassen.

Ohne weiter darüber nachzudenken, setzte sie sich in Bewegung, da wurde sie zurückgerissen und von einem kräftigen Arm, der sich um ihren Hals legte, gegen eine nasse Brust gedrückt. Sie bekam keine Luft mehr, geriet in Panik und schlug mit Händen und Füßen wild um sich.

Darauf sagte eine Stimme, die ihr bekannt vorkam: »Aber Gabby, wo willst du denn hin, meine Liebe?«

Sie keuchte: »Avery? Avery Dobs? Was machen Sie denn hier? Lassen Sie mich los. Wir müssen weg …«

»Du gehst nirgendwo hin, außer in Pierres wartende Arme«, unterbrach er sie, doch er lockerte seinen Griff so weit, dass sie sich zu ihm umdrehen konnte.

Als Gabrielle seine nassen Sachen und sein feixendes Gesicht sah, traf die Wahrheit sie wie ein Keulenschlag. Entsetzt keuchte sie: »Mein Gott, was haben Sie getan?«

»Meine Arbeit erledigt.«

»Ich verstehe nicht … Wollen Sie etwa damit sagen, dass Sie Befehle von Pierre annehmen?«

»Warum überrascht dich das?«, fragte er. »Du vergisst, dass ich auch auf der Pirateninsel war und dasselbe erlebt habe wie du.«

»Wovon reden Sie? Wir waren Gefangene!«, rief Gabrielle.

»Ja, aber die Hütte, in der wir Männer eingesperrt waren, hatte Gitter an den Fenstern, und ich hatte nichts Besseres zu tun, als hindurchzustarren. Ich bin sehr traurig geworden.«

»Sie waren eine Geisel. Es ist ganz natürlich …«

»Nein, damit hatte es nichts zu tun. Weißt du, dass ich einmal zugesehen habe, wie sie eine Kiste ins Hauptgebäude schleppten? Sie war so schwer, dass sie ihnen aus den Händen glitt und zerbrach, sodass ein Strom von Goldmünzen herausfloss. Sie haben bloß gelacht. Ein Vermögen stapelte sich in den Hütten gleich nebenan, Koffer voll feiner Wolle und Seide, kistenweise Tabak und Rum, lauter gestohlene Sachen, die gesamte Beute wurde dort gelagert, bis sie weiterverkauft werden konnte.«

»Sie waren Piraten! Das war ihr Geschäft.«

»Genau«, sagte er. »Doch es war nicht nur der Reichtum, der winkte. Ich brauchte mehrere Monate, um es zu begreifen. Es war auch das Gelächter auf der Insel, die Witzeleien, die Freundschaftsbande. Diese Männer amüsierten sich. Wenn ich daran dachte, zu meiner Karriere auf einem seriösen englischen Schiff zurückzukehren – wo man schon für einen kleinen Fehler ausgepeitscht wird –, ich konnte es einfach nicht über mich bringen.«

»Sie sind nur unter den falschen Kapitänen gesegelt. Es ist nicht auf allen ...«

»Woher zum Teufel willst du das wissen, Gabby? Aber es spielt auch keine Rolle. Bald nach meiner Freilassung war mein Entschluss gefasst, noch ehe ich wieder in England war. Ich segelte umgehend zurück in die Karibik. Dann brauchte ich einen weiteren Monat, um einen der Piratenkapitäne aufzuspüren. Der wollte mich nicht anheuern, doch als er sah, wie ernst es mir war, erlaubte er mir, mit ihm zur Insel zurückzukehren. Pierre hielt sich gerade dort auf und brauchte Leute, weil er bei seinem letzten Seegefecht große Verluste erlitten hatte. Er war bereit, es mit mir zu versuchen, und bislang habe ich ihn nicht enttäuscht.«

»Was haben Sie dann in England gewollt?«

»Kannst du dir das nicht denken? Ich wurde geschickt, um dafür zu sorgen, dass dein Freund Bixley dich so schnell wie möglich erreicht. Ich habe jetzt ein eigenes Schiff. Das war eine köstliche Geschichte, Gabby! Ich bin derjenige, der ihn nach England brachte. Er kannte mich nicht und hatte keine Ahnung, dass er auf einem von Pierres Schiffen unterwegs war. Daher war es ganz einfach, ihm nach dem Anlegen direkt zu deinen Freunden zu folgen und zu lauschen, als er ihnen vom Missgeschick deines Vaters berichtete. So erfuhr ich, wo du untergekommen warst. Eigentlich wollte ich dich gar nicht besuchen, doch dann kursierte dieses Gerücht über dich.«

»Und das wollten Sie mir gern ein bisschen unter die Nase reiben?«

»Ganz und gar nicht. Ich dachte nur, wenn du davon erfahren würdest, hättest du einen Grund mehr, auf direktem Weg zurückzukehren. Womit ich recht hatte. Und dann bin ich dir gefolgt. Während des Sturms habe ich dich zwar verloren, doch ich hatte das Gefühl, dass Anderson in Anguilla anlegen würde, ehe er sich an die Rettung deines Vaters machen würde, es liegt schließlich ganz in der Nähe – und er hat mich nicht enttäuscht. Ich konnte das meiste, was ihr gestern Nacht im Gasthaus geplant habt, belauschen. Während ihr euch dummerweise ausgeruht habt, bin ich direkt hierher gesegelt, um Pierre zu warnen und meine Belohnung einzustreichen.«

»Ich dachte, Sie wären ein anständiger Mensch. Ich habe mich so gefreut, als Sie mich bei den Malorys besucht haben«, sagte Gabrielle mit aller Verachtung, die sie aufbringen konnte. »Aber Sie sind bloß ein hinterlistiger Lump, Avery.«

Leider perlte die Beleidigung an ihm ab. Er lachte sogar kurz auf. Doch dann erstarrte er. Und als er weitersprach, meinte er nicht sie.

»Leg das weg.«

Gabrielle versuchte, den Kopf zu wenden, um zu sehen, mit wem er sprach, doch das war nicht nötig. Avery drehte sie beide so, dass Gabrielle zwischen ihn und Richard geriet, der mit seiner Pistole auf Avery zielte.

Das war genau der richtige Zeitpunkt für einen Fluchtversuch. Gabrielle wappnete sich gegen die Schmerzen und knickte die Beine ein, um sich auf den Boden fallen zu lassen. Es tat weh, aber es funktionierte nicht. Avery hatte wohl vermutet, dass sie etwas Derartiges vorhatte, denn der Arm um ihren Hals zog sie wieder hoch an seine Brust, und dann drückte er die Spitze des Dolches an ihre Wange.

»Netter Versuch, Gabby«, höhnte er. »Aber mach das bloß nicht noch mal.«

»Du wirst sie nicht töten«, sagte Richard.

»Nein, aber es macht mir nichts aus, sie ein wenig aufzuschlitzen. Und das ist meine letzte Warnung. Leg das weg!«

Doch noch ehe Richard eine Entscheidung treffen konnte, bekam er einen Schlag auf den Hinterkopf und fiel zu Boden. Hinter ihm stand Pierre Lacross.

Kapitel 48

In den drei Jahren, in denen sie ihn nicht gesehen hatte, war Pierre stark gealtert. Sein verfilzter Bart war noch genauso schwarz wie früher, doch sein schulterlanges Haar hatte nun schon viele graue Strähnen. Hauptsächlich aber waren es die tiefen Falten in seinem Gesicht, die ihn so viel älter aussehen ließen. Sein Lebensstil und seine Taten hatten ihre Spuren hinterlassen. Mittlerweile war er sogar extrem dünn, geradezu ausgemergelt. Das ließ Gabrielle hoffen, ihm nicht völlig hilflos ausgeliefert zu sein. Sie konnte sich gegen ihn wehren. Vielleicht überwältigte sie ihn sogar. Doch während des Marsches zu seiner Festung, bei dem sie von seinen Männern umgeben waren, unternahm sie besser keinen Versuch in dieser Richtung.

Pierre hatte nichts zu ihr gesagt, ihr nur eine einzige Bemerkung ins Ohr geraunt, die ihr das Blut in den Adern gefrieren ließ: »Ich habe wunderbare Pläne mit dir, *chérie*.«

Sie durfte nicht darüber nachdenken. Wenn sie das tat, würde die Angst sie so sehr lähmen, dass sie sich auch gleich zum Sterben hinlegen konnte. Stattdessen prägte Gabrielle sich auf dem Schiff und unterwegs jede Kleinigkeit ein. So etwa, dass die Schurken offenbar alle Männer, die noch lebten, einschließlich Richard und Timothy, in den Frachtraum sperrten, um sich später mit ihnen zu befassen. Ebenso das undurchdringliche Dickicht in der Mitte der Insel, das sie fast unpassierbar machte. Oder die versteckte Tür in der rückwärtigen Mauer der Festung, die nach ihrer Ankunft leichtsinnigerweise unverschlossen blieb.

Pierres Männer waren so siegestrunken, dass sie alle Vorsicht vergaßen. Gabrielle zählte, wie viele Kerzen es in dem kurzen Gang gab, der von diesem Eingang zur Haupthalle führte. Die Tür, durch die sie die Halle betraten, war ebenfalls versteckt, und zwar hinter einem leicht beweglichen Schrank, der, wenn er an seinem Platz stand, nicht ahnen ließ, das er einen Geheimgang verdeckte.

Dass es den Schurken egal war, ob sie all das wusste, war sehr aufschlussreich. Offenbar rechneten Pierre und seine Männer nicht damit, dass sie diese Insel wieder verließ.

Als Gabrielle sich in der riesigen, barackenartigen Halle umsah, bemerkte sie zwei Fluchtwege. Einer führte durch eine breite, offen stehende Tür hinaus auf den großen Hof, der von hohen Mauern umschlossen war. In der Beziehung stimmte Bixleys Zeichnung. Zu schade, dass er nichts von der Geheimtür gewusst hatte.

Der andere Fluchtweg führte über eine offene, schmale Treppe ins erste Stockwerk, in dem früher wahrscheinlich die Offiziere der Besatzung gewohnt hatten. Da es sich um eine wirklich alte Festung handelte, dic nur instand gesetzt und nicht komplett renoviert worden war, ging Gabrielle davon aus, dass die Küchenräume sich draußen auf dem Hof befanden und nicht mit dem Hauptgebäude verbunden waren. Wie auch der Eingang zum Kerker sich wohl ebenfalls draußen befand.

All das registrierte sie mit einem Blick, während sie von Pierre quer durch die Halle nach oben geführt oder eher gezerrt wurde. Das Schlafzimmer, das sie betraten, schien von ihm benutzt zu werden: es war schmutzig, voll gestellt mit schlecht zusammenpassenden Möbeln, das Bett schien ungemacht und auf einem kleinen Tisch stapelten sich schmutzige Teller. Dass er die Tür nicht geschlossen hatte, nachdem er sie ins Zimmer gezogen hatte, war im Moment Gabrielles einzige Hoffnung. Es deutete darauf hin, dass er nicht bleiben würde.

Ihre Hand loszureißen war gar nicht so schwer. Vorher hatte sie es nicht einmal versucht. Das machte ihr ein wenig Mut. Vielleicht war er tatsächlich so schwach wie er aussah. Er war nicht einmal besonders groß. Das hatte sie vergessen oder vielleicht war es ihr vorher nicht aufgefallen, weil sie noch nie einen Mann getroffen hatte, der so groß war wie …

Sie konnte noch nicht an Drew denken, wagte es nicht, nach seinem Schicksal zu fragen. Falls er tot war, würde sie wohl einfach aufgeben und sich nicht mehr darum scheren, was mit ihr geschah. Sie würde ihre Konzentration und ihren Verstand verlieren und sie brauchte all ihre Sinne, um diese Sache zu überleben.

Gabrielle entfernte sich von Pierre. Es half nichts, er kam ihr nach, sodass sie immer in seiner Reichweite blieb.

»Ich vermute, es geht Ihnen nicht um die Karten?«, fragte sie, indem sie sich zu ihm umdrehte.

»Karten?« Er kicherte in sich hinein. »Ich wusste, dass ich meinen Spaß mit dir haben würde. Nein, du weißt, warum du hier bist.«

Das stimmte; sie hätte sich nur gern geirrt. »Werden Sie meinen Vater und seine Leute nun gehen lassen?«

»Obwohl du versucht hast, mich zu betrügen?«, fragte er mit einem missbilligenden Zungenschnalzen. »Ich sollte sie alle umbringen.«

Gabrielle wurde blass, fast hätte sie ihr Gleichgewicht verloren, so weich wurden ihr die Knie. Doch Pierre lachte nur.

»Natürlich werde ich sie freilassen. Glaubst du, ich würde unnötig Essen an sie verschwenden?«

»Sie lügen.«

»Du beleidigst mich, Gabrielle. Wie kannst du nur so etwas von mir denken?«

Doch sein Grinsen bewies, dass er sich keineswegs beleidigt fühlte. »Sie wissen, dass Nathan und seine Männer versuchen würden, mich zu befreien. Sie werden es nicht riskieren …«

»Was riskiere ich denn schon?«, unterbrach er sie. »Solange sie stillhalten, bleibst du am Leben, das wird man ihnen mit auf den Weg geben. Denkst du, *sie* werden das riskieren? Außerdem werde ich deinem Papa versichern, dass ich dich nur solange hier behalte, bis ich keine Lust mehr auf dich habe.« Und dann lachte er wieder. »Red wird deine Anwesenheit kaum mehr als ein paar Tage dulden. Sie ist sehr eifersüchtig.«

Es wunderte Gabrielle, dass Pierre ihr das erzählte, aber vielleicht stimmte es auch nicht. Sie musterte ihn skeptisch. »Warum haben Sie sich dann so große Mühe gegeben, mich hierher zu locken?«

Pierre zuckte die Achseln. »Vielleicht reichen mir ein paar Tage. Oder ich entschließe mich, Red zum Teufel zu jagen und dich zu behalten. Ich habe meine Wahl noch nicht getroffen. Möchtest du, dass ich dich behalte?«

»Ich möchte, dass Sie zur Hölle fahren.«

Wieder lachte er auf. Sie amüsierte ihn tatsächlich und das war gar nicht gut. Sie musste dafür sorgen, dass sie ihm lästig wurde, durfte ihm keinen Grund liefern, sie behalten zu wollen.

Pierre hob die Hand, um sie zu berühren. Sofort schlug Gabrielle seinen Arm zur Seite, doch er war flink und packte sie am Handgelenk. Und als sie noch einmal versuchte, sich aus seinem Griff zu befreien, bewies er, dass er stärker war, als er aussah.

»Du solltest deine Lage nicht falsch einschätzen«, sagte er kalt. »Noch ist dein Papa nicht frei.«

»Kann ich ihn sehen?«

»Nein.«

»Woher soll ich dann wissen, dass er noch lebt?«

Pierre zuckte die Achseln und ließ ihr Handgelenk los. »Du kannst es nicht wissen. Da ich aber keinen Grund hatte, ihn zu töten, kannst du davon ausgehen, dass es so ist. Möchtest du mir vielleicht einmal zeigen, wie sehr es dir am Herzen liegt, dass er freikommt – und zwar unverletzt? Zieh dich aus. Hier im Zimmer ist es warm, da brauchst du keine Kleider.«

Einen Moment lang war Gabrielle wie gelähmt. Sie hatte für die Reise einen ihrer dünneren Röcke und eine leichte Bluse angezogen, die zusammen wie ein Kleid wirkten. Doch da sie darunter nur eine lange Unterhose und ein Hemdchen trug, würde es nicht lange dauern, bis sie nackt war. Dass die Tür offen geblieben war, hatte sie fälschlicherweise annehmen lassen, dass Pierre noch nicht Hand an sie legen wollte und sie vielleicht noch Zeit zur Flucht hatte. Sie schaute zur Tür. Pierre folgte ihrem Blick. Wieder brach er in Gelächter aus.

»Oh nein«, sagte er. »Ich werde keinem Weiberrock hinterherlaufen. Falls du abhaust, lasse ich jeden einzelnen Mann in meinem Kerker töten.«

Gabrielle erstarrte. Pierre drohte das mit einem so blutrünstigen Lächeln auf den Lippen, als gefiele ihm der Gedanke außerordentlich.

»Ich bin bald zurück«, knurrte er auf dem Weg zur Tür. »Leg dich ins Bett und warte auf mich oder ich lasse deinen Papa herbringen und ihn vor deinen Augen auspeitschen.«

Kapitel 49

»Wie fest sind deine Fesseln?«, wollte Drew von James wissen. Sie saßen nebeneinander und waren an denselben Baum gebunden.

»Ich habe schon bessere Knoten gesehen«, erwiderte James.

»Kriegst du sie auf?«

»Ja«, sagte James. Doch Drews neu erwachte Hoffnung schwand wieder, als sein Schwager hinzusetzte: »Aber das dauert.«

»Wir haben nicht die ganze Nacht Zeit! Du hast diesen Bastard doch gehört. Sie werden bald zurück sein. Gott, und wenn es das Letzte ist, was ich tue, aber ich werde Lacross umbringen«, sagte Drew, während er an den Fesseln um seine Handgelenkte zerrte.

»Da musst du dich hinten anstellen«, entgegnete James.

Drew knurrte: »Malory, dieses eine Mal wirst *du* dich hinten anstellen müssen.«

Beim Verlassen der Schiffe waren sie bis an die Zähne bewaffnet gewesen. Doch es hatte ihnen nichts genutzt, denn sie waren in einen Hinterhalt geraten. An die zwanzig Pistolen zielten auf sie, als sie auf halbem Weg zur Festung am Strand umstellt wurden. Irgendjemand hatte die Piraten vor ihrer Ankunft gewarnt. Die Schurken hatten sogar damit angegeben.

Man hatte ihnen die Arme auf dem Rücken gefesselt und sie am Strand festgehalten, wo alle auf Pierre Lacross warteten. Bixley kannte einige von Pierres Männern und hatte sie mit einer langen Reihe von Flüchen bedacht, bis einer der Piraten genug davon hatte und sie alle knebelte.

»Das sind also die Männer, die mich um meinen Spaß bringen wollten?«, hatte Lacross gesagt, als er mit einem weiterem Trupp Männer aufgekreuzt war.

»Willst du, dass wir sie umbringen?«, hatte jemand gefragt.

»Das ist mir zu langweilig«, erwiderte Pierre vergnügt, dann zeigte er auf Ohr. »Der da kommt mit uns. Wir müssen zwei Schiffe kapern, da brauchen wir jeden Mann. Die anderen drei gehen nirgendwo hin. Holt sie ab, wenn wir fertig sind.«

Ohr war mitgenommen worden, um die Besatzungen der Schiffe zu täuschen und das Entern für die Piraten einfacher zu machen. Zunächst setzten sie sich jedoch hin und warteten noch fast eine Stunde, um die Crews an Bord der beiden Schiffe glauben zu lassen, dass für eine erfolgreiche Rettung genügend Zeit verstrichen war. Ohrs Anwesenheit sollte diesen Eindruck nur noch verstärken.

Nicht ein einziger Mann war zur Bewachung zurückgelassen worden. Es wurde auch keiner gebraucht, denn die Piraten hatten die Zeit, die sie sich vertreiben mussten, dazu genutzt, ihre Gefangenen so gut wie möglich zu verschnüren. Immer mehr Fesseln waren zum Vorschein gekommen. Eine wurde sogar dazu benutzt, sie an eine Palme zu binden. Niemand zweifelte daran, dass sie noch an Ort und Stelle sein würden, wenn jemand kam, um sie zu holen.

Die Knebel auszuspucken war recht leicht gewesen, doch mit den Fesseln sah es anders aus. Die um Drews Handgelenke schmerzten schon gar nicht mehr, sie waren so stramm gebunden, dass er in den Händen kein Gefühl mehr hatte. Und es war viel zu viel Zeit vergangen, reichlich Zeit, in der Pierres Falle zuschnappen konnte. War Gabrielle bereits gefangen? Es brachte Drew fast um, wenn er darüber nachdachte, was gerade mit ihr geschah.

»Heut' Nacht werden sie feiern«, sagte Bixley, sobald er seinen Knebel endlich auch losgeworden war. »Als sie Nathan gefangen haben, war's auch so. Denen ist jede Entschuldigung recht, wenn's darum geht, ein Fass aufzumachen. Ihr habt ja gehört, wie sie damit geprahlt haben, dass sie uns verladen haben.«

Und sie würden noch viel mehr zu prahlen haben, wenn sie mit ihrer zweiten Falle auch Erfolg hatten. Zwei neue schnittige Schiffe zum Verkaufen oder Benutzen und die schönste Frau der …

»Das gibt uns vielleicht etwas mehr Zeit«, meinte James.

»Zeit wofür?«, knurrte Drew.

»Na, um den Spieß umzudrehen. Du glaubst doch wohl nicht, ich lasse es zu, dass George sich Sorgen macht, wenn wir nicht vor dem Morgengrauen zurück sind, oder?«

»Dann würde ich gern wissen, wie zum Teufel du glaubst …«

»Still, da vorne kommt jemand«, zischte Bixley.

Drew war noch nie im Leben so verzweifelt gewesen. Wenn er nicht bald diese Fesseln loswurde … Er konnte nicht einmal mehr spüren, ob sie sich lockerten, trotzdem gab er sich alle Mühe.

Er konnte sechs Männer ausmachen, die scherzend über den Strand auf sie zukamen. Die Falle hatte also zugeschnappt?

»Hab' dir doch gesagt, dass sie noch da sein werden, egal, wie groß sie sind«, sagte einer der Piraten zu seinem Kumpan, als er sich herabbeugte, um das Seil um die Palme durchzuschneiden. »Keiner macht bessere Knoten als ich.«

»Vorwärts, Jungs«, befahl ein anderer, indem er Drew mit dem Fuß anstieß.

James hatte sich sofort aufgerichtet, als das Seil von seiner Brust gefallen war. Drew schob sich am Baumstamm hoch, um es ihm nachzutun. Da er längere Beine hatte, die obendrein eingeschlafen waren, dauerte das etwas. Er stampfte auf, um seine Beine wieder spüren zu können. Bixley ging zunächst auf die Knie und verharrte in dieser Stellung, daher zerrte ihn jemand auf die Füße.

James schüttelte sich die Haare aus dem Gesicht. In dem Moment wurde er erkannt.

»Sind wir uns nicht schon einmal begegnet?«, sagte einer der Piraten zu ihm. Der Mann war älter als die anderen.

»Das bezweifle ich«, erwiderte James und drehte sich um, ohne weiter auf den Mann zu achten.

Doch der ließ sich nicht abwimmeln, sondern kam James nach, um sich sein Gesicht noch einmal anzusehen, und wiederholte: »Du kommst mir verdammt bekannt vor. Gesichter kann ich mir nämlich ziemlich gut merken. Ich vergesse nie …«

»Im Alter wird alles anders«, unterbrach James ihn kühl. »Also werde ich es dir erklären, wie man es einem Kind erklärt. Du kennst mich nicht, du hast mich nie gekannt und, was am wichtigsten ist, du *willst* mich nicht kennenlernen.«

Daraufhin kicherten die Freunde des Piraten und einer von ihnen frotzelte: »Denkt wohl, er ist was Besseres als du, Mort.«

Der mittlerweile verärgerte Mort trat näher an James heran und schaute an ihm hoch, dann sagte er verblüfft: »Ich will verdammt sein. Ich hab's dir ja gesagt, ich vergesse nie ein Gesicht. Du bist Käpt'n Hawke! Ich wusste es! Ich bin ein paar Monate mit dir gesegelt, doch du warst zu wild und ge…fähr…« Mort verstummte argwöhnisch und versuchte, einen Schritt zurückzutreten, doch er war nicht schnell genug.

»Daran hättest du dich auch erinnern sollen, alter Freund«, sagte James, als er seine Faust in Morts Gesicht rammte.

Drew war ebenso überrascht wie die Piraten, dass James sich seiner Fesseln entledigt hatte. Ein weiterer von ihnen wurde von einem erstaunlich schnellen rechten Haken zu Boden gestreckt, ehe irgendjemand überhaupt eine Chance hatte, sich zu bewegen. Dann versuchten die letzten vier Piraten, die noch auf ihren Füßen standen, sich gemeinsam auf James zu stürzen. Drew gelang es, zwei von ihnen über eins seiner langen Beine fallen zu lassen. Auf einen warf Bixley sich und drückte ihn mit seinem Körpergewicht zu Boden, während Drew dem anderen direkt ins Gesicht trat, sodass er das Bewusstsein verlor. James hatte derweil einen weiteren Piraten gefällt, den er regelrecht aus den Schuhen gehauen hatte. Der letzte Mann, der noch auf den Beinen war, geriet in Panik und wollte fliehen. Drew rempelte ihn um, doch da seine Hände noch gefesselt waren, hatte er Mühe, ihn am Boden zu halten. Und James kam ihm nicht gleich zu Hilfe, weil er sich gerade um den Piraten kümmerte, den Bixley mit den Beinen umklammert hielt. Drew allerdings war so wütend, dass er den Kerl mit einem Kopfstoß außer Gefecht setzte. Nicht gerade seine bevorzugte Kampftechnik, aber sie wirkte.

Als Drew sich auf die Seite rollte, sah er, dass alle sechs Piraten sich nicht mehr bewegten. Der ganze Kampf hatte weniger als eine Minute gedauert, doch schließlich war James Malory mit den Fäusten schon immer schnell und tödlich präzise gewesen.

Im Aufstehen sagte Drew zu James: »Gute Arbeit, aber du hättest mich vorwarnen können.«

»Habe ich das nicht getan?«, erwiderte James. »Dachte, wenn ich Morts Kiefer breche, kapierst du schon.«

»Die Fesseln?«, sagte Drew ungeduldig. Nun da sie sozusagen den Spieß umgedreht hatten, wollte er keine weitere Minute vergeuden und sich sofort auf die Suche nach Gabrielle machen.

James nahm einem der Piraten einen Dolch ab und kam zu ihm, um die Fesseln durchzuschneiden. Und in einer Aufwallung von Mitgefühl, das er außer seiner Frau selten jemandem zeigte, sagte er: »Sie wird schon klarkommen, Drew.«

»Ich weiß. Sie muss einfach. Aber ich möchte mich so schnell wie möglich selbst davon überzeugen.« Er fügte nicht hinzu, »ehe er ihr etwas antut«, doch natürlich verfolgte ihn der Gedanke und ließ ihn umso hastiger zur Festung eilen.

Kapitel 50

»Wenn er dich anfasst, werde ich dich umbringen müssen.«

Nicht nur die Worte verrieten Gabrielle, dass jemand anders als Pierre ins Zimmer gekommen war, sondern auch die Klinge, die sie an ihrer Kehle spürte. Schon wieder? Waren denn alle in Pierres Umgebung aufs Halsabschneiden fixiert?

Gabrielle hatte sich zwar auf das Bett gelegt, in dem sie auf Pierre warten sollte, doch sie hatte sich nicht dazu durchringen können, ihre Kleider auszuziehen. Als sie die Augen aufschlug, sah sie eine Frau, die mit einem Bein auf dem Bett kniete und sich über sie beugte. Das leuchtend rote Haar ließ keinen Zweifel daran, um wen es sich handelte.

Sie hatte Red nie zuvor getroffen oder gesehen und war überrascht festzustellen, dass sie eine attraktive Frau war, viel zu hübsch für jemanden wie Pierre. Sie hatte zwar einige Narben auf der linken Wange, doch sie waren so klein und verblasst, dass sie kaum zu sehen waren. Red schien Mitte dreißig zu sein und trug eng anliegende Männersachen. Die Knöpfe ihres Hemdes standen so weit offen, dass man ihre kaum verhüllten prallen Brüste sehen konnte. Um den Kopf hatte sie einen schmalen schwarzen Schal geschlungen, um sich das wild zerzauste Haar aus dem Gesicht zu halten. Daher konnten die ineinander verschlungenen goldenen Ringe an ihren Ohren ungehindert herabbaumeln.

Ihre Bemerkung kam Gabrielle seltsam vor. Die Frau musste Pierres Pläne doch kennen.

»Warum bringst du nicht besser ihn um?«, fragte Gabrielle neugierig.

»Ihn töten? Ich liebe diesen Bastard.«

»Dann hilf uns zu fliehen.«

Gabrielle machte sich große Hoffnungen, als Red tatsächlich über diesen Vorschlag nachzudenken schien, doch dann schüttelte die Piratin den Kopf. »Für mich kommen nur zwei ganz einfache Möglichkeiten infrage. Entweder ich bringe dich um oder ich verschandele dich ein bisschen. Was ist dir lieber?«

Das klang eher nach wütender Prahlerei, daher ignorierte Gabrielle die Drohung und fragte: »Wie bist du hier hereingekommen, ohne dass er dich gesehen hat?«

»Er hat nicht auf meine Tür geachtet. Ich brauchte nur zu warten, bis er nach draußen ging, um sich zu erleichtern.«

»Wenn du mir nicht helfen willst, kannst du mich ebenso gut umbringen. Der Mann, den ich liebe, oh Gott, ich weiß nicht einmal, ob er noch lebt!« rief Gabrielle.

Red richtete sich schnaubend auf. »Wie melodramatisch, damit beeindruckst du mich nicht. Aber um deinen Vater brauchst du dir keine Sorgen zu machen. Ich mag den alten Kauz. Ich werde mich darum kümmern, dass er freikommt.«

Wehte da etwa ein Hauch von Mitleid durch die Mördergrube? Gabrielle hatte das Gefühl, dass Red vielleicht gar nicht so blutrünstig war, wie sie tat, daher schöpfte sie nach einer Nacht voller Sorgen neue Hoffnung.

»Danke«, sagte Gabrielle. »Aber ihn habe ich nicht gemeint.«

»Wen dann ...?«

In dem Moment hörten beide die Schritte, die sich der Tür näherten. Red geriet in Panik, sprang über das Bett und duckte sich dahinter. Was Gabrielle spürte, war schlimmer als Panik. Ihre Zeit war um, ihre kurze Galgenfrist vorüber.

Die Tür öffnete sich. Pierre schwankte kurz, ehe er sein Gleichgewicht wiederfand. Seine Augen stierten glasig. Er war betrunken.

Seiner Stimme war jedoch nichts anzumerken. »Du bist nicht sehr gehorsam, *chérie*, aber du wirst es noch lernen. Tut mir leid, dass ich dich so lange hab' warten lassen, ich musste diesen Triumph einfach noch eine Weile auskosten. Ich will dich schon so lange. Und viel zu lange hab' ich gedacht, ich könnte dich nicht kriegen. Aber das ist vorbei, hm?«

Gabrielle hatte ein Keuchen vernommen, als Pierre gesagt hatte, dass er sie wollte. Sie war es nicht gewesen. Aber sie konnte sich vorstellen, was Red fühlte, als sie das hörte – falls sie Pierre wirklich liebte. Womit hatte die Frau denn gerechnet? Hatte sie den Zweck seines Plans schlicht ignoriert und gehofft, dass er scheitern würde? Oder konnte sie ebenso wenig daran ändern wie sie selbst?

Gabrielle sagte nichts, vor lauter Angst und Ekel brachte sie kein Wort heraus, als Pierre sich dem Bett näherte. Der Knall eines Pistolenschusses draußen auf dem Hof ließ ihn jedoch innehalten.

»Was tun diese Dummköpfe da?«, knurrte er. Auf Französisch vor sich hinfluchend machte er kehrt, um nachzuschauen.

Gabrielle erkannte, dass diese Ablenkung ihr wahrscheinlich die einzige Fluchtmöglichkeit bot. Sie sprang aus dem Bett und war bereits auf halbem Weg zur Tür, als ihr einfiel, dass Red sie womöglich aufhalten würde. Sie schaute zurück. Red stand hinter dem Bett. Sie sah wütend aus, doch das hatte nichts mit Gabrielles Fluchtversuch zu tun.

»Lauf weiter, los!«, zischte sie. »Hau ab, solange du noch kannst!«

Gabrielle zögerte. »Was wirst du ihm sagen?«

»Ihm sagen? Nach dem, was er zu dir gesagt hat, kann er froh sein, wenn ich ihn nicht umbringe. Ich bin fertig mit ihm!«

Gabrielle verschwendete keine Zeit mehr. Die Halle unten war leer. Was auch im Hof vorging, es hatte jedenfalls alle Piraten nach draußen gelockt. Ehe sie die Tür erreichte, hörte sie noch mehr Pistolenschüsse, und was sie dann zu sehen bekam, war das reinste Chaos.

Die Männer von den Schiffen! Sie waren überall und kämpften mit allem, was sich als Waffe eignete, manche sogar nur mit der nackten Faust. Sie entdeckte Ohr, oh Gott sei Dank, er lebte! Sie erkannte, dass er die Schiffsbesatzungen befreit haben musste. Doch sie suchte verzweifelt nach einem bestimmten Mann in der Menge. Der größte Mann dort hinten – bei Tageslicht hätte sie ihn sofort gesehen, doch im Mondschein brauchten ihre Augen einige Augenblicke, ehe sie ihn fanden. Vor lauter Erleichterung wurden ihr die Knie weich. Drew hatte einen Piraten am Schlafittchen gepackt und bearbeitete ihn mit der Faust. Er lebte!

Beinahe wäre sie zu ihm gerannt, nur mit Mühe gelang es ihr, diesen Drang zu unterdrücken. Er sah so großartig aus, wie er mit fliegenden Fäusten von einem Piraten zum nächsten sprang. Sie wusste aber, dass es momentan nicht gut war, ihn zu stören, dagegen war der Zeitpunkt bestens geeignet, um ihren Vater zu suchen, denn im Hof herrschte ein solcher Aufruhr, dass niemand von ihr Notiz nahm.

Gabrielle schlich sich vorsichtig um die Kämpfenden herum, nur einmal wurde sie aufgehalten, als zwei miteinander ringende Männer ihr beinahe vor die Füße fielen. Die erste Tür, die sie entdeckte und die so aussah, als könne sie ein Kerkereingang sein, führte nur in einen kalten Keller. Die zweite Tür war die richtige. Die enge Treppe dahinter wurde von einer Fackel beleuchtet, die oben an der Wand hing. Viel war davon nicht mehr übrig, doch in einem Korb gleich hinter der Tür lag noch ein halbes Dutzend. Gabrielle zündete eine neue Fackel an. Im nun helleren Lichtschein entdeckte sie einen großen Ring mit einem einzelnen Schlüssel daran, der an einem Wandhaken hing. Sie packte ihn und stieg die Treppe hinab.

Dass es nur einen Schlüssel gab, bereitete ihr Sorge, doch als sie am Fuß der Treppe ankam, verstand sie. An dem langen Gang dort unten gab es nur zwei Türen, eine auf jeder Seite.

Verliese für Soldaten, gebaut um viele Gefangene zusammen einzusperren. Eine Tür stand offen und gab den Blick frei auf eine große, unbenutzte leere Zelle. Die andere war verschlossen. Dahinter konnte sie Stimmen hören, die sich über den Aufruhr auf dem Hof unterhielten.

»Papa?«

»Gabby?«, hörte sie von weit hinten in der Zelle, dann kam die Stimme näher zur Tür. »Mein Gott, was machst du denn hier?«

Gabrielle ließ die Fackel fallen und nestelte an dem Schloss herum, ihre Hände zitterten plötzlich. »Ich – ich dachte, jetzt bin ich mal dran mit dem Retten.«

Ihr kamen die Tränen und sie konnte sie nicht mehr aufhalten. Wochenlang hatte sie sich große Sorgen gemacht, dabei war ihre schlimmste Befürchtung gewesen, dass Pierre, böse wie er war, Nathan und seine Crew nicht am Leben gelassen hatte.

»Sag, geht es dir gut?«

»Uns fehlt nichts. Wir hatten reichlich zu essen und einmal die Woche Ausgang, aber der Gestank war lästig.«

Endlich konnte Gabrielle die Tür öffnen und sich selbst ein Bild machen. Vor ihr stand ihr Vater mit langem Haar und Bart und grinste sie an. Als sie ihm um den Hals fiel, sagte sie lachend: »Schau dich mal an, du bist ganz struppig.«

»Ich schwöre, dass ich nach einem Barbier verlangt habe, doch sie haben gedacht, ich mache Spaß«, scherzte er. »Aber wie kommst du hierher und was ist da oben los?«

»Ich habe eine Menge Hilfe mitgebracht. James Malory und seinen amerikanischen Schwager mitsamt ihren Mannschaften.«

»Pierre?«

»Keine Ahnung«, musste Gabrielle zugeben. »Sie kämpfen noch.«

Ihr Vater nahm sie bei der Hand. »Na dann raus hier. Verdammt, hoffentlich lebt Pierre noch. Ich will auch ein Stück von ihm.«

Kapitel 51

Drew war zum ersten Mal in seinem Leben rasend vor Angst. Er hatte sich zum Hauptgebäude durchgekämpft und die wenigen oberen Räume durchsucht, doch statt Gabrielle, mit der er gerechnet hatte, fand er dort nur eine rothaarige Frau, die ärgerlich ihre Sachen packte.

»Wo hat Lacross seine Gefangene hingebracht?«, fragte er sie.

Doch die Frau warf ihm bloß einen kurzen Seitenblick zu und sagte: »Ich habe sie gehen lassen, als die Schießerei anfing. Wenn sie schlau ist, versteckt sie sich.«

Drew rannte die Treppe hinab wieder nach draußen. Sofort fiel ihm auf, dass noch mehr Männer aufgetaucht waren, die mithalfen, die wenigen Piraten zu bezwingen, die noch aufrecht standen. So wie sie aussahen, schien es sich um Gefangene zu handeln, die aus dem Kerker befreit worden waren. Er musste nicht lange überlegen, wer sie wohl herausgelassen hatte. Dann entdeckte er sie am Rande des Getümmels und lief sofort auf sie zu.

Gabrielle sah ihn über den Hof auf sie zueilen. Sie tat das ihre, um die Entfernung zwischen ihnen zu überbrücken, und warf ihm die Arme um den Hals, als sie zusammentrafen. Der Boden unter den Füßen ging ihr verloren, so fest umarmte er sie, und dann küsste er sie ein ums andere Mal, er schien gar nicht mehr damit aufhören zu wollen.

»Mein Gott, der Gedanke, dass er dich in die Hände bekommen hat …«, fing er an.

Gleichzeitig sagte Gabrielle: »Ich hatte schreckliche Angst, als ich dachte, du wärst gefangen worden!«

»Waren wir auch, aber James konnte freikommen und hat den Spieß umgedreht …«

»Oh Gott, Drew, ein paar Minuten später und ...«

»Er hat dich doch nicht angefasst?«

»Nein, die Schüsse haben ihn abgelenkt. Und da in der Halle niemand mehr war, der mich hätte aufhalten können, habe ich den Kerker gesucht und meinen Vater freigelassen.«

Erst nachdem sie ihm alles erzählt hatte, fing sie an zu zittern. Drew spürte es und versuchte, sie zu beruhigen. Nun da er sie sicher in den Armen hielt, war seine eigene Panik verflogen. Er zog sie enger an sich, küsste sie zärtlich und strich ihr mit der Hand durchs Haar.

»Für das rechtzeitige Eingreifen kannst du dich bei Ohr bedanken«, sagte er mit sanfter Stimme. »Bixley hat James und mir zwar einen geheimen Eingang gezeigt, doch da wir nur zu dritt waren, hätten wir sehr vorsichtig sein müssen – James hat mich fast mit Gewalt zurückgehalten. Ich konnte schon gar nicht mehr klar denken, so sehr habe ich mich um dich gesorgt. Doch dann tauchte Ohr mit den Männern von den Schiffen vorne vor den Toren auf und wir konnten ihnen öffnen, ehe der Großteil der Piraten in den Hof strömte. Wo ist dein Vater? Geht es ihm gut?«

Gabrielle blickte über den Hof und entdeckte ihren Vater, der gerade eine Latte, die er irgendwo gefunden hatte, auf dem Rücken eines Piraten zertrümmerte – war das Pierre? In der Tat, und es sah ganz danach aus, als habe Nathan die Situation völlig im Griff. Die meisten seiner Männer waren um ihn herum. Einige waren bereits damit beschäftigt, die überwältigten Piraten zu fesseln. Andere schlugen ebenfalls auf Pierre ein. Lacross wurde von einem zum anderen weitergereicht. Gabrielle entging auch nicht, dass Avery gefangen worden war und zu der wachsenden Menge von Piraten geführt wurde, die bereits gefesselt waren.

Als sie Drew wieder ansah, lächelte sie. »Ja, sie sind recht gut behandelt worden, obwohl das kaum Pierre zu verdanken sein wird. Schließlich waren die Männer der beiden Mannschaften, als sie noch dasselbe Basislager hatten, alle miteinander befreundet, oder besser, keine richtigen Freunde, aber mehr als nur flüchtige Bekannte.«

Zögernd sagte Drew nun zu Gabrielle: »Ich wollte deinen Vater fragen, ob ich dich heiraten darf.«

Da wurde Gabrielle sehr still und lehnte sich zurück, um zu ihm aufzuschauen. Etwas lag in ihren Augen. Belustigung? Zärtlichkeit? Verdammt, er konnte es nicht benennen, und plötzlich fühlte er sich sehr unsicher. Nie zuvor in seinem Leben hatte es ihm einer Frau gegenüber an Selbstvertrauen gemangelt. Allerdings hatte er auch noch nie zuvor so für eine Frau empfunden.

»Liebst du mich, Drew?«

»Mein Gott, Gabby, musst du das wirklich noch fragen?«

»Aber deine Schwester war ganz sicher, dass du niemals heiraten würdest.«

»Meine Schwester weiß nicht, dass du mich durch die Hölle geschickt hast, um mir darüber klar zu werden.«

»Hölle?!«, stieß Gabrielle entrüstet hervor und versuchte, sich aus seiner Umarmung zu befreien.

Er ließ sie jedoch nicht ganz los, sondern legte zärtlich eine Hand an ihre Wange. »Ich weiß, dass es im Moment in meinem Leben nichts Wichtigeres gibt, als dich nicht zu verlieren. Ich weiß, dass ich Tag und Nacht an dich denke. Ich weiß, dass ich bei der Vorstellung, Pierre könnte dir wehtun, fast wahnsinnig geworden bin. Ich weiß, dass ich verrückt bin vor Verlangen nach dir. Ich weiß, dass ich dich beschützen und lieben will … ich weiß sehr gut, was das alles bedeutet, Gabby. Ich liebe dich so sehr, dass es schmerzt.«

Ihr Lächeln kam zögernd, doch es wurde rasch breiter. »Lass uns zu meinem Vater gehen, damit du ihm all die Gründe nennen kannst, weshalb du mich heiraten willst.«

»Ähm, wenn es dir nichts ausmacht, werde ich ihm nur einen Grund sagen. Väter hören es für gewöhnlich nicht so gern, wenn im Zusammenhang mit ihrer Tochter von Begierde die Rede ist.«

»Den Teil kannst du weglassen.«

»Wenn ich richtig darüber nachdenke, haben Väter auch die Möglichkeit, Nein zu sagen. Willst du wirklich, dass ich ihn frage?«

»Ich? Du warst derjenige, der davon geredet hat, ihn um Erlaubnis zu bitten«, erinnerte sie ihn.

»Es war nur so ein Gedanke. Ich glaube, ich habe das nicht ganz ernst gemeint. Eigentlich wollte ich nur *dich* wissen lassen, was mich bewegt. Dein Einverständnis reicht mir vollkommen.«

»Mach dir keine Sorgen. Er wird nicht allzu böse sein, wenn er von dem Skandal in London erfährt.«

Drew stöhnte auf. Doch kurz bevor sie die Arme um seinen Hals schlang und seinen Mund an ihren zog, merkte er, dass Gabrielle grinste. »Ein bisschen Quälerei hast du verdient, dafür dass du mich so lang auf dieses Geständnis hast warten lassen«, sagte sie an seinen Lippen.

»Dann wirst du mich also heiraten?«

»Ich wollte dich schon in London heiraten!«

In dem Moment, in dem er sie küsste, vergaßen sie alles um sich herum, auch die Beifallsrufe ihrer zuschauenden Freunde hörten sie nicht. In der Nähe der Baracken stieß James auf Nathan, der Pierre gerade in ein Seil einwickelte. Der Pirat hatte so viele Schläge einstecken müssen, dass er kaum noch bei Bewusstsein war. Gerade erst waren Nathans Männer, die ihn sich zugereicht hatten, mit ihm fertig geworden. Jeder von ihnen hatte sich mit einem Faustschlag oder einem Fußtritt bei Pierre für die Gastfreundschaft bedankt.

»Ich hätte ihm einfach den Hals gebrochen«, bemerkte James.

»James Malory!«, rief Nathan, als er aufschaute. »Gabby hat gesagt, Sie haben bei dieser Rettungsaktion mitgemacht.

Wenn ich gewusst hätte, dass Sie mit von der Partie sein würden, hätte ich mir nicht all die Wochen den Kopf zerbrochen!«

»Ich hoffe, dieses Seil bedeutet, dass ihr Lacross aufknüpfen wollt?«

Nathan schaute auf Pierre und schüttelte den Kopf. »Nein, er hat ein schlimmeres Schicksal verdient. Ich werde ihn der englischen Gerichtsbarkeit auf Anguilla übergeben, wo er den Rest seines Lebens im Gefängnis verbringen wird.«

»Wenn das so ist, darf ich mal?«, sagte James, dann beugte er sich herab, um Pierres Kopf vom Boden hochzuheben und ihm mit einem ordentlichen Faustschlag eine Platzwunde an der Schläfe zu verpassen. Danach war Pierre bewusstlos.

Nathan kicherte in sich hinein. »Immer noch der Alte, was Malory? Verdammt, es tut gut, Sie wiederzusehen! Sie haben nicht nur mein Leben und das meiner Männer gerettet, sondern, was noch wichtiger ist, Sie haben Gabby gerettet.«

»Ich glaube, das war ich!«, sagte Drew, der sich mit Gabrielle zu ihnen gesellte.

James hob eine seiner blonden Brauen, sagte dann aber großherzig: »Ich gebe zu, dass mein Schwager heute seinen Anteil an Prügeln ausgeteilt hat. Nathan, das ist einer der jüngeren Brüder meiner Frau, Drew Anderson.«

»Sehr erfreut, Sir«, sagte Drew, indem er herzlich Nathans Hand schüttelte.

»Nein, das Vergnügen ist ganz auf meiner Seite«, erwiderte Nathan. »Aber Sie, James! Sie haben Ihre Schuld bei mir mehr als beglichen. Ich hatte Sie nur gebeten, Gabby bei der Suche nach einem …«

James unterbrach ihn mit einer Handbewegung zu Drew, der schon wieder damit beschäftigt war, Gabrielle abzuküssen. »Ich denke, wir können davon ausgehen, dass ich *alle* Bitten erfüllt habe.«

Kapitel 52

Schon am nächsten Tag heiratete Gabrielle Drew Anderson in einer kleinen Kapelle unweit ihres Hauses auf St. Kitts. Sie hätte auch gewartet, falls er gern nach seinen Brüdern geschickt hätte, damit sie bei dem freudigen Ereignis dabei sein konnten, doch Drew wollte nichts davon hören. Sobald er die Erlaubnis ihres Vaters bekommen hatte, was für ihn eine schmerzhaft peinliche Erfahrung gewesen war, hatte er nach dem nächsten Priester gefragt. Schließlich waren seine Schwester und sein Schwager als Vertreter der Familie zur Stelle.

Es hatte Gabrielle ungemein belustigt zu sehen, wie schwer es ihm gefallen war, mit ihrem Vater zu sprechen. Erst hatte er es gar nicht abwarten können, doch dann, als er die Frage formulieren musste, war er über jedes Wort gestolpert. Und sie wusste auch warum. Es lag an dem Wort »Heirat«. Er hat tatsächlich gedacht, er könne sich sein Leben lang amüsieren, ohne je eine feste Bindung einzugehen. Es akzeptieren zu müssen, dass er sie heiraten *wollte*, war für ihn wie ein Schock. Doch sie zweifelte nicht daran, dass es sein Wunsch war. Nur betrachtete Drew das Ereignis weniger als Eintritt in den Stand der Ehe, sondern vielmehr als Mittel, sie für immer behalten zu können.

Bei der Zeremonie trug sie das Hochzeitskleid ihrer Mutter, eine Kombination aus einem Hauch hellrosa Seide über taubenblauem Satin. Das gab der atemberaubenden Robe einen lavendelfarbenen Schimmer, und der hauchdünne Schleier, den sie hinter sich herzog, war ebenfalls lavendelfarben, was sehr schön mit ihrem rabenschwarzen Haar harmonierte. Das Kleid war eins der wenigen Erinnerungsstücke an Carla, die Gabrielle bei ihrer ersten Fahrt in die Karibik mitgenommen hatte. Als sie für die Suche nach einem Ehemann nach

England zurückgekehrt war, hatte sie es nicht eingepackt, einfach weil sie im Stillen gehofft hatte, keinen Mann zu finden. Wie schnell doch die Liebe ihre Ansichten geändert hatte.

Ihr Vater erkannte das Kleid. Damit hatte Gabrielle nicht gerechnet. Als er kam, um sie abzuholen und zum Altar zu führen, sagte er zu ihr: »Deine Mutter hat als Braut wunderschön darin ausgehen, aber du, meine Liebe, bist ein Traum. Bist du dir mit diesem Mann sicher? Er hat dich nie lang genug allein gelassen, dass ich dich fragen konnte, wie dir dabei zumute ist.«

Gabrielle lächelte ihn an. »Ja, ich bin ganz sicher. Ich habe gar nicht gewusst, dass man so glücklich sein kann, Papa. Und ich bin diejenige, die ihn nicht aus den Augen lässt. Männer kriegen oft aus den seltsamsten Gründen kalte Füße, wenn es ums Heiraten geht.«

Nathan grinste. »Frauen ebenfalls, aber ich denke auch, dass du dir keine Sorgen machen musst. Es steht ihm ins Gesicht geschrieben, wie sehr er dich liebt. Dann wollen wir dich mal unter die Haube bringen. Lass mich nur noch deinen Schleier richten. Und was für eine Halskette versteckst du da?«

»Oh, ich verstecke sie nicht, ich habe nur vergessen, sie aus dem Kleid zu ziehen, nachdem ich es angezogen hatte«, sagte Gabrielle, während sie das Medaillon aus ihrem viereckigen Ausschnitt zog und es mittig auf dem Seidenmieder ihres Kleides platzierte. »Mama hat sie mir vor langer Zeit geschenkt.«

»Ich will verdammt sein«, entfuhr es Nathan, während er auf die Miniaturzeichnung starrte. »So haben sie es also versteckt, indem sie ein Schmuckstück daraus machten.«

»Was?«, fragte Gabrielle, doch dann begriff sie und schnappte nach Luft. »Das fehlende Stück deiner Karte?«

Nathan fing an zu lachen. »Genau.«

»Doch wie soll ein Bild von einem Dorf dir helfen? Ich kenne den Rest der Karte, außer dem X an der Stelle, wo der

Schatz vergraben liegt, enthält sie keine Orientierungspunkte. Selbst die Form der Insel bleibt unklar.«

»Ja, aber dies ist das Stück, das fehlt. Eine einzige Landmarke, die genau lokalisiert werden kann. Jetzt brauche ich nur noch eine Insel zu finden, die an ihrer Südküste ein solches Fischerdorf hat, und sonst wahrscheinlich nur kürzlich gebaute …« Nathan stockte und schlug sich an die Stirn. »Ach, ich weiß, wo das ist! Ich bin schon auf der Insel gewesen. Sie hat noch nicht einmal einen Namen, aber wir haben vor einigen Jahren dort Vorräte aufgenommen. Die Dorfbewohner gaben damit an, dass die Insel ihnen gehöre, weil niemand sonst sich darauf niederlassen wolle.«

Gabrielle lächelte ihn an. »Diese Schatzsuche möchte ich nicht verpassen. Schließlich wäre ich nie geboren worden, wenn du nicht den anderen Teil der Karte gehabt hättest und auf der Suche nach dem fehlenden Stück nach England gekommen wärst.«

Ihr Vater hatte den Blick in den Augen, den er immer hatte, wenn er einem Schatz auf der Spur war. Es war eine Mischung aus Aufregung, Ungeduld und Freude. Nie war Nathan Brooks glücklicher als in dem Moment, in dem er eine seiner Karten enträtselt hatte.

»Du hast recht«, stimmte er ihr zu. »Nur aus dem Grund bin ich in meine Heimat zurückgekehrt. Doch dein zukünftiger Ehemann sieht mir nicht gerade wie ein Schatzsucher aus, und ich bin sicher, dass er eine Zeit lang mit dir allein sein will, um den Beginn eures gemeinsamen Lebens zu feiern – es sei denn, ich sage ihm, dass ich dir diesen Schatz zur Hochzeit schenke. Glaubst du, dann kommt er mit?«

Gabrielle lachte. »Deswegen wahrscheinlich nicht. Doch wenn er merkt, wie gern ich mitfahren möchte, stimmt er vielleicht zu. Der Mann liest mir jeden Wunsch von den Augen ab. Aber bist du sicher, dass du diesen Schatz weggeben willst? Du hast so lange danach gesucht.«

»Stimmt, doch es war einer deiner Vorfahren, der ihn vergrub und sich einen so ausgetüftelten Plan einfallen ließ, um ihn zu verstecken, dass er nicht einmal seine eigene Familie einweihte. Deine Mutter hat nie etwas davon gewusst und sie war die Letzte ihrer Linie. Es ist nur recht und billig, dass du ihn bekommst.«

Nachdem es ihm auf diese Weise erklärt worden war, stimmte Drew, ohne sich lange bitten zu lassen, der Schatzsuche zu. Er bestand lediglich darauf, mit der *Triton* zu segeln und nicht mit der *Crusty Jewel*. Die Ironie des Schicksals wollte es, dass die *Jewel*, deretwegen Latice seinen Kapitän und seine Schiffskameraden verraten hatte, ohne sie am Ende jedoch zu bekommen, von den Piraten nie benutzt worden war. Sie hatte mit drei anderen Schiffen, die Nathan als Wiedergutmachung für seine Kerkerhaft beschlagnahmt hatte, in der Bucht vor Pierres Festung vor Anker gelegen.

Drew jedoch hatte vorgeschützt, es sei ihm unangenehm, mit seiner Frau Liebe zu machen, wenn ihr Vater nebenan schlafe. Gabrielle hatte nur wissend gelächelt. Es schien auf der ganzen Welt das Gleiche zu sein: Kapitäne segelten einfach nicht gern auf anderen Schiffen mit und ihr Ehemann war offenbar keine Ausnahme.

Gabrielle machte es nichts aus, dass ihr die Aufregung an Bord der *Crusty Jewel* entging, während sie ihrem Kielwasser folgten. Mittlerweile betrachtete sie die *Triton* als ihr Zuhause. Außerdem hatten sie ihre Hochzeitsnacht auf ihr verbracht und am Tag darauf war Drew nur kurz aufgestanden, um das Ablegen zu beaufsichtigen, dann war er gleich in ihre Kabine zurückgekehrt, um sie aufs Angenehmste zu unterhalten.

Doch die Fahrt dauerte nicht lang. Es war noch nicht einmal Mittag, als sie an der kleinen Insel anlegten. Dann kam der schwierige Teil mit dem Schritte zählen, damit sie sicher sein konnten, die richtige Stelle zum Graben gefunden zu haben.

258 Schritte nördlich des grinsenden Totenschädels sagte die Legende unten auf der Karte. Doch vorher mussten sie erst einen Totenkopf in der Nähe des X finden. Es stellte sich heraus, dass ein Schädel mit gekreuzten Knochen gemeint war, der in einen flachen Stein auf einem Felsvorsprung geritzt war. Allein ihn zu finden dauerte bis zum Mittag! Doch durch die Verzögerung wuchs die Spannung noch. Dies war der Schatz der Schätze, derjenige, der am schwersten zu finden gewesen war. Und obwohl er bereits den Jungverheirateten versprochen war, freuten die Männer sich, bei seiner Entdeckung dabei zu sein.

Die meisten glaubten, sie würden spanische Dublonen finden. Andere tippten eher auf Kunstwerke aus der alten Welt. Schließlich war die Karte mehrere hundert Jahre alt und zur Blütezeit der Piraterie auf hoher See gezeichnet worden. Der Besitzer dieses bestimmten Schatzes war zwar selbst kein Pirat gewesen, doch handelte es sich immerhin um einen englischen Lord, der geschickt worden war, um die See von den Piraten zu befreien. Daher hatte man immer vermutet, dass der Schatz, den er vergraben hatte, von einem der besiegten Piratenschiffe stammte.

Drew stand hinter Gabrielle und hatte die Arme um ihre Taille geschlungen. Sie lehnte an seiner Brust, während sie beim Graben zusah.

»Wirst du auch nicht enttäuscht sein, wenn sie nichts finden?«, fragte er.

»Natürlich bin ich dann enttäuscht«, erwiderte sie leichthin. »Aber diese Schatzkiste wird nicht leer sein. Da das letzte Stück der Schatzkarte in meiner Familie von Generation zu Generation weitergereicht worden ist, ohne dass irgendjemand überhaupt ahnte, worum es sich handelte, muss der Schatz noch an Ort und Stelle sein.«

Drew küsste sie auf den Hals. »Ich hoffe, du hast recht, Schätzchen, deinetwegen.«

Sie hörte den Zweifel in seiner Stimme, aber sie ignorierte ihn. Sie war viel zu aufgeregt, um etwas Negatives zu denken.

Und dann riss einer der Männer ihres Vaters mit einem Jubelruf die Kiste in die Höhe. Es war nur ein Kästchen, kaum mehr als dreißig Zentimeter im Quadrat. Und es hatte nicht einmal ein Schloss, das zerbrochen werden musste. Schnell überreichte der Mann es Nathan, der es ohne Umschweife öffnete.

Da all seine Männer um ihn herumstanden und vor Anspannung den Atem anhielten, kam ihr enttäuschtes Schnaufen gleichzeitig. Gabrielles Schultern sackten ein wenig nach unten. Leer. Sie hatte wirklich nicht damit gerechnet, dass diese Kiste leer sein würde.

Und ganz so war es auch nicht. Drew führte sie zu Nathan, der sie verlegen anlächelte. »Sieht so aus, als bekämst du zur Hochzeit nur einen Haufen Andenken«, sagte er, indem er ihr das Kästchen reichte.

Gabrielle erblickte einen Stapel alter Briefe, eine getrocknete, gepresste Rose, ein Samtband, eine Haarlocke und eine Menge anderer Kleinigkeiten. Selbst ein winziger Babystrumpf war dabei! Außer für den Mann, der das Kästchen vergraben hatte, hatte nichts davon irgendeinen Wert. Für ihn jedoch waren diese Dinge unschätzbar wertvoll gewesen …

Nathan sagte: »Ich denke, eins von den Schiffen, die ich gerade mit nach Hause gebracht habe, wäre wohl ein besseres Geschenk. Such dir eins aus, Junge, und stock' damit die Skylark-Linie auf.«

Drew nickte. »Gern, danke. Ich jedenfalls habe meinen Schatz schon gefunden.«

Gabrielle drehte sich langsam um. Der Ausdruck in Drews dunklen Augen war unschwer zu deuten und ließ Tränen des Glücks in ihr aufsteigen.

»Du meinst, was du sagst, nicht wahr?«, sagte sie leise.

»Von ganzem Herzen, Schätzchen … Weib.«

Da schlang sie die Arme um seinen Hals und küsste ihn. Und schon Sekunden später war sie so in diesen Kuss vertieft, dass sie gar nicht mehr an die Zuschauer dachte.

Ihr Vater räusperte sich und sagte: »Ich vergaß, diese Urkunde ganz unten im Kästchen zu erwähnen. Ich bin nicht besonders gut darin, Altenglisch zu lesen, doch es sieht so aus, als würde diese Insel jetzt dir gehören.«

Zuerst riss Gabrielle die Augen auf, dann quietschte sie begeistert und quetschte Drew vor lauter Aufregung die Hand. Er lachte schallend darüber, wie schnell sie von einem echten Schatz abgelenkt werden konnte.

Als Gabrielle sich endlich wieder beruhigte, sagte sie zu ihm: »Ich liebe es! Sieh dich nur um, es ist wunderschön hier. Und ist dir unterwegs der kleine Wasserfall aufgefallen?«

»Nein, kann ich nicht behaupten, wahrscheinlich weil ich nur Augen für dich hatte.«

Gabrielle lächelte und schmiegte sich in seinen Arm. »Vielleicht sollten wir uns hier ein Haus bauen, in dem wir zwischen unseren Reisen wohnen können.«

Drew blickte auf sie hinunter. »Zwischen unseren Reisen? Meinst du das ernst?«

»Hast du gedacht, ich rede nur so daher, als ich erzählt habe, dass ich gern zur See fahre?«

»Der Gedanke hat mich gestreift.«

Gabrielle lächelte. »Jemand hätte dich davor warnen sollen, eine Frau zu heiraten, die das Meer liebt – aber den Kapitän, der es befährt, noch viel mehr.«